ESTA MINA MÍA

❧ UNA NOVELA ❧

FRANCINE RIVERS

Tyndale House Publishers
Carol Stream, Illinois

Visite Tyndale en Internet: tyndaleespanol.com y BibliaNTV.com.

Visite a Francine Rivers en Internet: FrancineRivers.AutorTyndale.com.

Tyndale y el logotipo de la pluma son marcas registradas de Tyndale House Ministries.

Esta mina mía

Diseño: Dean H. Renninger

Edición en inglés: Kathryn S. Olson

Traducción al español: Patricia Cabral

Edición en español: Keila Ochoa Harris

Publicado en asociación con la agencia literaria Browne & Miller Literary Associates, LLC, 52 Village Place, Hinsdale, IL 60521.

Las citas bíblicas han sido tomadas de la *Santa Biblia*, Nueva Traducción Viviente, © 2010 Tyndale House Foundation. Usada con permiso de Tyndale House Publishers, 351 Executive Dr., Carol Stream, IL 60188, Estados Unidos de América. Todos los derechos reservados.

Para información acerca de descuentos especiales para compras al por mayor, por favor contacte a Tyndale House Publishers a través de espanol@tyndale.com.

ISBN 978-1-4964-6599-3

Impreso en Estados Unidos de América
Printed in the United States of America

28	27	26	25	24	23	22
7	6	5	4	3	2	1

A mi mejor amigo y el amor de mi vida, Rick Rivers.

Nuestra vida es una aventura que sigue desarrollándose.

✛

La religión pura y verdadera a los ojos de Dios Padre

consiste en ocuparse de los huérfanos y de las viudas en

sus aflicciones, y no dejar que el mundo te corrompa.

SANTIAGO 1:27

✛

I

☙ *Norte de California, 1875* ☙

SOÑOLIENTA Y ADOLORIDA, Catalina se afirmó otra vez en el asiento cuando la diligencia traqueteó sobre un tramo irregular del camino. El viaje en segunda clase del ferrocarril transcontinental había sido sumamente cómodo comparado con el zarandeo de esta travesía irritante, rumbo a un porvenir desconocido. Dos días de tortura, dos noches de paradas en el camino con una tabla de madera como lecho, una sola cobija demasiado usada, algo semejante a un guiso para cenar (aunque los dueños no quisieron decirle qué carne habían usado) y un simple tazón de avena como desayuno.

Tal vez hubiera sido más sensato pasar unos días en Truckee, el sitio donde se había bajado del tren, en lugar de apresurarse a la última parte del viaje. Pero sus opciones se habían limitado a o tomar esta diligencia o esperar una semana para la próxima; y hubiera sido demasiado caro quedarse más tiempo en el pueblo agreste, donde había más cantinas que hoteles. Además, el lugar la escandalizaba. Los habitantes eran, principalmente, mineros, leñadores y ferroviarios y había una temible escasez de mujeres. Jamás había visto a un chino, pero había leído cómo miles cruzaron el Pacífico, dispuestos a aceptar los salarios más bajos para realizar el trabajo más peligroso de hacer túneles para el ferrocarril por medio de explosiones y cincelando la roca de las montañas de la Sierra Nevada. Ahora que el proyecto titánico había concluido, los despreciados inmigrantes buscaban otras maneras de ganarse la vida. Varios se acercaron a Catalina en el instante en que descendió del tren. Contrató a uno para que transportara su baúl a un hospedaje apropiado. A pesar de ser pequeño y enjuto, el hombre subió su equipaje a un carro desvencijado y partió a un paso que ella no pudo igualar.

Apurándose tras él, Catalina sorteó cúmulos de estiércol de caballo y pasó por encima de charcos, nerviosa por la atracción que provocaba. Los hombres se quedaban mirándola. Apenas vio algunas mujeres, y ninguna estaba vestida con tanta elegancia como ella. Y también la miraban fijamente. Catalina alcanzó a su maletero cuando entraba en un hotel ribereño. Cuando entró por la puerta, un silencio descendió sobre el vestíbulo lleno de hombres. Ignorándolos, caminó directamente hasta la recepción y se registró, deseosa de tener privacidad, un baño, una buena comida y una cama. Había pasado siete días en un vagón de pasajeros, con sus oídos maltratados por el ruido constante de las ruedas que rechinaban sobre las vías de acero. Las cenizas y la carbonilla que escupían las brasas de la chimenea de la locomotora había entrado a través de la ventana, dejando unos agujeritos quemados en el conjunto verde oscuro de cambray que se había puesto para viajar. El tren se detenía solo para cargar carbón y agua; a duras penas daba tiempo para comer en alguna cafetería local.

El maletero acarreó su baúl escaleras arriba y lo dejó dentro de una habitación pequeña con una cama, una mesa y una jarra con agua. Abrumada por la decepción y demasiado cansada para bajar las escaleras y pedir una mejor habitación, Catalina se desató el lazo y se quitó el sombrero; luego, se desplomó sobre la cama. Soñó que estaba nuevamente en Boston, dentro de la mansión Hyland-Pershing, en la entrada de una *suite* de la planta alta. Su madre, radiante de felicidad, estaba embobada con su hijo recién nacido, mientras que el padrastro de Catalina permanecía sentado al borde de la cama con dosel, con una sonrisa orgullosa en aquel rostro que solía mostrar el ceño fruncido. Cuando Catalina habló, ninguno la escuchó. Se puso de pie, la hija recientemente desheredada, observando la alegría de ellos. ¿Acaso ya la habían olvidado?

Se despertó llorando; el sol refulgía. Atontada y desorientada, se incorporó, su ropa estaba arrugada y su cabello, despeinado. Su estómago gruñó, recordándole que no había comido desde el mediodía de ayer. Vertió el agua helada en un recipiente y se lavó la cara. Ah, cuánto anhelaba un baño, pero ¿cuánto costaría conseguir una bañera y que le subieran agua caliente a la habitación? Se quitó la vestimenta de viaje y la dobló; se puso un vestido Dolly Varden que le habían entregado poco tiempo antes que le dijeran que la mandarían a California.

El comedor del hotel estaba abierto y casi vacío. Catalina pidió huevos revueltos, tocino, papas fritas y panecillos con mermelada. Repleta, se dirigió al empleado de la recepción, quien le dijo que podría encontrar las instalaciones de aseo que solicitaba en los baños públicos de al lado. Cuando vio la fila de hombres que esperaban, supo que no era un lugar muy seguro para una señorita. Abatida, volvió a la estación del tren para organizar el transporte a Calvada. Al frente había estacionada una diligencia; estaban poniéndoles los arreos a los caballos.

—¿Calvada? —El empleado negó con la cabeza—. Nunca he escuchado de ese lugar.

Catalina sintió la agitación del pánico.

—Tiene servicio postal.

—Debe haber cien pueblos o más en las Sierras, señorita. Algunos ni siquiera tienen nombre. Calvada me suena a un pueblo fronterizo, pero necesita saber si es al norte o al sur.

La carta de presentación que había llegado con el testamento del tío Casey mencionaba otros dos pueblos. Se la entregó al empleado, quien la leyó rápidamente y asintió.

—Al sur, y le llevará tres días llegar, a menos que haya accidentes en el camino. Tiene suerte. La diligencia parte en una hora. Si pierde esta, tendrá que esperar otra semana para la próxima.

La diligencia saltó de nuevo, golpeando el trasero ya ablandado de Catalina contra el banco. Un montañés barbudo de un metro ochenta de altura llamado Cussler era el cochero y maldecía a gritos a su grupo de seis caballos alazanes, mientras la diligencia corría por el camino de la montaña. Ella se preguntó qué encontraría al llegar a Calvada.

Traqueteada y sacudida, Catalina recordó la noche anterior a su partida de Boston. Su madre y su padrastro habían ido al teatro con amigos. Catalina cenó en la cocina con el personal de servicio. Despedirse de las personas que amaba fue desgarrador. Toda esperanza de que su madre cambiara de parecer acabó la mañana siguiente cuando el juez se presentó en el vestíbulo y le informó que la acompañaría a la estación del tren para despedirla. Tuvo la impresión de que él quería asegurarse de que ella se subiera al tren y se quedara en él.

Lawrence Pershing no habló hasta que casi habían llegado a la estación. Fue entonces cuando extrajo un sobre del bolsillo interior de su abrigo.

—Este documento te transfiere los derechos sucesorios de tu madre. Toda propiedad que haya pertenecido a tu tío al momento de su muerte es tuya. Dudo que sea gran cosa. Añadí dinero suficiente para que puedas empezar. Si eres frugal y prudente —agregó con un dejo de sarcasmo—, te durará hasta que encuentres un oficio adecuado. He pagado tu pasaje a Truckee. A partir de allí, corre por tu cuenta encontrar cómo llegar a Calvada.

Un oficio. ¿De qué hablaba? Ella era más instruida que la mayoría de las mujeres, en gran parte por haber entrado a hurtadillas a la biblioteca del juez y robado sus libros. Pero nada de lo que había aprendido le facilitaría una ocupación.

La diligencia saltó abruptamente, sorprendiendo a Catalina y regresándola a su situación actual. Sintió el vacío entre su cuerpo y el asiento y enseguida aterrizó con un golpe sordo que le arrancó un gruñido impropio de una dama. Cussler les gritó unas maldiciones a los caballos y chasqueó el látigo sobre ellos. Cuando el carruaje se tambaleó, Catalina tuvo que afirmarse en el asiento. Su falda y su chaqueta azul oscuro estaban grises por el polvo; sus dientes, con arena. A pesar del sombrero que la cubría, le picaba la cabeza. ¿Cuánto faltaría hasta la siguiente parada? Sedienta, trató de no pensar en lo bien que le vendría un vaso de agua fría y cristalina.

El primer día, otros cuatro habían viajado con ella y cada uno había descendido a lo largo del camino. Henry Call, un caballero de unos treinta años que usaba anteojos, se había subido a la diligencia en la última estación. La había acompañado a comer un guiso dudoso. El dueño juró que era pollo, pero Cussler dijo que sabía a serpiente de cascabel. Catalina prefirió no enterarse; de todos modos, estaba demasiado hambrienta para preocuparse. Después de la comida, el señor Call le dio la mano para ayudarla a subir a la diligencia, donde la conversación cesó, entendiendo ambos que cualquier intento implicaría terminar con la boca llena de polvo del camino. Él abrió su maletín y sacó un archivo. De vez en cuando, se quitaba los anteojos y los limpiaba.

Cussler gritó: «¡Hala!» y la diligencia se detuvo. Siguió gritando palabras que Catalina no entendía, pero que hicieron sonrojar el rostro del señor Call.

—¡Oye, idiota! ¿Qué crees que haces, apareciéndote en el camino de ese modo?

Una voz áspera y risueña replicó:

—¿De qué otra manera lograría un aventón?

—¡Compra un billete como los demás!

—¿Me llevarás o me dejarás de carnada para los osos?

Catalina miró alarmada al señor Call.

—¿Hay osos allá afuera?

—Sí, señora. Estas montañas están llenas de osos pardos.

¡Como si la proporción entre hombres y mujeres no fuera suficientemente alarmante! ¿Ahora, además, tenía que preocuparse de los animales?

La puerta de la diligencia se abrió y un hombre que traía puesto un maltrecho sombrero manchado de sudor subió a bordo. Levantando su rostro barbudo y entrecano, miró a Catalina.

—¡Santo Josafat! ¡Una dama! —Una sonrisa dividió su rostro rubicundo y envejecido. Todavía inclinado, se quitó el sombrero—. Bueno, ¡no esperaba ver a nadie como usted!

Catalina podría haber dicho lo mismo.

La diligencia comenzó a andar otra vez y lanzó hacia atrás al hombre. Despatarrado junto al señor Call, soltó una palabrota que ella había escuchado unas cien veces en boca de Cussler durante las últimas cuarenta y ocho horas. Él sacó la cabeza por la ventana.

—Oye, Cussler, ¿cuándo aprenderás a conducir? ¿Estás tratando de matarme?

—Debí pasarte por encima y dejar tu cadáver en el camino —le contestó a gritos Cussler.

El recién llegado se rio, sin ofenderse en absoluto, y se acomodó en su asiento.

—Le ruego me disculpe, señora. Estábamos bromeando. Cussler y yo nos conocemos desde hace mucho tiempo.

Catalina le dirigió una sonrisa forzada y cerró los ojos. Le dolía la cabeza, junto con otros dolores y molestias. En la última parada, cuando bajó de la diligencia, necesitó toda su fuerza de voluntad para no frotarse el trasero.

El hombre se rascó la barba.

—Siempre pido un aventón antes de que el camino se torne peligroso. Una vez, intenté hacerlo a pie y tuve que aferrarme a un árbol, o me habrían atropellado.

Catalina miró afuera por la ventana y se echó hacia atrás, soltando un grito de asombro.

—Si echa un vistazo por encima del acantilado en la próxima curva, verá una diligencia allá abajo. El cochero iba demasiado apurado. Sucede de vez en cuando.

Cussler volvió a chasquear el látigo, incitando a los caballos para que se apuraran. Catalina tragó saliva.

—Uno nunca sabe cuándo va a morir. —El viejo se convirtió en filósofo—. Nosotros lo lograremos... aunque depende.

—¿Depende de qué? —osó preguntar Catalina.

—De cuánto haya bebido Cussler en la última parada.

Catalina miró a Henry Call. Él se encogió de hombros. ¿Qué había habido en el gran tazón que el jefe de la estación le había dado a Cussler? Se sujetó cuando el carruaje giró en otra curva. No pudo evitarlo. Se asomó. La diligencia se sacudió y la puerta se abrió de golpe. Lanzó un chillido cuando su cuerpo se abalanzó hacia adelante. Sintió que alguien sujetaba su falda y tiraba de ella hacia atrás. El anciano cerró nuevamente la puerta con el pestillo. Los tres quedaron mirándose unos a otros. Catalina no sabía a quién agradecerle y tenía miedo de adivinar.

Henry Call carraspeó.

—Me han dicho que Cussler es el mejor conductor de la ruta. No debemos temer.

El viejo resopló y se metió algo en la boca. Sus mandíbulas trabajaban como un ciervo mulo rumiante, mientras estudiaba a Catalina desde sus botines con botones hasta el ala de su sombrero con cintas y dos plumas polvorientas.

—¿Qué clase de pájaro perdió esas plumas?

—Un avestruz.

—¿Qué dice?

—A-ves-truz. Es un ave africana.

—Le habrá costado un dineral. —Se inclinó sobre la ventana y escupió un chorro de jugo marrón.

Catalina estuvo a punto de vomitar. El viejo no había concluido su examen. Enfadada, lo miró desde el sombrero sucio, la raída camisa a cuadros, la chaqueta de cuero desgastada por el clima, sus pantalones azules desteñidos hasta sus botas polvorientas. El hombre olía como una rata almizclera, o como imaginaba que podía oler una rata almizclera. Por otro lado, ¿quién era ella para mirarlo con desprecio? No se había dado un baño completo desde su partida de Boston. Las varillas de su corsé la pellizcaban. Peor aún: la piel le picaba debajo de ellas. Su polisón se sentía como un tronco en la base de su columna.

La diligencia se deslizó sin complicaciones y Catalina se relajó hasta que Cussler gritó:

—¡Sujétense, amigos! ¡Ahí viene el subibaja!

Antes que pudiera preguntar de qué hablaba el cochero, el viejo apoyó sus botas polvorientas en el borde del asiento junto a ella y se sujetó. La diligencia pegó un salto, y Catalina con ella. Su tocado ornamentado fue lo único que evitó la fractura de su cráneo. Aterrizó con un golpe seco y doloroso y un largo quejido. El salto se convirtió en una seguidilla.

—Ay... ay... ay... ay.... —Se aferró al marco de la puerta mientras su trasero recibía la golpiza. El maltrato terminó tan pronto como había comenzado.

Las plumas de avestruz colgaban entre sus ojos. El armazón de su falda se había deslizado hacia abajo. Catalina se movió en el asiento, pero eso empeoró la situación. Ambos hombres le preguntaron si se encontraba bien.

—Sí, por supuesto. ¿Cuánto falta para que lleguemos a Calvada?

—No mucho, me parece. Antes de la puesta del sol, en todo caso. Cussler está haciendo buen tiempo.

Catalina se resignó a sufrir.

Henry Call guardó sus papeles.

—Es un largo viaje para que una dama lo haga sola, señorita Walsh. Debe echar de menos Boston.

—Ciertamente. —Hasta entonces, el viaje solo había servido para recordarle el alto costo que implicaba perseguir las convicciones personales.

El viejo se alegró.

—¡Boston! Sabía que usted venía del Este. Tiene ese aire distinguido... No tenemos muchas damas por aquí. —Parecía fascinado por las plumas planas y rotas—. Hay bastantes de la otra clase, eso sí.

Henry Call se aclaró la garganta.

El viejo lo miró y masticó su bolo.

—Ya lo verá por sí misma, ¿no? —Se volvió hacia Catalina—. ¿Por qué vino hasta aquí?

—Para ocuparme de asuntos familiares, señor. —Como si alguno le concerniera a él.

El viejo arqueó las cejas y volvió a echarle un vistazo.

—Nunca nadie me llamó *señor* antes. Me han puesto toda clase de títulos, pero ese no. Le aseguro que no tenemos a ninguna como usted en Calvada. No se ofenda por lo que le estoy diciendo. Es un verdadero cumplido.

—De donde vengo, tampoco hay muchos como usted, señor...

—Nada de señor. Solo dígame Wiley. Wiley Baer.

El señor Call se quitó los anteojos y los limpió otra vez, antes de guardarlos en el bolsillo de su camisa.

—¿Tiene familiares en Calvada, señorita Walsh?

—Tenía un tío. Él falleció y dejó una herencia.

—¿En Calvada? —Wiley resopló de nuevo—. Buena suerte con eso. —Sus ojos se entrecerraron—. Si vale algo, alguien ya la habrá reclamado.

—Quizás yo pueda ayudarla —interrumpió Call—. Soy abogado. Si necesita ayuda para hacer su demanda legal, siéntase libre de recurrir a mí.

—Es usted muy amable, señor Call.

Wiley se metió en la boca otro pedazo de tabaco mientras observaba a Henry Call.

—Quizás sería mejor que usted también regresara ahora, en lugar de perder el tiempo abriendo su despacho en Calvada. Tenemos más abogados que moscas los perros. Y son casi igual de bienvenidos.

—Ya tengo empleo, Wiley. No me quedaré en Calvada más que algunos meses, antes de regresar a Sacramento.

—¿Para quién trabaja? ¿Morgan Sanders? —Wiley volvió a subir su bota—. Es un miserable... —Miró de reojo a Catalina— perro de caza.

—No estoy autorizado para decirlo.

—Bueno, en Calvada solo hay dos hombres con el dinero suficiente para traer a un abogado caro de Sacramento, o de dondequiera que venga. Sanders o Beck, y no querría yo meterme entre esos dos.

—¿Quiénes son, Wiley? —Catalina quería saber algo del pueblo que pronto se convertiría en su hogar.

—Morgan Sanders es el dueño de la mina Madera. Les alquila chozas a sus trabajadores. Es dueño de la tienda de la minera, donde ellos tienen que comprar sus provisiones. Beck llegó hace poco, se asoció con Paul Langnor. Un buen hombre, Langnor. Nunca aguaba su *whisky*. A Beck le ha ido bien con la cantina y el casino desde que Langnor murió. Añadió un hotel. Beck vio al elefante y se hartó de esquivar al tigre; fue lo suficientemente astuto como para encontrar otra cosa que hacer, y enriquecerse haciéndolo.

—¿Elefantes y tigres? —Catalina sentía que su ansiedad iba en aumento.

Henry Call sonrió.

—Ver al elefante significa aprender las cosas de la vida a golpes, señorita Walsh. Esquivar al tigre es jugar al faro, a los naipes. El juego se originó en Europa, y usaban cartas con ilustraciones de los faraones egipcios en el reverso.

—Lo juego desde que llegué al Oeste en el 49 —confesó Wiley.

—Se refiere a apostar. —Catalina entendía ahora por qué

el hombre parecía no tener más que su ropa raída y sus botas desvencijadas.

—La vida es una apuesta, ¿no es así? Todo lo que uno hace tiene su riesgo.

Wiley Baer, el sabio.

—¿Qué puede contarme sobre Calvada?

—Bueno, ¡de seguro no es Boston! —Se rio lanzando un resoplido—. Es lo único que puedo decirle.

—¿Trabaja en la mina Madera, Wiley?

—¿Trabajar para Sanders? No soy ningún tonto. Una vez que bajas a esos túneles, no sales nunca más. Encontré una mina en la que trabajo solo, en las montañas. La concesión se remonta al año 52. Tengo los documentos que lo demuestran. Algo bueno, porque la Oficina de Archivos se incendió en el 54. Hubo otro incendio en el 58. Extraigo lo necesario para vivir. De ese modo, el mineral durará toda la vida. —Observó con desconfianza a Henry Call—. Nadie sabe dónde está, salvo yo. —Rumió un instante y volvió a escupir por la ventana—. De vez en cuando, un hombre necesita ir a un pueblo más grande. —Guiñó un ojo a Henry—. El problema es que creo que tengo piojos...

—¿Piojos? —La sola mención le dio picazón a Catalina.

—Puede apostarlo. Algunos miden más de dos centímetros.

El señor Call negó con la cabeza.

—Es un cuento chino, señorita Walsh.

—¿Quién lo dice? —Wiley Baer lanzó una mirada fulminante a Call antes de mirar inocentemente a Catalina—. ¿Le creerá a un abogado antes que a un hombre honesto que ha vivido en estas montañas más de veinte años? Se lo aseguro: tenemos garrapatas que podríamos ensillar y montar. Los mosquitos llevan trozos de ladrillos bajo sus alas para afilar sus aguijones. Pero no tiene de que preocuparse, señorita. Encontré una manera infalible para deshacerme de ellos. Me hice la raya al medio, me rasuré todo el cabello a un lado, empapé el otro con kerosene y encendí un fósforo. Los bichos corrieron al lado despejado y las apuñalé con mi cuchillo de caza. —Sacó uno de la funda que tenía en la cintura y lo levantó para que ella viera la hoja de veinticinco centímetros.

Ella lo miró, divertida.

—Espero que tenga buena puntería.

Wiley se rio.

—Le apuesto a que sí. —Esta vez, le guiñó un ojo a ella.

—¿Hay muchas mujeres en Calvada, Wiley?

—¿Mujeres? Sí, señor. Unas veinte, calculo, si se mantiene el último recuento. Pero no muchas damas, y ninguna como usted; de eso puede estar totalmente segura. —Volvió a echarle un vistazo—. ¿Está comprometida?

—¿Disculpe? —Catalina se sonrojó, sorprendida de que le hiciera una pregunta tan personal.

—¿Está comprometida o casada? —Levantó la voz como si ella no lo hubiera escuchado por el ruido de los arneses y el golpeteo de los cascos.

—No.

—Bueno, esa buena noticia se extenderá como el fuego. —Sonrió de oreja a oreja—. Si quiere un esposo, tendrá uno para cuando caiga la noche.

¿Así era una propuesta matrimonial en California?

—No, gracias.

—Los hombres de la zona ansían mujeres para casarse. Y usted parece una candidata de primera.

Imaginó que lo decía como un halago, pero se sintió como un filete jugoso servido en un plato.

—No vine aquí a buscar esposo. Vine a reclamar una herencia y a hacerme cargo de mi propia vida.

—Necesitará protección.

¿Estaba él ofreciéndola?

—Compraré un rifle.

La diligencia se bamboleó bruscamente y Catalina se aferró del marco de la ventana. Cada músculo de su cuerpo pedía alivio a gritos.

—¡Despierten, amigos! —gritó Cussler—. Estamos llegando a la curva antes de Calvada.

El señor Call revisó su maletín.

—¿Habrá alguien esperándola, señorita Walsh?

—Debo contactar al señor Neumann cuando llegue.

Wiley escupió por la ventana el tapón de tabaco.

—¿*Herr* Neumann?

—Sí. ¿Conoce al caballero?

—Por poco me corta la oreja la última vez que fui a su barbería.

A juzgar por el largo del cabello de Wiley Baer, eso había sucedido varios años antes.

—Pésimo barbero. Buen hombre. Cuando está sobrio. Si no está en su tienda, lo encontrará en la cantina de Beck.

Catalina se estremeció al oír varias explosiones fuertes.

—¿Acaso fueron disparos?

—Ajá. —Wiley se rascó la barba—. Parece una Smith & Wesson. Los tiroteos no son raros en Calvada. Los hombres se ponen un poco revoltosos con el whisky que tienen encima. —Se asomó por la ventana mientras la diligencia bordeaba una curva—. No veo cuerpos tendidos en la calle. —Se recostó en el asiento—. Podría ser peor. Una vez, vi seis hombres persiguiendo a un perro en la calle Campo. Estaban tan ebrios que ninguno dio al blanco. Por supuesto, un hombre que estaba ocupándose de sus asuntos en la mercería recibió una bala que le atravesó la cabeza.

Catalina no sabía si creerle o no. Henry Call no dijo que fuera un relato absurdo. ¿Qué clase de lugar era Calvada?

—¿Arrestó el comisario a los hombres?

—No había comisario.

—Seguramente habrá algún tipo de ley...

—Ajá. Los hombres se reunieron en la cantina y discutieron el asunto. Decidieron que su muerte fue un acto divino. Una pena, pero todos tenemos que irnos en algún momento.

Catalina se quedó mirándolo.

—¿Y eso fue lo único que hicieron por el difunto?

—No. Bebieron un par de tragos en su honor, hicieron una colecta, y al día siguiente lo sepultaron con un traje nuevo.

Justo cuando Catalina estaba a punto de hacer un comentario, fue sorprendida por un hedor tan repugnante que sintió náuseas. Se cubrió la nariz y la boca.

—¿Qué horrible olor es ese?

La media sonrisa de Wiley Baer se volvió triste.

—Como dije, Calvada no es Boston. Se acostumbrará al olor en un par de días. —Cuando el carruaje se tambaleó al detenerse, sonaron tres disparos más. ¿Habría alcanzado una bala perdida a Cussler o a uno de los caballos? Wiley abrió la puerta y bajó de un salto. Echó un vistazo alrededor y volvió a mirar adentro—. Debe haber llovido otra vez. El lodo me llega más arriba de los tobillos. Mejor baje por el otro lado, señorita. El pueblo tiene huecos tan profundos que hay hombres que desaparecieron y se convirtieron en una parte del camino.

El aire olía a aguas residuales, lodo y estiércol de caballo. Sonó otro disparo. Un vidrio se hizo añicos. Unos hombres gritaron. Se oyeron ruidos como si hubiera estallado un disturbio en la cantina al otro lado de la calle. Wiley chapoteó por el fango.

—Viene de donde Beck. Supongo que el tiroteo ya terminó.

El señor Call bajó de la diligencia y se paró en la acera entarimada. Le ofreció la mano a Catalina. Temblorosa y con las rodillas débiles, saltó hacia la acera, donde Wiley Baer raspaba kilos del barro pestífero que rezumaba de sus botas. Al otro lado de la calle, las puertas batientes se abrieron de golpe y un hombre salió volando hacia afuera. Cayó de espaldas sobre la acera y se resbaló hacia la mitad de la calle. Un hombre alto, de hombros anchos y cabello oscuro, salió por las puertas tras él.

—Ese de ahí es Matías Beck. Y se ve bastante hostil en este momento.

Catalina observó al hombre, quien bajó de la acera, caminó a trancos hasta la mitad de la calle y arrastró al hombre para levantarlo del barro. Ella se encogía de dolor cada vez que él golpeaba al pobre tipo: una, dos y otra vez, antes de dejarlo caer. Los hombres salieron en tropel de la cantina y se pararon a lo largo de la acera para alentarlo. Agarrando al hombre por la nuca, lo llevó casi a rastras hasta un abrevadero de caballos y lo lanzó adentro. El hombre salió escupiendo del agua. Beck lo hundió de un empujón. Arriba y abajo continuó el desgraciado, como si Beck estuviera lavando ropa.

Espantada, Catalina observaba.

—¿Por qué se ríen esos hombres? ¿No debería alguien detener a ese bravucón antes de que ahogue a ese pobre hombre?

Henry Call negó sacudiendo la cabeza.

—Es mejor que se mantenga fuera de la situación cuando no sabe qué sucedió.

Cuando ella miró a Wiley, él levantó las manos.

—No me mire a mí. Yo no me meteré en medio.

—¡Hombres! —murmuró Catalina, exasperada, mientras caminaba hacia el borde de la acera—. *¡Termine con eso en este instante! ¡Deje en paz a ese hombre!*

Llamó la atención de todos los hombres que estaban afuera de la cantina, pero Beck apenas hizo una pausa y levantó la vista o miró hacia ella. Los brazos del hombre se sacudieron cuando Beck volvió a empujarlo, sumergiéndolo; luego, lo levantó, lo acomodó sobre el borde y lo dejó vomitando. Cuando el hombre vació su estómago, Beck agarró la parte delantera de su camisa y le habló cara a cara.

El hombre se las arregló para salir del abrevadero, pero sus pies se resbalaron y volvió a caer despatarrado sobre el barro. Se dio vuelta y gateó hacia la acera, mientras Beck se daba la vuelta y miraba directamente a Catalina.

¿Y ahora qué? Ella tragó saliva.

—¡Ay, no! —se quejó Wiley—. Ahí viene. Buena suerte, y fue un gusto conocerla. —Riéndose entre dientes, saltó a la calle embarrada y ayudó a un joven a desensillar los caballos.

El corazón de Catalina latía cada vez rápido, conforme los pasos de Matías Beck se acercaban a ella. Retrocedió instintivamente cuando él subió a la acera. Se recordó a sí misma que, a lo largo de los años, había enfrentado muchas veces al juez Lawrence Pershing. Beck no dijo nada. Solo la miró. Ella sintió que sus pulmones se contraían y su mano se agitó sobre su estómago. Afectada por sensaciones insólitas, rápidamente se dio vuelta y buscó su baúl.

—Vaya, vaya, Henry... —dijo Beck arrastrando marcadamente las palabras con su tonada sureña—. No me dijiste que traerías a una dama.

Catalina se puso rígida, se dio vuelta y alzó la vista.

—Yo no soy su dama.

—Mejor aún. —Sonrió de una manera que le dio ganas de abofetearlo, especialmente cuando provocó que una ráfaga de calor le recorriera el cuerpo.

Henry se aclaró la garganta.

—Matías, te presento a la señorita Catalina Walsh. Viene para resolver...

—Estoy segura de que al señor Beck no le interesan en lo más mínimo *mis* asuntos.

—Ah, me interesa todo lo que tenga que ver con usted.

Catalina lo ignoró.

—Viene de Boston —dijo Wiley.

—Y se nota. —La mirada de Beck la recorrió hacia abajo y hacia arriba otra vez y se detuvo en las plumas de avestruz que colgaban frente a su rostro. Ella dominó el impulso de quitarse el sombrero y pegarle con él.

—Recibió una carta de *Herr* sobre una herencia —dijo Wiley.

—¡Wiley Baer! —protestó ella. ¿Por qué sus dos compañeros de viaje pensaban que sus asuntos le incumbían a Beck?

—Temo que *Herr* Neumann no está en condiciones de hablar de negocios ni de ninguna otra cosa en este momento —le dijo Beck.

Catalina levantó su mentón.

—¿Y cómo podría saberlo usted, señor?

—Porque se desmayó en mi bar hace una hora. Tuve que cargarlo hasta su casa. Dormirá hasta mañana. Mientras tanto, ¿quizás yo pueda servirle? —Lo dijo en un tono serio.

—Se lo agradezco, pero no lo creo.

—No parece darme su aprobación, milady.

El título la irritó.

—No sé nada de usted, además de que es el dueño de ese lugar que está enfrente, y que le dio una paliza a ese pobre hombre y por poco lo ahoga en el abrevadero.

—Él quería celebrar que había ganado a los naipes y comenzó a disparar. Gracias a Dios, no mató a nadie.

Esa información ciertamente cambiaba las cosas, pero, de todas maneras, desaprobaba la golpiza pública en respuesta.

—¿No habría sido mejor entregarlo al alguacil por alterar la paz?

—Boston —dijo Wiley—. ¿Ya consiguió un comisario, Matías?

—Aún no.

Wiley se rascó el pecho.

—Fue un gusto viajar con usted, señorita, pero iré a beber un trago fuerte, luego un baño, una buena cena y visitaré la Casa de Muñecas. —Se dio vuelta y se encaminó a la cantina de Beck.

Catalina frunció el ceño. ¿La Casa de Muñecas?

—Walsh. —Beck frunció el ceño—. No puede estar relacionada con City Walsh.

Catalina lo miró. — ¿City? Mi tío se llamaba Casey Teague Walsh. —*Casey Teague. C. T.* Tal vez esta gente lo conocía como City.

Todo rastro de humor desapareció del rostro del hombre.

—Lamento decírselo, pero no existe la famosa olla al final del arcoíris.

Ella pestañeó, sintiendo que su estómago daba un vuelco. Y así se fueron los sueños de grandeza, aunque no hubiera tenido ninguno. El juez no le habría transferido una mina de oro.

—Bueno, lo que sea que encuentre tendrá que servir. —Inclinó la cabeza ante Henry—. Encantada de conocerlo, señor Call. Si me disculpan, caballeros. —Entró a la oficina de diligencias y preguntó si podía dejar allí su baúl y dónde encontrar un hotel.

—El mío, al otro lado de la calle, es el mejor del pueblo —dijo Beck a su espalda.

El pulso de ella se disparó. Mantuvo los ojos fijos en el empleado de la estación.

—Debe haber otro hotel...

—El Hotel Sanders está a un par de cuadras a la derecha, pero yo no lo recomendaría para una dama como usted. —Beck seguía parado en la entrada.

—¿Pero piensa que una cantina es apropiada?

—La cantina está en la planta baja, milady. Las habitaciones están en la planta alta, totalmente amuebladas y cada una tiene un cerrojo en la puerta. Estará segura bajo mi techo.

El fuego en esos ojos le hacía pensar lo contrario.

—No, gracias, señor Beck. —Recogió su bolso de viaje y caminó hacia la puerta. Él no se movió.

—Me ocuparé de que *Herr* recobre la sobriedad mientras usted se acomoda.

El estómago de ella gruñó ruidosamente y se ruborizó.

Él torció la boca.

—Y le mostraré un buen lugar para comer.

—Por favor, apártese, señor.

El rostro de él se puso rígido.

—Usted no irá al Hotel Sanders.

Su padrastro a menudo usaba ese tono imperioso con ella, y siempre despertaba su propia irascibilidad. Ella le dirigió una sonrisa empalagosa.

—¿Es así como impulsa el negocio, señor Beck, abordando a las mujeres en la estación de diligencias?

Beck se apartó y le hizo una reverencia socarrona. Ella pudo sentir el calor del cuerpo masculino cuando lo esquivó prudentemente.

—Mejor estaría usted en la casa de su tío —dijo él, cuando ella había dado unos pasos.

La esperanza se animó dentro de ella.

—¿Hay una casa?

—No exactamente.

—¿Sería tan amable de decirme dónde ir?

—Nada me gustaría más. —Sacudió su barbilla—. Está a unas puertas hacia la izquierda. Entre la cantina Cabeza de Oso y el salón de fandango de Barrera.

Se quedó mirándolo, tragó sin poder contenerse y asintió levemente.

—Gracias, señor Beck—. Sintió que la observaba mientras seguía sus indicaciones.

—Salude a Scribe de mi parte —gritó él a su espalda.

Catalina se detuvo y se volteó.

—¿Scribe?

—El muchacho que trabajaba para su tío. Ha vivido en ese lugar desde que City murió. No tiene a dónde ir. Dígale que venga a mi cantina. —Se volteó hacia Henry, dijo algo en voz baja y lo acompañó a cruzar la calle.

2

CATALINA ENDEREZÓ SUS HOMBROS y siguió caminando por la acera. El estómago se le revolvía por el olor. Agotada y con todo el cuerpo dolorido, iba mirando furtivamente a su alrededor. Este pueblo habría de ser su nuevo hogar. *Ay, Señor, ayúdame.* Quizás las cosas se verían mejor después de una buena noche de sueño.

Las plumas rotas oscilaron frente a ella al pasar por una tienda de botas. El otro lado de la calle presumía tres cantinas: El bar del Cuervo, el Caballo de Hierro y Vaya Excavaciones. Había una tienda que anunciaba: «Una Cosa Oro Otra», la oficina de un tasador y una casita con un farol rojo en la ventana. Un hombre a caballo se quedó mirándola mientras pasaba y chocó contra dos hombres que cruzaban la calle. Estalló una pelea. Cuando pasó por la cantina Cabeza de Oso, oyó que alguien maltrataba el piano y echó un vistazo adentro. El lugar estaba repleto. Un hombre la divisó.

—¡Santo Josafat! ¡Miren eso! —Así lo hicieron. Empujaron sus sillas hacia atrás y golpearon los tacos de sus botas contra el piso de madera, como una estampida de bisontes cruzando las planicies.

Catalina siguió a toda prisa, tratando de ignorar el sonido de la puerta batiente que se abrió de repente, apenas pasó, y las voces masculinas que la seguían.

—*¿De dónde vino?*

—*¡Del cielo!*

—*Tal vez Fiona ha traído una nueva muñequita.*

—*Tienes un cerebro de liebre, Cody. Esa es una dama.*

Justo después de Cabeza de Oso había una edificación de tablillas de madera, bajita y en ruinas, que tenía dos ventanas tan mugrientas que Catalina no pudo ver adentro. Afortunadamente, la puerta parecía firme. Al mirar nerviosamente hacia atrás, confirmó que había una multitud cada vez más numerosa de hombres en la acera, todos mirando y hablando entre ellos. Se sintió como un zorro con una jauría de sabuesos listos para perseguirla. Catalina golpeó tres veces, rogando que el muchacho abriera con presteza la puerta para que pudiera entrar rápidamente.

No hubo respuesta. Ningún sonido de vida desde el interior.

—¡Él está adentro! —gritó un hombre.

Más hombres cruzaron la calle para ver de qué se trataba el alboroto. Catalina sintió que el pánico subía como una burbuja y volvió a golpear la puerta como un pájaro carpintero que martillaba un árbol para hacer un agujero. Apoyó una oreja contra la puerta y por poco cayó hacia adentro cuando esta se abrió de repente. Incorporándose rápidamente, se vio frente a un muchacho unos años más joven que ella, pero algunos centímetros más alto. Desgarbado, con las primeras señales de vello adolescente en el rostro y los ojos marrones enrojecidos, se tambaleó frente a ella, vestido nada más que con sus largos calzoncillos rojos. Abrió la boca, sorprendido. Parpadeó, se restregó la cara y volvió a fijar los ojos en ella.

—¿Señor Scribe? —dijo ella débilmente.

—¿Quién es usted?

—¡Eso es lo que todos queremos saber! —gritó un hombre.

Ahora enojada, Catalina giró y miró furiosa a la concentración de hombres.

—Regresen al bar, muchachos, y déjenme ocuparme de mis asuntos.

—Sí que es una dama, ¿verdad? —La mayoría se retiró.

Luego de recuperar el aliento, enfrentó al joven, quien se ruborizó por su estado de desnudez.

—¿A lo mejor podría ponerse algo más apropiado?

El rostro de él se puso rojo.

—¡Oh! ¡Disculpe! —Agarró un par de vaqueros con peto arrugados y, bruscamente, metió una pierna. Se apoyó contra un escritorio, metió ambas piernas en sus pantalones y los subió. Cuando ajustó los tirantes, el chasquido por poco lo tumbó.

Mortificada, Catalina se dio cuenta de que había visto todo el espectáculo sin parpadear.

Scribe hizo un amplio gesto de bienvenida.

—Pase y dígame quién es, cuándo llegó, qué puedo hacer por usted y de dónde viene.

—Soy Catalina Walsh, la sobrina de Casey Teague Walsh. He sido enviada desde Boston para reclamar la herencia.

Scribe se quedó mirándola un momento. Luego, sus hombros se hundieron.

—¡Eso es el colmo! El trabajo de toda la vida de City se va por el hoyo. —Agitó su mano para abarcar todo lo que se podía ver, la desgracia brotaba de su cuerpo saturado por el alcohol—. Es todo suyo, señorita Walsh.

Catalina entró, pasando por encima de la botella de *whisky* hecha añicos y del charco de lo poco que le quedaba antes de ser lanzada. Le dieron nauseas de nuevo. El lugar apestaba a *whisky*, a sudor masculino y al orinal lleno. Unos cajones de madera que rebosaban de papel estaban apilados contra una pared. El mobiliario de la habitación constaba de un sofá con una frazada arrugada, un gran escritorio de roble, una silla de pino con respaldo recto y una escupidera. En el rincón de atrás había una silueta enorme cubierta con una lona. Al fondo, había una puerta abierta a una segunda habitación; probablemente, un departamento pequeño. ¿Este iba a ser su hogar? Con la necesidad de aferrarse a algo, apretó el bolso de viaje que tenía delante de ella.

—¿Qué clase de negocio tenía mi tío?

—Ya no importa. No es trabajo para una mujer. —Scribe asintió en dirección a la puerta abierta—. ¿Quiere ver el resto del lugar? Todo lo que City tenía está ahí atrás.

Catalina siguió a Scribe a un cuarto frío, húmedo y polvoriento, con olor a tabaco y *whisky*. Su corazón se animó al ver una estantería llena de libros. La cama estaba sin hacer. No había sábanas: apenas un par de mantas indias y un orinal debajo, afortunadamente cerrado con una tapa a la medida. Un armario de tablones ásperos reveló una exigua colección de camisas, pantalones, un abrigo grueso, unas botas rasgadas y una vieja gorra Kerry de *tweed*. La estufa de leña, llena de cenizas, no generaba ni un indicio de calor. Había dos sillas de respaldo recto enfrentadas, con una mesita en medio sobre la que había un juego de solitario extendido. Las cacerolas sucias y los platos de latón se apilaban sobre la mesada manchada y había un balde de agua vacío junto a la puerta trasera.

—Hice que sepultaran a City con sus mejores galas y sus mejores botas. —Los ojos de Scribe se llenaron de lágrimas y desvió la vista, restregándose la nariz con el dorso de la mano. Se aclaró la garganta—. Quiero quedarme con la gorra. Si no le molesta.

Catalina la sacó del armario y se la entregó solemnemente. Intentó aparentar calma mientras miraba alrededor del cuarto deprimente que sería su hogar. Aunque Scribe estaba de pie frente a ella, se sentía vacío. Ella viviría aquí, sola. Sus ojos ardieron con lágrimas.

—Parece muerta de cansancio, señorita Walsh. —Scribe retiró una silla para ella—. ¿Por qué no toma asiento?

Catalina se sentó dejando caer su bolso de viaje al piso. Le tomó un momento encontrar su voz.

—¿Usted trabajaba para mi tío?

—City me acogió cuando yo tenía siete años. Me enseñó todo lo que sé.

—¿Cuántos años tiene, Scribe?

—Dieciséis. —La miró—. Usted no parece mucho mayor que yo.

Ella le dedicó una sonrisa débil; ciertamente, no pensaba decirle su edad.

—¿Qué sucedió con sus padres, si puedo preguntarle?

—No tengo nada que ocultar. Ma murió de fiebre. Pa en un accidente en la mina.

Un huérfano, y ella estaba desalojándolo del único hogar que había conocido. ¿Podían empeorar aún más las cosas?

—Lo lamento. —¿Por qué su tío no le había regalado su casa a Scribe?

—Fue hace mucho tiempo. Apenas los recuerdo —dijo

Scribe, sin entender. Volvió a apartar la mirada con la boca fuertemente apretada. No tuvo que decir nada más. Catalina vio la tristeza grabada en su rostro juvenil. El tío que ella nunca conoció había sido la única familia que este muchachito había tenido.

—¿Scribe es su verdadero nombre?

—Es el único al que respondo.

—Como Wiley —murmuró ella.

Scribe lanzó una carcajada sorprendida.

—¿Dónde conoció a ese viejo bobo?

—En la diligencia. El señor Cussler lo recogió en el camino.

—Él tiene una mina por la zona, en alguna parte. —El muchacho parecía cansado y enfermo.

—Debí haber esperado hasta mañana, en lugar de importunarlo hoy. —Catalina se puso de pie y tomó el asa de carey de su bolso de viaje—. Me registraré en un hotel para pasar la noche y regresaré mañana temprano. —Se mordió el labio, agobiada por la culpa—. No quiero ser antipática, pero...

—Ya no puedo seguir viviendo aquí —terminó la frase por ella.

Ella parpadeó para sofocar las lágrimas.

—El señor Beck dijo que podría quedarse en su hotel.

—Espero que también me dé un empleo.

—Lamento mucho sacarlo de aquí, Scribe.

Él enderezó sus hombros.

—No se preocupe por mí. Me las arreglaré.

Hizo una pausa en la puerta y se volteó para mirar al joven parado con tristeza en la oficina delantera.

—Por favor, llámeme Catalina. Prácticamente, somos parientes. Espero que podamos sentarnos y conversar sobre mi tío. Nunca tuve el privilegio de conocerlo. Usted puede hablarme de él. —Ni siquiera sabía que tenía un tío, hasta que el juez le informó sobre la herencia inesperada.

Scribe la miró desoladamente.

—Yo no sé mucho más que cualquier otro. La mayoría de los hombres no hablan de qué eran antes de venir a California. Casi lo único que sé es que City llegó en el 49, como otros miles, en busca de oro. Trabajó en los arroyos durante un par de años. Contaba que no le gustó esa vida solitaria y matadora. Entonces, abrió un negocio aquí. Decía que un hombre debe tener un objetivo, o no vale nada. —Soltó una risa tierna y frágil—. Una cosa que a City le encantaba era un objetivo, y una buena pelea para acompañarlo.

Catalina sonrió. Tal vez sí tenía algo en común con City Walsh.

La barbilla de Scribe tembló.

—Yo estaba en la tienda, recogiendo algunas provisiones. Tenía que hablar con un amigo mío. Cuando regresé, encontré a City en el suelo, justo aquí. —Hizo un gesto con la cabeza hacia la oficina delantera.

—Entonces, fue una muerte súbita.

—Tan súbita como puede ser un asesinato.

—¿Asesinato? —Ella se llevó una mano a la garganta.

—¿No lo sabía? —Maldijo en voz baja—. Bueno, ¿cómo podría saberlo? Lamento que se me haya escapado así. —Las emociones se apoderaron de su rostro: pena, ira, frustración, miedo.

—¿Atraparon al que lo hizo?

—No. —Su rostro joven se endureció por la ira—. ¡Si supiera quién lo hizo, haría algo! —La tristeza lo hizo parecer un niño otra vez—. Ya nadie habla del asunto. City se ganó algunos enemigos. Por lo menos, tenía un hombre en la mira, pero nunca dijo quién era. Decía que tenía que contar con toda la información antes de abrir la boca.

Catalina se sentía tan alterada como Scribe, aunque nunca había conocido a City Walsh.

—Debería haber ley y orden...

—Sí, claro, City decía lo mismo, pero no va a suceder por ahora. Las personas querían que se hiciera justicia, durante una semana. Un montón de gente hizo preguntas, pero nadie apareció con una respuesta, y nadie vio que alguien entrara ni saliera de aquí. —Scribe se pasó los dedos por su cabello sucio y enredado—. Como sea, la mayor parte del pueblo está ebria al anochecer... —Se sentó con los hombros encorvados—. Empacaré y la dejaré en paz mañana temprano.

Lo último que Catalina quería era desalojar a este pobre chico, pero ¿qué opción tenía? Esperaba que Matías Beck fuera un hombre de palabra.

—Gracias, Scribe. —Salió nuevamente a la acera, cerrando discretamente la puerta tras ella.

La música del piano salía de Cabeza de Oso, así como unos hombres conversando. Catalina enderezó sus hombros y se preparó para aguantar los comentarios.

＊＊＊

Matías acompañó a Henry Call al interior de la cantina, a una mesa junto a la ventana del frente. El día anterior había estado impaciente por su llegada, ansioso por empezar a diseñar los planos para el proyecto que habían discutido en Sacramento. Un encuentro casual y el descontento común los habían reunido, ambos veteranos de la guerra. Pero, en este momento, le interesaba más lo que pudiera hacer la sobrina de City. Le hizo una seña a Brady, su cantinero, y luego miró afuera por la ventana.

—Está reuniendo a una multitud —comentó Henry—. No sé si este sea un lugar seguro para una joven como la señorita Walsh.

—No lo es.

Brady puso en la mesa una botella de *whisky* y dos vasos. Se agachó y miró afuera por la ventana. Soltó un silbido bajo.

—Me preguntaba qué estabas viendo. —Captó la mirada de Matías y regresó a la barra.

Scribe apareció en ropa interior. Matías dejó escapar una risa corta, esperando que la señorita Walsh se retirara. Pero ella se mantuvo firme. Se dio vuelta hacia los hombres y los encaró. Lo que fuera que les dijo, hizo que la mayoría regresara a Cabeza de Oso.

—Parece que la señorita Walsh puede cuidarse sola —comentó Henry.

—Lo dudo. —Matías la observó entrar a la casa—. ¿Qué sabes de ella?

—Casi tanto como tú.

—¿No habló contigo durante el viaje?

Henry se rio.

—Estabamos demasiado ocupados sujetándonos para seguir con vida. Ella le hizo preguntas a Wiley Baer sobre Calvada. Estaba bastante impactada cuando llegamos. Los disparos, tú imponiendo justicia en la calle...

La puerta de City se abrió, pero no era Scribe quien se marchaba. Catalina Walsh salió y caminó hacia la oficina de diligencias. Cuando la pasó y siguió de largo, Matías maldijo en voz baja.

—¿Irás a buscarla?

—Le ofrecí un lugar seguro. —Sirvió el *whisky*—. Algunas personas tienen que aprender a las malas. —Los hombres salían de las cantinas y la miraban boquiabiertos. ¿Y por qué no?

¿Acaso él no la observaba de la misma manera? Era una belleza y estaba tan fuera de lugar como una yegua purasangre entre una manada de caballos salvajes—. Te apuesto cinco dólares que mañana temprano volverá a la oficina de diligencias y comprará un billete para volver a casa.

Henry negó con la cabeza.

—No creo que se vaya pronto.

—¿Por qué dices eso?

—Solo es una corazonada. No creo que haya venido aquí por elección. La enviaron.

—Un telegrama, y su familia la hará volver a su casa. Probablemente pensaron que City era dueño de un hotel y que tenía una mina de oro.

—Pero ¿por qué enviarían a una mujer?

Una mujer sola, además. Esas cosas no se hacían. Eso inquietaba a Matías.

Henry la observó.

—No he estado aquí el tiempo suficiente para echar un vistazo, pero considero que a Calvada le vendría bien una dama como la señorita Walsh.

—Algún día. Ahora no. Calvada es poco más que un campamento minero, con todas las miserias que eso implica. —Matías se preguntó qué había hallado la joven en la casa de City. Scribe estaba de duelo desde la muerte del hombre y alguien le daba *whisky* para que ahogara sus penas. Podía imaginar el rostro de la joven cuando entró en esa casucha. Podía ver cuánto se habrían abierto esos increíbles ojos verdes, esa piel cremosa empalideciendo aún más, la pronta desilusión que apagó esos dulces labios. Si una noche en el hotel de Sanders no la hacía huir, unas pocas noches en esa casita entre la cantina y el salón de fandango lo lograrían. Estaría lista para vender y largarse de ese pueblo infernal. Había una sola parte de la propiedad de

City que Matías quería, y le ofrecería a Catalina Walsh lo suficiente para mandarla a Sacramento o a San Francisco, donde
algún empresario con iniciativa se casaría con ella.

Catalina Walsh había caminado lo suficiente para perderse
de vista, a menos que él se despegara de la acera. Se tragó su
whisky y se quedó donde estaba. Era terca, igual que su tío. A
Matías le pareció curioso. City nunca había mencionado a ningún pariente; mucho menos a una sobrina en Boston. ¿Cómo
terminó un inmigrante católico irlandés emparentado con una
protestante bostoniana de las castas más altas? Era lo que ella
parecía ser, desde los botines abotonados y el costoso atuendo
de viaje, hasta ese ridículo sombrero que probablemente había
costado más que el salario de todo un año de uno de los mineros
de Sanders. Pero debía reconocer que también portaba un parecido notable con su amigo. ¿Así que City y esa muchacha eran
parientes? Ahí había una historia, y nadie podía proporcionar
los detalles excepto su alteza real, quien estaba caminando hacia
un lugar donde no había forma de saber qué vería o escucharía.

Matías empezó a pararse y, luego, volvió a sentarse. Ella
había dicho que no. Ya había tomado una decisión acerca de
él. Él había visto antes esa mirada. Un músculo se puso rígido
en su mandíbula mientras observaba el desfile de hombres que
avanzaban por la acera. Matías reprimió el instinto protector
que surgió en su interior. Ella no era responsabilidad suya. Por
otra parte, City había sido uno de sus mejores amigos. Tendría
que correr para alcanzarla, y ¿luego qué? ¿Arrojarla sobre sus
hombros y traerla de regreso aquí?

Henry se rio entre dientes.

—Te afecta, ¿verdad? —Se puso serio—. ¿Es tan malo el
Hotel Sanders?

—Probablemente conocerá al propietario minutos después de registrarse. —Sanders era soltero, como el 95% de los

habitantes de Calvada, y en edad de buscar una esposa joven y hermosa que le diera un heredero para su imperio. A ella podía irle bien en ese lugar si Sanders se enteraba suficientemente pronto de su llegada. Y Matías apostaba a que lo haría.

Henry bebió un sorbo de su vaso y arqueó las cejas. —Buen *whisky* de Kentucky.

—Les doy a los hombres lo que pagan, nada de trucos raros ni barniz de ataúd. Es una de las razones por las que me va bien. —Hizo un gesto hacia la barra donde había una cola de hombres comprando bebidas. Las mesas donde jugaban al faro y al póquer estaban llenas—. El mejor *whisky*, mesas honorables, buenos cuartos.

—Lo único que te falta es un restaurante.

—Lo pensé seriamente, pero descarté la idea. —El negocio de Sonia Vanderstrom sufriría si abría uno, y él comía en su cafetería desde que había llegado al pueblo seis años atrás. Las buenas mujeres debían recibir ayuda, no ser estorbadas por una competencia innecesaria.

Lo que sea que encuentre tendrá que servir. ¿Qué había querido decir Catalina Walsh con esa frase? No sonaba a comentario improvisado de alguien que tenía otras perspectivas. ¿Qué haría una chica como esa para ganarse la vida en un pueblo como este? Los trabajos eran limitados para mujeres. Solo había un puñado de niños, así que no se necesitaba una maestra. La esposa del pastor les enseñaba a los pocos que había.

Si *Herr* hubiera sabido algo, Matías se habría enterado de ello en la cantina.

Matías estaba seguro de una cosa: City Walsh nunca le hubiera cedido su negocio a una mujer joven. Se preguntó por qué City no le había dejado todo a Scribe. El muchacho era lo más cercano a un hijo de lo que podría haber tenido. Por otro lado, City siempre tenía sus razones.

Había algo de City que Matías quería. Y tenía la intención de comprarla mañana. Al terminar su *whisky*, Matías dejó el vaso en la mesa.

—Vamos a registrarte, Henry. Luego podemos cenar y ya hablaremos de negocios mañana.

Matías cruzó la calle para ver cómo estaba Scribe. El chico contestó al segundo llamado a la puerta. El lugar era un lío peor de lo que Matías había esperado. Arreglar la casa podía resultar demasiado para una chica que parecía más acostumbrada a dar órdenes a los sirvientes que a hacer las cosas ella misma. Qué bien.

—Solo deja todo como está y ven. Tengo un cuarto y un trabajo para ti.

—Gracias. —Scribe sonó resignado más que agradecido.

—¿La señorita Walsh dijo algo sobre tus cualidades para los quehaceres domésticos?

—No. Pero sí dijo que somos prácticamente parientes.

El chico ya estaba enamorado de la muchacha.

—No te hagas ilusiones. —Matías abrió la puerta e hizo un gesto con la cabeza—. Vámonos, donjuán.

<hr />

El extremo sur de Calvada no resultó mejor que el norte. Catalina había pasado una cantina tras otra, aunque, afortunadamente, también había visto una tienda, un almacén, una casa de baños, una mercería, una oficina de correo expreso, una botica, una hojalatería y una carnicería. Levantando su falda, buscó la manera de cruzar la calle enlodada hacia el Hotel Sanders. Hizo una mueca mientras raspaba sus botas de vestir antes de entrar. A su izquierda había una barra eclipsada por la enorme pintura de una mujer vestida con nada más que una sonrisa provocativa. Debajo de ella había dos mujeres sentadas, ambas con vestidos escandalosamente reveladores que llegaban a la altura de las rodillas y escotes bajos. Con el rostro encendido, Catalina rápidamente evitó mirarlas a los ojos. Por un instante se arrepintió de no haber aceptado el cuarto que le había ofrecido Matías Beck, y después supuso que su establecimiento sería muy parecido a este.

Un empleado joven y barbudo la miró atónito mientras ella se acercaba a la recepción.

—¿Tiene un cuarto disponible, señor?

—Tenemos. —Le echó un vistazo—. Tres dólares la noche. Y un dólar más por la cena. —Giró el registro hacia ella y dispuso una pluma y un tintero.

Estaba demasiado cansada y deprimida para objetar los precios.

—¿Sus cuartos tienen baño?

—No, señora, pero podemos hacer subir una bañera. Llevará un rato calentar el agua para llenarla, y tendrá un costo adicional.

—¿Cuánto más?

Él le echó un vistazo nuevamente.

—Un dólar.

Después de una semana en tren y tres días en una diligencia, deseaba el baño más que comida. Y si no usaba la casa de baños públicos en un pueblo sobrepoblado de hombres, ¿qué opción le quedaba? Tan pronto como Scribe saliera de su humilde casita y ella pudiera mudarse, compraría una bañera en la tienda.

El recepcionista leyó su nombre.

—¡Walsh! —Levantó las cejas—. ¿Está emparentada con City Walsh?

—Su sobrina.

Él se rio como si hubiera escuchado un chiste genial.

—¿La sobrina de City Walsh se quedará aquí? El señor

Sanders querrá asignarle el mejor cuarto de la casa. Es probable que él mismo baje al pueblo a darle la bienvenida. —Hizo un gesto con la cabeza hacia la izquierda—. El restaurante está al otro lado de esas puertas, pero no abre hasta las seis. ¿Tiene equipaje? —Chasqueó los dedos y un niño pequeño de piel oscura apareció y tomó su bolso de viaje.

El «mejor cuarto de la casa» no tenía chimenea: solo la cama, una cómoda, una lámpara de querosén y una silla al lado de una ventana, la cual brindaba una vista no muy inspiradora de la calle principal de Calvada. Vio que el niño cruzó la calle a toda velocidad y subió la colina, donde había una hilera de casas grandes. Al parecer, aun Calvada tenía un vecindario pudiente. Catalina corrió las cortinas, levantó su falda y sus enaguas, desató las cintas y se quitó el polisón. Parecía que el armazón deformado ya no tenía arreglo.

Cuando llegó la bañera, apenas tenía el tamaño como para sentarse en ella. Dos baldes de agua humeante la llenaron hasta la mitad. Al no ver una toalla ni un jabón, bajó las escaleras para pedirlos. Le cobró dos centavos por una toalla áspera y mugrienta, y diez centavos por una barra de jabón demasiado usada y sin fragancia. Cuando regresó a la habitación, el agua estaba fría. Con los dientes castañeteando, se paró en la bañera y se lavó rápidamente. Medianamente renovada, se puso ropa interior limpia, se vistió con una falda y una blusa abotonada. Ni siquiera la fetidez que subía de la calle logró eliminar su hambre.

Un caballero bien vestido estaba sentado junto a una mesa escondida en la esquina del fondo. Se puso de pie como si hubiera estado esperándola.

—Señorita Walsh, soy Morgan Sanders. Sería un honor que me permitiera ser su anfitrión esta noche. —Retiró una silla para que ella tomara asiento.

Sorprendida por su osadía, estuvo a punto de negarse, pero

la curiosidad la hizo acercarse. Era tan alto como Matías Beck, no tan musculoso, más cerca de los cuarenta que de los treinta, tenía ojos oscuros y un cabello castaño claro que estaba encaneciendo en las sienes. La confianza que tenía en sí mismo rayaba en la arrogancia, lo que le recordó a otros hombres bien parecidos y más jóvenes que había conocido en Boston. Había rechazado más de una propuesta matrimonial porque consideraba repugnante esa actitud.

—Me han dicho que usted es el dueño de este hotel y de la mina Madera.

—Sí, lo soy, así como de otros negocios en el pueblo. —Torció su boca con sarcasmo—. Me enteré que conoció a Matías Beck apenas llegó.

—No fue el señor Beck quien me lo dijo. —No mencionó a Wiley y dejó que Sanders la ayudara a sentarse—. ¿Trata usted con tanta generosidad a todos sus huéspedes?

—No, no lo hago. —Ante un simple gesto de su mano apareció un mesero—. Champaña. En hielo. —La miró con una sonrisa cuando el mesero se fue—. Para celebrar su llegada. La sobrina de City Walsh. Puedo ver el parecido familiar. Fue un hombre muy respetado en nuestro pueblo. —Su expresión se volvió solemne—. Lamento su pérdida. Debe haber sido una gran pena para su familia.

—Nunca lo conocí. —Ni siquiera lo habían mencionado.

—Entonces, una pérdida aún mayor.

—Deduzco que era su amigo.

—Más que un amigo, un adversario cordial. No siempre estábamos de acuerdo, pero nos respetábamos mutuamente. Él se consideraba un hombre del pueblo, y yo poseo y manejo una gran operación minera en la que empleo a cien hombres. También soy dueño de un almacén y otras compañías lucrativas. Probablemente yo le recordaba a su tío a los ingleses imperialistas que dominaban Irlanda. City llegó a California en el 49. Yo llegué después, en el 65.

—¿Peleó usted en la guerra?

Él tibueó.

—No, pero abastecí de las mercancías necesarias al Ejército de la Unión.

Ella percibió que había algo más en esa frase.

—Ha logrado mucho en este lugar, señor Sanders.

—Sí, así es. Principalmente a través de la suerte y las capacidades que adquirí con el tiempo. Y sabiendo qué quiero en la vida.

Catalina había visto la misma mirada anteriormente. Los hombres parecían evaluar cuánto valía una mujer por su belleza.

—Es una joven muy encantadora, señorita Walsh. Imagino que habrá llamado bastante la atención desde que bajó de la diligencia. —El mesero regresó, destapó el corcho de la champaña y llenó dos copas de cristal con el vino espumante, antes de colocar la botella en una cubeta con hielo. A un movimiento de la barbilla de Sanders, el mesero se fue sin decir una palabra. Sanders levantó su copa para hacer un brindis—. Bienvenida a Calvada, señorita Walsh.

—Gracias, señor. —Cautelosa, apenas bebió un sorbo.

—No hay otra mujer como usted en mi pueblo.

¿Su pueblo?

—¿Y qué clase de mujer cree usted que soy, señor Sanders?

—Una dama con clase y educación. Instruida, muy probablemente, acostumbrada a las cosas más refinadas de la vida. Aunque me pregunto por qué una joven sería enviada a Calvada sin compañía a reclamar una herencia de un tío que nunca conoció.

Para ser un desconocido, sabía mucho sobre ella. Catalina no tenía ninguna intención de agregar más información. Sus asuntos eran solo de ella, después de todo.

Él esperó un momento y luego sonrió.

—Enérgica, además. Tiene el cabello rojo de su tío. Tal vez también tenga el mismo temperamento apasionado. —Levantó una ceja—. City tenía brío y convicciones, pero no siempre sentido común.

—¿Es por eso que fue asesinado?

Su pregunta pareció sorprenderlo. Él bebió su champaña.

—Nadie sabe por qué lo mataron. La suya no fue la primera muerte violenta en Calvada. Ni la última, me temo.

—Considerando su conglomerado de negocios, pensaría que te convendría traer aquí la ley y el orden.

Sanders se rio.

—City decía lo mismo. No somos Sacramento ni Placerville, señorita Walsh. Pero tampoco somos Bodie. Por estos lares, no hay muchos hombres que quieran ser alguaciles. La ley y el orden no son populares entre los hombres de pueblos como los nuestros. Pero la justicia suele imponerse.

—Según entiendo, la justicia no se impuso en el caso de mi tío.

—Es triste pero cierto. —Volvió a llamar al mesero y pidió carne de venado.

—Nunca he comido venado —dijo Catalina, molesta de que hubiera decidido por ella. Él dijo que lo disfrutaría. Su declaración sonó más a una orden que la confianza que tenía sobre el sabor del platillo.

La comida no estuvo a la altura de Hyland ni de Pershing, pero fue más que adecuada para satisfacer su hambre. Incluso aceptó una porción de pastel de postre. Morgan habló de muchas cosas, pero de ninguna en profundidad. Cada vez que le ofrecía más champaña, ella la rechazaba. Para cuando terminaron la cena, él se había acabado la botella, pero parecía tener escaso efecto en él.

—Este difícilmente parece ser un pueblo adecuado para una dama con su sensibilidad, Catalina. Puedo ofrecerle un precio justo por las propiedades de City, si tiene pensado irse.

Y si decía que sí, ¿adónde iría? ¿De regreso a Truckee? ¿Seguiría hasta Sacramento o a San Francisco? Dios parecía haberla dejado caer aquí mismo, en medio de este pueblo salvaje y confuso. Quizás Calvada era la penitencia por hacer de sí misma «una deshonra pública», según la opinión de su padrastro. No importaba la justificación sobre qué la había metido en tantos problemas. Si pudiera volver atrás en el tiempo, ¿tomaría las mismas decisiones?

Su madre tenía razón. Era impulsiva. Era apasionada.

Señor, hazme sabia. Ayúdame a aprender a decir la verdad en amor, no con ira.

—Gracias por el ofrecimiento, señor Sanders, pero me gustaría conocer más acerca de mi tío antes de tomar cualquier decisión. —Quería saber por qué Casey Teague Walsh le había dejado todo a su madre, una mujer que lo despreciaba.

Morgan Sanders se levantó.

—En ese caso, espero que usted y yo lleguemos a conocernos mejor. —Retiró su silla hacia atrás y la acompañó hasta la escalera, donde le deseó que pasara una noche reparadora.

La noche resultó cualquier cosa menos reparadora. La puerta del cuarto de al lado se abría y cerraba con regularidad. La lluvia caía a cántaros sobre el techo. Helada, Catalina se acurrucó debajo de las frazadas, subiéndolas sobre sus hombros y recordó la chimenea que había en su cuarto, en casa. Una de las sirvientas siempre la encendía temprano para que la habitación estuviera acogedora cuando Catalina entrara. Aquí no había ninguna chimenea. No había sonidos reconfortantes de calidez crepitante. Cuando finalmente se quedó dormida, soñó que iba aferrada a la puerta de una diligencia, colgada sobre un barranco.

3

EL CIELO ERA DE UN COLOR GRIS PALOMA; el aire estaba más
frío que el día anterior. Había una capa de hielo sobre el barro,
lo cual hacía peligroso el cruce de Catalina. La Cabeza de Oso
estaba vacía. Mujeres humildemente vestidas andaban por el
pueblo, algunas con niños que seguían detrás de ellas. Era entre
semana y después de las nueve. ¿No había una escuela?

La puerta de su tío estaba entreabierta, había voces masculinas adentro: Matías Beck, Scribe y otro, un desconocido.
Catalina llamó con unos golpecitos y esperó.

Beck abrió la puerta.

—No parece que haya dormido mucho anoche, señorita
Walsh.

¿Acaso era esa una sonrisa de satisfacción? Catalina pasó junto a él y entró a la casa, dejó a un costado su bolso de viaje y se concentró en Scribe, quien estaba llenando una taza de café humeante.

Beck presentó a *Herr* Neumann. El cabello largo y oscuro del hombre estaba húmedo, partido en medio y recién peinado. Pálido y con gotitas de sudor en su frente, lucía terrible.

—Lamento no haber estado ayer para recibirla cuando llegó la diligencia, señorita.

Ella le tendió la mano, esperando minimizar su vergüenza.

—Usted no sabía el día ni la hora a la que llegaría, señor Neumann. No esperaba verlo allí. —El pobre hombre temblaba—. Me dijeron que estaba indispuesto. Espero que se sienta mejor esta mañana.

Él se ruborizó.

—Estoy vivo.

Scribe invitó a Catalina a sentarse en el sofá. Le ofreció el café, el cual ella aceptó. Vaciló cuando vio el líquido oscuro. Dudando que tuviera leche o azúcar, bebió un sorbo para probarlo. La infusión era tan fuerte como para derretir una piedra. Sostuvo la taza delicadamente sobre sus rodillas, agradecida por el calor que penetraba su falda y sus enaguas.

Beck se apoyó en el escritorio de su tío y cruzó los brazos, observándola.

—No es necesario que se quede, señor Beck. Estoy segura de que tiene asuntos que administrar en alguna otra parte.

—Mis asuntos pueden esperar.

El hombre no captaba una indirecta.

—Esperaré a que usted se vaya para hablar de los míos.

—Quiero comprar la imprenta.

Ella se quedó mirándolo sin comprender.

—¿Qué imprenta?

—La que está en el rincón de atrás, cubierta con una lona.

Miró el montículo y volvió a mirarlo a él; luego a Scribe, mientras las preguntas crecían como una tormenta. Nadie parecía deseoso de explicarle nada.

—A usted no le será de ninguna utilidad —le dijo Beck.

Molesta y curiosa, Catalina dejó su café a un lado y se levantó con la intención de destapar lo que fuera que hubiera escondido debajo de esa lona.

—No sabré qué voy a usar o no hasta que tenga tiempo para...

—Usted no encaja en este lugar, señorita Walsh.

Catalina se dio vuelta y lo fulminó con la mirada. Estaba harta de que los hombres le dijeran dónde encajaba y qué debía hacer con su vida. El juez había sido el primero, y luego los pretendientes que parecían tener toda su vida planeada para ella.

—Usted no es el primer hombre que me lo dice, señor Beck. Y probablemente no será el último. —Caminó hasta la puerta y la abrió—. Le deseo un buen día, señor.

Matías Beck no se movió. Ella tampoco. Después de un momento, él se incorporó, caminó hasta la puerta y se quedó parado, mirándola con los ojos encendidos.

—No hemos terminado.

El pulso de ella se aceleró.

—Oh, yo creo que sí. —¿Por qué le costaba tanto respirar cuando este hombre la miraba?

—No esté tan segura.

Ella cerró la puerta y se enfrentó a Scribe y a *Herr*, ambos parados como estatuas en la pequeña habitación.

—Ahora, señor Neumann, me gustaría saber todo lo que usted pueda decirme sobre mi tío y qué puede haber tenido él en mente cuando nombró a mi madre como beneficiaria de su patrimonio.

Él se puso pálido.

—¿Su madre?

—La herencia me fue transferida por razones que preferiría no discutir. —Se sentó y entrecruzó las manos sobre su regazo—. ¿Qué esperaba él que se hiciera con su propiedad? —Si hubiera conocido a su madre, nunca habría esperado que ella cruzara el país hasta este apestoso lodazal al que llamaban pueblo.

Neumann la miró fijamente con ojos saltones.

—Él no me lo dijo. Solo me entregó un sobre y dijo que lo enviara si algo le sucedía. Algo sucedió. Yo lo mandé con algunas instrucciones. Eso es todo.

—El último contacto que mi madre tuvo con mi tío fue antes de que yo naciera, y fue a través de una carta que le informó que mi padre, su hermano, se había ahogado en el río Misuri mientras viajaba a los yacimientos de oro de California. No hubo una palabra después de eso.

Scribe se encogió de hombros.

—Una sola vez habló de un hermano, que yo recuerde. Y estaba borracho y llorón; lo que decía no era muy coherente.

Cuanto más sabía Catalina, menos optimista se sentía.

—Entonces, ¿este edificio y la imprenta son mi herencia?

—Y la mina que está en lo alto de las colinas —agregó Neumann—. City la trabajó lo suficiente para mantener activa la concesión.

—Olvidé que había una mina. —Scribe se rascó la cabeza—. Él no había subido durante semanas.

—¿Una mina? —Sonrió Catalina, esperanzada—. ¿Tiene algún valor?

—Lo dudo, señorita Walsh. City nunca habló mucho de eso. Él solo desaparecía unos días cada dos semanas; generalmente, cuando había armado algún lío. Puede que no valga mucho, si es que vale algo. Debe haber información en sus archivos, en alguna parte. —Neumann hizo un gesto con la mano hacia la pila de cajones de madera llenos de papeles. Se movió con lentitud hacia la puerta—. Desearía poder decirle algo más, señorita Walsh. —Alcanzándola detrás de él, abrió la puerta y salió antes de que Catalina pudiera hacerle más preguntas—. Que tenga buena suerte. —Se puso su sombrero y se encaminó directamente a la cantina de Beck.

Catalina resopló.

—El hombre está muy nervioso para ser alguien que no sabe nada.

—Usted es una dama. Es suficiente para que hasta el hombre más fuerte de esta zona sude la gota gorda.

Matías Beck no había sudado. Apenas ella entró por la puerta, ya había empezado a provocarla para pelear. ¿Quién se creía él que era para decirle dónde encajaba ella o no?

Catalina fue al rincón de atrás y retiró la lona para ver qué era lo que Beck tanto quería. Debajo de ella había una monstruosa máquina negra.

—Es una imprenta manual Washington —le dijo Scribe—. Llegó a través del Cabo de Hornos hace veinticinco años. No sé cómo City le puso las manos encima.

Sorprendida, Catalina volvió a mirar alrededor.

—¿Esta es la redacción de un periódico?

—La sede de *La voz de Calvada*. Todo el pueblo esperaba que saliera. City siempre estaba investigando algo, tirándole de la cola a la gente. Tuvo desacuerdos con casi todos aquí, incluido Matías. Pero ellos eran amigos. City pasaba un montón de tiempo en lo de Beck, haciéndole preguntas sobre la guerra.

Catalina resopló.

—Imagino que el señor Beck peleó por el Sur. —Su acento sureño habría sido encantador si el hombre no fuera tan irritante.

—No. Matías peleó por el Norte. —Se sentó a medias en el escritorio como lo había hecho Beck—. No le gusta hablar de la guerra. —Echó un vistazo alrededor—. City me enseñó a componer los tipos y a mantener la imprenta limpia y con tinta. Escribió algunos editoriales feroces. Siempre apegado a la verdad. No deponía sus principios, por más que le costara. Supongo que eso fue lo que hizo enojar tanto a alguien como para que entrara aquí y lo golpeara con la manilla de la prensa hasta matarlo.

Estremeciéndose, Catalina caminó por el cuarto y notó la mancha de color herrumbre que se había impregnado en la madera. ¿City Walsh le había dado los papeles de la herencia a *Herr* Neumann porque sabía que iba a pasarle algo? ¿Esperaba que a alguien de su familia le importara lo suficiente para venir y descubrir por qué había sido asesinado y quién lo había hecho? Pero en la carta de presentación de *Herr* no había nada que indicara que Casey Teague Walsh había tenido un final violento.

Scribe suspiró.

—Dejaré de molestarla para que pueda hacer lo que guste con el lugar.

Catalina lo miró.

—¿El señor Beck le ha dado un lugar donde dormir?

—Así es. Tengo un cuarto en el fondo y trabajo limpiando. —Volvió a echar un vistazo a la oficina, decaído—. Fui feliz cada minuto que trabajé para City. Él era... —Su voz se quebró. Aclaró su garganta—. Será mejor que me vaya.

—¿Fue mi tío quien le puso el nombre Scribe?

—Mi nombre completo es Rupert Clive Fitz-William Smythe. —Puso cara de amargado—. City decía que sonaba más estirado que un cadáver, así que empezó a llamarme Scribe. El nombre me quedó.

—Lamento que mi tío no le haya dejado algo a usted. —Pero si lo hubiera hecho, ¿adónde la habría mando el juez a ella? ¿A una amplia gira por Europa? Lo más probable es que la habría enviado a New Hampshire, con su hermana solterona. Ya lo había hecho una vez como castigo por haber sido expulsada del internado.

—City siempre tenía razones para lo que hacía. —Scribe se encogió de hombros—. Y la verdad es que sé componer los tipos, pero no sé escribir como lo hacía él. —Recogió una caja con sus cosas—. Matías tiene razón, ¿sabe?

—¿Sobre qué?

—Aunque odie decirlo, usted es demasiada dama para vivir en un pueblo como este.

Ella pensó que él podía estar en lo cierto. En Calvada no se sentía como en casa; pero, por otro lado, nunca se había sentido en casa en Boston, tampoco.

—Dios obra de maneras misteriosas. —Sonrió—. Estoy aquí. Tengo la intención de sacarle el mayor provecho.

Antes de que Scribe saliera de la oficina, Catalina le pidió que le recomendara un lugar bueno y barato donde comer. La cafetería de Sonia quedaba unas puertas más adelante, cruzando la calle, en la esquina sur. Afuera, un cartel decía: *¡Limpie sus botas!* Ella cumplió las instrucciones, consternada por el barro que había manchado el dobladillo de su falda.

La puerta se abrió.

—Pase, señorita Walsh. —Una mujer robusta con un vestido a cuadros y un delantal largo estaba parada en el umbral, sus ojos azules chispeaban y el cabello rubio entrecano estaba peinado en una trenza y enrollado como una corona sobre su cabeza.

—Sabe mi nombre —dijo Catalina, sorprendida.

—Las noticias vuelan en Calvada. Soy Sonia Vanderstrom. City era un buen amigo mío. Desayunaba y cenaba aquí todos los días. —Cuando le apretó la mano no fue un gesto liviano y amable: era el apretón firme que prometía una amistad—. Le guardé una mesa cerca de la estufa. Póngase cómoda.

Todas las mesas estaban ocupadas por hombres que se quedaron mirando a Catalina cuando ella entró. Sonia se deslizó entre las mesas.

—Cuiden sus modales, caballeros. —Los hombres volvieron a sus platos. El menú limitado estaba escrito en un pizarrón—. ¿Qué puedo traerle, señorita Walsh?

—El menú del minero, por favor.

Sonia se rio entre dientes.

—Una jovencita con apetito.

Tan pronto como Sonia desapareció en la cocina, los hombres se pusieron a mirar furtivamente a Catalina. Ella sospechó que se acostumbraría a llamar la atención. Un hombre se levantó y se acercó a su mesa con el sombrero en la mano. Cohibida, levantó la vista. Él se presentó, dijo que tenía una buena concesión minera, una cabaña sólida no lejos del pueblo y que necesitaba una esposa. Una silla raspó el piso cuando otro hombre se puso de pie y se acercó enseguida. Era el dueño de la carnicería al final de la cuadra y tenía una casita encantadora en la calle Roma, con un jardín trasero suficientemente grande para cultivar un huerto. Cuando un tercer hombre se metió a empujones entre los otros dos, enumerando en voz alta sus bienes, Catalina se sintió atrapada entre la estufa caliente y los hombres aún más calientes que le impedían escapar por la puerta de adelante.

Sonia apareció con una sartén en una mano y un cucharón de metal en la otra. Golpeó la sartén varias veces.

—¡Terminemos con esto! Señorita Walsh, ¿está buscando esposo?

—¡No, claro que no!

—Bueno, ahí tienen, caballeros. Esa es la respuesta. Ahora, ¡dejen en paz a la chica! Coman, paguen, ¡y vuelvan a trabajar! —Sonia entró de nuevo en la cocina.

Catalina se precipitó detrás de ella.

—¿Le molesta si le hago compañía aquí?

—No pretendían hacerle daño.

Nerviosa, miró por encima del hombro.

—Parecen·bastante desesperados.

—Tenemos pocas mujeres en Calvada. La mayoría son esposas de mineros y viudas, y las de otra clase, que se reservan para sí mismas. No hay nada intermedio. —Con la cabeza le indicó un banquillo y volvió a cascar huevos dentro de un cuenco con una mano, mientras volteaba tocino con la otra—. Ven a una joven bonita como usted y se enciende un fuego en sus entrañas por tener un hogar y una familia.

—Lo último que quiero hacer es casarme.

Sonia la miró.

—No con uno de esos matones, por lo menos.

—Ni con nadie. La mujer tiene más derechos sin esposo.

—Y a veces, menos oportunidades. —Miró fijamente a Catalina antes de volcar los huevos batidos en una sartén. El tocino que crepitaba sobre la parrilla hizo que el estómago de Catalina se contrajera por el hambre. Sonia tomó una taza de un estante alto, la puso frente a Catalina y la llenó de café humeante y aromático.

Catalina le dio las gracias, bebió un sorbo y casi gimió de placer.

—¿Cuánto tiempo ha estado aquí, señora Vanderstrom?

—Dígame Sonia. Todo el mundo lo hace. —Echó harina en

un recipiente—. Vine a California en el '49. Llegué al Oeste en una caravana de carretas con mi esposo. Bernard era un buen hombre, pero no tenía ni una pizca de sentido común. Tampoco yo, ahora que lo pienso. —Soltó una risita entre dientes mientras revolvía los huevos—. Bernard escuchó que California tenía un clima tropical, así que se aprovisionó de sombreros panamá y mosquiteras. —Sacudió la cabeza—. Tan útiles como una garrapata para un perro. Sin nada que vender, trabajó en los arroyos como todos los demás, y murió de fiebre durante el primer invierno.

Luego de untar grasa de tocino, vertió la mezcla de los panqueques en la plancha.

—Yo tenía una carreta Conestoga, una cacerola de hierro fundido, una sartén y había guardado el dinero suficiente para comprar provisiones. Sé cocinar, y aquí había una gran cantidad de hombres hambrientos. Todavía los hay. —Hizo un gesto con la cabeza hacia el comedor—. El primer año gané lo suficiente para construir una casa de dos habitaciones. Esa se incendió por completo, así como el resto del pueblo. Todos volvimos a construir, pero después del segundo incendio, decidí cambiar de lugar. Oí que habían descubierto oro aquí arriba. Esperaba tener mejor suerte esta vez. —Puso los huevos a un costado y vigiló los panqueques—. Llené una habitación con literas y alquilé lugares para dormir. Cobraba extra por la comida. Agregué otra habitación; luego, un segundo piso. —Dio vuelta a los panqueques—. Cuando el trabajo fue demasiado, contraté a una viuda. Cuando se casó, contraté a otra. —Se rio—. Las viudas no se quedan solas demasiado tiempo en este pueblo.

Sonia sirvió los huevos en un plato, a un costado de ellos puso los panqueques y agregó cuatro tiras de tocino crujiente. Después de servir la comida sobre la mesada, frente a Catalina, puso encima una lámina de mantequilla, una jarrita con almíbar de zarzamoras, el salero y el pimentero. Sonrió mientras rellenaba la taza de Catalina.

—¿Tiene alguna habilidad?

—Soy buena para causar problemas.

Sonia dejó escapar una risita.

—Igual que su tío. —Hizo un gesto con la cabeza hacia el plato—. Coma con ganas y dele a mi casa una buena reputación. —Levantó el mentón—. Será mejor que atienda a los caballeros. —Llevó una gran jarra con café al comedor.

Catalina suspiró. ¿Qué habilidades tenía ella que pudieran ser útiles aquí, en el fin del mundo? ¿De qué bienes y servicios carecía este pueblo que ella pudiera proveer? No había visto una sola tienda que atendiera las necesidades de las mujeres. Ella conocía las tendencias de la moda en el Este, ¿pero serían pertinentes aquí, en el lejano Oeste? Su madre había insistido en que aprendiera las artes femeninas: bordar, tocar el pianoforte, cómo organizar y ser la anfitriona de una cena. Ella sabía coser, aunque su propia ropa había sido hecha por una costurera. La sola idea de pasar el resto de su vida en semejantes actividades le provocaba dolores de cabeza.

Su padrastro había hecho todo lo posible por entregarla en matrimonio al vástago de una familia manufacturera, pero Catalina pensaba que Frederick Taylor Underhill era un sapo arrogante al que no le importaban en lo más mínimo las mujeres y los niños que trabajaban en las fábricas de su padre. Cuando rechazó su proposición, el juez se puso furioso.

Ese acto erróneo fue simplemente uno más que se agregó a la lista de cosas que el juez tenía contra ella.

Catalina pagó extra por el desayuno y agradeció a Sonia por haberle permitido sentarse en la cocina; luego, se dirigió al almacén de Aday en busca de provisiones. Se deleitó al ver frente a ella la hogareña colección de tesoros en exhibición: barriles de harina, costales con frijoles y estantes escalonados cargados de productos de todo tipo. La tienda estaba llena de mesas: en una había mantas; en otra, camisas de franela y vaqueros. Una vitrina de cristal contenía una colección de cuchillos; otra, de armas. Tal vez debería comprar una pistola pequeña.

Detrás del mostrador había una mujer delgada, con un sencillo vestido tejido color marrón y el cabello atado debajo de un pañuelo. Observó a Catalina mientras caminaba por la tienda, los ojos fijos en su vestido azul que combinaba con la chaqueta de peplo y el sombrero con encaje y flores de seda. Limpiándose en el delantal, saludó a Catalina y se presentó como Abbie Aday. Cuando Catalina le correspondió, la mujer tomó aire y gritó:

—¡Nabor! ¡Ven rápido! ¡La sobrina de City está aquí!

—Pensé que no tenía ningún familiar. —Un hombre anguloso, de facciones duras y con anteojos, entró por la cortina de atrás. Abrió muy grandes los ojos mientras la recorría con la mirada—. ¿Usted es pariente de City? —Catalina sabía que estaba demasiado arreglada para Calvada, pero no había nada que hacer. Todo lo que tenía era demasiado lujoso para este pueblo. Abbie se quedó mirando su sombrero con extasiada admiración; Nabor con franca desaprobación.

—Tengo una lista de las cosas que necesito. —Catalina le entregó la lista a Abbie.

Nabor se la arrebató de la mano.

—Artículos de limpieza, pintura blanca, sábanas, dos frazadas, tela, conservas, un abrelatas...

Al escucharla en voz alta, Catalina se preguntó cuánto le costaría todo eso. El sobre con dinero que le había dado su padrastro tendría que durar lo suficiente hasta que encontrara una ocupación.

Nabor Aday tenía un brillo calculador en sus ojos. Le pasó la lista a su esposa.

—Llámame cuando hayas reunido todo y yo me encargaré del resto. —Desapareció detrás de la cortina, mientras Abbie Aday reunía los artículos y los apilaba sobre el mostrador.

—Su sombrero es encantador, señorita Walsh. No hemos visto nada de ese estilo por aquí.

Catalina oyó que Nabor resoplaba detrás de la cortina.

—Fue hecho en Boston.

—Boston. —Abbie suspiró con una expresión soñadora en su rostro—. Nosotros somos de...

—¡Basta de hablar, Abbie; ponte a trabajar! —le gritó Nabor.

Catalina se inclinó hacia ella.

—Sería bastante fácil de hacer, con los materiales adecuados.

—¿De verdad? ¿Usted podría hacerlo? En el pueblo no tenemos una sombrerería. —Su expresión se animó—. Es posible que no tengamos en este momento lo que usted necesita, pero podemos encargar que lo traigan de Sacramento. Yo sería su primera clienta. —Le sonrió.

Nabor apareció con el ceño fruncido de cólera.

—No, no lo serás. ¿Para qué rayos puede necesitar una mujer un sombrero como ese? —Tomó la lista—. Trae la lata de pintura blanca y los artículos de limpieza. Yo traeré la carretilla.

—Ella no quiere una carretilla, Nabor.

Miró disgustado por encima de su hombro.

—Nosotros necesitaremos una para entregar los productos. A menos que pienses que puedes cargar todo por ella.

Abbie bajó la cabeza y volvió a mirar a Catalina.

—Todos echamos de menos a City. Todo el mundo amaba su periódico. Ahora, lo único que tenemos es el *Clarín* de Stu Bickerson. Queda en la esquina de Campos Elíseos y Roma.

—¿Campos Elíseos? —Catalina se rio discretamente.

—Su tío les puso nombres de sitios extranjeros a nuestras

calles. Desde luego, Campos Elíseos es más conocida como la calle Campo.

En ese momento, Catalina soltó una carcajada y Nabor se volteó para mirarlas, furioso.

Abbie la acompañó hasta los rollos de telas y Catalina hizo su elección.

—¿Tienen libros, Abbie?

—Algunos. City siempre llevaba un libro en las manos. Él debe tener docenas.

Catalina se había deleitado al ver la cantidad que había en su colección.

—Sí, pero desafortunadamente no los que yo necesito.

—¿Qué clase de libros está buscando?

Ruborizándose, Catalina bajó la voz.

—Cualquiera sobre cocina, labores domésticas, ese tipo de cosas.

La mirada de Abbie la recorrió de manera reveladora.

—Por supuesto. —Zigzagueó entre las mesas—. No recibimos muchos pedidos de libros. Ah, aquí están. —Sacó una caja de debajo de una mesa de exhibición—. ¿Qué le parece cinco centavos? —A ese precio, Catalina quería toda la caja. *Deje los frijoles*, quería decirle. *Me llevaré los libros*, pero sabía que debía ser práctica. Aunque deseaba *La Odisea* de Homero y *Hojas de hierba* de Whitman, Catalina extrajo *Tratado sobre economía doméstica*, de Catharine Beecher. Al hojearlo, vio que contenía información muy necesaria: desde cocina, limpieza y propagación de plantas hasta calefacción, ventilación y tratamiento de desechos. ¡A Calvada sin duda le vendría bien un poco de tratamiento de desechos! Cerró el libro de golpe, lo metió bajo su brazo y sacó *El ama de casa práctica: Una enciclopedia de economía doméstica*.

Cuando Abbie terminó de reunir todos los artículos y apilarlos en el mostrador, Nabor se encargó de sumar los precios.

—Está cobrando el doble del precio por los libros, señor Aday. Abbie había dicho cinco centavos cada uno.

—Abbie no pone los precios. Yo lo hago. Y le costará un dólar más que le enviemos todo a su casa, a menos que desee hacer varios viajes por su cuenta.

Furiosa, Catalina pagó lo que él dijo que le debía.

Nabor se quedó para «encargarse de la tienda», mientras Abbie empujaba una carretilla y el chico que Nabor había reclutado por diez centavos llevaba la otra. De regreso a la casa de City, Catalina metió la cabeza en la estación de las diligencias y le pidió a Gus Blather, el jefe de la estación, que le hiciera entregar su baúl lo antes posible. Él lo puso en un carro de carga y la siguió. Los hombres salieron de las cantinas a contemplar la procesión. Algunos se unieron a ellos; uno fue lo suficientemente gentil para reemplazar a Abbie cuando la carretilla se atascó en el barro. Otros siguieron la caminata un poco más atrás, hablando entre ellos. Matías Beck salió por las puertas batientes de su cantina y se apoyó en un poste delantero con los brazos cruzados, a observar.

Abriendo la puerta de la humilde casita que tenía la intención de transformar en su hogar, Catalina entró, seguida por Abbie, el niño y Gus Blather. Catalina agradeció a cada uno y le susurró a Abbie que le haría un sombrero como regalo. Mientras se iban, media docena de hombres atisbaron el interior. Catalina cerró firmemente la puerta y echó el cerrojo. Un hombre trató de restregar la suciedad de la ventana para mirar hacia adentro. Catalina decidió no lavarlas hasta que tuviera persianas y cortinas.

Parada en medio de la oficina delantera, y con las manos en la cintura, Catalina calculó el trabajo que tenía por delante. En realidad, nunca había limpiado un cuarto, mucho menos dos, pero sabía cómo se hacía. Agarró el balde y salió por la puerta trasera, ya que Abbie le había dicho dónde estaba el pozo comunitario más próximo.

Hacia el mediodía, sintió que las varillas de su corsé eran un artefacto de tortura. Se retiró unos mechones de cabello húmedo del rostro y volvió a fregar el piso de la habitación delantera. No pudo eliminar la mancha de sangre. Compraría un tapete para cubrirla. Ya había vaciado las cenizas de la estufa y había vuelto a cargarla con leña que encontró prolijamente apilada al lado de la puerta trasera. No la había encendido. El trabajo la ayudaba a mantenerse en calor. Había hecho seis viajes al pozo y tenía los pies doloridos por los ajustados y embarrados botines abotonados. El calzado estaba estropeado y el peso del lodo le había dejado las piernas doloridas. Vació los armarios y el guardarropa y lavó los estantes antes de acomodar sus provisiones y desempacar su ropa. Los Aday no tenían una bañera para vender, pero Catalina había encontrado una palangana suficientemente grande que serviría para ese propósito, así como para varios otros. De ahora en adelante tendría que lavar su propia ropa.

Al atardecer, Catalina aún no había terminado. No estaba presentable para cruzar la calle hasta la cafetería de Sonia y cenar. Lavarse implicaría otro viaje al pozo. Tendría que encender el fuego y calentar el agua. Tendría que desarmar su peinado, cepillar su cabello y recogerlo, y vestirse con ropa limpia. Estaba demasiado cansada para hacer cualquiera de esas cosas, demasiado cansada para tender la cama, y tan sucia que no quería usar sus sábanas nuevas.

Entumecida por la fatiga, con las manos en carne viva de tanto fregar y cada músculo del cuerpo dolorido, se hundió en el borde de la cama. Cayó de espaldas con los brazos extendidos y se quedó dormida.

4

MATÍAS ACORRALÓ A SCRIBE, reticente a que la preocupación por Catalina Walsh socavara su concentración en proyectos más importantes. —¿Viste a la sobrina de City? —Él no la había visto salir de la casa durante dos días, aunque sí había oído que ella había hecho muchos viajes al pozo comunitario. ¿Esa muchacha acarreando agua? Difícil de imaginar. Lo único que tenía que hacer era pedirle al primer hombre físicamente capaz que encontrara, y tendría una fila de ellos ofreciendo sus servicios. Sonia le contó que Catalina Walsh había recibido tres propuestas matrimoniales durante los primeros cinco minutos después de haber entrado en su cafetería.

—El carnicero, el panadero y el candelero. —Sonia se había

reído—. Todos detrás de ella como los osos por la miel. Se escondió en mi cocina. Dijo que no tiene ningún plan de casarse.

—Ella se sentó en tu cocina. —La muchacha parecía más de la clase de las que esperan un cuarto privado y una sirvienta personal.

—Se sentó a mi mesa de trabajo y me hizo compañía mientras cocinaba. Pidió el menú de minero y un par de tazas de café. ¿Cuál es tu interés en la joven, Matías? —La boca de Sonia se torció en una sonrisa de complicidad.

—Lo único que quiero de ella es la imprenta Washington de City.

—¿De verdad?

Como había sido uno de los mejores amigos de City, le correspondía a él mantenerla vigilada. Cuanto antes se fuera de Calvada, más pronto podría él relajarse de su vigilia.

Scribe dejó de barrer la acera y miró al otro lado de la calle como un cachorrito queriendo irse a casa.

—Ayer vi a la señorita Catalina. Le dije que me daría una vuelta por allá para asegurarme de que esté bien. Fui tres veces allí, pero no quiso abrir la puerta.

—¿Por qué no?

—Dijo que no estaba presentable. Estaba en medio de algo.

—¿En medio de qué?

—Limpiando la casa, supongo.

¿Durante dos días? ¿Dos habitaciones de cuatro por seis metros? ¿Qué clase de limpieza llevaba tanto tiempo?

Scribe dejó la escoba a un costado.

—Me daré una vuelta…

Matías miró de reojo al chico con mal de amores.

—Cuida tu corazón, muchacho. No hay que fiarse de las apariencias. Además, es mayor que tú.

Scribe se puso tenso.

—El mes que viene tendré diecisiete años.

Matías no creía que Catalina Walsh tuviera más de veinti-tantos años. Tenía ese aspecto fresco, ingenuo y virginal, algo que perdería demasiado pronto si se quedaba en Calvada.

Matías bajó de la acera y cruzó la calle. Pisando fuerte para quitarse el barro de sus botas, llamó a la puerta de Catalina. La puerta se abrió unos centímetros y pudo verla con su cabello rojo cubierto, las mejillas sucias y manchadas con pintura. Tenía puesto un delantal largo hasta los pies y unos guan-tes blancos, del tipo que usaban las niñas ricas para ir a la ópera.

—Ah. Es usted.

Su tono lo irritó.

—Sí. Soy yo. Vengo a ver si está viva.

— Ahora que sabe que lo estoy, puede irse.

—No tan rápido.

—Tengo trabajo que hacer.

Su mente buscó una excusa para quedarse y se fijó en una.

—¿Qué quiere a cambio de la imprenta? —Ella sostenía la puerta con ligereza por lo que él pudo empujarla unos centí-metros y curiosear adentro—. ¿Qué diablos está haciendo?

Ella soltó la puerta e hizo un gesto con la mano para que entrara.

—Pase, señor Beck. Satisfaga su curiosidad y luego váyase.

La oficina delantera de City era una mancha blanca. Los aromas conocidos a sudor masculino, *whisky* y tabaco habían sido reemplazados por el fuerte olor de la pintura de cal. El viejo y maltrecho escritorio de roble había sido despojado de las habituales pilas de papeles y estaba lustrado. Había tres libros abiertos en la superficie. Reconoció una Biblia y notó que estaba subrayada y tenía anotaciones en los márgenes. Catalina cerró rápidamente los otros dos y los metió en un cajón del escritorio antes de que él pudiera leer sus títulos. Las cajas desbordantes de ejemplares viejos de *La voz de Calvada* habían sido ordenadas y apiladas prolijamente cerca de la pared del fondo.

—Ha mirado todo menos la imprenta, señor Beck.

La había cubierto con una tela de algodón floreada y, encima de todo, había puesto dos sombreros con cintas y plumas, junto con otros artículos femeninos: una blusa abotonada de seda blanca, un vestido de satín azul y encaje apropiado para un baile, un par de botines con cierre de botones, dos pares de guantes como el que tenía puesto, un par de bombachas decoradas con puntillas y un polisón.

—Como no puedo mover la imprenta, debo darle algún uso.

—¿Como mesa exhibidora? —Tenía ganas de estrangularla—. Su tío debe estar retorciéndose en su tumba. Puedo conseguir una cuadrilla y sacarla de aquí en la próxima hora.

—Se quedará exactamente donde está. —Le dirigió una sonrisa empalagosa—. Creo que está sirviendo para un buen propósito.

Matías se acercó. Ella se mantuvo firme, pero él vio que un leve rubor tiñó sus mejillas.

—Y todo porque golpeé a Toby en la calle y le di la inmersión que tanto necesitaba en el abrevadero.

Ella miró hacia arriba y tomó aire delicadamente. Con los labios bien apretados, levantó el mentón.

—No soy tan malvada, señor Beck.

Sus ojos le recordaban los brotes nuevos de los pinos en primavera.

—¿De verdad piensa vender esas cosas que colocó ahí?

—¿Necesita usted un par de bombachas?

—¿Qué supone que diría la gente si yo saliera de aquí con

ese par envueltas alrededor del cuello? —Cuando los ojos de ella se abrieron alarmados, él se compadeció—. No se preocupe. No lo haré.

—No hay una tienda para damas en el pueblo.

Porque no había muchas damas, pero él se contuvo de decirlo. Las pocas que había en Calvada no podían permitirse el lujo de vestir de seda y satín, ni sombreros sofisticados.

—A Abbie le gustó mi sombrero.

A la defensiva.

—Nabor no le daría un centavo para que gaste en ese sombrero con plumas y flores.

Ella parecía perturbada.

—Bueno, espero que le dé permiso para que conserve el que le regalé. —Inspeccionó la exhibición—. Haré lo mejor posible por proponer algo que no esté ya a la venta, aunque supongo que las necesidades y los deseos de las mujeres de Calvada son más profundas de lo que tengo que ofrecer. —Caminó de regreso a su lata con pintura.

—¿Qué significa eso?

—Nada que le interese, estoy segura.

—Póngame a prueba.

—Podría hacerle una lista, y solamente he visto... ¿Cómo se llama la calle principal? ¿Campos Elíseos? —Se rio.

—Su tío le puso el nombre.

—Y Roma, París y...

—Gomorra. —No fue su intención que se le escapara eso de esa manera.

Ella pestañeó y frunció apenas el ceño, antes de mirarlo fríamente.

—Creo que la calle Campo le queda mejor.

Alguien llamó a la puerta.

—¿Señorita Catalina? —Scribe miró hacia adentro. Le

dirigió una mirada sombría a Matías antes de entrar—. Solo quería asegurarme de que estaba bien.

Matías resopló suavemente. ¿Qué creía el muchachito que estaría haciendo él? ¿Acosándola? Miró a Catalina con ironía.

—Parece que tiene un protector, milady.

—Puedo traer un poco más de leña, señorita Catalina. Tal vez, encender el hogar.

Matías entornó los ojos hacia arriba.

—Ya está encendido. —Miró furiosa a Matías—. Pero gracias por ser tan caballero, Scribe.

—Lo que necesite, cuando sea...

Enojado, Matías hizo un gesto con la cabeza hacia la puerta.

—Tú ya tienes un trabajo. Manos a la obra.

—Terminé de barrer.

—Entonces lava los vasos. —Cuando el muchacho no se movió, Matías dio un paso hacia él—. Ahora, Scribe. Que yo te pago el sueldo.

Scribe dejó la puerta semiabierta al salir y volvió a la cantina mirando atrás por encima del hombro.

Catalina suspiró, claramente consciente de los sentimientos del muchacho. Parecía preocupada, no halagada.

—Gracias, señor Beck.

—¿Por echarlo de aquí?

—Por darle techo y empleo.

—Siempre cumplo mi palabra.

Catalina lo estudió y él se sorprendió preguntándose qué pensaría ella. Las primeras impresiones siempre eran difíciles de cambiar.

—¿Qué me dice de usted, señorita Walsh?

—¿Qué hay de mí?

Él sintió que estaba metiéndose en aguas profundas. ¿Por qué había venido aquí? Recordó la razón que le había dado.

—¿Me promete que me avisará cuando esté lista para vender la imprenta?

—Lo sabrá cuando haya tomado la decisión. —Alisó su delantal—. Gracias por venir a ver cómo estoy, señor Beck. Como puede ver, todo está bien. Buen día.

Era la segunda vez que lo despachaba, y no le agradó.

—Es necesario que alguien esté pendiente de usted, señorita Walsh.

—Tengo edad suficiente para cuidarme sola, señor.

Señor. ¿Cuántos años creía que tenía? Se acercó a ella y notó que tomaba aire rápidamente. Con una gran sonrisa, pasó un brazo alrededor de la cintura de la joven y la acercó a él.

—¿Sigue pensando lo mismo? —Cuando él se inclinó, ella se agachó retorciéndose para liberarse y se metió detrás del escritorio. Señaló hacia la puerta, pero parecía haber perdido la capacidad de hablar.

—¿Cierro la puerta? —Se burló él—. Creo que deberíamos abrirla de par en par, por decoro.

—¡Fuera! —graznó ella.

Arrepentido de haber hecho caso a un impulso, trató de ponerse serio.

—No está mal que la gente sepa que usted y yo estamos haciéndonos amigos. —Los hombres la dejarían tranquila si sabían que tenía el ojo puesto en ella.

—¿Es eso lo que está haciendo, señor Beck? ¿Buscando mi amistad? —Sus mejillas estaban rojas, sus ojos eran un fuego verde—. ¿Se va a ir, o tengo que gritar?

—Eso traería una multitud. Y las apuestas de hasta dónde he llegado. —Parecía tan nerviosa que él le tuvo piedad—. Tenemos negocios que discutir.

Quitándose unos mechones de cabello rojo de su frente,

rodeó el escritorio y empapó su brocha en la lata de pintura blanca. Si él se acercaba otra vez, ya sabía qué esperar.

—¿Por qué no se quita el delantal y el pañuelo de la cabeza y me deja que la invite a almorzar adonde Sonia? —Sonia le había dicho que no veía a Catalina desde el día anterior. La muchacha tenía que comer.

—Ya almorcé avena.

—¿*Usted* cocinó? —Matías abrió el cajón del escritorio y sacó los libros que ella había escondido—. Ahhh. —Se rio entre dientes—. Aprendiendo a valerse por sí misma. Es eso, ¿verdad, señorita Walsh?

—Me parece prudente hacerlo. —Siguió pendiente de él, aplicando brochazos meticulosos en la tabla que ya había recubierto—. ¿No tiene mejores cosas que hacer que sentarse y verme pintar una pared?

Él sonrió, se reclinó hacia atrás y se puso cómodo. Dejó que su mirada la recorriera con toda tranquilidad.

—Necesitará un baño.

Conteniendo un grito ahogado de asombro, le lanzó una mirada furiosa.

—¡Gracias por decirme que apesto!

—Típico de una mujer: poner palabras en la boca del hombre. Yo no dije que usted apesta. —La mirada de ella le indicó que dejara de hablar—. Estoy seguro de que todavía tiene arena del viaje en diligencia. Y ha estado limpiando este lugar desde que se mudó. Es razonable suponer que desearía...

—¿Siempre es tan ofensivo?

Oh, ese tono agudo, y todo porque él estaba tratando de explicarle que no había querido insultarla.

—Apuesto a que se daba un buen baño todos los días allá, en Boston. Probablemente también usaba un jabón perfumado.

—Ahora tengo una tina de lavar y sé de dónde sacar agua. Y Scribe, como joven caballero que es, me ha provisto de la leña para calentarla. —Estampó más pintura sobre la pared—. Y también están los baños públicos de esta cuadra.

Necesitaba ponerle fin a esa idea ahora mismo.

—Ah, claro. Puede ir allí. Tendrá la privacidad de los tabiques de tela entre usted y sus compañeros de bañera. Unos veinte hombres, estimo.

Eso logró que le prestara total atención.

—¿No hay paredes?

Sintiendo una punzada de remordimiento por atormentarla, Matías se irguió.

—Solo las exteriores. —Había dicho más que suficiente para llegar a su objetivo—. Véndame la imprenta, Catalina. Y luego váyase a su casa, donde debería estar.

La expresión de ella cambió.

—Estoy en casa, señor Beck. —Se limpió la mejilla con el dorso de la mano enguantada y dejó una mancha de pintura sobre esa sedosa piel de porcelana—. Y solo porque un hombre quiera algo no significa que lo conseguirá.

—¿Quiere apostar por eso, milady?

Catalina se quitó los guantes y los lanzó dentro de la lata vacía de pintura.

—La imprenta no está en venta.

—Todas las cosas tienen un precio.

Ella levantó la cabeza y arqueó una ceja.

—¿Quiere apostar por *eso*? —Sus ojos relucieron, temperamentales—. La imprenta es un arma muy poderosa. No se la vendería a un hombre que podría usarla para otros propósitos que no fueran lo que es correcto y bueno. ¿He sido suficientemente clara, lord Baco?

El corazón de Matías palpitó con ganas de pelear.

—No hay nada peor que una chica creída cuando está molesta.

Ella le dirigió una sonrisa dolida.

—Los hombres siempre recurren a los insultos cuando pierden una discusión.

Matías se fue antes de decir algo de lo que pudiera arrepentirse.

<hr />

Cuanto más trabajaba Catalina en su pequeña vivienda en la calle Campo más en casa se sentía. El sábado en la noche se lavó el cabello y se bañó en la tina de lavar para prepararse para los servicios de adoración del domingo en la mañana. Sabía que las personas se fijarían en ella y quería vestirse lo más sencilla que pudiera para no causar un revuelo.

La Iglesia Comunitaria de Calvada estaba en lo alto de una colina, al final de la calle Roma. Las montañas se alzaban atrás, imponentes, cubiertas por pinares. Catalina respiró el aroma y llenó sus pulmones con el vigorizante aire de finales de otoño. La nieve tapaba las cumbres y pronto cubriría el pueblo.

Sorprendida de que el servicio ya hubiera empezado, se sentó sigilosamente en el banco del fondo, detrás de seis mujeres. Había otras mujeres más cercanas a la parte delantera, con esposos e hijos. Una de las que estaban delante de ella miró hacia atrás. Catalina sonrió, pero la joven se volteó rápidamente y le susurró a la señora que estaba a su derecha, quien le habló en secreto a la siguiente. Una mujer mayor, vestida de negro, se inclinó y miró de manera reprobatoria a las jóvenes; luego, se volteó para mirar a Catalina.

Sus ojos parpadearon, sorprendidos. Sacudió la cabeza,

frunció el ceño y agitó la mano con un gesto para indicarle a Catalina que se adelantara.

Lo último que Catalina quería era llamar más la atención. Murmuró:

—Gracias, pero estoy bien aquí. —Allí podía ver y escuchar claramente al reverendo Thacker.

La mujer le dio la espalda y no volvió a mirar a Catalina. Le susurró algo a la joven que tenía al lado. Lo que fuera que le dijo, pasó a las otras cinco mujeres. Las mujeres se levantaron cuando llegó el momento de cantar un himno y se sentaron en perfecta simultaneidad cuando terminó. Cuando culminó el servicio, Catalina se puso de pie, esperando poder presentarse, pero las seis mujeres salieron rápida y ordenadamente, sin mirarla una sola vez. Catalina frunció el ceño. ¿Estaba siendo desdeñada? ¿Qué había hecho mal?

El reverendo Thacker y su esposa pasaron a su lado y se pararon en la puerta para saludar a los feligreses que salían. Ambos le dieron la bienvenida a Catalina y preguntaron si podían hacerle una visita. Les dijo que sería un placer recibirlos. Otras personas la saludaron en la entrada. Abbie Aday se acercó, radiante, y su mano tocó el sombrero que Catalina le había regalado.

—Te queda maravilloso, Abbie.

Nabor parecía enfadado.

—No tenemos tiempo para entretenernos. —Agarró del codo a su esposa y la condujo hacia la salida.

Abbie miró hacia atrás por encima del hombro.

—Luces encantadora, Catalina. —Sus ojos recorrieron con admiración el vestido rojizo de Catalina. Hizo un gesto de dolor y volvió a mirar al frente.

Henry Call saludó a Catalina.

—Se ve bien. Matías dice que usted ha trabajado mucho en su nuevo hogar.

Nada de lo cual aprobaría el señor Beck, podría haber dicho ella.

—Qué agradable verlo otra vez. —Matías Beck estaba notablemente ausente, pero Morgan Sanders había asistido. El dueño de la mina sonrió y la saludó inclinando la cabeza. Ella retribuyó el reconocimiento antes de dirigirse a Henry—. ¿Su negocio marcha bien?

Call desvió la mirada de Catalina hacia Morgan Sanders y volvió a ella.

—Tan bien como se puede esperar. Algunas cosas llevan tiempo. —Titubeó—. Me enteré de que ya conoció a Morgan Sanders.

—Me invitó a cenar cuando me alojé en su hotel. —Su piel se erizó incómodamente. Tenía la inquietante sensación de que la atención de Sanders estaba fija en ella, pese a que mantenía una conversación con varios hombres en ese momento—. He estado ocupada limpiando y organizando mi casita. Planeo usar la oficina delantera como una tienda para damas. —Salió al exterior, con Henry a su lado.

Mientras bajaban la colina hacia el pueblo, Henry habló del viaje que habían hecho en la diligencia con Cussler y Wiley. Catalina se reía, disfrutando sus modales relajados. Se separaron en la esquina de Roma y la calle Campo; Catalina caminó hacia la cafetería de Sonia y Henry regresó al hotel de Beck. Ella había estado comiendo avena por tres días y ansiaba otro menú del minero.

La cafetería estaba repleta. Todas las conversaciones se detuvieron cuando entró. Una mujer salió de la cocina con dos platos cargados con pilas altas de tortitas de avena. Sorprendida, miró a Catalina y dejó los platos delante de dos hombres que apenas los notaron. Catalina la siguió a la cocina y saludó a Sonia.

—¿Puedo acompañarlas, señoras?

Sonia se rio dando vueltas unos panqueques.

—Charlotte, te presento a Catalina Walsh, la sobrina de City Walsh. Catalina, ella es Charlotte, mi nueva ayudante. Toma asiento. —Apuntó con la espátula hacia el banquillo junto a la mesa de trabajo—. Esta mañana te ves sumamente elegante, Catalina. ¿Cómo estuvo la iglesia? —No preguntó qué deseaba comer Catalina, pero empezó a llenar un plato con huevos revueltos, tocino y panqueques. Le sonrió a Charlotte—. Esta muchacha sí que tiene apetito.

—El reverendo Thacker es un orador magnífico. —Catalina admiró la veloz eficiencia de Sonia. Charlotte tomó dos platos más y se dirigió al comedor—. Tiene la casa llena esta mañana. ¿Puedo ayudar?

—¿Tú? —Sonia parecía sorprendida—. ¿Estás pidiendo un empleo?

Catalina lo consideró.

—¿Podría trabajar a cambio de las comidas?

Sonia la estudió seriamente.

—Primero, come. Luego podrás echarme una mano. —Deslizó hacia ella el plato repleto, tomó una taza de un gancho y la llenó con café caliente—. ¿Dónde has estado comiendo los últimos días?

—En casa. Avena. —Catalina hizo una mueca—. Estoy segura de que podría aprender mucho de cocina trabajando para ti.

Charlotte dejó los platos sucios sobre la mesada que estaba junto a la palangana para lavar.

—¿Por qué querría trabajar aquí? —Revisó el costoso conjunto de Catalina con ojos astutos—. Usted viene de un hogar de ricos.

—Yo era un estorbo indeseado para mi padrastro, y mi madre me dijo que su vida sería mucho más fácil sin mí.

Ambas mujeres la miraron boquiabiertas y Catalina se ruborizó, avergonzada de que se le hubiera escapado semejante confesión.

—Tengo puestos los vestigios de mi antigua vida. —Se encogió de hombros—. No me enviaron lejos con las manos totalmente vacías. Está la herencia.

—Que no vale prácticamente nada —dijo Sonia, notablemente inquieta por lo que Catalina había revelado.

—Mi padrastro me dio dinero suficiente para que pueda mantenerme sola unos meses, si soy austera.

Sonia y Charlotte intercambiaron una mirada antes de que Charlotte hablara.

—Podría elegir al hombre que quisiera en Calvada, señorita Walsh. Todos hablan de usted y del señor Sanders.

—¿Qué? —Catalina empalideció—. Cené una vez con el hombre, y fue más una convocatoria que una invitación.

—Será mejor que tengas cuidado con ese hombre —le dijo Sonia.

—Es dueño de la mayor parte del pueblo. —Charlotte tomó asiento en un banquillo y se secó la frente.

Catalina hizo un gesto despreocupado con la mano.

—Me lo dijo.

—Entonces, ¿qué va a hacer?

—Tratará de abrir una tienda para damas —le dijo Sonia a Charlotte—. De sombreros e innombrables. Veremos cómo resulta eso. —Soltó una risita—. Matías me lo contó. Viene a comer a mi cafetería desde que llegó al pueblo. Parece que tienes a dos hombres importantes de Calvada interesados en ti.

Catalina resopló.

—Quiere comprar la imprenta de mi tío.

—¿Por qué no se la vendes? A ti no te sirve.

—¿Y a él sí?

Charlotte se metió un caprichoso mechón de cabello en su moño.

—Seguro que sí. Stu Bickerson no quiere cederle una línea en sus publicaciones.

—¿Quién es Stu Bickerson?

—El editor del *Clarín*. Morgan Sanders lo controla por completo. Pero me parece justo que el señor Beck tenga un medio para imprimir sus opiniones e ideas sobre cómo manejar este pueblo.

—¿Manejar este pueblo? —Se rio Catalina—. ¿Qué está haciendo? ¿Postulándose para alcalde?

—No hasta que los hombres tengan agallas —le dijo Sonia—. Hoy por hoy, le tienen miedo a Sanders.

Catalina no podía creer que estas dos mujeres pensaran que Matías Beck podía ser un buen alcalde. Aun así, ella tenía sus propias opiniones sobre ciertas cosas.

—Un periódico debería ser neutral: exponer la información, en lugar de tomar partido.

Sonia la miró con sarcasmo.

—¿Es así como lo hacen en Boston? —Añadió condimentos a la olla de frijoles que burbujeaba en la parte trasera de la gran estufa de hierro.

—No — dijo tras un suspiro. Había leído los despiadados artículos escritos sobre las sufragistas—. Pero uno puede tener deseos. —Elizabeth Cady Stanton y Susan B. Anthony habían sido tildadas de traidoras al orden natural de la creación de Dios. Un editorial etiquetó a sus seguidoras de «arpías»; otro dijo que eran antinaturales, poco femeninas, una desgracia para su género. Muchas mujeres compartían el mismo punto de vista. La propia madre de Catalina le había ordenado que nunca volviera a asistir a otra reunión. Por supuesto, ella no la había obedecido. Quizás si no hubiera perdido los estribos ni intentado hablar en voz alta en ese último mitin, todavía podría estar viviendo en Boston.

Todo sucedió muy rápido aquel día. Dos hombres la habían capturado como alguaciles que atrapan a un criminal y la llevaron en carruaje al portón delantero de la finca Hyland-Pershing. El juez Lawrence Pershing estaba esperándola. La había hecho seguir.

—Y es una desgracia pública, igual que su padre —le recriminó el juez a la madre de Catalina—; uniéndose a Susan B. Anthony y sus arpías, presentándose a ese mitin haciendo una escena. —Había agarrado un periódico y lo sacudió como un perro cuando mata una rata—. ¡Todo está aquí, en el *New York Tribune*! Si no fuera por mis contactos, su nombre aparecería mencionado. —Le arrojó el periódico a Catalina—. ¿Estás orgullosa de ti misma? Se correrá la voz de esta última aventura. Tu reputación está arruinada.

¿El voto femenino era una aventura? ¿Su reputación estaba arruinada? Catalina lamentaba su comportamiento impulsivo, no porque se sintiera equivocada, sino porque su intento no había logrado nada; definitivamente, no la audiencia respetuosa que aquellas mujeres merecían.

Sonia puso la tapa en la gran olla de hierro.

—Tu tío publicaba la verdad, y mira lo que le pasó.

<hr />

Al salir de la cafetería de Sonia, Catalina decidió subir nuevamente la calle Roma hacia la iglesia. No había ido al cementerio a presentar sus respetos a su tío. Había estado tan obsesionada por ordenar la casita, que no había pensado en ello hasta que esa mañana vio el cementerio cerca de la iglesia.

Unas cruces sencillas señalaban la mayoría de las tumbas.

Una gran lápida portaba los nombres de los hombres perdidos en un accidente minero, con fecha 13 de octubre de 1872. Otra, más adelante, detallaba cinco pérdidas más el año anterior. Catalina siguió buscando la sepultura de Casey Teague Walsh.

—Señorita Walsh. —Sally Thacker se acercó a ella, tenía sus hombros envueltos por un chal—. La vi desde la casa parroquial. ¿Puedo ayudarla?

—Busco la sepultura de mi tío.

—Está por allá. —Señaló una tumba retirada y aislada, al borde del contorno cercado—. Él era católico, ¿sabe? Generalmente, tienen su propio cementerio, pero... —Dejó el resto sin decir.

—¿Hicieron una ceremonia funeraria por él?

—No en la iglesia, y apenas unos pocos aparecieron cuando fue sepultado. El resto se reunió en la cantina de Beck para una celebración.

Conmocionada, Catalina retrocedió.

—¡Una celebración!

—De su vida. Era irlandés, y algunos hombres pensaron que un velorio era más apropiado. La manera en que sus amigos le mostraron respeto, supongo. Su tío pasaba mucho tiempo en la cantina de Beck, según tengo entendido. —Hizo una mueca—. No es mi intención que suene a crítica, de ninguna manera.

—¿Conoció usted muy bien a mi tío, señora Thacker?

—Dígame Sally, por favor. Y no, me temo que no lo conocí en lo más mínimo. Él nunca asistió a la iglesia. —Acompañó a Catalina a la tumba.

La cruz era sencilla. *City Walsh*. Ninguna fecha, ningún «q.e.p.d.», nada sobre el hombre que yacía bajo tierra ni qué logros, si es que alguno, había tenido en su vida. Los ojos de Catalina se llenaron de lágrimas.

—Su nombre completo era Casey Teague Walsh.

—Dudo que alguien lo supiera.

La tumba se veía deprimente y solitaria, la última de una larga fila de muertos; con un espacio que lo separaba del resto. Sus amigos más íntimos debieron venir a ver cuando lo enterraron. ¿Quiénes podrían ser? Scribe, seguramente. Quería saber sus nombres.

—¿Quiénes asistieron al entierro?

Sally se ajustó más el chal.

—Scribe. Matías Beck.

Pasó un momento antes de que Catalina pudiera hablar.

—Solo dos.

—Hubo otra persona.

Catalina alzó la vista hacia ella, haciéndose preguntas sobre su reticencia. Sally apretó el chal a la altura de su garganta.

—Scribe y Matías son quienes lo conocían mejor, Catalina.

—¿Quién fue la otra persona?

—No debería haber dicho nada. —Sally suspiró—. Fiona Hawthorne. Se quedó un largo rato luego de que los otros se fueron. Llorando.

—Debe haberlo amado.

—Tal vez.

—¿Ella aún está aquí, en Calvada?

Sally negó con la cabeza.

—Oh, no debe buscarla, Catalina. Se sentó detrás de ella esta mañana, pero no debe sentarse ahí atrás nuevamente. Es un lugar reservado para esas mujeres. La gente empezará a hablar.

¿Hablar? ¿De qué?

—Me senté detrás de seis mujeres. ¿Cuál era Fiona Hawthorne?

—La que estaba de negro. —Mirando a su alrededor, Sally se acercó un paso más a ella y bajó la voz como si los fantasmas pudieran oír su conversación—. Le digo esto solo para que entienda por qué debe evitarlas. La señora Hawthorne es la dueña de un burdel de dos pisos sobre la calle Gomorra. —Sally Thacker parecía demasiado avergonzada para decir algo más.

———◦◦◦———

Catalina regresó a su casa y se sentó en el escritorio de su tío. Los amigos más íntimos de Casey Teague Walsh habían sido un huérfano, el dueño de una cantina y una prostituta. Quería saber más sobre él, pero eso significaba hablar más con Matías Beck. Su último encuentro la había alterado. Cada vez que el hombre la miraba, sentía que su pulso se aceleraba. Sería mejor que lo evitara.

Observó los cajones de papeles apilados contra la pared. Quizás la manera de llegar a conocer a Casey Teague Walsh era leyendo las cartas, las notas, los borradores de los artículos y los periódicos que había escrito, así como sus libretas y los que parecían ser unos diarios. Sería una tarea monumental, pero las noches del invierno eran largas y ella no iría a ninguna parte. Pondría todo en orden cronológico. Conocería el desarrollo de los acontecimientos, así como lo que su tío consideraba importante, en qué creía, y qué lo había hecho dejar los arroyos y las minas y lo había convertido en un periodista.

Levantó un cajón y lo puso sobre el escritorio. En la búsqueda de conocer mejor a su tío, tal vez incluso llegara a descubrir quién lo asesinó y por qué.

5

LA LLUVIA HABÍA AMAINADO CUANDO Matías salió de la cafetería de Sonia. Después de dos días tormentosos, los caminos apenas estaban en condiciones transitables. Divisó a Catalina con las faldas levantadas por encima del barro, mientras trataba de cruzar la calle hacia la cafetería. Su capa se inclinaba y, con cada paso que daba, juntaba más barro y peso. Patinó y extendió las manos, tratando de recuperar el equilibrio, pero se resbaló y cayó sobre el polisón en su parte trasera en medio de la calle Campo. Cuando trató de levantarse, sus manos se hundieron hasta las muñecas en el lodo. Scribe, siempre en guardia por ella, voló raudamente por la acera para rescatarla. Brincó por el barro para ayudarla a levantarse, pero sus fervientes esfuerzos empeoraron la situación y la hicieron más entretenida. Riéndose por lo bajo, Matías contempló cómo el muchacho, accidentalmente, tiró el sombrero de Catalina. La brisa matinal lo hizo rodar por la calle, sobresaltando a un caballo que se encabritó y lo pisoteó. Una pluma solitaria se despidió cuando la rueda de una carreta la aplastó bajo el lodazal.

Decidido a ser su caballero de brillante armadura, Scribe trató de levantarla. Cuando sus manos se resbalaron bajo sus axilas, sus dedos se aventuraron un poco más, haciendo que su alteza se apartara bruscamente y profiriera un chillido escandalizado. Lo golpeó y lo empujó hacia atrás, mientras ella se levantaba a medias. Y ahí quedó tendido el chico, con los brazos y piernas abiertas.

Matías se rio. ¿Cómo podía no hacerlo? A pesar de la mirada feroz que ella le lanzó, no se detuvo. Podría haberla dejado sentada sobre su aristocrático trasero si una carreta no hubiera doblado en la esquina, prometiendo un desastre de otro tipo. Matías agarró la brida del caballo que iba adelante.

—Tranquilo, ya. —Hizo un gesto con la cabeza en dirección a los dos que trataban de desatascarse de la calle—. Tenga cuidado de no pasar por encima de ellos. Arruinaría el espectáculo.

—El conductor se rio y guio cuidadosamente a los caballos para esquivar a la pareja que forcejeaba por ponerse de pie.

Compadeciéndose, Matías caminó por la calle y se paró frente a ellos.

—¿Necesita una ayudita, milady? —Ver las sucias huellas digitales de Scribe en el corpiño de ella lo hizo sonreír abiertamente.

Con el rostro rojo, Catalina trató de levantarse otra vez, pero el barro acumulado en su capa larga hasta los pies la arrastró hacia abajo.

—Permítame... —Se inclinó hacia adelante, pero ella intentó

golpearlo. Él retrocedió y esquivó el chorro de barro que ella lanzó. La princesa bostoniana parecía cualquier cosa menos una dama, agachada con las piernas separadas, las manos extendidas y chorreando, y aún así sonó remilgada.

—Gracias, pero ya estoy de pie y... —Dio un paso, patinó, se deslizó, chilló y cayó hacia atrás.

Aunque sintió la tentación de dejarla caer, Matías la agarró del brazo y la estabilizó.

—La he visto en mejor estado, señorita Walsh. Pero no tiene que preocuparse ahora. Tengo una espalda buena y fuerte. —Soltó el broche de su capa, se la quitó de los hombros y se la lanzó a Scribe.

Los ojos de Catalina se abrieron completamente.

—¿Qué cree que está haciendo?

—Pesará cinco kilos menos sin ella. —Le dijo a Scribe que se la llevara a Jian Lin Gong, y entonces, levantó a Catalina en sus brazos—. No me acaricies el cabello con tus dedos, cariño.

—¡Bájeme! —Se sacudió ella—. Puedo caminar.

—Todos vimos lo bien que puede hacerlo. —Su risa murió en un gruñido—. Tiene unos codos muy puntiagudos, señorita Walsh.

Ella iba como un pájaro cautivo.

—Esto no es apropiado en absoluto.

—¿Y revolcarse en el lodo sí lo es?

—No estaba revolcándome en el lodo.

—Si sigue retorciéndose, ambos iremos a parar al barro y le garantizo que no terminará encima en un combate de lucha libre conmigo.

Cada músculo de su cuerpo se puso rígido.

—Usted, señor, no es un caballero.

—Nunca dije que lo fuera. Por otro lado, usted tampoco parece una dama en este momento.

Derrotada, con el rostro sonrojado, ella se relajó.

—Le daría las gracias si no supiera cuánto está disfrutando este espectáculo.

Sonia estaba parada frente a su cafetería, con las manos en las caderas.

—No te atrevas a traerla aquí, Matías. No hasta que se haya lavado.

—Sí, señora. —Él cambió de dirección—. ¿Qué le parecen los baños públicos, señorita Walsh?

—A casa. Por favor, señor Beck.

—Tengo una mejor idea. —Cruzó la calle y caminó enérgicamente por la acera, se puso de espaldas y atravesó las puertas de su cantina, agradeciendo que ella estuviera demasiado estupefacta como para protestar. Sintió que volvía a ponerse tensa y después encogerse en sus brazos cuando vio las mesas de apuestas, las ruedas de ruleta, la barra larga y pulida junto a la que había una hilera de hombres mirando fijamente, el enorme espejo de marco dorado que él había pedido del Oriente y por el que había pagado un dineral para que lo trajeran a Calvada. A Matías le gustaba saber lo que sucedía a sus espaldas cuando mantenía una conversación con alguien en la barra.

—¿Dónde estás llevando a la dama, Matías? —gritó un hombre desde la barra y se rio.

Sin responder, Matías cargó a Catalina hasta la planta alta, abrió una puerta empujándola con el hombro y la dejó de pie en medio del mejor cuarto del hotel. Todos los cuartos estaban bien amueblados, pero este tenía una gran cama de bronce tapada con edredones de plumas, una cómoda y un armario de madera de cerezo, un lavamanos de mármol con un cuenco y una jarra de cerámica azul y blanca, además de otros servicios. Indudablemente, esta muchachita bostoniana estaba acostumbrada a algo mejor, pero esto era lujoso para el nivel de Calvada.

El fuego había sido preparado, pero no encendido. Matías dejó callada e inmóvil a Catalina, y tomó un fósforo de la repisa de la chimenea. Encendió la yesca debajo de los troncos.

—Haré que suban agua caliente y jabón. La bañera está detrás del biombo; las toallas, en la repisa. Hay una bata en el armario. Le enviaré un mensaje a Sonia. Ella irá a su casa a buscar lo que necesite y lo traerá.

Matías se incorporó y la observó mientras ella volvía a mirar la habitación. Comparando, sin duda. Su ropa indicaba que venía de un hogar adinerado, que probablemente había crecido en una mansión.

Seria y con el rostro pálido, lo miró a los ojos con una dignidad seria.

—Gracias por su ayuda, señor Beck.

Él no vio burla en su expresión, tampoco estaba fingiendo.

—De nada. —Aunque estuviera cubierta de barro, se sentía atraído por ella. Recorrió su cuerpo con la mirada mientras ella volvía a observar el lugar.

—Es una habitación muy agradable.

No detectó sarcasmo.

—¿Le gustaría mudarse aquí? —Él vio que no entendió la insinuación y se alegró por ello.

—Es tentador, pero no puedo pagarlo. Y he trabajado mucho por convertir mi casita en un hogar para mí. ¿No le parece?

¿Un hogar? ¿Realmente quería saber su opinión sobre el antro desordenado al que había entrado el día que él, Scribe y *Herr* se reunieron para hablar con ella sobre su herencia? El lugar era apto para un soltero. Pero ¿para una dama?

—No lo logrará como sombrerera. Su vestido probablemente cueste más de lo que un minero gana en tres meses, señorita Walsh.

—Lo sé. —Reconoció ella sin titubear.

—Usted no encaja en Calvada.

—Quizás no. —Se encogió de hombros—. Pero aquí estoy.

Matías tuvo la sensación de que estaba a punto de llorar. Apretó sus manos enlodadas delante de ella; cada centímetro de su persona se veía como una alumna castigada.

—Será mejor que me asee para poder irme.

—No hay prisa.

Cerrando la puerta al salir, él se quedó en el pasillo con el corazón galopante.

Abbie Aday, y probablemente todos los demás en el pueblo, se habían enterado del incidente de Catalina en la Campo.

—Le ocurre a todo el mundo —dijo Abbie—. Será peor en pleno invierno. El lodo se hiela y entonces es peligroso. Si te resbalas y te caes en ese tiempo, te romperás los huesos.

—Es por eso que necesito un par de botas buenas y duraderas. —Los finos zapatos de cuero de Catalina tenían suelas lisas y adecuadas para Boston y los paseos en carruaje, pero no para un lodazal en las montañas de Sierra Nevada. Necesitaba algo sólido que la mantuviera en el suelo.

Claramente, Abbie no estaba de acuerdo.

—Oh, pero...

—Cállate, Abbie. —Nabor ya estaba sacando cajas—. Botas para niños. —Necesitaron varios intentos para encontrar un par suficientemente pequeño que le quedara a Catalina. Ella tomó nota del precio. Abbie negó con la cabeza y empezó a decir algo, pero Nabor la hizo callar con una mirada—. Lo que la dama quiera, la dama tendrá. —Otro cliente le dijo a Catalina que derritiera cera y la frotara sobre el cuero para impermeabilizar su compra.

Cuando Catalina se probó un abrigo de hombre largo hasta la cadera, Abbie se horrorizó. Catalina estaba cansada de tiritar cada vez que salía de su casa. Le acortaría las mangas, haría un gorro con los retazos, le añadiría una rosa de seda y bordaría algunos detalles para darle un toque femenino general.

—No vas a comprar eso también, ¿o sí, Catalina?

—¡Mujer! —gruñó Nabor—. Ve a pesar y embolsar frijoles. —Su tono y los modales desagradables hacia su esposa enfurecían a Catalina, pero sabía que si decía algo solo haría enojar más a Nabor Aday y empeoraría la situación de Abbie.

—También me gustaría comprar botones y cintas. —Había encontrado una solución para mantener los dobladillos de su vestido fuera del barro. Las novias sujetaban en alto sus vestidos largos para poder danzar después de la boda. Ella podría hacer la misma reforma para evitar que sus dobladillos se arrastraran.

Catalina había visto de antemano los precios de todo, antes de elegir, pero cuando Nabor contabilizó los artículos, el total sumaba varios dólares más. La había engañado cada vez que ella había entrado en la tienda. La primera vez fueron solo unos centavos; luego cincuenta, y ahora más. Ella no había dicho nada por su amistad con Abbie, pero no podía permitirse el costo de que esto continuara.

Hizo una lista del precio de cada artículo y puso la suma correcta en el mostrador.

—El abrigo era más caro.

—El costo del abrigo está en la etiqueta que usted arrancó, Nabor. Está en su bolsillo.

Con el rostro enrojecido y furioso, él empezó a decir algo, pero notó que otros clientes se acercaban. Barrió el dinero sobre el mostrador hacia su mano. Ruborizada, Abbie se ocupó con algo en el mostrador. Mantuvo la cabeza gacha. Cuando Nabor se dio vuelta para ayudar a otro cliente, Catalina le susurró una disculpa a Abbie. Sintió el ardor de las lágrimas cuando se paró en la acera afuera de la tienda.

De camino a casa, Catalina notó cómo su abrigo y sus botas atraían algunas miradas sorprendidas, pero se limitó a saludar con una sonrisa y siguió caminando. De todas maneras, ¿quiénes diseñaban las modas? Desde luego, no las mujeres que las usaban. ¿Acaso no tenía puesto un corsé de varillas tan ajustado que le dificultaba respirar el ligero aire de montaña? ¿Cuántas veces en el pasado había leído detenidamente el *Libro para damas* de Godey y suspirado por el último grito de la moda? Y Lavinia, la costurera de la familia, siempre había sido diligente para replicar cualquier cosa que llamara la atención de Catalina, agregando sus propios toques exclusivos que sobresalían entre todas las otras jóvenes cuyas costureras hacían exactamente lo mismo. La competencia era interminable, ¿y para qué? ¿Para atraer a un esposo?

Con las manos calientes y hundidas en los bolsillos de su abrigo, Catalina se sobresaltó cuando alguien la llamó por su nombre. Al darse vuelta, vio a Morgan Sanders sentado en lo alto de su carruaje, vestido con un traje elegante y un sobretodo grueso de lana. Se empujó ligeramente hacia atrás el sombrero y la inspeccionó con cierta sorpresa.

—No estaba seguro de que fuera usted. ¿Es un abrigo de hombre el que trae puesto?

—Y es de buena calidad, también. Acabo de comprárselo a Aday. Ahora estoy abrigada y cómoda. —Levantó el cuello y sonrió.

—¿Y botas de hombre?

Evidentemente, él no lo aprobaba. Y a ella no le importaba.

—Son botas de niño, en realidad, y bastante prácticas.

Su sonrisa tenía reproche.

—Espero que no use ninguna de esas cosas para la cena que arreglé para nosotros esta noche. Vendré a buscarla a las seis.

¿Quién se creía él que era? ¿El rey de la montaña? Su suposición encendió el mal genio en ella.

—Gracias por su amable invitación, incluso con tan poca antelación, señor Sanders, pero ya tengo un compromiso para esta noche. —La expresión de él cambió. Ah, otro hombre al que no le gustaba ser rechazado. Y a ella no le gustaba que decidieran por ella. Siguió caminando.

Morgan Sanders mantuvo su caballo al paso de ella.

—Tengo más para ofrecerle que cualquier otro hombre en este pueblo.

Había conocido hombres así en Boston que le desagradaban tanto como él. Pensó que debía ser sincera y no hacerle perder el tiempo a nadie.

—No estoy buscando esposo. —Se detuvo y lo enfrentó—. He estado leyendo los periódicos de mi tío, y frecuentemente menciona su nombre. En este momento tengo tiempo libre, y usted parece estar yendo a su mina. Me gustaría verla.

Él pareció sorprendido y disgustado.

—¿Mi mina?

—Sí. Su mina. Por afuera y bajo tierra.

—No es lugar para una dama.

—Entiendo que se postulará para alcalde. Las minas son parte vital de Calvada. ¿No deberían interesarme?

Él le dirigió una sonrisa condescendiente.

—Si pudiera votar.

Qué amable de su parte recordarle que no tenía más derechos en California de los que tenía en Massachusetts.

—Sí, pero las mujeres tienen influencia. ¿Acaso no son sus actividades comerciales las que le dan mucho más que ofrecer que cualquier otra persona?

Sus ojos se entrecerraron.

—¿Trata de fastidiarme, señorita Walsh?

Había visto esa mirada en el rostro del juez y sabía que debía ser más cautelosa. Su mente se esforzó por encontrar una respuesta que no avivara más su talante.

—He heredado una mina, señor Sanders. No sé con seguridad qué hacer con ella.

—Véndamela.

Debió haber esperado esa respuesta, ya que era tan magnánimo y caballeroso.

—Es posible que quiera meterme personalmente en el negocio.

Esta vez, él se rio como si hubiera dicho un buen chiste. Cuando ella no sonrió, él negó con la cabeza.

—Una cosa es una sombrerería, querida mía, pero una mina es algo totalmente diferente. Su tío apenas tenía una olla para cocinar. Eso debería darle un indicio de cuánto vale su mina.

—Entonces, ¿por qué querría comprarla usted?

—Le estaba mostrando bondad a una joven bonita de recursos limitados. —Inclinó la cabeza—. Quizás me dé una vuelta. Ciertamente, usted y yo tenemos cosas de qué hablar. —Chasqueó las riendas y siguió calle abajo.

Catalina vio a Wiley Baer saliendo de la cantina de Beck. Entró apresuradamente a su casa, tomó un papel de su cajón y salió a buscarlo. Él ya se había alejado dos cuadras y se movía como un hombre con un destino. Caminando aprisa, ella acortó la distancia, pero no antes de que él llegara al final del pueblo y doblara a la derecha. Cuando ella giró en la esquina, lo vio atravesando el portón delantero de una casa de dos pisos.

—¡Wiley! ¡Espere!

El anciano se quedó paralizado y la miró boquiabierto. Ella jadeaba cuando lo alcanzó. ¿Él se había ruborizado?

—¿Qué está haciendo aquí en Gomorra?

—¿Gomorra? —Ella miró alrededor con interés. Fiona Hawthorne vivía en alguna parte de esta calle angosta, pero ahora no había tiempo para llamar a las puertas y preguntar por esa señora. Enfrentó a Wiley—. Necesito hablar con usted sobre un asunto de gran importancia.

La cortina de la ventana delantera se separó. Wiley tosió sonoramente y negó con la cabeza. Catalina le preguntó si estaba bien. Parecía exasperado, cambiando de postura apoyado en un pie y en el otro.

—No debería estar en esta parte del pueblo.

—Esta parte se ve bastante igual a la otra; al menos, es lo que me parece. En realidad, esta parece más seca. —Subió un escalón—. Necesito su pericia.

—¿Mi qué?

—Su conocimiento sobre minas, Wiley. —Bajó la voz—. Usted dijo que tiene una próspera y que la ha hecho funcionar durante años. Mi tío tenía una mina, la cual me han dicho que no vale nada. Pero él la mantuvo activa. Me gustaría saber por qué.

La puerta se abrió, dejando ver una rendija. Wiley agarró el picaporte y la cerró de un tirón.

—Volveré —dijo en voz alta. Aclarándose la garganta, miró amenazante a Catalina—. Tendría que verla.

—Por supuesto. Estoy lista cuando usted quiera.

Él escupió y sus hombros se encorvaron.

—Iremos ahora. Ya que me ha puesto en semejante estado, no querría... Olvídelo. —Bajó los escalones.

—No sé dónde está, pero esta es la concesión. —Sacó de su abrigo los papeles doblados y se los dio—. Usted conoce la zona.

—Es un alma confiada, ¿verdad? —Con cara de pocos amigos, tomó la hoja y la leyó rápidamente—. ¿Puede caminar más de tres kilómetros?

—Por supuesto. —Tenía puestos su abrigo y sus botas y estaba completamente preparada para una aventura.

—Entonces, en marcha. —Le devolvió bruscamente los papeles—. Y no ande confiándole eso a cualquiera.

Ella sonrió, esperando calmar su malhumor.

—No lo considero cualquiera, Wiley.

Él resopló.

—El camino solo llega hasta una parte del lugar donde estamos yendo.

¿Le preocupaba no poder llegar? Sí, traía un fuerte olor a whisky, pero no se había tambaleado al caminar por la acera. Iba como un evangelista hacia una misión.

—¿Quiere que alquile un carruaje para que no tenga que caminar tan lejos?

—¿Quién, yo? ¿En un carruaje? —Se burló—. ¿Parezco alguien que pasea en carruaje? Estoy preguntando si *usted* podrá llegar.

Wiley no era mucho más alto que Catalina, pero era considerablemente mayor.

—Creo que puedo seguirle el paso.

Una hora después, ella se preguntaba en qué había estado pensando. Ebrio o sobrio, el hombrecito enjuto y bigotudo era tan resistente como un macho cabrío y tenía el temperamento correspondiente.

—¡Vamos, vamos! —le gritó dándose vuelta cuando ella hizo una pausa para recuperar el aliento—. ¡No tenemos todo el día! —Un viento frío llegó desde las altas montañas nevadas, pero de ella salía vapor. Se habría quitado el abrigo, pero entonces tendría que cargarlo y sentía sus piernas como si fueran de caucho.

Finalmente, el camino se terminó.

—¿Ya casi llegamos? —Catalina se tomó de los costados, jadeando.

—No. —Wiley la miró fastidiado y se encaminó hacia el sendero de montaña.

Sus pulmones le quemaban, la cabeza le palpitaba y se sentía un poco nauseosa.

—¡Wiley! —suplicó.

Mirando hacia atrás, él se detuvo.

—Usted está en un penoso estado. Es la altura. Se acostumbrará a ella después de un rato.

Si es que vivía tanto.

—No se olvide. Soy de Boston. A nivel del mar... —Se agachó y levantó una mano, rindiéndose—. Por favor. Cinco minutos.

Wiley sacó una botella del bolsillo de su abrigo y se la ofreció.

—Un buen trago de esto la mejorará.

Si olía parecido a él, ella no quería probarlo.

—No, gracias.

—Haga lo que quiera. —Él tragó, metió el corcho a presión y volvió a guardar la botella en su bolsillo—. ¿Ya está lista? —Echó a andar antes de que pudiera responder y no tuvo más alternativa que seguirlo, o darse por vencida. ¿Qué pondrían en su lápida? *Catalina Walsh murió dentro de su corsé. No pudo desatarlo, cortarlo ni desdeñarlo. No pudo respirar y estaba cansada. En la montaña expiró.*

Vio un trozo de nieve, recogió un puñado y se la frotó en la cara.

—¡Apúrese! —le gritó Wiley—. ¡A menos que quiera ser devorada por un oso!

Con el corazón sobresaltado, miró alrededor y trató de alcanzarlo. Unos treinta metros más adelante, vio una cabaña pequeña pero sólida, junto a una ladera rocosa. Las vigas se apoyaban contra algunas piedras.

—Aquí la tiene. —Wiley empezó a apartar las vigas y dejó al descubierto la entrada a una cueva detrás de ellas. Entró. Ella lo escuchó moverse en el interior, refunfuñando para sí mismo. Un fósforo resplandeció y ella vio un farol en su mano—. ¿Qué espera? —Se volteó para mirarla, contrariado.

—¿Hay arañas allí dentro?

—Seguro, y serpientes también.

—¿Serpientes? —Lo escuchó murmurar algo acerca de las serpientes de cascabel que buscaban un lugar agradable para el invierno y se enderezó—. Esperaré aquí mientras usted entra e investiga.

Wiley se acercó a la entrada.

—Usted me hizo subir hasta aquí para ver la maldita mina, ¿verdad? Interrumpió la buena tarde de entretenimiento que yo había planeado. Suplicándome un favor, ¿no fue así? —Señaló con el pulgar hacia la penumbra—. ¡Entre aquí!

Estremeciéndose, con los ojos moviéndose rápidamente a derecha e izquierda, arriba y abajo, Catalina siguió a Wiley al interior de la mina. Se mantenía tan cerca que se tropezó con él cuando se detuvo. Él maldijo y trastabilló hacia adelante. A pesar de las profusas disculpas que ella le pidió, le gruñó.

—Deje un poco de espacio para el hombre, ¿quiere? —Murmurando otra vez, siguió adelante—. No hay más que tierra y piedras. Eso es lo que yo veo.

Siguieron avanzando mientras Catalina estudiaba las vigas de madera que sostenían las paredes y el techo del túnel. Cada vez que la tierra se escurría, sus nervios se sobresaltaban. Wiley llegó a una habitación amplia y colgó el farol en un poste.

—Al parecer, City pasaba el tiempo aquí. —Miró más de cerca, pasó las manos sobre la pared rocosa y luego se agachó para ver qué había sido amontonado en una pila—. No es plata. Desde luego que no es oro. Pero estaba guardando esto por alguna razón. —Levantó una piedra grande y la examinó—. No se parece a nada.

—Quizás, debería tomar algunas muestras para un tasador.

—Yo no confiaría en los dos que hay en Calvada. Ambos trabajan para Sanders. Tendrá que ir hasta Sacramento. Allí debe haber alguien que pueda decirle qué son esas piedras y si valen algo. Pero no estoy seguro de que valga la pena la molestia.

Catalina eligió una grande. Su curiosidad aún no había quedado satisfecha.

—Morgan Sanders ofreció comprarme la mina.

—No se atreva a venderle esta mina a Sanders. —Se quedó mirándola, consternado—. City no habría querido que usted hiciera eso. ¡No, señor!

—No tengo intención de vender, Wiley. Simplemente, me gustaría saber por qué conservó la concesión. Debe haber significado algo para él. —Hizo girar la piedra en sus manos y luego se la extendió a Wiley.

—¿Por qué me la da? Es su mina.

Resignada, la metió en el bolsillo de su abrigo, haciendo un bulto a su costado. Por fortuna, bajar de la montaña sería más fácil que subirla.

—Supongo que haré otro paseo en diligencia. —El pensamiento era desalentador—. Sacramento, ahí voy.

—Si ese es su plan, será mejor que lleve más de una muestra. —Wiley levantó un balde vacío y lo llenó hasta la mitad con rocas—. Generalmente, quieren más de una.

—¿Va a cargar eso por mí? —Catalina solo esperaba que así fuera.

Arrancando el farol del gancho, Wiley dejó caer el balde al lado de ella al salir.

—Es su mina. Llévelo usted.

Matías estaba tomando un descanso de la lectura de informes, cuando vio a Catalina que vestía un abrigo de hombre y cargaba un balde por la acera al otro lado de la calle. ¿Qué estaba haciendo? Algunos hombres empezaron a salir de las cantinas para saludarla y ofrecerle ayuda, pero ella negaba con la cabeza y los pasaba de largo. Paraba cada seis metros y lo cambiaba de mano. El pozo comunal más cercano estaba en la otra dirección, así que lo que cargaba no era agua.

Inclinándose hacia adelante, Matías dejó a un lado los papeles y observó con el ceño fruncido. Esta vez, solo anduvo cinco pasos y bajó el balde. Claramente exhausta, se limpió la frente. Otro hombre le ofreció ayuda, pero ella le indicó con un gesto que no lo necesitaba. Matías empujó la silla hacia atrás. Ella recogió el balde y cruzó Galway, subió a la acera con dificultad y siguió caminando. Su rostro estaba rojo por el esfuerzo, pero llegó a su casita, puso el balde en el suelo, abrió la puerta, luego lo arrastró al interior y cerró la puerta al entrar.

¿Qué cargaba allí? ¿Herraduras?

—¡Scribe! —Hizo un gesto con la cabeza para que el muchacho se acercara—. Ve a ver qué acaba de arrastrar milady a su casa.

—¿Qué quiere decir con "arrastrar"? —Miró hacia afuera de la ventana.

—Tenía un balde. Parecía pesado.

—Va a buscar su propia agua. Una vez traté de ayudarla, pero dijo que tenía que valerse por sí misma.

—No era agua.

—¿Cómo lo sabe?

¡Por todos los cielos!

—¡Olvídalo! Iré a averiguarlo yo mismo.

—¡No! Yo iré. —Scribe salió por las puertas batientes antes de que Matías pudiera levantarse. Cruzó rápidamente la calle y golpeó la puerta. Ella no contestó. Llamó otra vez y se abrió. Matías se inclinó hacia adelante intentando verla unos instantes, pero Scribe le bloqueaba la visión. La puerta se cerró. Scribe emprendió el camino de vuelta y entró. Pasó al lado de Matías, levantó el trapo que había desechado y volvió a lavar las mesas.

Apretando los dientes, Matías decidió no preguntar qué había averiguado Scribe. Después de unos minutos de frustración ardiente y de decirse que no era asunto suyo qué tenía Catalina Walsh en su balde, juntó sus papeles, los apiló y se dirigió a su oficina. ¿Por qué no podía terminar un día sin que Catalina le llamara poderosamente la atención? La noche anterior, incluso había soñado con ella.

Quizás necesitaba salir un tiempo del pueblo. Ir de pesca. Mala idea. Tendría demasiado tiempo para pensar mientras esperaba que alguna trucha mordiera el anzuelo. No, tenía una idea mejor. En lugar de mandar a Henry a Sacramento para que se encargara de sus trámites, ¿por qué no hacer él mismo el viaje? Podría pasar unos días revisando algunos negocios, ver cómo iban, quién los estaba dirigiendo. Una vez que la campaña para la alcaldía se caldeara, no tendría oportunidad de salir del pueblo. *Gracias, City, por hacerme sentir lo suficientemente culpable para dejar que los hombres me convencieran de presentarme como candidato.* Tenía tantas oportunidades de ganar como una bola de nieve en el infierno.

City se habría reído a carcajadas y le habría dicho que ya era hora de que se animara y entrara al juego.

6

CUSSLER RESOPLÓ, resolló y se maldijo a sí mismo con la cara roja mientras cargaba el baúl de Catalina en el techo de la diligencia.

—¿Qué lleva en esta cosa? ¿Piedras?

Catalina se ruborizó.

—Es solamente lo esencial que necesito para mi viaje, señor Cussler. —En realidad, las piedras eran esenciales y el motivo de su viaje a Sacramento, pero no quiso anunciar lo que estaba haciendo ni a Cussler ni a Gus Blather, el jefe de la estación, quien solía hablar de adónde viajaban los pasajeros y sus motivos. Cuando Cussler bajó, ella le dio una propina y se sorprendió aún más por su generosidad que por el peso de la carga que acababa de amarrar y que tendría que descargar en la estación a mitad de camino, donde ella tomaría otra diligencia que la llevaría a Sacramento.

—Bueno, gracias, señorita. —Abrió la puerta de la diligencia para ella, lanzó la moneda al aire, la atrapó y la metió en su bolsillo—. Blather dijo que hay otro pasajero que viene con nosotros. —Le dio la mano para que subiera—. Tiene cinco minutos para llegar, o nos iremos sin él. —Se tocó el sombrero y cerró la puerta. La diligencia se hundió cuando él trepó a la parte superior.

Sola en la diligencia, Catalina escogió el asiento del medio para evitar las salpicaduras que pudieran entrar por las ventanas abiertas. Había elegido su vestido marrón de viaje con la chaqueta de peplo. Había dejado en casa sus botas y tenía puestos los botines abotonados.

Un ruido sordo golpeó el techo de la diligencia, junto con el saludo tosco de Cussler.

—Entre. Ya estamos partiendo.

La puerta se abrió de golpe y la diligencia volvió a hundirse cuando el pasajero tardío subió. La sonrisa que Catalina tenía como saludo se esfumó cuando Matías Beck se quitó el sombrero, se sentó en el asiento opuesto al suyo y cerró la puerta bruscamente en el mismo momento en que Cussler chasqueaba el látigo. La intensidad ceñuda de su mirada hizo que Catalina se sintiera, de alguna manera, en falta. La diligencia se sacudió hacia adelante y ella se apretó hacia atrás, consternada cuando se dio cuenta de que estaba atrapada en el mismo lugar que Beck.

—Así que finalmente decidió irse del pueblo.

Catalina no podía precisar si eso lo aliviaba o le era indiferente. Ciertamente, no le importaba. No vio razón alguna para responder, ya que él había hecho una declaración, por muy errónea que fuera. Observó las cantinas y los frentes de las tiendas mientras pasaban. Podía sentir los ojos de Beck fijos en ella. ¿Se proponía ser irritante? Enfadada, le lanzó una mirada fulminante.

—Solo temporalmente. —El hombre era demasiado perturbador, en particular, cuando su mirada la recorrió desde el sombrero hasta la punta de sus zapatos y volvió a encontrarse con sus ojos. Sintió que el calor la invadía. Desvió la mirada y decidió que lo mejor sería ignorarlo.

No habían viajado más de dos kilómetros, cuando el miserable apoyó su bota contra el borde de su banco. Acercando más la falda a su muslo, lo miró mal.

—¿Le molestaría retirar su bota de mi asiento?

—No es su asiento. Está en el banco. —Sonrió con satisfacción—. Pero como guste. —Él bajó su pie, cambió de posición y se sentó al lado de ella, sujetándose con su pie al banco donde había estado sentado—. ¿Qué le parece así?

Su proximidad la ponía nerviosa.

—Preferiría que se quedara en su lado de la diligencia, señor Beck.

—No puede tener todo a la vez, milady.

No le gustaba el tono ni el título.

—Muy bien. De acuerdo. Vuelva. Apoye su bota en mi asiento.

—No me provoque —gruñó él sin moverse.

La diligencia brincó y la lanzó contra Beck. Catalina se aferró al marco de la ventana y se deslizó tan lejos de él como pudo. El hombre era grande y no había suficiente espacio entre ellos para que se sintiera cómoda. Cada roce que se producía contra su cuerpo le aceleraba el corazón. Sabía que el viaje sería desdichado, ¡pero estar atrapada en la diligencia con este hombre burlándose de ella sería imposible! ¿Dos días y una parada de una noche en el desierto? Él le echó un vistazo y ella supo que tenía la intención de quedarse exactamente donde estaba. Muy bien. ¡Ella cambiaría de lugar! Catalina empezó a cambiar de lado. Hubo otro sacudón y cayó hacia atrás. Se levantó nuevamente, medio agachada, decidida a alejarse de él.

—Cuidado, milady. No está eligiendo un buen momento.

El látigo de Cussler chasqueó.

—¡Sujétense! ¡Llegando al subibaja!

A la mitad entre los dos asientos, la primera sacudida lanzó a Catalina hacia arriba y hacia atrás, sobre el regazo de Beck, dejándolo sin aire.

—¡Oh! —Mortificada, intentó levantarse—. Le pido perdón.

Beck se rio.

—Vaya, esta sí que es una sorpresa inesperada y placentera. —El aliento cálido en su oído le erizó la piel de todo el cuerpo.

Respirando agitadamente, trató de levantarse otra vez, pero el rebote la mantuvo dando saltitos sobre su regazo.

—Solo relájese, milady. Está bien.

—Podría ayudarme un poco.

—Por supuesto. Debí haberlo pensado. —Rodeó su cintura con sus manos fuertes y la sujetó firmemente en su lugar—. ¿Así está mejor?

—¡Me refería a que me ayudara a moverme! —Lo pateó en las canillas con sus tacones.

—¡Ay! Tenga cuidado. Está más segura sentada sobre mí.

—¡Suélteme! —Trató de zafar los dedos de sus manos.

—Solo quédese tranquila y todo terminará pronto. —Se rio entre dientes—. Hizo bien en dejar en casa su polisón. *¡Ayyy!* Tiene unas uñas muy afiladas, ¿verdad?

En el instante que sus manos la soltaron, Catalina se lanzó al asiento de enfrente sin preocuparse de cuán poco refinada se viera en su huida. La diligencia se sacudió de arriba abajo. Con el corazón retumbando, ella se bajó la chaqueta de un tirón y enderezó su sombrero, al mismo tiempo que lo miraba con furia. Pasaron sobre la última parte y el camino se suavizó.

Beck volvió a levantar su bota y sonrió.

—Me había resignado a un viaje largo y aburrido a Sacramento. Hasta ahora, ha sido bastante... interesante.

—¿Por qué, de todas las personas que hay, tuvo que ser usted quien estuviera hoy en esta diligencia en particular?

—Tuve suerte, supongo.

Consciente de que Beck estaba provocándola, Catalina volvió a mirar afuera por la ventana, haciendo el mayor esfuerzo por ignorarlo. Los caballos galopaban. Cussler gritaba órdenes vulgares cada cinco minutos. Pasó un kilómetro, luego otro, y Beck seguía mirándola. Incitándola. Apretó la mandíbula. Que mirara. Los hombres la habían mirado antes, y ella no les había prestado atención. Entonces, ¿por qué le recorrían el cuerpo estas sensaciones raras? Estaba a punto de gruñirle cuando él habló:

—Todavía quiero la imprenta.

Catalina fingió indiferencia.

—Decidí no venderla.

—Por pura y maldita testarudez, igual que su tío.

Luego de haber leído algunos ejemplares de *La voz de Calvada* de City Walsh, se sintió honrada de que la comparara con él.

—Tal vez él y yo tengamos varios principios en común.

—¿De verdad? —Beck arqueó las cejas parodiando un descubrimiento—. Usted pasa las noches divirtiéndose con los hombres y se va a dormir ebria todas las noches, ¿cierto?

—¿Qué? —Lo miró boquiabierta.

Por un instante, un gesto de remordimiento cruzó su rostro antes de endurecerse.

—Además de ser astuto como editor del periódico y de tener

un humor insólito y muy desagradable, a City le gustaban tremendamente el whisky y las mujeres. Fiona Hawthorne era una de sus mejores amigas, y él podía beber más que *Herr* Neumann cuando se paraba junto a la barra.

Catalina asimiló todo sintiéndose cada vez más entristecida. Por muy inmoral que hubiera sido City Walsh, seguía siendo su tío, el hermano de su padre. Su familia. La sangre Walsh corría por sus venas. En todo caso, las palabras de Beck describían cómo la pasión podía fluir de maneras destructivas. ¡Y había que ver adónde la había llevado a ella la pasión! ¿Cuántas veces había visto alguna injusticia y de inmediato le había disparado sus opiniones al juez? En lugar de exponerle racionalmente un problema, lo había provocado y hostigado. ¿Qué beneficio había logrado con eso, más que ponerlo a la defensiva y enfurecerlo? Si hubiera manejado las cosas con mayor gracia, quizás habría tenido mejores logros para otros y evitado que la exiliaran.

—Supongo que usted creía, o esperaba, que él fuera un santo.

Con las manos apretadas sobre su falda, Catalina desvió la mirada, reprimiendo sus lágrimas. ¿Había sido su padre como City Walsh? Desde luego, el juez no tenía nada bueno que decir de él. *Una persona problemática, como todos los irlandeses. Un rebelde.* ¿Acaso no decía lo mismo de ella?

Beck suspiró y murmuró una grosería por lo bajo.

—City era un buen hombre. Pero tenía demasiado mundo. Vino aquí en el '49, durante la primera fiebre. No se hacía ilusiones sobre las personas cuando lo conocí.

—Yo estoy perdiendo rápidamente las mías. —Se encontró con su mirada—. Pensé que usted era su amigo.

—Lo era. —Beck se recostó hacia atrás—. Él pasaba la mayoría de las noches en mi bar. Yo lo admiraba.

—¿Qué cosa de él le parecía más admirable? ¿Cuánto whisky

podía aguantar, o...? —Dejó de hablar, avergonzada de haber estado a punto de decir algo despectivo sobre una mujer que se había preocupado de que su propia reputación pudiera mancillar la de Catalina si hablaban, aun en la iglesia—. Mejor olvídelo.

—Lo admiraba porque él creía en decir la verdad, sin importar el costo.

Su tono captó completamente su atención.

—Usted sabe quién lo mató.

Sobresaltado, frunció el ceño.

—No. No lo sé. El hecho es que las personas que dicen la verdad tienden a ganarse muchos enemigos. —Soltó una risa lúgubre—. Podría hacer una lista de al menos seis hombres que podrían haber querido silenciarlo.

Tuvo la sensación de que él sabía mucho más y que se arrepentía de haber mencionado siquiera el tema de City Walsh.

—¿Quién está en su lista?

—Oh, no. —Su boca se puso tensa—. Tengo sospechas, señorita Walsh, no hechos. Y no tengo ningún plan de compartirlas con una mujer.

—Bien. —Exasperada, se encogió de hombros—. Lo averiguaré yo misma.

—¿Cómo? ¿Y luego qué hará? ¿Le dará una paliza al asesino con su sombrilla, o lo clavará a una pared con los alfileres de su sombrero?

—La justicia debe imponerse.

Beck lanzó un bufido.

—Suena como un lema.

Ella lo miró con frialdad.

—He estado leyendo los periódicos de mi tío. Al menos, los que quedaron en las cajas. Son viejos, de cuatro años o más. Me gustaría saber qué sucedió con los ejemplares más recientes.

—Fueron confiscados.

—¿Por quién?

—El comisario. Él se los llevó a su casa para ver qué podía averiguar.

Sorprendida, Catalina se sintió optimista.

—Creí que Calvada no tenía comisario.

—No tenemos.

—Pero acaba de decir...

—*Teníamos* un comisario. —Beck parecía serio—. Murió cuando su casa se incendió.

—Qué oportuno, ¿no le parece? —Arqueó una ceja, pero Beck no dijo nada—. Scribe no me dijo nada de esto.

—Yo tampoco debería haberlo hecho. —Dijo algo en voz baja con el cuerpo tenso y la mirada sombría—. Bastó mirarla el día que bajó de la diligencia con sus lazos y encajes, y las apuestas fueron que usted no aguantaría ni un día.

—Mucho menos, un mes. —Levantó su mentón—. Espero que haya ganado una gran apuesta esa primera semana, señor Beck.

—Ni en sueños. Las mujeres son caprichosas. Pero Aday sí.

Dolida, Catalina se llevó una mano a la garganta.

—¿Abbie?

—No, Nabor. Apostó cinco dólares a que usted se iría en menos de diez días.

¡Cinco dólares! Con razón trataba de estafarla cada vez que iba a la tienda. Estaba tratando de recuperar el dinero perdido en una mala apuesta. Catalina se cruzó de brazos. El hombre no le daba permiso a su mujer para comprarse un sombrero de dos dólares, ¡pero había gastado más del doble en esa apuesta! ¡Hombres!

—Bien, haya ganado usted la apuesta o no, dejó en claro que esperaba que me fuera después de la primera noche.

Su sentido del humor se iluminó.

—Apostaría a que se le ocurrió.

No entendía a este hombre.

—Bueno, puede decirles a todos los hombres de su cantina que me quedaré en Calvada. —Apoyó las manos en sus rodillas y se inclinó hacia adelante—. Y también puede decirles que voy a descubrir quién asesinó a mi tío.

La expresión de él se endureció nuevamente. Imitando la postura de ella, acercó la nariz a unos centímetros de la suya.

—Si sigue investigando se meterá en verdaderos problemas. Deje que los hombres se ocupen de resolverlo.

Ella resolló y se inclinó hacia atrás.

—Como si los hombres hubieran hecho un gran trabajo hasta ahora. Parece que nadie ha hecho nada para resolver su asesinato. Y es asunto mío. Yo soy la sobrina de City Walsh. Él era de mi familia.

—Familia. —Se burló Beck con los ojos en llamas—. Ni siquiera conoció al hombre, así que no finja sentimientos por él que no existen. La única relación que hay entre ustedes dos es la sangre. Y el hecho de que, por algún accidente inesperado, usted heredó su propiedad en lugar de Scribe. Le aseguro que me gustaría saber cómo sucedió. Si alguna vez hubiera conocido a City Walsh, ¡no habría querido estar en la misma vereda que él!

Sus palabras se sintieron como una golpiza, pero en el pasado ya había sido juzgada dura e injustamente. Era su grado de ira lo que le molestaba. Su propio mal temperamento entró en ebullición y tuvo que mantener la boca cerrada para mostrarse calma. Había aprendido cómo hacerlo, después de muchas discusiones con el juez. No quería convertirse en enemiga de Matías Beck y se preguntó qué tenía ella que lo había enfurecido tanto. Una respuesta fría y sincera tal vez calmaría su ira.

—Desearía haberme sentado con City Walsh y averiguar por

qué se quedó en California, cuando sus obvios talentos podrían haberle dado una vida mucho mejor en alguna otra parte.

Los ojos de él parpadearon, y luego se entrecerraron.

—Seguro que sí. —Reclinó hacia atrás su cuerpo todavía tenso.

Catalina pensó en todas las cosas que había hecho a lo largo de los años y que no habían causado más que dolor a su madre y frustración e ira a su padrastro. Debía reconocer que hubo ocasiones en que su único deseo había sido provocar al juez para que perdiera los estribos. Si hubiera sido un poquito más sensata y mucho menos creída, no estaría en el desierto, rodeada de gente que creía que el temple que tenía se lo debía a un corsé de varillas y que las plumas de sus sombreros eran indicio de su inteligencia. Ella no había elegido nacer en una mansión ni en una cuna de oro. Además, había sido por sus propios méritos que la echaron de la cuna de oro y se quedó sin las finas como-didades de la mansión Hyland-Pershing.

—Usted no tiene idea de cuánto significa para mí tener algo que me conecte con mi padre, señor Beck. Nunca lo conocí. Mi padrastro solo hablaba de él para burlarse; mi madre, una vez, con amor.

Beck indagó en sus ojos; el enojo había desaparecido y en su lugar había una mirada curiosa.

—¿Qué significa eso?

—Digamos que no soy tan superficial como usted me ha juzgado. —La mirada irónica de él le hizo agregar—: Intentaré no juzgarlo por las apariencias tampoco, señor Beck. —El tiempo y un poco más de investigación podrían enmendar la mala opinión que tenía de él, pero lo dudaba.

Beck la analizó; luego, cerró los ojos como si quisiera tomar una siesta. Estuvo tanto tiempo en silencio, que ella pensó que lo había logrado, aunque le resultaba increíble que alguien pudiera dormir en una diligencia que se sacudía y se balanceaba. Poco a poco, ella también se relajó, pero se sobresaltó cuando él habló.

—Si no se irá, ¿por qué va a Sacramento?

No lo conocía tanto como para confiar en él.

—¿Por qué va usted?

—Quise alejarme.

—¿De qué?

—De los problemas.

La intensidad de su expresión hizo que le diera vuelta el corazón.

—Una jugada prudente, diría yo.

—¿En serio?

¿Qué significaba esa mirada seductora?

—Sí, así es. Ciertamente, yo lo haría. —Evitar los problemas siempre era una buena idea. Lástima que ella no hubiera aprendido esa lección mucho tiempo atrás. Como no podía seguir mirándolo a los ojos, Catalina lo imitó y cerró los ojos para fingir que descansaba, cuando solamente necesitaba un respiro de su presencia desconcertante.

—Puede intentarlo, señorita Walsh, pero algunas cosas ya están predestinadas

---

A Matías le costaba mucho quitarle los ojos de encima a Catalina Walsh. Le había costado mucho no pensar en ella desde que descendió de la diligencia. De lejos, le pareció demasiada mujer. Más cerca, cuando lo miró a los ojos, sintió una descarga de calor que le recorrió todo el cuerpo.

Nunca había sentido algo así, ni siquiera con Alice, la mujer a la que amó y con quien había planeado un futuro después de la guerra. Cuando volvió a casa, se enteró de que ella se había casado con el adinerado dueño de una hacienda, tres meses después que él se fue. ¿Acaso no le había prometido que lo esperaría, aun después de que él le explicara que su consciencia le decía que debía ir al Norte? Ella lo había buscado poco después de que él regresó a casa. A pesar de sus vestidos desteñidos y parchados, seguía siendo hermosa. Con lágrimas de arrepentimiento sincero corriendo por sus mejillas, le suplicó que la perdonara y la llevara con él. No era amor lo que sentía, sino miedo y desesperación cuando se vio atada a un veterano amargado y lisiado, cuya hacienda estaba en ruinas. Matías no la odió por su infidelidad. Se compadeció de ella.

¿Había trasladado sus prejuicios a Catalina Walsh? Era hermosa. Tenía un aire culto. Se había descubierto observándola, escuchando lo que la gente decía sobre ella y, al parecer, la sobrina de City tenía otras cualidades para ser admirada, además de su belleza. Parecía una rica niña boba, malcriada, que vestía sofisticadamente, pero Sonia le había dicho que no tenía inconvenientes para trabajar en la cocina o sirviendo las mesas. *Esa muchacha es una gran trabajadora*. Incluso había lavado los platos.

Él lo había comprobado personalmente luego de ver el interior de la casa de City.

Los hombres hablaban en la barra y el tema favorito era «la chica Walsh». Tardó menos de una hora en enterarse de que Sanders había invitado a Catalina a cenar una segunda vez. *Dijo que ella quería ver su mina*. A lo mejor, quería ver los activos de Sanders. Sonia se había ofendido al escuchar ese comentario. *Catalina no quiere casarse con nadie*. ¿Qué mujer no querría cazar un hombre que la cuide? Cuando él expresó ese pensamiento, Sonia le dirigió una mirada que lo hizo atragantarse. Ella estaba sola desde que su esposo había muerto en 1850. *Y me va muy bien, eres muy amable por recordármelo*.

Luego estaba Nabor, a quien Catalina no le caía bien;

probablemente porque le había regalado a su esposa agobiada y poco valorada el sombrero que ella usaba todos los domingos. Abbie se lo contó todo a Matías cuando él fue a hacer una compra. Dijo que Catalina era la dama más amable que había conocido en su vida, y Nabor le ordenó que volviera a trabajar y dejara de hablar. Más tarde, Matías lo escuchó hablando en el bar. Dijo que a Catalina Walsh le importaba un pepino su reputación. *Se sentó detrás de las muñequitas de Fiona Hawthorne en la iglesia y hasta les habló. No me sorprendería que la hayan mandado aquí porque...* Un par de hombres le dijeron que cerrara la boca. Si no hubieran sido ellos, Matías lo habría hecho. ¿Por qué se ponía tan a la defensiva por una chica que apenas conocía?

Matías quería saber por qué habían mandado a Catalina a California a cobrar una herencia que estaba destinada a su madre o, por lo menos, eso había dicho Scribe.

Cussler gritó cuando se detuvo en la posta de diligencias. Matías salió con la intención de asistir a Catalina, pero ella ya había abierto la puerta del otro lado. Descendió de un salto, se alisó la falda y le dio un tirón a su chaqueta. Cussler les dijo que entraran y comieran, mientras él y el jefe de la estación cambiaban los caballos.

Un cuenco con guisado ya estaba listo, así como el café caliente recién hecho y una cesta con panecillos de masa madre. Comieron en silencio y tuvieron tiempo suficiente para estirar las piernas y usar la letrina antes de que Cussler los llamara para que volvieran a la diligencia. Matías decidió ser un caballero como lo había educado su madre, pero Catalina subió por sus medios antes de que la alcanzara. Contrariado, se sentó frente a ella. Ninguno de los dos hizo el intento de conversar. A diferencia de la mayoría de las damas que había conocido, a ella no parecía incomodarle el silencio. A decir verdad, se veía que iba reflexionando sobre algo, si es que ese ceño fruncido era indicio de algo. Esperaba que no tuviera nada que ver con el asesinato de City. Sería mejor que se pusiera a pensar en otra cosa. Recordó algo que ella había dicho el día que la conoció.

—¿Qué quiso decir con su frase: "Lo que sea que encuentre tendrá que servir"? —Cuando ella lo miró sin expresión alguna, él procuró recordárselo—. El día que bajó de la diligencia, yo le dije que en Calvada no había ninguna olla al final del arcoíris, y usted dijo...

Ella se encogió levemente de hombros con las manos cruzadas sobre su falda.

—Me convertí en un estorbo para mi padrastro y en una aflicción para mi madre. La herencia debía ser para ella. El juez la convenció de que me la transfiriera.

—¿El juez?

—Mi padrastro. —Hizo una mueca—. Así le decía yo. Me temo que con el mismo desdén que usted usa cuando me llama "milady".

Matías sonrió apenas.

—¿Se lo merecía?

—Estoy segura de que él pensaba que no lo merecía. Y confieso que no siempre fui respetuosa, algo que él merecía, aunque fuera solo por el hecho de haberse casado con mi madre a pesar de la carga que traía consigo. Sin embargo, yo pensaba que su decisión se debía más a la fortuna de mi abuelo y a su necesidad de tener un heredero... —Se frenó abruptamente y sacudió la cabeza como si se hubiera descubierto en un error garrafal.

—Su abuelo tenía un patrimonio.

—Es una larga historia.

—Tenemos un largo viaje por delante. —Sonrió para animarla—. ¿Se portaba mal?

—No más que otros niños, pero me parecía a mi padre.

Y a su tío.

—Algo que difícilmente usted podía controlar.

—No. —Se alisó la falda sin mirarlo a los ojos.

—¿Pero...?

—Hay otros motivos sobre los que preferiría no hablar.

Había pocos motivos por los que una familia despachaba a una hija joven.

—Ah. Un amor prohibido.

Ella levantó la vista bruscamente y lo miró con ojos feroces.

—Nunca me he enamorado, señor Beck. A diferencia de mis padres, que se fugaron para casarse en contra de los deseos de mi abuelo. —Su indignación decayó un poco—. Puede que haya tenido alguna razón para desconfiar de mi padre. Apenas llevaban un año de casados cuando mi padre envió a casa a mi madre y se marchó al Oeste en busca de su destino. Mi madre no se habría enterado de su muerte si mi tío no le hubiera escrito... —Extendió los dedos sobre su falda y pareció afligida—. ¡Por Dios! ¿Por qué estoy contándole todo esto?

—Yo curioseé. —Y no había terminado. Tenía un montón de preguntas.

—Lo único que sé de usted es que es bueno con los puños y que es el dueño de una cantina...

—Un hotel y una cantina.

—Me corrijo, pero la cantina fue lo primero, ¿verdad? Y, aunque es oriundo del Sur, peleó para la Unión...

—¿Quién le dijo eso?

—¿Me equivoco?

—No, pero parece que usted tiene tanta curiosidad en mí como yo en usted. —Se habría pateado a sí mismo por decir eso, si ella no se hubiera ruborizado por la culpa.

Entonces, ella tuvo que echarlo a perder, corrigiendo su suposición:

—Me temo que hice un comentario despectivo sobre usted y alguien salió rápidamente a defenderlo.

—¿Quién?

—Sonia. Ella lo estima mucho.

Cuando no estaba sermoneándolo como una madre.

—¿Chismeando sobre mi vida, milady? Me anima su interés.

—Bueno, no se anime tanto, señor Beck. —Ladeó su cabeza—. Simplemente, lo considero acertado porque supe que es candidato a la alcaldía.

Él se rio.

—¿Qué tiene que ver la elección con usted? No puede votar.

—Por ahora. —Sus ojos destellaron fuego verde—. Y es lo mismo que dijo Morgan Sanders, lo cual me hace especular si ambos piensan de la misma manera sobre todas las cosas.

—Le aseguro que no. —Matías presentía a una sufragista frustrada, aunque difícilmente parecía de ese tipo—. Y, si pudiera, ¿qué tipo de alcalde buscaría, señorita Walsh? —Podía adivinarlo: alguien apuesto, bienhablado, que vistiera bien y fuera rico. Alguien capaz de adular y engañar. Alguien que poseyera una mina, en lugar de una cantina—. Una mujer de su vasta experiencia en el mundo debe tener alguna idea de quién sería el mejor para manejar Calvada.

Ella resistió su mirada burlona con la boca apretada, antes de levantar su barbilla.

—Un hombre honesto, señor Beck, uno de carácter firme que pueda mantener sus principios buenos y sólidos. Un hombre humilde, que no se rinda ante cualquier capricho político que surja y que no use su riqueza personal para someter a los menos afortunados. Un hombre que todos, incluidas las mujeres, puedan respetar; quizás, incluso, admirar.

Su respuesta lo sorprendió.

FRANCINE RIVERS

—¿Le dijo todo eso a Morgan Sanders cuando la siguió en su carruaje por la calle Campo para pedirle que fuera a cenar con él?

—No me lo pidió. Él... —Se detuvo, sorprendida—. ¿Cómo sabe usted eso?

—La gente la observa. Y habla.

—*Los hombres*, quiere decir. ¡Y ustedes dicen que las *mujeres* somos chismosas!

—Debería saber que Sanders está en la edad en que los hombres buscan una esposa que les dé un heredero para su imperio, y querrá alguien joven y hermosa, educada y encantadora, que embellezca su salón.

—Bueno, no seré yo. Y en cuanto a si le dije por qué clase de hombre votaría yo, no lo hice. Pero si tengo la oportunidad de volver a hablar con él...

—Ah, él se asegurará de eso.

—Le diré lo mismo que acabo de decirle a usted. —Resopló—. Aunque ninguno de los dos quiera escuchar

---

Un hombre fornido de barba tupida ayudó a Catalina a bajar de la diligencia cuando se detuvieron a pasar la noche. Harry Pitts tartamudeó una presentación. Dijo que era el jefe de la estación, que su trabajo era asegurarse de que ella estuviera cómoda y que podía brindarle cualquier cosa que ella necesitara. Ignorando a Beck, Pitts la acompañó adentro, donde una mexicana robusta estaba poniendo la mesa. Pitts tranquilizó a Catalina diciéndole que tenía un cuarto privado en la parte de atrás, reservado para las damas viajeras.

Matías entró detrás de ella, se quitó el abrigo y lo colgó en un gancho al lado de la puerta.

—La cena está lista —anunció Pitts y retiró una silla para

Catalina, mientras la mujer dejaba caer de golpe una gran olla de hierro sobre la mesa y quitaba la tapa. Catalina la miró con una sonrisa, dijo que olía delicioso y preguntó qué era.

La mujer habló en un español veloz mientras llenaba un cuenco, y lo dejó frente a ella. Luego le sirvió una porción colmada a Matías. Él se rio entre dientes.

—Nunca pregunte qué hay en la olla.

—¿Por qué no?

—Podría no agradarle la respuesta.

Catalina levantó con cautela una cucharada. No le gustaba la media sonrisa de Beck mientras la miraba. ¿Qué sabía él que ella no? ¿Quería saberlo?

—Sabe mejor que su aroma.

La cocinera miró a Pitts antes de salir de la habitación.

—Anoche le disparé a un mapache —se jactó él—. Estaba saqueando nuestra despensa.

—¿Un mapache? —Catalina tragó saliva.

—Son buenos para comer una vez que están tiernos. Tuve que golpear un rato a ese monstruo, pero ya está bien blandito, ¿verdad?

Catalina bajó la vista hacia su cuenco. Beck sonrió socarronamente.

—¿Perdió el apetito, milady?

—En realidad, tengo suficiente hambre como para comer una comadreja. —Dudó apenas un instante, antes de probar un segundo bocado. Sabía tan delicioso como el primero.

—No vale la pena cocinar comadrejas —le dijo Pitts, poniendo la cesta con panecillos delante de ella—. No tienen suficiente carne en los huesos para tomarse la molestia. Ahora, las zarigüeyas sí son buenas para comer.

Catalina vio su oportunidad de fastidiar a Beck.

—He oído que a los del Sur les gustan mucho.

Pitts soltó una risa fría.

—Oí que para cuando terminó la guerra comían ratas y bien contentos lo hacían. —La idea pareció complacerlo.

Beck levantó la cabeza, sus ojos estaban oscuros. Dejó su cuchara. Los dos hombres se miraron fijamente. Empujando su silla hacia atrás, Beck se levantó. El corazón de Catalina palpitó ante la amenaza de violencia que crecía en el lugar. ¡Y por culpa de ella! Pitts retrocedió un paso y aclaró su garganta.

—Iré a ver cómo le está yendo a Cussler con los caballos. Showalter estará listo para partir al amanecer. —Beck lo siguió con la mirada hasta que salió por la puerta.

Catalina soltó el aliento cuando él volvió a sentarse.

—Lo lamento. No tuve la intención… —La mirada de él la hizo callar.

—Coma su guisado, señorita Walsh. No tendrá buen sabor si se enfría.

Ella quería preguntar sobre la guerra, por qué había luchado él para el Norte, en lugar del Sur. ¿Se había unido al comienzo del conflicto, cuando se trataba de que los estados tuvieran el derecho a independizarse, o después, cuando el llamamiento era para terminar con la esclavitud? ¿Trató de volver a casa y encontró todas las puertas cerradas para él? ¿También había sido desheredado? Abrió la boca y luego la cerró, tratando de armarse de coraje para preguntar. Ella había contestado sus preguntas, ¿verdad? Quería saber más de él.

Su rostro estaba marcado por el enojo y el dolor, por mucho que tratara de ocultarlos. Ver el sufrimiento ajeno siempre le hacía daño, más aún cuando sabía que ella, sin querer, había cometido un error involuntario y lo había exacerbado. Solo había querido fastidiarlo, no herirlo.

Beck terminó su comida, se puso de pie, agarró su abrigo del gancho y salió.

Catalina esperaba que no fuera a buscar a Pitts.

7

MATÍAS CAMINÓ POR LA CARRETERA para tranquilizarse. Había visto suficiente en la guerra como para saber que Pitts estaba en lo cierto. Fue el tono lo que lo enfadó y le recordó el combate. No toleraba el desdén soberbio de los vencedores sobre los vencidos. El Norte había ganado la guerra, pero los corazones sureños distaban mucho de haber sido conquistados. Los pueblos podían ser abatidos, pero no derrotados. Los hombres no vivían según lo que les decían, sino según lo que creían.

Cuando la guerra terminó, la gente del sur estaba muerta de hambre. Él había visto los rostros demacrados y el odio enardecido en los ojos hundidos de personas que conocía desde la infancia. Había escuchado a los del Norte injuriar a Andersonville por matar de hambre a los prisioneros, pasando por alto a los vecindarios cercanos que apenas tenían suficiente para comer. ¿Qué excusa tenían los que dirigían el Campamento Douglas en Chicago, donde los Rebeldes pasaban hambre cuando había comida disponible pero les era negada?

La guerra sacaba lo peor del género humano. Aunque la causa fuera justa, nadie salía indemne. ¿Cuántos años tardaría la nación en repararse? Matías había venido al Oeste para huir del pasado. Así como otros miles, lo había traído consigo.

Dirigir la cantina y el hotel lo mantenía distraído, pero a veces pensaba que habría sido mejor para él ser una víctima de la guerra, más que un sobreviviente. La vida deparaba muy poca satisfacción. Las mismas ansias de ver que se hiciera justicia lo habían llevado al Norte, luego al Sur y finalmente al Oeste. ¿Adónde podría ir después de aquí?

Al regresar a la estación, Matías encontró a Catalina leyendo a la luz de un farol. Ella levantó la vista. ¿Había lástima en su mirada? Era lo último que deseaba provocarle.

—¿Dónde encontró un libro en este lugar?

—Lo traje conmigo.

No dijo cuál era, pero él lo supo cuando vio la encuadernación gastada de cuero negro. La había visto abierta sobre el escritorio de City. Una Biblia.

—Debería irse a dormir.

—No estoy cansada.

Tampoco él. La sangre le zumbaba. Creyó que su corazón había muerto después de Alice. Ahora, latía fuerte y rápido. Supuso que saliendo del pueblo se alejaría de Catalina Walsh. Pero aquí estaba ella, sentada a unos pasos de él, provocando sentimientos que prefería no tener.

—Pitts dijo que al amanecer. —Se quitó el abrigo, se estiró

en el banco que estaba junto a la pared y se tapó con él—. Será mejor que duerma un poco.

—Me gustaría leer un rato más, a menos que a usted le moleste.

Él cerró los ojos.

—Haga lo que quiera.

El cuarto estuvo en silencio unos minutos; luego, ella se levantó y salió. Pensó que se había ido a dormir, pero había salido. Quizás para hacer sus necesidades. Matías puso un brazo detrás de su cabeza, esperando que volviera. Dormiría cuando ella se acomodara en ese cuarto trasero reservado para las damas.

Una manada de coyotes ladró y rugió; luego aulló. ¿Por qué demoraba tanto Catalina? ¿Estaba mal del estómago? Le pareció que la había visto bien durante la noche. Un puma gruñó a lo lejos. Inquieto, Matías se levantó para ir a verla. Cuando salió por la puerta, la vio parada en medio de la carretera, mirando las estrellas, ajena a cualquier peligro nocturno que acechara en estas montañas.

Ella miró hacia atrás cuando se acercó.

—¿No podía dormir?

—No debería estar sola aquí afuera en la oscuridad.

—No tiene que preocuparse por mí. No parece que los lobos estén cerca.

—Coyotes, no lobos, y son igual de peligrosos en manada.

—Creí haber escuchado un grito femenino.

—Un león de montaña. Y los animales están más cerca de lo que cree. Probablemente viéndola como una presa fácil, la tonta muchacha citadina parada a la intemperie, sin colmillos ni garras para defenderse.

Ella se rio.

—Gruñón debería volver a la cama.

Había sido bastante hosco. Relajándose, se paró junto a ella;

ahora sin ningún apuro por llevarla de regreso adentro. Su piel era como el alabastro a la luz de la luna; sus labios estaban apenas abiertos cuando volvió a mirar hacia arriba.

—Estoy seguro de que ha visto las estrellas antes, milady.

—No como estas. Parecen tan cercanas que podría tocarlas. —Se ciñó más la chaqueta y él deseó haber agarrado su chaqueta para poder abrigarla. Ella suspiró—. Cuanto más oscura es la noche, más brillan ellas. —Su boca dibujó una sonrisa tierna mientras contemplaba las estrellas.

—Deberíamos volver a la casa.

—Solo unos minutos más. Esto es muy hermoso.

Igual que ella. Desvió su atención y miró hacia arriba. ¿Cuánto hacía que no observaba las estrellas? No lo hacía desde aquellos largos meses en que deambulaba, durmiendo junto a una fogata, hundido en la soledad y en la tristeza. La inmensidad lo había hecho sentir pequeño, olvidado. Todavía lo hacía.

—Podría quedarme aquí toda la noche. —Se rio con suavidad mientras sus dientes castañeteaban—. Si fuera verano.

Él tocó su brazo tan ligeramente que ella no lo sintió a través de su chaqueta.

—Las estrellas volverán a aparecer mañana por la noche, puntuales como un reloj.

—Y yo estaré en Sacramento, dentro de un hotel, no aquí afuera, al aire libre, donde puedo disfrutarlas plenamente. —Cuando lo miró, él pasó una mano debajo de su codo.

—Ya, milady. No tiene idea del peligro al cual se ha expuesto. —Y no solo por los coyotes y el puma. Deseaba probar esa boca dulce, y si ella le correspondía, no podía prometer portarse bien.

—Muy bien, señor Beck. —Le dirigió una sonrisa traviesa—. Solo entraré porque parece que usted le tiene miedo a la oscuridad.

Él se rio.

Volvieron caminando juntos. Catalina tomó su Biblia y levantó el farol, mientras él volvía a estirarse en el banco. Abrió la puerta de la habitación de atrás e hizo una pausa.

—Buenas noches, señor Beck. Que duerma bien. —Cerró la puerta detrás de ella.

Matías se quedó despierto largo rato. Cuando finalmente se durmió, soñó, no con el campo de batalla como lo había hecho tantas noches, sino con Catalina.

———◦◦◦———

Sacramento logró que Catalina se sintiera más en casa que en cualquier otra ciudad desde que cruzó las Montañas Rocallosas. ¿Cómo podía ser de otra manera, con sus calles anchas y limpias, los edificios de ladrillos y de madera, los hombres y las mujeres vestidos a la moda, y el significado del nombre «sacramento» mismo? Al pasar vio varios hoteles, restaurantes y muchas tiendas, y no veía la hora de recorrer la avenida y enterarse de qué más tenía que ofrecer la ciudad. El ambiente era mucho más saludable que el de Calvada, con sus cantinas y salones de fandango, sus burdeles y su pobreza agobiante.

Vio una oficina de telégrafo. Tal vez debía enviarle otro mensaje a su madre para continuar con el que había mandado desde Truckee y la extensa carta que le escribió desde Calvada, contándole sobre la vida en un pueblo minero y las amigas que había hecho: Sonia, Charlotte y Abbie. No había mencionado para nada a Matías Beck ni a Morgan Sanders. No había recibido una palabra de su hogar y se preguntaba si su madre estaría bien. El día de la batalla final, ella le había dicho a Catalina que estaba embarazada; un milagro a su edad y después de tantos años de matrimonio. El hermanito o hermanita de Catalina nacería en diciembre. ¿Estaría el juez monitoreando la correspondencia de su madre? No quería pensar tan mal de él, aunque prefería eso a creer que su propia madre no quería tener más contacto con ella. Seguramente su madre le contaría si tenía un hermano o una hermana; el primero satisfaría la necesidad de un heredero de Lawrence Pershing. Catalina tenía la esperanza de que una hermana endulzara su corazón.

El señor Showalter gritó mientras detenía la diligencia. Él y el señor Beck bajaron el equipaje del techo. Con el ceño fruncido, el señor Beck dejó caer su pequeño baúl en la acera y lo ojeó con desconfianza, antes de mirarla.

—¿Qué trajo consigo? ¿Piezas de la imprenta?

¡Así que eso era lo que lo molestaba!

—Nada que deba preocuparlo a usted, señor Beck. —Que se hiciera todas las preguntas que quisiera.

—Que disfrute Sacramento, señorita Walsh. —Se tocó el sombrero, recogió su maletín y se fue.

Lo observó irse antes de entrar y pedirle al dependiente que guardara su pequeño baúl hasta que ella le indicara dónde debía ser entregado. El hombre lo subió a una carretilla y la arrastró hacia adentro, donde conversaron brevemente. Ella le insinuó que tenía algunas pepitas en su bolso de mano que deseaba tasar y le preguntó dónde podía encontrar un tasador de buena reputación. Él le dio indicaciones para llegar a Hollis, Pruitt y Stearns. También le sugirió varios hoteles, los cuales, luego de investigarlos, resultaron ser de categoría, pero demasiado caros para sus recursos. Se instaló en un alojamiento menos costoso y dejó su bolso de viaje en la diminuta habitación; guardó la llave maestra en su carterita y salió a tomar un tranvía tirado por caballos que la llevara a la ribera.

Dos señoras admiraron su conjunto. Catalina les preguntó por sombrererías en Sacramento, y una le dijo que ellas también estaban buscando la moda del Oriente, aunque aquí había algunas tiendas bonitas que podrían gustarle. Cuando les mencionó Calvada, nunca lo habían oído nombrar. Descendió del tranvía en la siguiente parada y recorrió el resto del camino a pie. Una bocina sonó y una nube de vapor gris subió del barco que se acercaba a los muelles. Pasaron varios hombres sonriéndole y quitándose el sombrero. El aroma a carne asada salió flotando desde un restaurante. Ella lo inhaló, tentada a detenerse, pero primero estaban los negocios. En varias vidrieras colgaban anuncios que decían «Se busca empleado». Quizás Sacramento sería un mejor lugar para ella. Sus posibilidades serían mejores en esta ciudad en desarrollo. La ciudad ciertamente parecía próspera y mucho más sofisticada que el lugar que su tío había considerado su hogar.

Por otro lado, había dedicado tanto tiempo a arreglar su casita. Y le había dicho a Matías Beck que se quedaría. ¿Le importaría a él si ella se iba? ¿Por qué se había quedado el tío Casey en Calvada? Había leído los editoriales suficientes para apreciar su talento. Podría haber trabajado para un periódico en una ciudad mucho más grande; incluso en Boston o Nueva York. ¿Qué lo había hecho quedarse aquí? Además de todo eso, necesitaba averiguar sobre su mina.

Catalina entró en la oficina del tasador. Dos hombres trabajaban al fondo de la gran habitación; la pared estaba cubierta de estantes llenos de botellas. Otra mesa tenía una colección de muestras de piedras de diversos tamaños y formas, junto con pesas y medidas. Contenedores de madera revestían prolijamente la pared lateral, cada uno con papeles adosados. El más joven de los tres hombres alzó la vista, sorprendido, mientras los dos mayores seguían trabajando.

—¿Está perdida, señorita?

Catalina se presentó. —Ustedes han sido altamente recomendados.

El joven empujó sus anteojos hacia arriba.

—Amos Stearns, para servirle, señorita Walsh. —Se ruborizó y le presentó a los dos hombres que estaban detrás de él. Hollis y Pruitt se rieron entre dientes, hablaron entre ellos en voz baja y volvieron a su trabajo.

—Tengo algunas piedras para mostrarle. Espero que pueda decirme su valor. —Stearns echó un vistazo a su bolsito de mano—. No las traigo conmigo, señor. Las dejé en la estación de diligencias. ¿Cuándo puedo hacérselas entregar para que las evalúe?

—Entre dos y tres semanas es lo más pronto que podemos atender eso, señorita Walsh —Pruitt habló con firmeza desde el fondo dándole a Stearns una mirada de advertencia.

Catalina pensó cuánto le costaría quedarse en Sacramento durante varias semanas y se desanimó.

—¿Hay otros tasadores que quizás tengan tiempo para ver lo que he traído?

Hollis resopló.

—Hay muchos tasadores por aquí que tendrían tiempo, pero no del tipo en el que se puede confiar.

—Y en los que puede confiar están tan ocupados como nosotros. —Pruitt descascaró una piedra—. Todo el mundo piensa que ha encontrado una mina de oro. —Lanzó la piedra adentro de una caja—. No vale nada.

—Bueno, yo dudo tener oro o plata —reconoció Catalina—, pero mi tío mantuvo activa su concesión por algún motivo, y necesito saber por qué.

Pruitt cambió de lugar las piedras y los recipientes.

—Si cree que valen algo, ¿por qué no las trajo él mismo?

Claramente, una mujer no era una visita normal a una oficina del tasador. Catalina estaba consciente de que estos hombres pensaban que estaba haciéndoles perder el tiempo. Bien, quizás lo estaba haciendo, pero ella tampoco quería perder el suyo.

—Podría haberlo hecho, pero lo mataron. —Ahora sí había captado toda su atención—. No tengo idea si la mina tiene relación con eso, pero sí necesito saber por qué la concesión era tan importante para él. Y si hay alguna razón por la que podría ser importante para otra persona.

Pruitt miró la docena de contenedores de madera y asintió sombríamente hacia Stearns antes de regresar a su tarea. Levantando nuevamente sus anteojos polvorientos, Stearns giró un cuaderno hacia ella.

—Anote la dirección donde está alojada, señorita Walsh, y haga que nos envíen sus muestras lo antes posible. Las examinaremos y se lo haremos saber.

En lugar de pagar el viaje en tranvía, Catalina volvió caminando a la estación de diligencias. Hasta después de haber hecho los arreglos necesarios no se le ocurrió que no había preguntado cuánto costaría el informe del tasador.

Matías terminó de hablar con los contactos de Call. Estaba en una encrucijada y sabía que no podía seguir por el mismo camino que había transitado los últimos seis años. El dinero no le había traído paz. Podía vender sus propiedades y mudarse, o quedarse y luchar por algo más que forrarse de dinero los bolsillos.

City Walsh lo había incitado a postularse como alcalde. Matías le dijo que no quería tener nada que ver con la política. Discutieron vehementemente aquella última noche antes de que City muriera. Matías estuvo a punto de golpear al hombre mayor. Desde entonces, unos doce hombres más que querían que fuera candidato lo habían contactado. ¿Para qué tomarse la molestia?, les había dicho. Las últimas dos elecciones habían sido triunfos arrolladores: todos los mineros de Madera habían votado por Sanders. Su sustento dependía de ello.

Si decidía postularse, ¿cuánto de su decisión tendría que ver con el hecho de que City Walsh le dijo que era un cobarde la noche en que murió? Más doloroso que ser tildado de cobarde había sido la mirada de desilusión que vio en los ojos de City cuando salió de la cantina.

Se necesitaba más que un hombre para cambiar una ciudad, aunque City lo había intentado.

Todos creían que Sanders lo había matado, aunque no había ninguna prueba. City había dirigido sus críticas a todos los dueños de minas, no solo al propietario de Madera.

Cansado y deprimido, Matías se registró en un hotel en la misma cuadra que la estación de diligencias. No estaba de humor para salir a divertirse, pero quería una buena cena en un restaurante tranquilo y ansiaba dormir una noche sin las conversaciones ruidosas de hombres embriagándose y haciendo alboroto, ni oír la música proveniente de los salones de fandango al otro lado de la calle. Se preguntaba cómo lograba dormir Catalina junto a todo ese barullo.

¿Dónde estaría ahora? Explorando Sacramento, probablemente, viendo cuánto mejor sería su vida aquí, en lugar de en Calvada. Le dijo que regresaría, pero ¿lo haría? ¿Qué había traído en ese baúl suyo?

Matías encontró un restaurante agradable a pocas puertas del hotel. Pidió una mesa en el rincón del fondo. Le gustaba sentarse donde pudiera ver todo el salón: quién entraba, quién salía. Pidió una copa de vino tinto y un filete. Recién empezaba a relajarse cuando Catalina Walsh entró caminando. De todos los restaurantes en Sacramento, tuvo que elegir este.

El propietario la sentó junto a la ventana del frente. Una joven hermosa atraería la atención de los transeúntes. El filete, las patatas y las habichuelas verdes de Matías llegaron mientras Catalina seguía sentada allí, sin decidirse. Nada de vino para ella, solo un vaso alto de agua, el cual bebió a sorbos mientras el camarero revoloteaba cerca de ella, deseoso de volver a llenar su vaso antes de que estuviera un tercio vacío. El hombre no le quitaba los ojos de encima. Cuando le sirvió, hablaron. Más tiempo del necesario. Ella se rio de algo que dijo el camarero, asintió y le devolvió el menú. Él inclinó ligeramente la cabeza, dijo algo más que arrancó una sonrisa de esos labios perfectos y provocó ciertas cosas inoportunas en las entrañas de Matías.

¿Percibiría ella su atención? Otros también la observaban, aunque más discretamente. La miró fijamente y con descaro, deseoso de que ella mirara hacia él. No lo hizo. Probablemente había sido el centro de la atención masculina desde la pubertad. No sería de comer mucho; no con esa cintura pequeña.

Había terminado su comida cuando llegó la de ella: salmón con todas las guarniciones. Miró su plato como si fuera un banquete. Inclinó la cabeza y cerró los ojos, dando gracias, sin duda. Después de poner la servilleta sobre su regazo, se tomó su tiempo para comer, saboreando cada bocado. Matías nunca había visto que una mujer disfrutara tanto una comida. ¿Dónde guardaba todo lo que comía? El camarero retiró sus platos y le trajo una gruesa porción de pastel de chocolate y una taza de café.

Matías apostaría que ahora su corsé estaba presionándola. Comió el glaseado y la mitad de la porción. La mayoría de los clientes habían comido y se habían ido antes de que ella terminara. Se demoró, observándola. Finalmente, ella dejó su tenedor en la mesa. Con pena. Él le hizo una seña al camarero y le dijo que añadiera la cuenta de la dama a la suya; luego, se puso de pie cuando ella fue informada. Sorprendida, se dio vuelta. Sus labios se entreabrieron.

—Nunca había visto a una mujer comer tanto y con tanto placer. —Se rio.

—La comida fue celestial. —Sonrojándose, se puso de pie—. Gracias.

—De nada. Un pequeño pago por un buen espectáculo.

Todavía avergonzada, pero sonriendo ahora, caminó con él.

—Me alegra que se haya entretenido. —Apoyó una mano sobre su estómago—. Ay, no.

—¿Va a explotar?

Ella se rio con él.

—No, pero realmente me siento como un pavo de Acción de Gracias.

Se quedaron parados en la acera, en silencio, bajo la luz menguante del sol. Ella lo miró con ojos que le recordaron las hojas de la magnolia después de la lluvia. Su corazón galopó.

—¿Encontró un lugar donde quedarse, señorita Walsh?

—Sí, señor Beck.

—¿Puedo acompañarla a salvo a su alojamiento, señorita? —¿Por qué su acento sureño tuvo que sonar tan fuerte? Ella lo notó y él vio que sus pupilas se agrandaban.

Ella bajó la vista.

—Gracias por su amable ofrecimiento, señor, pero puedo arreglármelas. —Se inclinó apenas—. Gracias por mi cena. —Comenzó a alejarse.

—¿Regresará mañana?

—No. ¿Usted sí?

—Sí. He terminado mis asuntos.

—Los míos aún no. Que tenga una noche agradable, señor Beck.

La observó mientras se alejaba. Sacramento sería un mejor

lugar para ella. Aquí tendría todo lo que necesitaba, incluida una multitud de hombres entre los cuales podría elegir un esposo. Cada uno que pasaba junto a ella se tocaba el sombrero o la saludaba asintiendo con la cabeza y se daba vuelta para mirarla. Catalina entró a un hotel a pocas puertas del de él.

Matías decidió buscar una cantina y beber algo más fuerte que una copa de vino tinto.

⁘

—Cobre y rastros de plata —le dijo Amos Stearns a Catalina—. Alguien debería ir allá y revisar cuidadosamente. Podría tener una bonanza, señorita Walsh. —Subió sus gafas—. Casualmente, estoy planeando viajar a Virginia City en la primavera para ocuparme de nuestros intereses allí. Podría ir a Calvada cuando regrese e inspeccionar su mina.

Pasmada, lo miró fijamente. ¿Una bonanza? ¿No era esa la palabra que usaban para indicar abundancia de minerales? ¿Por qué no había iniciado su tío la explotación minera? Y si Wiley Baer era tan conocedor, ¿por qué había dicho que la mina no valía nada? Tal vez no fuera tan experto como aseguraba ser.

Los ojos grises de Stearns parecían más grandes detrás de sus lentes.

—¿Señorita Walsh? Creo que justifica un análisis detallado.

—Me temo que soy una mujer con fondos muy limitados…

—Aunque la cuenta de ese día había sido inferior a lo que esperaba, una inspección *in situ* podría costar considerablemente más de lo que podía pagar.

—Lo he hablado con mis socios principales, y a ellos podría interesarles hacer una inversión.

—El monto de la inversión dependerá de lo que encuentre Amos —gritó Pruitt.

—Necesitará capital para poner manos a la obra —agregó Hollis.

Se sentía abrumada.

—Caballeros, ustedes son muy optimistas. —Vio que los tres estaban serios—. Si comenzara la explotación de la mina, tendría que encontrar alguien que pudiera dirigirla. —Sonrió—. No soy muy buena con una pala.

Amos se rio entre dientes.

—No, imagino que no lo es.

Pruitt hizo un gesto con la cabeza hacia Amos.

—Puede que sea joven, pero él creció trabajando en las minas y tiene estudios.

Amos pareció avergonzado ante el elogio.

—Con otras operaciones mineras en la zona, estoy seguro de que podremos encontrar un hombre calificado.

Matías Beck le cruzó por la cabeza. ¿Por qué había pensado en él?

—O podría venderla. —Pensó en Morgan Sanders. No tenía idea de qué tipo de mina manejaba él, pero lo averiguaría cuando regresara a Calvada.

De la oficina del tasador, Catalina fue a un mercado cerca del muelle. Había visto unos huertos en el camino a la ciudad y se preguntó qué podía llevar al regresar. El surtido la asombró. ¡Naranjas! Un lujo muy caro en Boston, pero asequible aquí. El hombre le dijo que habían sido traídas de Riverside, donde había huertos desde antes de la fiebre del oro del año '49. Compró una canasta pequeña de juncos tejida a mano y despilfarró dinero en media docena, a las que les sumó unas lustrosas manzanas de invierno de un puesto vecino y medio kilo de almendras de otro puesto.

Curiosa por saber si las cosas eran distintas en California que en Boston, Catalina entró en una tienda con un letrero de

«Se busca empleado» en la vidriera. Le preguntó al comerciante bigotudo si el puesto de vendedor seguía disponible. Él dijo que sí y ella le informó que sabía leer, escribir y que era buena para los números. Aprendía con rapidez y era una trabajadora dedicada. ¿Querría contratarla? Él pareció ponerse nervioso y dijo que no, que nunca había empleado a una mujer. Cuando ella preguntó por qué no, él dijo que el lugar de la mujer era en el hogar, a menos que estuviera casada con el propietario, en cuyo caso sí era apropiado. Ah, desde luego. Cásate con una mujer y tendrás una empleada gratis. Igual que Nabor Aday.

Enfurecida, Catalina se paró afuera con la canasta con naranjas, manzanas y almendras en el brazo. Era obvio que la vida en Sacramento no sería distinta a la de Calvada. Pasarían meses hasta que tuviera información firme sobre la mina y, mientras tanto, necesitaría un trabajo. Compró suministros y sombreros simples que podría embellecer para las señoras de Calvada. Cualquier ingreso serviría para complementar el dinero que le había dado su padrastro.

8

CATALINA LE DIO UNA NARANJA A ABBIE ADAY. —¡Plantaré las semillas en macetas y oraré para que crezcan! —Abbie la peló inmediatamente, dividió la fruta en gajos y se extasió al probar el primero. Acercándose a Catalina, susurró—: Nabor casi nunca las consigue, pero cuando lo hace, las vende a un precio exorbitante. Nunca me ha dejado comer una... —Comió otro gajo—. Oh, Catalina, jamás probé algo tan delicioso en mi vida. —Entornó los ojos, extasiada.

Nabor salió del cuarto de atrás.

—¿Qué tiene ahí? —Ante su mirada, Abbie le entregó el resto. Él se metió dos gajos en la boca—. Esas latas siguen sin apilarse. —Con un gesto de su barbilla señaló dos cajas grandes; luego, llevó el resto de la naranja a la habitación de atrás. Furiosa, Catalina solo pudo mirar la cortina que él corrió bruscamente sobre la entrada.

Abbie suspiró.

—Será mejor que me ponga a trabajar. —Sonrió—. Gracias. Fue como probar un pedacito de cielo. —Chupó el jugo que le quedaba en los dedos antes de cumplir la orden de Nabor.

Sonia y Charlotte se mostraron encantadas de recibir naranjas, y Sonia se sorprendió al recibir las almendras como regalo. Siempre tenía manzanas y frutas que intercambiaba con un almacenero de la otra cuadra, a cambio de pastelillos o pan. Las tres mujeres se sentaron en la cocina para tomar un inusual descanso entre el desayuno y el ajetreo del almuerzo.

Sonia sirvió una taza de café para Catalina.

—Te fuiste algunos días, así que imagino que no te enteraste de las noticias. Matías aceptó postularse como alcalde.

—Suenas contenta por eso.

—Lo estoy, pero dudo que tenga muchas oportunidades contra Morgan Sanders. Stu Bickerson lo mencionó ayer en el *Clarín*.

Cuando Catalina preguntó cuál era la plataforma de Beck, Sonia se encogió de hombros.

—No lo sé exactamente, pero será mejor que Sanders para este pueblo. —Sonia le contó las otras novedades. Había habido otro accidente en la mina Madera. Gracias a Dios, esta vez nadie había muerto ni resultado gravemente herido. Al parecer, Henry Call era el socio de Matías en algún emprendimiento nuevo, pero nadie sabía cuál era.

Catalina quería leer el artículo de Stu Bickerson. Cuando abrió la puerta de la sede del *Clarín*, la alcanzó el olor a humo de cigarro y de algo más, tan nauseabundo que hizo una cara de asco. Un hombre barbudo estaba reclinado hacia atrás en su silla, sin las botas, con los pies en calcetines y apoyados sobre el escritorio, roncando como un oso en hibernación. La oficina era una catástrofe de desorganización. La casa del tío Casey había estado arreglada en comparación. Entró y por poco tropezó con una escupidera llena de colillas de cigarro húmedas.

Se aclaró la garganta.

—Señor Bickerson, lamento interrumpir su siesta del mediodía. —Aunque todavía no era el mediodía.

Los ojos legañosos de Bickerson se abrieron, y luego se agrandaron. Levantó los pies y su silla cayó con un golpe. Se paró sobre unos pies inestables, y ajustó sus tirantes caídos con sus pulgares.

—Señorita Walsh —graznó—. Qué sorpresa.

Nunca había visto al hombre, pero, evidentemente, él sí la conocía.

—Me gustaría comprar el último ejemplar de su periódico.

—¿De verdad?

—El que anuncia la candidatura del señor Beck como alcalde.

—Claro. Tengo copias aquí, en alguna parte. —Hurgó su escritorio—. Serán cinco centavos.

¡Cinco centavos!

—¿No es un precio bastante alto?

—El precio subió desde que la *Voz* cerró. Es el único periódico del pueblo.

Sacó cinco centavos de su bolsa con cierre de cordón y los puso sobre su escritorio.

—Aquí hay uno. —Le entregó el *Clarín*.

Ella le echó un vistazo, le dio vuelta y miró al hombre.

—¿Una carilla y una sola hoja? ¿Eso es todo? —Se sintió estafada.

—No hay muchas noticias en Calvada.

No cuando el editor dormía en el trabajo. Ojeó el artículo sobre Matías Beck y notó varios errores de ortografía y pocas respuestas a las preguntas que él debería haber hecho.

—Esto no nos dice mucho sobre los candidatos a alcalde.

—Todos en el pueblo conocen a Sanders y a Beck.

—Ese no es el punto. —¿Era esta la única fuente de noticias de Calvada? ¿Y por qué había tardado tanto en darse cuenta?

Bickerson se metió un cigarro viejo en la boca y lo masticó hasta que encontró un fósforo.

—Iba a ir a hablar con usted, señorita Walsh. —Lo encendió e inhaló—. Oí que trata de vender sombreros y cosas por el estilo. —Se sofocó de la risa, despidiendo humo como una locomotora—. La sobrina de City Walsh poniendo una tienda para damas en la *Voz*. Apuesto a que él estaría muy feliz al respecto.

Su tono le gustó menos aún que su periódico. El humo del cigarro la asqueaba.

—¿Qué dice si le hago algunas preguntas, si escribo una historia sobre usted? —El cigarro de Bickerson subía y bajaba mientras él hablaba y dejaba caer cenizas sobre el frente de su chaleco.

—Hoy no, señor Bickerson. —Abrió la puerta, desesperada por un poco de aire puro.

—Un artículo en el periódico beneficiaría su negocio.

—Estoy segura de que se correrá la voz. —Podía contarle a Gus Blather y todo el pueblo lo sabría en menos de veinticuatro horas.

—No sabía que las mujeres leían algo, además del libro de *Godey*. Por otro lado, quizás esté interesada en Matías Beck. —Él arqueó las cejas.

—Solamente como un potencial alcalde, señor Bickerson.

—¿Por qué? Usted no puede votar.

—Solo de entrometida. —Sonrió con dulzura—. Si me disculpa.

—No lo use para encender el fuego —gritó Bickerson detrás de ella, riendo.

Tomó una bocanada de aire: prefería el hedor de Calvada al olor de los calcetines sucios de Bickerson. Mientras caminaba, leyó:

Matías Beck anunció en su bar esta mañana que estaba proklamándose a sí mismo como candidato para alcalde de Calvada. Dice que se postula por la lei y el orden. Cuando le pregunte por qué quería aser una cosa así me dice Bueno, es hora que me meta en este juego. Dijo que estaba cansado de que los hombres se disparen en su bar y que quizá debiera haber una lei donde los hombres no puedan disparar un arma dentro de los límites del pueblo. No pongo demasiada esperanza en que Beck logre ser electo. Morgan Sanders ha hecho un buen trabajo por nosotros hasta ahora. No ay razón para cambiar de caballos a la mitad del río.

Bickerson usó el espacio para una historia sobre el perro que aullaba afuera de la puerta trasera del salón de música y un anuncio de que Fiona Hawthorne había agregado una nueva muñequita a su casa. *Los caballeros deven hacerla sentir bienvenida.*

—¡Señorita Catalina! —Scribe cruzó la calle, todo sonrisas, acercándose mientras ella abría la puerta delantera—. Vaya que se ve preciosa hoy. Hubo apuestas de que no volvería. Me alegro de haber ganado la mía.

Arrugó el *Clarín* que tenía en la mano. ¿Encender un fuego con él? Ah, ya había encendido un fuego.

—Entra, Scribe. Haré un poco de té. Tú y yo tenemos asuntos de que hablar.

Matías vio a Scribe saliendo de la casa de Catalina con una sonrisa que abarcaba todo su rostro mientras cruzaba la calle. Pasó por las puertas batientes y divisó a Matías. Cruzó el lugar y le entregó un pequeño sobre blanco sellado.

—Una invitación de la señorita Catalina Walsh. —Se veía como si hubiera estado pasando el mejor momento de su vida y no pudiera disimular su gozo.

—¿Qué has estado bebiendo? —gruñó Matías.

—¡Té! —Scribe se rio y apuntó hacia la barra, donde tenía una pila de copitas para lavar. Se detuvo y se dio vuelta—. Ah. Olvidé decirle: la señorita Catalina está de regreso, y me dijo que te diga que ha decidido no vender la imprenta.

Al abrir el delicado sobre con las iniciales, Matías vio la nota escrita con el estilo artístico de una calígrafa. Sus palabras eran escasas e iban directo al grano.

Señor Beck:
    ¿Puedo contar con una hora de su tiempo para hablar de su candidatura para alcalde?

           Respetuosamente,
           Catalina Walsh

¿A qué estaba jugando? Matías fue a su oficina y escribió una respuesta: *¿En su casa o en la mía?* Mandó de vuelta a Scribe al otro lado de la calle.

Scribe regresó con otro sobrecito sellado, con el nombre *Matías Beck* escrito esmeradamente en el frente. Lo rasgó para abrirlo y leyó: *En ninguna. En la cafetería de Sonia a las 2 p.m. A menos que esté ocupado. CW.*

Matías comenzaba a disfrutarlo. Escribió al dorso de su nota: *Yo siempre estoy ocupado, milady, pero con gusto le daré todo el tiempo que quiera. Tendremos más privacidad para conversar en mi oficina. MB.*

Scribe regresó rápido. *Solo me reuniré con usted en un lugar público. CW.*

Con una amplia sonrisa, Matías escribió: *La gente hablará, señorita Walsh. Si nos ven juntos, harán conjeturas sobre nuestra relación. Y nosotros no queremos eso en este momento, ¿verdad?*

Scribe parecía fastidiado cuando tomó el sobre. Cuando volvió, le lanzó la respuesta de Catalina a Matías y esperó.

Gracias por preocuparse por mi reputación, señor Beck, pero me aseguraré de que todos entiendan que nada está pasando entre nosotros.

¿Cómo podrá hacer eso?, se preguntó y decidió interrogarla. Cuando golpeó la puerta, ella gritó:

—Pasa, Scribe. —Matías entró. Catalina estaba sentada en su escritorio y escribía afanosamente—. Descansa un minuto. Ese hombre es pesado como un poste. Solo quiero agregar algunas preguntas antes de que las olvide. —Al terminar, sopló sobre el papel y extendió su mano—. Veamos qué tontería dice esta vez. —Luego de un segundo, levantó la vista—. ¡Oh! —Dejó caer su pluma—. Es usted.

—A su servicio.

Ella rodeó el escritorio y abrió la puerta que él acababa de cerrar al entrar.

—En ese caso, póngase cómodo. —Volvió a sentarse detrás de su escritorio—. Leí el *Clarín*. —Entrecruzó sus manos y sonrió—. Espero que tenga un mejor motivo para presentarse como alcalde que: "Supuse que es hora de meterme en el juego".

—Me parece motivo suficiente, ¿no cree?

—¿Por qué quiere ser alcalde? Tiene una cantina y un hotel lucrativos. Y me enteré de que fue oficial del Ejército de la Unión con el rango de capitán. Por lo tanto, pareciera que tiene habilidad para los negocios y para el liderazgo, pero...

Sonaba muy formal.

—¿Por qué está tan interesada?

—Tengo la intención de escribir sobre usted. Scribe aceptó componer los tipos y vamos a imprimir la *Voz*.

¿Una mujer dirigiendo un periódico? Se rio.

—No puede estar hablando en serio.

Los ojos de ella se encendieron, alterados y furiosos.

—Lo digo muy en serio, señor Beck.

Lo decía en serio.

—Es una mala idea.

—Creo que puedo hacer un trabajo mejor que el señor Bickerson.

—Se meterá en problemas.

—Ya me he metido en problemas antes.

Él se puso de pie y plantó las palmas de las manos en su escritorio.

—Abra su tienda de sombreros o de artículos para damas, pero descarte *ahora mismo* esta idea necia. No tiene idea de lo que está pasando.

—Entonces, dígamelo.

—No es asunto para una mujer.

Los ojos de ella centellaron.

—Bien, tengo planes para que sea asunto mío, señor Beck. Esa imprenta sigue parada en el rincón, tan inútil como un cadáver en un velorio. Ya es hora de usarla para un buen propósito. Pienso que es lo que mi tío hubiera querido.

Matías dejó escapar una risa taciturna y se incorporó. Ella

no tenía idea del lío en el que podía meterse si husmeaba donde no le correspondía.

—City no habría tenido cosas buenas que decir sobre la chica que intenta ocupar su lugar detrás de ese escritorio. —Vio que el golpe la afectó más de lo que él había intencionado.

—No soy una chica, señor Beck. Soy una mujer con algo de educación. Haré lo mejor posible por honrar a mi tío, así como a su periódico. —Cuando él avanzó hacia la puerta, se puso de pie—. ¿Tan pronto se va?

—Cuanto menos sepa usted, mejor.

Ella suspiró, pero Matías tuvo la sensación de que no estaba sorprendida.

—Debo decir que esperaba algo mejor de usted, señor Beck. —Tomó asiento y retomó lo que estaba escribiendo.

Matías se fue intranquilo. Al pasar entre las puertas batientes vio a Scribe.

—A mi oficina, chico. ¡Ahora! —Scribe lanzó la toalla sobre una mesa y lo siguió.

Matías cerró la puerta de su oficina y giró hacia él.

—No incentives a la señorita Walsh a meterse en el asunto del periódico.

El muchacho se veía rebelde y presumido.

—Catalina es la sobrina de City. Poner a funcionar el periódico debe ser algo que lleva en las venas.

Un derramamiento de sangre era lo que Matías quería evitar.

—Scribe, no le haces un favor a *Catalina* al componer los tipos de cualquier historia sin sentido que la muchacha pueda escribir.

—No es una muchacha. Es una dama. Y es educada.

—Es lo que ella dijo.

—Es mucho más inteligente de lo que usted cree.

—Es una joven en un pueblo desenfrenado donde alguien asesinó a su tío por hablar demasiado.

Claramente, Scribe había olvidado, o prefería no recordar, cómo había muerto City.

—No estamos seguros de que esa haya sido la razón. —Su bravuconada había decaído un poco—. Además, nadie le haría daño a una dama como Catalina.

—¿Y cómo lo sabes?

Scribe enderezó sus hombros.

—No se preocupe. Yo la protegeré.

¡Qué gran idea! Matías estuvo a punto de reírse de la locura, pero no era graciosa. Se daba cuenta de que el chico no lo escucharía.

—Bien. Haz lo que quieras. Pero recuerda que sigues trabajando para mí y que me postulé como alcalde. La cosa se pondrá candente por aquí y te necesitaré para hacer mandados. ¿Lo entiendes?

—Sí, señor.

Matías tenía la intención de hacer trabajar tanto a Scribe, que el muchacho estaría demasiado agotado para componer tipos y, mucho menos, para operar la imprenta.

—Tendrás las tardes libres para trabajar para la señorita Walsh. ¿De acuerdo?

—¡De acuerdo! —Scribe le estrechó la mano en conformidad.

Matías sonrió y lo despidió. Haría correr al chico hasta verlo arrastrándose, y después lo haría correr aún más.

Dado que Matías Beck no quería colaborar, Catalina encontró otras fuentes de información. Gus Blather tenía una colección de tesoros que estaba sumamente deseoso de compartir. Sonia también le fue útil, aunque su amistad con Matías la hacía parcial. Estaba llena de elogios para el dueño de la cantina.

—Podría haber abierto un restaurante y dejarme sin ingresos. En lugar de eso, viene a comer aquí y lo recomienda a otros para que hagan lo mismo. Sanders hace todo lo que puede para que cierre.

—No vi muchos clientes cuando estuve en su comedor —comentó Catalina despreocupadamente.

—Hay dos razones para eso, Catalina. No hay muchos que puedan pagar sus precios y su chef francés no es francés. Es canadiense.

—¿Lo conociste?

—No, pero Fiona Hawthorne me lo dijo.

—¿Son amigas? —Catalina se animó—. He querido hablar con ella, pero ni siquiera me mira en la iglesia.

—Bueno, no es algo que quiera hacer. Lo último que desearía Fiona es echar a perder tu reputación. —Desenrolló la masa—. Sabes cómo se gana la vida, ¿verdad?

Catalina se ruborizó.

—Sí, y que fue una de las tres personas que asistió al funeral de mi tío. Me dijeron que se quedó más tiempo y lloró. Debe haberle importado mucho. Sigue vistiendo de negro.

—Siempre viste de negro. Es viuda como yo, pero terminó eligiendo otro camino. —Sonia perforó unos panecillos y los puso en una bandeja engrasada—. Matías fue al funeral de City. Eso debería darte un motivo para que te caiga un poco mejor.

—No me cae mal, Sonia. —Catalina se sorprendió por la acusación—. Ha sido agradable en alguna ocasión. —Pensó en su caminata a la luz de la luna.

—¿En alguna ocasión? —Sonia la miró con curiosidad.

—Le gusta burlarse de mí.

Sonia sonrió.

—Eres un buen objetivo. —Se rio—. La formal señorita Walsh.

Herida, Catalina se defendió:

—Solo quiero saber más sobre el hombre que está postulándose para alcalde.

Sonia deslizó en el horno una bandeja con panecillos y se irguió.

—¿Vas a tener el mismo interés en el pasado y en el carácter de Morgan Sanders? —Parecía y sonaba molesta. ¿Estaba defendiendo a Matías?—. No te escuché hacer ninguna pregunta sobre ese hijo de... —Apretó fuerte los labios.

—Pronto llegaré a él. Parece que tienes una opinión firme.

—Oh, no. No diré una palabra sobre Morgan Sanders.

—¿Por qué no?

—Porque tengo sentido común. —Sonia agarró un paño húmedo—. Y sería mejor que tú procuraras tener un poco. Pronto. —Limpió la mesa de trabajo—. No metas la nariz en los asuntos de los hombres.

Los asuntos de los hombres. Catalina se enfureció. Nunca esperó escuchar esas palabras de la boca de Sonia.

—Pondré nuevamente en marcha la *Voz.*

—Una idea tonta, si las hay.

Sus palabras la hirieron profundamente.

—Esa es la clase de comentarios que escucho de los hombres. —Se puso de pie—. Las mujeres *deberían* interesarse en la política. Un alcalde toma decisiones que nos afectan a todos. ¡Incluidas las mujeres!

—Estás sacudiendo un nido de avispas, Catalina.

—Tengo la intención de decir la verdad y ser imparcial. —Metió los brazos en su abrigo.

Sonia arrojó su paño de cocina.

—Eres joven e ingenua.

—Eso no significa que sea necia. —Se dirigió hacia la puerta.

—¡Catalina! —Sonia rodeó la mesa de trabajo con el ceño fruncido—. Quizás deberías leer algunos de los periódicos de tu tío.

Catalina entendía su preocupación.

—Lo hice. Lamentablemente, los que podrían haber sido pertinentes desaparecieron con la muerte del comisario y el incendio que destruyó su casa. Hechos que me dan aún más motivos para averiguar sobre las principales figuras del pueblo.

Se dirigió a la barbería de *Herr* Neumann. Su tío le había permitido ocuparse de los detalles de su herencia. Entró a la tienda cuando él estaba quitándole un diente a un hombre. Catalina hizo una mueca de dolor cuando el hombre del sillón dio un alarido.

—Ya casi lo tengo. —El señor Neumann apoyó una rodilla sobre el pecho del hombre y tiró hacia atrás—. Ahí está. —Catalina no pudo mirar, pero el paciente gimió, aparentemente aliviado. Se levantó, le dio una moneda a *Herr*, tomó su sombrero y, con una mano apoyada sobre su mandíbula, se fue.

En ese momento, el señor Neumann se fijó en ella.

—¿Hay algo que pueda hacer por usted, señorita Walsh?

Sus ojos enrojecidos indicaban que había estado bebiendo. ¿Cómo era posible que cualquier hombre le confiara unas tijeras o un alicate y, mucho menos, una navaja? Ella sabía que no le convenía hacer preguntas directas. Usó su encanto y le dio la oportunidad de que contara su historia y hablara de su tío. Entonces, filtró preguntas cada tanto sobre Matías Beck.

—Eh, City censuró ásperamente varias veces a Matías. Matías peleó en la guerra. Como muchos de nosotros, después vino al Oeste. Se rumorea que estuvo bajo las órdenes de Sherman durante su marcha por el Sur. Un capitán. Así era como lo llamaba su socio.

—¿Langnor?

—Paul Langnor. Matías es bueno en el póquer. Langnor no tenía dinero para expandirse; entonces, Matías recorrió todos los locales de la calle Campo jugando cartas. Adquirió la mitad de la participación en la cantina y comenzaron a construir. Trabajaban bien juntos, a pesar de que habían combatido en bandos opuestos. —Se limpió la sangre de las manos, enjuagó el trapo manchado, lo llevó afuera y lo envolvió en el poste para que se secara—. Cuando Langnor enfermó, Matías y City trataron de llevarlo a un doctor. Pensaron que era apendicitis. Le falló el corazón. Un buen hombre. No aguaba su *whisky*. Beck tampoco lo hace.

—Supongo que ese es un gran elogio en Calvada.

—Bueno, significa que recibes lo que pagas, a diferencia de la mayoría de las tabernas de este pueblo.

Gritos provenían de la cantina de Beck, y ambos miraron al otro lado de la calle. Catalina frunció el ceño.

—¿Qué supone que está pasando allí? —¿Estaría Matías remojando a otro borracho en el abrevadero de los caballos?

—No lo sé exactamente, pero creo que lo averiguaré. —Hizo una pausa—. ¿Por qué vino aquí? ¿Le duele algún diente?

—No, no. Simplemente pensé en pasar a saludarlo y darle las gracias por su ayuda con el patrimonio de mi tío.

—Bueno, no es nada, señorita Walsh. —Cerró la puerta de su tienda y la dejó sola; él cruzó en diagonal la calle Campo. Esquivando un caballo y una carreta, logró llegar ileso al otro lado y entró por las puertas batientes.

Con curiosidad por los gritos exaltados, Catalina lo siguió con más cautela. No tenía ninguna intención de entrar a la cantina; solo acercarse lo suficiente para escuchar lo que estaba pasando. ¿De qué se trataba todo ese ruido? Beck hablaba con un tono de orador en voz alta, pero no lo suficiente como para que ella pudiera descifrar lo que estaba diciendo. Los hombres se rieron de un comentario y vitorearon luego de otro.

Scribe salió corriendo por las puertas batientes, permitiéndole echar un vistazo a Beck parado sobre la barra. Scribe pasó corriendo junto a ella y se dirigió hacia el extremo más lejano del pueblo con el rostro enrojecido y transpirado. La cantina estaba abarrotada de gente. Parecía que estaban celebrando un jubileo. Beck la vio y le dirigió una amplia sonrisa.

—Y eso es todo lo que tengo que decir en este momento, caballeros. Vayan a la barra. ¡La casa invita los tragos!

Preguntándose dónde estaba Scribe, Catalina salió y lo vio cruzando la calle. Tropezó mientras subía a la acera. Parecía exhausto.

—Tengo un poco de guisado listo y algunos panecillos de Sonia.

—Ya comí. —Murmuró algo más con el aspecto de estar a punto de desplomarse.

—¿Has estado bebiendo? —Cuando él entró a la casa, ella percibió el olor a cerveza.

Él fue a la silla junto al escritorio y se dejó caer.

—Brady me dio una jarra para espabilarme.

—Prepararé café.

Scribe se recostó hacia atrás con las piernas extendidas. Su cuerpo estaba tan relajado que casi se cayó al piso y se convirtió en tapete. Debía despertarlo si iban a lograr hacer algo.

—Háblame de tu día, Scribe.

—¿Eh?

—Te vi corriendo...

—Corrí y corrí todo el día, sin parar. Mandados. —Su

cabeza cayó hacia atrás y se quejó como un viejo—. Anduve
por todo el pueblo y sus alrededores. Estuve en tantos lugares
que no los recuerdo todos. —Bostezó largamente—. Puede que
esté muerto antes que termine la elección. —Se quedó dormido
con la boca abierta y se sobresaltó al despertarse un momento
después, cuando emitió un ronquido tan fuerte como para despertar a City Walsh de su tumba—. ¿Qué fue eso?

—Tú. —Catalina no pudo evitar reírse, aunque se hizo una
idea bastante clara de lo que estaba haciendo Matías Beck. Dejó
dormir a Scribe hasta que el café estuvo listo. Él se inclinó hacia
adelante, sostuvo una de las tazas de té entre sus manos y lo
inhaló antes de beber un sorbo.

—Está bueno.

—Siempre es mejor con azúcar. —Ella le añadió dos cucha-
raditas colmadas—. Bebe un poco más, Scribe. Tienes que estar
bien despierto para enseñarme a componer los tipos.

—Usted escriba. Yo compondré los tipos. —Bebió otro
sorbo.

—Será mejor que aprenda las técnicas del oficio, amigo mío.
Tengo la sensación de que tu jefe al otro lado de la calle intenta
sabotear la *Voz*, incluso antes de que esté en marcha.

Eso despertó al muchacho.

—Entonces, pongámonos a trabajar. —Terminó el café,
dejó la taza sobre el escritorio y agarró el papel que ella le dio.
Fue al armario y empezó a abrir los cajoncitos de los tipos.

Catalina se mantuvo cerca pero fuera del paso, observando
todo lo que él hacía. Le hizo preguntas mientras él trabajaba.
Cuanto antes aprendiera a componer los tipos ella misma,
mejor.

—¿Qué sucedía hoy en el bar? Se oía como que el señor Beck
estaba dando un discurso.

—Así es. Les decía a los hombres lo que quiere hacer si lo

eligen. Dice que necesitamos un ayuntamiento sólido para el pueblo, que promulgue leyes, proteja a la gente y resuelva los pleitos laborales. —Negó con la cabeza—. Ni de chiste ganará... —Tosió—. No hay ninguna posibilidad de que eso pase.

—¿Por qué no?

—Morgan Sanders es el dueño de la mina más importante del pueblo. —Scribe puso las piezas de los tipos móviles en un componedor tipográfico—. Y tiene los votos de los mineros tan seguros como en una caja fuerte Wells Fargo. —Trabajaba con cuidado, usando un punzón para sacar una pieza cuando cometía un error. Al terminar una hilera de tipos, comenzaba otra. Dejó caer un par de piezas de tipos. Masculló en voz baja y siguió trabajando. El café estaba ayudando, pero estaba tan cansado que Catalina se sintió culpable. Ató una cuerda alrededor de dos líneas de tipos y comenzó a transferirlas a la galera más grande. Torpemente, las dejó caer y desparramó los tipos por toda la oficina. Maldijo, cayó de rodillas y se puso a recoger las piezas.

Catalina apoyó suavemente una mano sobre su hombro.

—Está bien, Scribe.

—¡No, no es así! —Maldijo de nuevo—. City me enseñó... —Se limpió las lágrimas de frustración con el dorso de la manga—. Dijo que yo tenía talento para esto. —Llenó una de sus manos con los tipos—. Solamente necesito más café.

—No. Regresa a la cantina de Beck y duerme un poco. —Cuando trató de levantarse, Catalina tuvo que ayudarlo—. ¿Cuándo tienes un día libre?

—Matías me dejaba libre los lunes, pero hoy dijo que lo cambiará a los domingos.

Ella tenía la costumbre de ir a la iglesia todos los domingos, disfrutaba de un buen almuerzo en la cafetería de Sonia y pasaba el resto del día leyendo. ¿Matías Beck lo sabía? Probablemente todo el pueblo lo sabía.

—Ya encontraremos alguna solución. —Palmeó el hombro de Scribe.

—A lo mejor puedo venir más temprano, antes de entrar a trabajar en la cantina.

Catalina acompañó a Scribe hasta la puerta. Él cruzó la calle como un anciano cansado, más que como un muchacho sano de dieciséis años. Beck salió y abrió una puerta batiente para Scribe. Luego, caminó hasta el borde de la acera y le sonrió a ella.

—¿Tuvo una buena tarde, señorita Walsh?

—No fue tan productiva como esperaba, como seguramente ya sabe.

Él volvió a entrar y Catalina se ciñó más fuerte el chal alrededor de su cuerpo. Escuchó durante un momento los ruidos escandalosos de la calle Campo y regresó a la casa. Recogió los tipos desparramados, separó las letras en los casilleros y cerró los cajoncitos. Mojó un trapo con trementina y se limpió los dedos manchados de tinta, mientras estudiaba la enorme imprenta. Se sentó en su escritorio, destapó su pluma estilográfica y comenzó a escribir.

9

MATÍAS VIO ENTRAR A SCRIBE por las puertas batientes unos minutos antes de las ocho de la mañana. Se las había arreglado para mantener al muchacho saltando de un lado al otro durante varios días. El chico parecía muerto de cansancio. Con las mandíbulas apretadas, le puso mala cara a Matías y se encaminó a la barra. Matías hizo una mueca al oír el traqueteo de los vasos y se preguntó cuántos rompería durante la hora siguiente.

La oficina de Catalina había estado iluminada hasta bastante después de la medianoche y durante varias noches. Matías tenía la sensación de que todos sus esfuerzos por mantenerla alejada del peligro habían sido en vano. Una vez que City arrancaba con algo, nunca aflojaba. Él había visto el mismo destello en los ojos verdes de Catalina.

Parado en la acera, Matías se quedó mirando un largo rato a un lado y al otro de la calle Campo. Calvada era un pueblo lamentable, pero tenía potencial. La pregunta era: ¿cuántos hombres se atreverían a votar contra Sanders si sus empleos estaban en juego? Matías les había hablado día y noche. Sanders seguía con su negocio como de costumbre, tan seguro de su cargo como alcalde que no necesitaba tomarse la molestia de hablar con nadie. Ningún hombre debía tener esa clase de poder.

Ahora que Matías estaba en la contienda, Sanders dudaba que pudiera cambiar suficientes votos a su favor. La buena fe, los tragos gratis y el entretenimiento servían hasta cierto punto. El titular siempre tenía métodos y medios para mantener a Calvada en su puño. Tendría que suceder algo grande para revertir la mentalidad colonial que mantenía cautivos a los hombres de Sanders.

Catalina pasó todo el día hablando con cuanta persona estuviera dispuesta a compartir su opinión sobre la próxima elección; la mayoría eran mujeres que repetían lo que habían dicho sus esposos. Catalina había estado hablando con la esposa de uno de los mineros afuera de la tienda de la empresa Madera, cuando la mujer dejó escapar un grito de asombro y se quedó mirando.

Fiona Hawthorne, deslumbrante de negro, venía por la acera, seguida por tres mujeres más jóvenes, cada una con un manto largo hasta los pies y capucha. Una brisa pasó y entreabrió una de las capas, dejando al descubierto sus piernas desnudas debajo de un corto vestido de seda roja con bordes de encaje blanco.

Catalina dio un paso al costado y dejó espacio para que

pasaran, mientras otras mujeres se daban vuelta. Catalina las observó con curiosidad. Los hombres les sonreían y las seguían. Nabor salió del almacén y se unió a la procesión. Las mujeres entraron por las puertas batientes de la cantina de Beck y fueron recibidas por ruidosas aclamaciones de bienvenida. Alguien golpeteó una alegre melodía en el piano. La música del salón de fandango era estridente todas las noches, pero no se comparaba con el escándalo que provenía de la cantina de Beck. ¡Probablemente había ido a Sacramento para traer un cargamento de *whisky*!

Ya estaba oscuro para cuando la música y los gritos se apagaron. Catalina abrió la puerta y escuchó a Beck, alzando la voz mientras daba su discurso, probablemente subido otra vez en la barra. Solo podía distinguir parte de lo que él decía.

«...todo hombre tiene derecho a procurar ser feliz... es tiempo de que ustedes, señores, tengan la oportunidad de una vida mejor... participen y decidan cómo quieren que se hagan las cosas... la ley y el orden...».

Lindas palabras, ¿pero él las respaldaría? Dio un salto cuando tres hombres salieron dando tumbos y se pusieron a disparar a la luna con sus armas. Catalina se lanzó de cabeza bajo su escritorio y se hizo un ovillo con las manos sobre la cabeza.

—¡La ley y el orden! —balbuceó, temerosa de que algún pobre e inocente transeúnte terminara con un agujero de bala.

Beck gritó y los disparos terminaron. Catalina salió arrastrándose de debajo de su escritorio. Cuando miró afuera por su ventana, los hombres ya habían entrado a la cantina.

Al parecer, Beck le estaba ofreciendo a Calvada *whisky*, mujeres, y nada más.

Entró a su departamento y puso la tetera en la estufa. Una taza de manzanilla tal vez la ayudaría a dormir.

¡Algo había que hacer para revertir y enderezar las cosas en este pueblo!

Una risa chillona arrastró a Catalina hasta la ventana del frente. Una de las muñecas de Fiona Hawthorne corría por la calle y un borracho la perseguía enloquecido. Catalina emitió un grito ahogado. ¡Era Nabor Aday, ni más ni menos! Pobre Abbie...

Furiosa, Catalina bebió el té y miró los bonetes elegantes que había hecho. ¿Quién podría pagarlos? Se sentía inútil, más aún cuando pensaba en los niños sentados en la iglesia, con las corrientes de aire que había allí y una sola estufa pequeña para calentarlos, mientras la tímida Sally Thacker intentaba enseñarles a leer y escribir. Pensó en las calles enlodadas, las pilas de basura en cada callejón, las ratas correteando por todas partes en la noche y transmitiendo vaya Dios a saber qué enfermedades. Pensó en la falta de un comisario y en cómo los muchachos como Scribe respetaban a Matías Beck. Y pensó en la sangre de su tío, que todavía era una mancha en el piso pese a lo mucho que ella la había restregado.

Arrugando el artículo que había escrito, Catalina tomó una nueva hoja de papel.

<hr />

Matías estaba desayunando en la cafetería de Sonia y conversando de negocios con Henry Call cuando oyó que Scribe pregonaba la *Voz de Calvada*.

Una hora después, *Herr* Neumann cruzó la calle con una expresión de pánico en la cara.

—¿Dónde has estado? ¿Ya viste esto? ¡Ella te está persiguiendo como los británicos a Napoleón en Waterloo! ¡Te llama lord Baco!

Matías le quitó la hoja del periódico. Una página, una carilla. Apenas era un periódico.

BECK Y CALL

Gobierno con descaro

Si es elegido alcalde, lord Baco sin duda se ocupará de que nada se haga en Calvada sin la debida santificación de los espíritus. Otro titular: DEBATE Y ATAQUE EN EL BAR TERMINAN EN UN ALBOROTO. Matías se rio.

—Parece que la señorita Walsh tiene algo del sentido del humor de City.

—¡Sentido del humor! —Se enfureció *Herr*—. No creo que esa mujer se refiera a los espíritus que van al cielo...

—Yo tampoco lo creo. —Matías sonrió largamente—. Es obvio que la dama está enojada por nuestra pequeña e inocente reunión de anoche. —Aunque al final no resultó tan inocente. A pesar de sus intenciones, las cosas se le habían ido de las manos un par de veces.

—¡Quiere tu sangre! —*Herr* dio unos golpecitos con su dedo en el periódico ofensivo—. Nos hace quedar a todos como unos tontos borrachos.

—Eso es un poco exagerado, *Herr*. —En el editorial no había nada que no fuera cierto.

—Te digo, Matías, que lo único que se necesita para arruinar este pueblo es alguien como ella. —Caminó de un lado al otro, agitando nerviosamente los brazos—. Nada es más peligroso que una mujer con un ataque de moralidad. —Volvió a clavar su dedo sobre la *Voz*—. Lee otra vez ese editorial. Ese regaño hace que parezca que toda la población de Calvada estaba ebria y persiguiendo mujeres por la calle.

Matías nunca había visto tan indignado al barbero.

—Un hombre, *Herr*, y no lo menciona. —Siguió leyendo. En la parte inferior, había un artículo más corto.

El monstruo con pezuñas de cabra que recientemente reportó el *Clarín* fue liquidado con una escopeta de dos cañones. Cuando el sepulturero examinó el cuerpo, descubrió que se trataba de cuatro cajones de manzanas, una pila de trapos y una calabaza en descomposición. El experto tirador no estuvo disponible para hacer comentarios y fue visto por última vez alardeando de su matanza en el bar Froggie Bottom, en la esquina del bulevar Campos Elíseos y la avenida Galway.

Scribe llegó desde el otro lado de la calle con una sonrisa de satisfacción en su joven rostro.

—¿Qué le parece?

—No está mal para dos novatos, pero no es gran cosa.

—Mejor que el *Clarín*, y el de Catalina recién está entrando en calor.

Matías tuvo ganas de darle un coscorrón por llamarla Catalina.

—Así que trabajas para la señorita Walsh, ¿cierto?

—Parece que sí. Bueno, media jornada.

—Te felicito, muchacho. A partir de ahora, puedes pagar la mitad de la renta. —Eso apagó un poco la expresión del muchacho—. ¿Queda algún ejemplar?

—Los vendí todos en menos de una hora.

Matías hizo un gesto con la quijada.

—Tienes jarras y vasos que lavar.

Herr se había quedado cerca y miraba furioso al muchacho como si fuera Judas Iscariote.

—Deberías despedirlo. Echarlo a patadas.

Scribe lo miró con mala cara.

—Pues hágalo. Catalina me dejará dormir en la oficina delantera. —El muchacho se dio vuelta como para marcharse, pero Matías lo agarró del cuello y lo lanzó a través de las puertas batientes.

Herr cruzó la calle y cerró de golpe la puerta de la barbería. Matías estaba a punto de volver adentro, cuando Catalina Walsh salió por su puerta con un traje sastre color azul marino y un sombrero con encaje Leavers y rosas repollo, entrelazadas con gasa color champán y un follaje delicado. ¿Adónde iba tan elegante? Un músculo se contrajo en su mandíbula. Que descargara su malhumor con él. Él podía aguantarlo. Pero sería mejor que se mantuviera lejos de Sanders.

La cafetería de Sonia estaba atestado de gente. Catalina notó el silencio cuando ella entró por la puerta, y no fue un silencio amigable.

—¿Puedo ayudar?

—Yo no lo haría si fuera tú —dijo Charlotte, llevando dos platos al comedor.

Sonia le echó un vistazo.

—No es domingo. ¿Adónde vas?

—Haré una entrevista más tarde. —Catalina se quitó el sombrero y se puso un delantal. Recogió dos platos mientras Charlotte volvía y gesticuló—. ¿Dónde van estos dos, Charlotte?

—Los dos caballeros en la mesa de adelante, a la derecha, junto a la ventana.

—Ten cuidado allí —le pidió Sonia—. Todos estuvieron haciendo circular la *Voz*.

Kit Cole, el dueño de la caballeriza, y Fergus McCallum, el barman del Rocker Box, no la saludaron. Algunos dijeron cosas que le hicieron arder las mejillas, pero ella no respondió. Sonia arqueó las cejas cuando Catalina regresó a la cocina.

—¿Dijiste una entrevista? ¿Con quién?

—El candidato para alcalde en funciones, Morgan Sanders. Iré a su hotel y veré si quiere hablar conmigo. —El olor del tocino friéndose le hizo gruñir el estómago—. Después iré a la mina Madera.

Sonia sirvió los huevos revueltos.

—Quédate con los sombreros, y deja como está lo que está suficientemente bien. —Agregó tocino, un panecillo esponjoso y deslizó el plato por la mesada—. Quédate y come.

Catalina se sentó.

—Ganaré más dinero publicando un periódico que haciendo sombreros. Además, la *Voz* ya es mejor que el *Clarín*.

—Pero escúchate, toda engreída como una gallinita.

Charlotte regresó a la cocina.

—Matías y Henry acaban de entrar.

Catalina comenzó a levantarse con el corazón palpitante.

—Ah, permíteme atenderlos.

—Oh, no, no lo harás. —Sonia apuntó hacia un banquillo con su cuchara—. Te quedas ahí. ¿Quieres saber sobre Sanders? —La miró con el ceño fruncido—. Hazme tus preguntas.

—Es mejor que hable yo misma con el hombre.

—¿Y piensas que él te dará respuestas directas? —Sonia cascó más huevos en un cuenco—. Si quieres saber sobre la mina, deberías darte una vuelta por el camino Willow Creek. —Vertió leche en el cuenco—. Allí podrás ver la verdad. —Le indicó a Catalina cómo llegar—. Me imagino que no es una parte del pueblo que has explorado aún. Pregúntales a las mujeres que viven allá qué sucede cuando los hombres son aplastados por toneladas de piedras. Pero deberías cambiar tu atuendo por algo menos fino antes de ir.

—Iré inmediatamente después de que haya hablado con el señor Sanders.

Ahora furiosa, Sonia volcó los huevos en la sartén de hierro.

—¿Por qué no vas ahora mismo? ¡Seguro que el señor Petulante te ofrecerá un desayuno lujoso, hecho por su cocinero canadiense!

Dolida, Catalina se levantó y se desató el delantal.

—Lamento que lo desapruebes.

Charlotte apoyó una mano sobre su brazo.

—Ten cuidado con ese hombre.

Sonia golpeó la estufa con la sartén y murmuró en voz baja.

Catalina se abrió paso a través de las mesas del salón. Ignorando a Matías, salió por la puerta delantera. El Hotel Sanders estaba en el extremo más distante de la calle Campo y ella se sentía como si estuviera caminando a través de una tormenta para llegar al lugar. Los hombres hablaban; algunos la miraban con desdén. Apenas unos pocos se tocaban el sombrero.

Sanders estaba en su restaurante con varios hombres más sentados a su mesa; ninguno vestía con la elegancia de él. No se veía contento y parecía ser el único que estaba hablando. Uno de los hombres dijo algo y él se volteó. Empujó su silla hacia atrás, se puso de pie, dijo algo más y los hombres se levantaron y salieron del restaurante, mientras él cruzaba el salón.

—Buenos días, Catalina. —Antes de que ella pudiera decir algo, le hizo una seña al camarero y le ordenó que sirviera té y pastelillos para la dama y una jarra con café recién hecho para él—. ¿Qué puedo hacer por usted?

Ella decidió ser directa.

—He venido a hacerle algunas preguntas.

—Desde luego que sí. —Se rio entre dientes—. Leí la *Voz*. Fue bastante entretenido. Supuse que acudiría a mí. Soy el alcalde.

—Por dos períodos, me dijeron. —Tiempo suficiente para que hubiera hecho algo bueno por el pueblo. ¿Lo había hecho?

—Me gustaría escuchar su lista de logros.

—Solo tiene que mirar alrededor.

—Lo hice, y no hay mucho para elogiar.

Su sonrisa fue condescendiente.

—Debería haber visto esto cuando llegué, hace diez años. Ya lo he mejorado ofreciéndoles trabajo a cien hombres y dándoles una vivienda, a ellos y a sus familias, si es que tienen la suerte de tenerlas.

Viviendas que ella aún no había visto, pero que planeaba visitar muy pronto.

—Me gustaría mucho ver su operación minera. —Si bien Amos Stearns no vendría a Calvada hasta la primavera, a Catalina le gustaría tener alguna idea de cómo era el funcionamiento de una mina de verdad. Madera era la más próspera.

—Y como le dije antes, la mina no es lugar para una dama. —Su expresión no le dio esperanza alguna de que cedería.

Ya encontraría otra manera de enterarse más de sus negocios.

—Calvada necesita una escuela y una maestra que enseñe a tiempo completo. ¿Hay algún plan al respecto?

—No tenemos muchos niños. Sería un desperdicio de dinero, cuando la iglesia sirve bastante bien como escuela.

—¿Y Sally Thacker?

—Es una persona capaz.

—¿No debería recibir un sueldo por llevar la responsabilidad de educar a los niños que hay?

—Servir a la comunidad es parte de su responsabilidad como esposa del reverendo Thacker.

Ahora parecía menos amigable y ella se estaba esforzando por mantener una actitud calmada.

—Cuando llegué, me informaron acerca del impuesto municipal y lo pagué. —Había sentido la presión financiera—. ¿Adónde va ese dinero?

—A los fondos de la ciudad.

—¿Que son controlados por quién y usados para qué, exactamente?

Sus ojos se entrecerraron.

—Mejoras para el pueblo.

—Lo cual me lleva a mi primera pregunta: ¿Qué ha logrado usted desde que está en el cargo?

Él se rio.

—Ah, querida mía, usted sí que es empeñosa. —Le habló de varias mejoras, del puente nuevo y de la ampliación de un camino. Aparte de eso, se las ingenió para dar rodeos ante cada pregunta que le hizo, como un político experimentado. Catalina le agradeció por su tiempo y por el té y los pastelillos, ninguno de los cuales había tocado, y se puso de pie. Sonia tenía razón. Pero entonces, ¿Matías Beck era mejor?

Morgan caminó con ella hasta la puerta.

—Me gustaría que me acompañara a cenar esta noche.

A pesar de haber sido rechazado previamente, el hombre parecía seguir de cacería.

—Gracias por su amable invitación, señor Sanders, pero estoy segura de que comprenderá que, como editora de la *Voz*, daría a entender que ya he tomado partido. Debo mantenerme neutral. Buenos días.

Catalina decidió ir a la tienda de Aday antes de visitar a las viudas del camino Willow Creek. Abbie siempre había demostrado ser la más locuaz y, sin duda, había escuchado muchas cosas mientras atendía a los clientes. Tal vez podría darle alguna información.

Abbie se volteó cuando ella entró y miró nerviosa hacia la cortina.

—¿Cómo puedo ayudarla, señorita Walsh? —El uso formal de su nombre le advirtió a Catalina que las cosas habían cambiado. Abbie volvió a mirar hacia atrás, y entonces se inclinó por encima del mostrador para susurrar—: Nabor no quiere que hable contigo.

—Perdón por lo de las etiquetas de los precios...

—Oh, no es por eso. Tu periódico lo molestó.

Catalina podía adivinar por qué, aunque no había mencionado el nombre del hombre que persiguió por la calle a una de las muñequitas de Fiona Hawthorne.

—¡Abbie! —Nabor rugió desde el cuarto trasero—. ¿Con quién hablas?

—Con una clienta.

Salió de atrás de la cortina y su rostro se puso rojo cuando vio a Catalina parada frente al mostrador.

—¿Qué ha estado diciéndole a mi esposa?

—No ha dicho nada. —Abbie dio un paso atrás con los ojos bien abiertos.

—Cierra la boca. No estoy hablándote a ti. —Apuntó a Catalina—. Usted es una vergüenza.

Catalina pensó que eso lo describía mejor a él, pero se contuvo de decirlo por el bien de Abbie. Abandonó el almacén y se fue a su casa a cambiarse por algo menos elegante como Sonia le había aconsejado. Entonces se dirigió al camino Willow Creek.

Matías había estado vigilando a Catalina. Sonia le contó que iría a ver a Sanders. La vio salir de la tienda de Aday. Ella no le agradaba a Nabor. A Nabor no le agradaba nadie que objetara sus precios ni desaprobara el trato que le daba a su dulce esposa. No obstante, casi todo el mundo, excepto los trabajadores de Sanders, le compraban a él sus víveres. Eso cambiaría en los días por venir. Aunque no ganara la elección, Matías tenía la intención de plantearle cierta competencia al comerciante.

Catalina salió de la tienda en menos de un minuto. Parecía molesta, pero se repuso rápidamente. Entró a su casita. Relajándose, él entró y volvió a sentarse con Henry en la mesa al costado de la ventana. Menos de media hora después, ahí estaba ella otra vez, vistiendo en esta ocasión su abrigo nuevo, gorro, botas y una sencilla falda marrón. ¿Adónde iría ahora?

—Parece que hoy tienes otras cosas en mente —comentó Henry con una sonrisita.

—No hay nada más que negocios en mi mente, socio. —Matías miró la documentación. Quizás si no estuviera todo el tiempo preocupado por ella podría concentrarse en maneras de mejorar el pueblo y traer más negocios a Calvada. Tenía muchísimas ideas, pero necesitaba ser elegido para ponerlas en marcha.

Henry se rio en voz baja.

—Estás vigilando muy de cerca a Catalina Walsh, ¿no es así, amigo mío? —Su expresión era especulativa.

—Me sentiría mejor si no fuera tan parecida a su tío.

—Pero entonces sería mucho menos interesante, si lo que escuché sobre City Walsh es cierto. —Miró afuera por la ventana—. Yo no me preocuparía demasiado. Es probable que esa haya sido la primera y última publicación de la *Voz*.

—Eso espero. —Catalina se dirigía hacia el extremo norte del pueblo.

—Parece una mujer que sabe adónde va. —Henry también la observaba.

—Eso es lo que me preocupa.

———◆———

Las pequeñas casuchas del otro extremo de Willow Creek parecían armadas con los restos de cabañas abandonadas. Una se veía vacía. Frente a otra había una mujer joven con una manta ceñida alrededor de sus hombros delgados con una expresión perpleja mientras miraba fijamente el agua helada que descendía de la nieve de las altas montañas. Una tercera mujer lavaba y colgaba prendas raídas en una soga, mientras dos pequeños jugaban cerca de ella. El humo subía desde unas tuberías en lugar de chimeneas. Una letrina prestaba servicio a cinco casas.

Catalina saludó a los niños, pero solo se quedaron mirándola con los ojos muy abiertos en sus caritas delgadas y amarillentas. Su madre se enderezó y observó a Catalina antes de levantar otra camisa. Catalina se acercó y empezó a presentarse.

—Sé quién es usted. Es la sobrina de City Walsh. Supe que vino al pueblo. —La mujer le echó un vistazo—. Me sorprende que todavía esté aquí.

—Sonia Vanderstrom me sugirió que viniera a hablar con usted.

—¿En serio? ¿Sobre qué?

—He retomado la publicación de la Voz y me gustaría saber cualquier cosa que usted pueda decirme sobre la mina Madera, señora...

—O'Toole. Nellie O'Toole. —Colgó en el palo la camisa humeante—. ¿Quiere escuchar lo que tengo que decir sobre la mina de Sanders? —Soltó una risa dura—. Tengo suficientes problemas. —Exprimió la camisa, la sacudió y la colgó en la soga con movimientos violentos y el cuerpo rígido. Se enfrentó a Catalina—. ¿Quiere hablar claro, señorita Walsh? Entonces escuche: No se meta en cosas que no tienen que ver con usted. ¿Quién es usted para poner en ridículo a nuestros hombres? ¿Qué sabe de nuestra manera de vivir, con esa ropa fina y sombreros caros?

Catalina sintió escozor en sus ojos. Podía ver la pobreza abyecta que la rodeaba.

—Me gustaría ayudar a mejorar las cosas, señora O'Toole.

Nellie la estudió un momento y aflojó los hombros.

—Todos queremos eso. ¿Por qué cree que vinimos a California? ¿Para vivir así? Les creímos a los periódicos que nos decían que el Oeste era la tierra de las oportunidades. Sanders nos prometió casas y buenos salarios. Pues bien, ya ve lo que recibimos.

Se limpió la frente.

—Mi Sean habló con él sobre las promesas que había hecho y, cuando no consiguió ningún resultado de sus palabras, empezó a hablar con los hombres para organizarse. —Negó con la cabeza, los ojos llenos de lágrimas—. Me dijeron que una viga cedió. Ni siquiera trataron de desenterrarlo. Ni un cuerpo para sepultar. —Sacudió la cabeza—. Hágame caso. Váyase mientras pueda. Regrese adondequiera que haya sido su hogar.

—Me dieron un billete de ida, señora O'Toole. No hay regreso.

—También armó líos en su casa, ¿eh? —La expresión de Nelly se suavizó un poco—. Yo no puedo hablar por cada mujer casada con un minero, pero hubiera preferido que mi Sean se embriagara todas las noches en la cantina de Beck, a que acabara sepultado bajo una tonelada de roca. —Llamó a sus hijos, que estaban riñendo—. Todos conocen a Matías Beck y a Morgan Sanders. No puedo opinar sobre cómo resultarán las cosas, pero, si pudiera, elegiría a Beck antes que a Sanders, sin pensarlo. —Se dio vuelta y enfrentó a Catalina nuevamente—. No fue solamente mi Sean el que murió. Tres más murieron con él. Ahora estamos aquí, yo, mis pequeños y las otras. Apenas subsistimos. —Su rostro estaba sombrío por la ira y el dolor—. ¿Cree que puede publicar algo de eso?

Catalina sintió el corazón fuertemente estrujado.

—Lo lamento tanto...

—Lamentarlo no ayuda gran cosa.

La amarga desesperanza de Nellie O'Toole atravesó a Catalina.

—Un buen alcalde podría hacer muchos cambios.

—¿A quién propone? —Se rio sin ganas—. No importa quién se postule contra Sanders. Sanders siempre gana. —Alzó a su hija y la sentó sobre su cadera—. Él prometerá hacer mejoras en la mina, y los hombres se tragarán las mentiras y votarán por él porque le pertenecen. Por lo menos aquí, en Willow Creek, no pagamos sus alquileres. Y no puede desalojarnos otra vez.

Otra mujer salió con un bebé dormido en su hombro.

—No deberías hablar de él, Nellie.

Los ojos de Nellie relampaguearon.

—Demasiado tarde. —Se esforzó por calmarse, frotando suavemente su mentón sobre la cabeza de su hija, mientras estudiaba a Catalina—. He dicho todo lo que tengo que decir. Ya hablé de más. —Su ira se marchitó y apareció un destello de miedo cuando le hizo una seña a su hijo. Lo siguió adentro de la casucha y jaló la solapa de lona que servía de puerta.

El bebé de la otra viuda empezó a llorar. Abrazó con ternura al pequeño y, mientras hablaba, le dio unas palmaditas suaves.

—No debería hacer preguntas, señorita Walsh. Puede que tenga buenas intenciones, pero no puede hacer nada más que meter a otros y a usted misma en muchos problemas.

⋆⋅•⋅⋆

Catalina no quería volver a Calvada. Deseaba alejarse lo más posible del barro, el hedor y la crueldad del lugar. La desesperación de Nellie O'Toole había penetrado su espíritu.

Sentándose en una ladera, Catalina lloró. Se sentía impotente e inútil, una chica preparada solamente para casarse bien y ser la esposa adecuada de algún heredero rico. Pensó en las viudas que vivían en esas casuchas: Nellie O'Toole con sus dos hijos, la madre joven con el bebé enfermo, la otra muchacha callada y afligida que parecía ya haberse rendido. Sonia había ayudado de manera práctica al contratar a Charlotte y permitirle mudarse a uno de los cuartos de su hostería. Catalina se limpió las lágrimas y levantó la vista hacia las montañas coronadas de nieve. ¿Qué podía hacer ella?

Helada, se levantó y caminó hasta un punto más alto desde donde podía ver Calvada allá abajo. Contempló los jinetes a caballo y las carretas que pasaban de un lado al otro por la calle Campo. Desde aquí imaginó cómo podría ser Calvada, no lo que era. Aquí sentía la paz y la belleza de las montañas que la rodeaban.

Incluso cuando era niña, a Catalina le indignaba la injusticia. Su primer delito, según el juez, fue robarle el pavo de Acción de Gracias al cocinero y regalárselo a una familia pobre que se había acercado al portón a suplicar trabajo. La habían enviado a un internado, y fue devuelta a casa cuando le dejó un ojo morado a una niña por acosar a otra pequeña tranquila, proveniente de una familia de nuevos ricos. La habían encerrado muchas veces en su habitación antes de que cometiera su último acto imperdonable de unirse a las sufragistas que luchaban por los derechos de las mujeres. Su madre había intentado hacerla entrar en razón durante años. *No debes apasionarte tanto por cosas que nunca cambiarán, querida.*

El camino a la mina Madera no estaba lejos. Para cuando llegó al lugar, había sonado el silbato. Los hombres salían en fila mientras unos guardias armados los revisaban rigurosamente. Un hombre parecía estar discutiendo con el guardia que tenía enfrente. El guardia gritó algo y otro apareció por atrás y golpeó al hombre con la culata de su rifle. El minero se desplomó. Se acurrucó en forma de ovillo, mientras los dos guardias lo pateaban. Los otros mineros pasaron junto al hombre caído. Cuando uno se detuvo para ayudarlo, el guardia que lo había golpeado dio un paso con el rifle levantado. El hombre golpeado logró ponerse de pie; los guardias se burlaron de él al verlo marcharse trastabillando.

Catalina bajó por la senda hacia el camino, esperando poder asistirlo. Antes de llegar a él, otros dos hombres fueron en su ayuda. Ella estaba suficientemente cerca para escuchar su conversación.

—Si vuelves a hacer eso, te matarán sin duda.

—¿Crees que me importa?

—No seas tonto. ¿Quieres que tu esposa tenga que vivir con lo justo como la de Sean?

Uno de los hombres la vio.

—¿Qué está haciendo aquí?

—Vi lo que sucedió. —Ella se acercó.

El hombre golpeado escupió sangre en el suelo.

—Leí su periódico. Su tío sabía de lo que escribía. ¡*Usted* no sabe nada!

10

CATALINA PASÓ LA NOCHE SIN DORMIR en su acogedora casita y a la mañana siguiente volvió al camino hacia la mina Madera. No muy lejos del complejo minero había dos hileras de viviendas, todas idénticas: pequeñas, cuadradas, con el techo a dos aguas, la puerta al frente con una ventanita a cada lado y un tubo de chimenea asomado en la parte de atrás. Catalina se guio por los sonidos de los niños que jugaban y encontró a varias mujeres agrupadas, envueltas en sus ropas de abrigo, escardando y desmalezando un huerto comunitario invernal que había detrás de las viviendas. Sorprendidas al ver a su visitante, dejaron de trabajar para hablar con ella. La mayoría había vivido en las casas de Sanders desde que él las había construido.

—Era algo mejor, comparado con lo que teníamos en Virginia City. Allá tuvimos que construir la nuestra.

—Por lo menos, esas eran nuestras —dijo otra—. No teníamos que pagar renta.

—Estamos más cerca. Los hombres llegan fácilmente a pie. La mina está allí, por el camino.

Sí, compraban en el almacén de la compañía, pero el huerto las ayudaba. La mayor parte de lo cultivado ya lo habían usado o recogido: calabacines, puerros, zanahorias y repollos, acelgas y cebollas. Esperaban que alcanzara para sobrevivir los meses del invierno.

—La caminata al pueblo es dura bajo la nieve.

Qué difícil debía ser para estas mujeres arreglárselas con lo poco que sus esposos ganaban.

—Veo a muchos hombres entrar y salir de la cantina de Beck y de las otras cantinas.

Una mujer se encogió de hombros.

—Mi esposo es más feliz con uno o dos tragos en la barriga.

—Algunos no paran con uno o dos —dijo otra mientras metía la azada en la tierra dura.

Las mujeres dijeron que la mayoría de los hombres que trabajaban en la mina Madera eran solteros. Luego de pagar el alquiler y unas pocas provisiones, bebían y apostaban el resto de su salario. En algunas casas, había seis hombres viviendo juntos. No había muchas familias y solo algunos de los niños asistían a las clases de Sally Thacker. Sin educación, Catalina sabía que los niños terminarían en la mina; las niñas, casadas con mineros.

Después del último accidente, varios hombres habían intentado escabullirse en la noche.

—No llegaron lejos. Los hombres de Sanders los persiguieron y los obligaron a regresar. Los apalearon mucho.

—Pero no tanto como para que no pudieran trabajar. —La

mujer golpeó más fuerte la tierra con su azada—. Le debían dinero al almacén de la compañía. Igual que el resto de nosotros.

Catalina fue a la tienda de Sanders cuando volvió al pueblo. Todo era más caro que en la de Aday: las legumbres secas y la cebada, la harina y el azúcar, el percal y los botones. Tuvo un mejor concepto de Nabor después de ver los precios de las botas, los vaqueros, los abrigos y los guantes del almacén de la minera Madera. Nabor había tratado de estafarla, pero hasta sus precios alterados eran inferiores a los que cobraba Sanders.

Varias mujeres fueron a visitarla a la mañana siguiente; las tres eran las esposas de los hombres más adinerados del pueblo. Se mostraron interesadas en los sombreros de Catalina, pero estaban más ansiosas de contarle lo que opinaban sus esposos sobre la *Voz* y su editora.

—¡John estaba furioso! —Lucy Wynham, la esposa del panadero, manoseó una pluma de faisán—. Piensa que las mujeres no deben saber lo que sucede en una cantina y que ninguna dama de verdad escribiría sobre eso. —Se le escapó una risa disgustada—. Como si las mujeres fueran ciegas y sordas y no lo supieran ya.

Vinnie MacIntosh, la esposa del sepulturero, miró por la ventana de Catalina.

—¡Pobre de ti, querida! ¡Puedes ver la mayor parte de la calle Campo desde aquí!

—Un asiento en primera fila para todos los acontecimientos. —Camila Deets, la esposa de uno de los carniceros del pueblo, sacudió la cabeza—. Nosotros vivimos en Galway, pero incluso desde ahí arriba puedo oír los salones de fandango todas las noches.

—Iván dijo que usted suena muy parecida a City. —Vinnie sonrió—. La gente esperaba que la *Voz* saliera cuando él...

—Gracias. —Catalina aceptó sus palabras como un elogio. Un poco sorprendida por el entusiasmo de las mujeres, les ofreció té—. No estoy segura de que haya una nueva publicación.

—¡No puede renunciar! ¡Apenas empezó!

Si escribía sobre lo que había visto en la mina y cómo había recopilado los detalles, ¿qué problemas podría causarles a esas pobres mujeres que vivían en la hilera de casas, o a las viudas de Willow Creek? Pero si no escribía al respecto, ¿cómo lograría cambiar algo? Casi deseó no haber comenzado nunca.

—Todas ustedes parecen encantadas con lo que tenía que decir, ¿pero acaso servirá de algo? Las mujeres no votan, y lo único que conseguí fue enfadar a los hombres. —Levantó varias notas que le habían pasado por debajo de la puerta.

Camila tomó una y la leyó en voz alta:

—Las mujeres son como los niños. Deben ser vistas, pero no escuchadas. —Resopló—. A menos que diga algo con lo que un hombre está de acuerdo.

—Es probable que John haya escrito eso. —Lucy suspiró—. Es exactamente lo que dice cada vez que hago la más mínima pregunta sobre cualquier cosa.

Vinnie tocó el brazo de Catalina.

—Iván dijo que era la primera cosa honesta que leía desde que City... murió. Se preguntaba si usted empezaría a mirar más allá de la calle Campo.

—Dos días atrás, fui al camino a Willow Creek; luego, a una colina desde donde pude ver la mina Madera. Ayer fui a la hilera de casas. —¿Qué podía hacer ella para ayudar a esas pobres mujeres?

—El Hoyo de la Escoria. —Camila frunció el ceño—. Así lo llaman los mineros.

Vinnie tomó un sombrero y lo volteó, mirándolo desde todos los ángulos.

—Nos preguntábamos por qué su tienda estuvo cerrada los últimos dos días.

Catalina había vuelto cansada y deprimida. Sin poder dormir, pasó varias horas haciendo sombreros y pensando en la cruel ironía de tratar de vender cosas encantadoras a esas pobres mujeres que nunca podrían pagarlas. Pensó en las fiestas a las que había asistido en Boston, a los tés de las tardes y a las reuniones de verano en las que había bailado y se había reído. ¿Qué beneficio había logrado, incluso con sus pequeñas rebeliones? ¿Lo había hecho por el bien de los demás, o era simplemente una manera de contrariar a su padrastro?

—Calvada necesita muchas mejoras. —Camila Deets se probó uno de los sombreros que Catalina había hecho la noche anterior—. ¡Este es divino! —Lo ajustó—. Estoy segura de que usted podría sugerir cambios, considerando que viene del Este, un lugar civilizado. ¿Tiene un espejo? —Catalina le trajo uno pequeño del cuarto de atrás—. Perfecto. —Decidió Camila, admirando su reflejo—. Me lo llevaré. No veo la hora de usarlo para la iglesia el domingo.

Deseosa de obtener más información, Catalina les ofreció té a las damas y las sirvió con su fino juego de porcelana Minton roja y dorada. Su madre le había regalado un juego completo, pero ella solo tenía espacio para algunas cosas especiales en su baúl Saratoga. Aunque estos pequeños lujos compartidos estaban fuera de lugar en Calvada, se dio cuenta de hasta qué punto habían animado el día a sus nuevas amigas.

Vinnie también compró un sombrero antes de irse.

La puerta volvió a abrirse poco después de que se fueron y Morgan Sanders entró con una de las mujeres que se sentaba con Fiona Hawthorne cada domingo. No era mucho mayor que Catalina, y tenía el cabello oscuro y los ojos marrones.

—Catalina, le presento a Monique Beaulieu, una conocida mía. Monique, ella es Catalina Walsh.

La joven se mantuvo atrás, callada, tensa, y le dio la impresión a Catalina de que no había deseado entrar en la tienda. Dando un paso adelante, Catalina extendió su mano.

—*Enchantée, mademoiselle.*

Morgan pareció sorprendido y complacido.

—Habla francés.

—Mi madre insistió que lo hiciera, aunque son muy pocas las oportunidades que he tenido de usarlo. —Le sonrió a Monique, pero la muchacha evitó sus ojos y, en cambio, miró los sombreros alrededor.

—Esta señorita es amiga mía. —Él sonrió—. Una palomita que acogí bajo mi ala.

Aliviada de que dejaría de mostrarse interesado en ella, Catalina les recomendó que curiosearan por la tienda. Se dirigió a Monique en francés:

—Puedo mostrarle los modelos. Solo tiene que decirme cuáles son sus preferencias. —Sacó un libro de diseños de un cajón del escritorio.

Morgan miró la imprenta tapada con la tela a cuadros y se rio entre dientes. Catalina había decidido mantenerla cubierta durante las horas de la mañana, mientras atendía la tienda.

—¿Ya abandonó el negocio?

—Un negocio sostendrá al otro. —¿Por qué no ser atrevida?— ¿Le gustaría comprar espacio publicitario?

—La mina no necesita publicidad, Catalina.

Ella no aprobaba que él usara su nombre de pila, mucho menos de la manera en que lo hacía. Tampoco lo hizo Monique Beaulieu.

—Supongo que tampoco el almacén de la compañía.
—Cuando él entrecerró los ojos, ella le ofreció una sonrisa inocente—. Sin embargo, está haciendo campaña para el puesto de alcalde, ¿verdad?

Él se rio.

—Lord Baco tiene menos que ofrecer que yo.

—Así que leyó la *Voz*.

—Me resulta bastante gracioso. Valió los dos centavos que pagué por él. —Sostuvo la mirada de Catalina por un momento; luego, miró a Monique—. ¿Ya te decidiste? —Ella negó con la cabeza y siguió mirando el libro. Catalina se hacía preguntas sobre ella; cómo terminó la encantadora joven en un prostíbulo.

Sintió los ojos de Morgan fijos en ella y levantó la cabeza.

—Me complace saber que valió el precio. Quizás deba aumentarlo para que esté parejo con el *Clarín*. —Le molestaba la poca atención que él le prestaba a Monique.

—Por cierto, concuerdo con la evaluación que hizo de Matías Beck. Ese canalla. Uno de mis hombres fue a escuchar su discurso. Parece que Beck tiene pensado traer más mujeres a Calvada.

Su tono de voz no dejó lugar a dudas de qué clase de mujeres estaba hablando. Monique levantó la cabeza y lo miró.

Avergonzada, Catalina no supo qué decir.

Monique cerró el libro con firmeza.

—Quisiera irme, Morgan. Aquí no hay nada…

—Todavía no. —Morgan la interrumpió y miró fijamente a Catalina—. Una mujer puede brindar gran consuelo a un hombre.

Quizás Morgan Sanders se casaría con Monique. Catalina esperaba que lo hiciera. Pero aún quería respuestas de parte del hombre. Sus recientes caminatas por los alrededores de Calvada le habían abierto los ojos.

—El camino a la mina Madera fue mejorado el año pasado, pero parece que se le dedicó muy poca atención a Campos Elíseos.

Él desestimó sus preocupaciones.

—La calle Campo siempre es un desastre en invierno.

—El invierno llega todos los años, señor.

Él sonrió como si ella fuera una niña.

—¿Qué propondría usted? ¿Adoquines? Esto no es Boston, querida mía.

—Usted hace sacar montañas de piedras, grava y arena de su mina. Parte de todo eso podría usarse para mejorar la calle principal de Calvada.

—Sabe poco sobre construcción de caminos, Catalina.

—Supongo que los hombres que mejoraron su camino sí saben.

Monique se puso de pie y deslizó su mano sobre el brazo de Morgan. Dijo algo en un susurro bajo. Él no pareció contento, pero no objetó. Inclinó la cabeza hacia Catalina.

—Quizás pague un aviso publicitario. Eso la ayudaría a permanecer en el negocio, ¿verdad? Hablaremos luego.

Catalina deseó no haberlo sugerido.

Matías vio a Morgan Sanders y a una de las muñequitas de Fiona Hawthorne saliendo de la casa de Catalina. ¿Se habría dado cuenta ella de que la chica era una prostituta? Como había tan pocas mujeres disponibles en el pueblo, los hombres a veces tomaban como esposa a una palomita mancillada. Las demás mujeres raras veces las aceptaban. A City lo fastidiaba que, a pesar de que Fiona Hawthorne había dado más dinero para construir la iglesia que cualquier otra persona del pueblo, las mujeres siguieran sin mirarla; mucho menos le dirigieran la palabra. Con qué facilidad juzgaban a su propio sexo, sin pensar qué circunstancias podrían obligar a una mujer a vender su propio cuerpo. ¿Les habría pedido Catalina a Sanders y a la muñequita de Fiona que salieran de su tienda?

Más importante aún era saber por qué Sanders había expuesto a Catalina a semejante situación. El hombre le había echado el ojo desde que la joven había llegado al pueblo. Ella sería una estupenda esposa para el dueño de una mina y la madre del hijo que él quería que heredara su imperio. Algunos dirían que eran una buena pareja. Teniendo en cuenta lo rico que era el hombre y lo pobre que era ella, podía llegar a verse tentada.

¿Comprendía Catalina las aguas turbias en las que se estaba metiendo? Imaginar a Catalina con Sanders le contrajo el estómago.

Sonia decía que Catalina no quería casarse. Con nadie. Jamás. De hecho, su editorial mostraba cierta inclinación por el movimiento antialcohólico. ¿También era sufragista? Por cierto, él deseaba saberlo. No hablaban desde que había salido la *Voz.* Quizás era hora de que lo hicieran. ¿Y por qué no ahora?

Matías llamó a su puerta. Cuando ella la abrió, suspiró, resignada. Difícilmente era la mirada que él desearía ver en su rostro.

—¿Puedo entrar?

—Supongo que vino a reprenderme por lo que escribí sobre usted y su evento social de la temporada. —Ella se alejó, dejando que la puerta se abriera sola.

—Yo no soy el que usted vio persiguiendo a una de las chicas de Fiona por la calle Campo. Es posible que ese hombre quiera comprarle un billete en la próxima diligencia para expulsarla del pueblo.

—¿Por qué está aquí, señor Beck?

—He venido a completar algunas piezas de la historia.

Ella frunció el ceño y puso una cara seria y consternada.

—¿Qué piezas?

—El *whisky* afloja las lenguas y hace que los hombres hablen de lo que realmente están pasando.

Entornó los ojos en gesto de fastidio.

—Qué tonterías, señor Beck. ¿Qué clase de pócima mágica está tratando de venderme? —Resolló—. Apuesto a que mi charla con una taza de café de por medio consiguió más información que su método de "la casa invita los tragos".

¿Qué información? Quería reclamar él.

—Usted todavía no conoce Calvada, milady.

—Es sorprendente lo que aprendí en mis largas caminatas, abriendo los ojos, los oídos y escuchando. —Levantó la vista y lo miró—. Por ejemplo, se rumorea que en su discurso de campaña usted prometió traer más mujeres. ¿Es cierto eso? ¿Novias por encargo?

Él se sonrojó.

—Tengo planes de contratar señoritas para que sirvan las mesas y atiendan los cuartos del hotel. —Hizo una mueca al decir la última parte, sabiendo que podía ser malinterpretado—. Tender las camas, esa clase de cosas. —Apretó los dientes, diciéndose a sí mismo que cerrara la boca. Catalina lo miró.

Cuando ella no dijo nada, decidió que era el momento de llegar al objetivo de su visita.

—Vine a darle un pequeño consejo que no ha solicitado: demasiadas verdades de una sola vez pueden hacer más daño que ayudar.

—Siempre he creído que la verdad es el gran nivelador.

—No siempre. Desgraciadamente. —Había combatido en una guerra en la que los dos bandos creían que tenían la razón y, a su ver, casi nada había cambiado, además de los diez mil hombres que habían muerto a ambos lados de la línea Mason-Dixon. Los Estados Unidos de América aún no estaban unificados y los hombres seguían siendo iguales solo al nacer y al morir, pero en ningún otro hecho intermedio—. Admiro su pasión, pero mientras rastrilla entre el fango, tenga cuidado de no caerse y ahogarse. —¿Entendería la advertencia sin que él tuviera que explicarla con nombre y apellido?

—Si se refiere a Morgan Sanders, le aseguro que hay muchos hombres como él en el Este. Mi padrastro quería que me casara con el hijo de uno de ellos. Yo lo rechacé.

Decirle que no a un muchacho era más fácil que rechazar a un hombre como Sanders. Matías no pudo resistirse a preguntar:

—¿Es por eso que la mandaron al Oeste, señorita Walsh?

—El haberme opuesto a contraer matrimonio fue solo uno de mis delitos.

Quería conocer la lista, pero se concentró en un asunto que podría revelar lo que ella pensaba.

—Parece bastante firme en cuanto al matrimonio.

—La mujer tiene muy pocos derechos como para perderlos por un esposo.

—Morgan Sanders tratará de hacerla cambiar de opinión. —Y si lo hacía, también procuraría destruir su espíritu.

—Eso podría llegar a preocuparme si encontrara al hombre mínimamente atractivo. —Sus ojos parpadearon como si se arrepintiera de haber revelado tanto.

El ánimo de Matías mejoró.

—¿En serio? —dijo arrastrando las palabras y con una ligera sonrisa—. Me alivia escuchar eso.

Ella desvió la mirada y se metió detrás de su escritorio como si necesitara una barrera entre ambos.

—¿Deseaba alguna otra cosa, señor Beck? —Su tono era calmado y serio.

—Sí. —Matías la recorrió despacio con la mirada, llegó a los sorprendidos ojos de ella y sonrió—. Pero este no es el momento.

Scribe se despatarró en el sofá, exhausto.

—Me enteré de que Sanders, y después Matías la visitaron. ¿Seguimos en el negocio, o ya la disuadieron?

Catalina le ofreció un bizcochito de la pastelería de Wynham.

—Oh, vosotros, hombres de poca fe. Sí. Seguimos en el negocio. Cuanto antes la *Voz* sirva para ganar dinero, más rápido podré dejar de hacer sombreros. He estado trabajando en otro editorial sobre el otro candidato a la alcaldía.

—¿Sanders? —Scribe se atragantó y tosió.

—¿Quién otro podría ser? —Le dio una palmada en la espalda.

—Eso es jugarse demasiado el pellejo. Debería tener cuidado con lo que escribe sobre él.

Ella se enfureció.

—¿Qué clase de periódico estamos publicando si no analizamos objetivamente a cada candidato?

—Solo hay dos.

—Lamentablemente. —Juntó sus papeles—. No permitiré que me desanimen unos hombres disgustados y unas notas asquerosas.

—Y no ganará para mantenerse ni podrá pagarme lo suficiente para que deje de lavar copas, a menos que imprima más periódicos y suba el precio a cinco centavos, como Bickerson. Y disponga de anuncios publicitarios y pedidos de impresión.

—Ya hablé con la mayoría de los comerciantes de la calle Campo. Ninguno quiere hacer negocios conmigo. Aunque Morgan Sanders sí se mostró interesado.

—Ay, no. ¡No! Él no necesita publicidad. —Le echó el ojo al último bizcochito—. ¿Se va a comer ese?

Catalina extendió el plato para que él pudiera agarrarlo.

—Se lo ofrecí. Desearía no haberlo hecho, pero necesitamos el dinero. —Miró el editorial que había escrito—. Aunque tal vez cambie de parecer después del próximo ejemplar.

—Dudo que le interese pagar por publicidad. Está interesado en usted. Pagó su cena la primera noche y quiso tenerla allá arriba, en su casa lujosa.

Catalina levantó los brazos, exasperada.

—¿Acaso todo el mundo está al tanto de mis asuntos? —Sacudió la cabeza—. Además, ya tiene una amiguita. —El hombre la inquietaba, pero no de la misma manera que lo hacía Matías Beck—. Si viene, le diré que cambié de parecer. Si le permito publicitar en mi periódico, parecería que la *Voz* está tomando partido en la elección.

—Ofrézcale a Matías el mismo acuerdo.

Cuando Matías Beck la miró esa misma tarde, se sintió como si estuviera haciéndole un reclamo.

—Oh, no. —Catalina recordó la estampida de sensaciones que habían recorrido su cuerpo—. Creo que lo dejaré tranquilo.

Catalina le envió una nota a Morgan Sanders acerca de su decisión. Él le mandó su respuesta.

Como desee, pero no siempre le resultará tan fácil decirme que no, Catalina. Quedo de usted su dedicado admirador.

Morgan

Aunque no pudo dormir esa noche, no desistió del curso que había decidido seguir a la mañana siguiente.

—¿Qué pasa ahora? —Los gritos venían de la barra. Matías y Henry habían estado conversando acerca de su investigación sobre los hombres de Calvada, calculando si tenían los votos suficientes para ganar la elección sin los mineros de Madera. Matías calculó que había gastado en vano mucho tiempo y dinero.

Reconoció la voz de *Herr*. ¿De qué se estaba quejando el barbero esta vez?

—¡Tienes que ver esto! —*Herr* se abrió paso entre el gentío y le puso la *Voz* frente a su nariz—. ¡Hablando de agallas!

EL ALCALDE MORGAN SANDERS

¿Hombre para el pueblo o para sí mismo?

Matías se lo arrancó de la mano y leyó:

...un imperio construido sobre el trabajo de los mineros que reciben salarios bajos y promesas de viviendas... seis hombres amontonados en una casucha fría... accidentes mineros... las viudas que viven en la pobreza a la vera del camino Willow Creek... propone la expansión de los límites del pueblo para introducir más impuestos con el objetivo de pagar un puente más ancho al sur y un camino para beneficiar a la mina Madera... pero la mina de Sanders estará justo después del límite, aprovechando los frutos de los impuestos municipales sin tener que pagarlos...

Matías sintió un escalofrío en la espalda, y después un calor subió de repente por atrás y lo inundó.

—¡Oye! ¿Adónde vas con mi periódico? —gritó *Herr* cuando

Matías chocó contra las puertas batientes al salir y cruzó la calle a zancadas. La nieve había llegado esa mañana, pero la tierra aún no estaba dura. Dio dos pasos largos y entró a la oficina de Catalina Walsh. Ella se sobresaltó al verlo y se pinchó con la aguja que estaba usando para coser una rosa repollada a un sombrero. Emitiendo un grito ahogado de dolor, lo miró enojada.

—Por favor, señor Beck. ¿Es esa la manera de entrar a un lugar? —Sacudió la mano y chupó el punto de sangre. Dejó cuidadosamente a un lado el sombrero y se levantó—. ¿Cuál es el problema? Parece que perdió la capacidad de hablar.

A él no le gustaba lo que sentía cada vez que se acercaba a ella.

—Usted y yo tenemos que hablar.

Ella frunció el ceño y su nariz se arrugó. Al mirar hacia abajo, lanzó un grito.

—¡Mire lo que acaba de traer al entrar!

Matías miró sus botas embarradas y las pisadas que había dejado en su umbral. Levantó el periódico.

El aire siseó entre los dientes apretados de Catalina cuando señaló la puerta con su dedo ensangrentado.

—¡Afuera! ¡Ahora! ¡Váyase! —Cuando él no se movió, avanzó hacia él con tanta furia que Matías dio un paso atrás antes de pararse en firme. Arrugó el periódico en el puño de su mano delante de la cara de ella, quien lo apartó de un manotazo—. ¡No hablaré con usted hasta que salga y limpie el barro de sus botas! —Agarró el periódico y se lo arrojó.

Maldiciendo, Matías salió. Se raspó las botas y pateó el poste, haciendo traquetear la acera como para que la nieve saliera disparada hacia la calle. Volvió a entrar en la pequeña oficina y la vio venir desde la habitación de atrás con un balde de agua y un trapeador de cuerda. Apoyó el balde en el piso con un golpe violento.

—Le conviene no tratar de golpearme con eso.

—No me tiente. ¡Toda mi tienda apesta a estiércol! —Bombeó el trapeador arriba y abajo en el agua.

—¡Seguro que sí! ¡Usted ha decidido lanzarse de cabeza a una mina llena de él!

Al escucharlo gritar, se encogió de miedo y derramó agua sobre el lodo que él había traído.

—Vaya a ocuparse de sus propios asuntos y déjeme manejar los míos.

Matías le arrebató el trapeador de las manos.

—¡Usted me va a escuchar! Esto es serio, Cata.

—No me llamo Cata. —Agarró el trapeador—. ¡Démelo!

—¡Ah, me gustaría dárselo! —Matías lo soltó mecánicamente—. Me retracto, milady —dijo con los dientes apretados—. Señorita Walsh. —La miró con desdén—. Bostoniana altanera, qué dolor de...

—¡Retírese, señor! —Rígida como un pino, Catalina se paró con una mano apoyada en la cadera y sostuvo firme el trapeador como un rifle durante el descanso de un desfile. Soltó una bocanada de aire y aflojó los músculos—. ¿O le gustaría tomar una tranquilizante taza de té, señor Beck? —Su tono era lo suficientemente dulce como para hacer que le dolieran los dientes.

—Solo si puede echarle un buen *whisky* de Kentucky.

—El único agregado alcohólico que tengo está en ese estante.

—Entonces, declinaré el té y me conformaré con un rato de conversación. —Estaba harto de jugar—. *¡Siéntese!*

Catalina se sacudió, pero se mantuvo firme.

—No hace falta que grite. —No se movió hasta que él dio un paso al frente; entonces, se sentó en el sofá con elegancia, entrelazando recatadamente las manos sobre su regazo—.

Adelante, dígame lo que ya sé. El señor Sanders se disgustará con mi editorial.

—¿Disgustarse? Eso se queda corto.

—Simplemente escribí lo que él compartió conmigo y lo que he observado con mis dos ojos.

—¡Usted tiene el sentido común de un conejo!

Ella apretó los labios.

—¿Ha visto cómo viven sus mineros? ¿Y lo que les sucede a sus viudas cuando los hombres mueren aplastados bajo una tonelada de piedras o por una carga de dinamita que explota cerca?

—Lo sé. Lo he visto. —Él y Henry trabajaban en un plan para hacer algo al respecto sin convertir el pueblo entero en una zona de combate.

—¿Y los precios en el almacén de su minera?

—Sí. —Encorvándose, él recogió la *Voz* y la puso frente a sus ojos—. ¿Qué cree que ha logrado con esto?

—Abordé los problemas en relación directa con su idoneidad como alcalde. Si las promesas del pasado no llegaron a nada, ¿qué confianza habría que depositar en la retórica actual del señor Sanders? —Le dirigió una mirada fría—. O en la suya, si vamos al caso.

—Por la abstinencia, ¿verdad?

—Dudo que las mujeres recibirían algún derecho si su primer acto fuera confiscarles el licor a los hombres.

En ese sentido, era astuta. Él solo deseaba que fuera más sensata en otros aspectos.

—Hay solamente dos personas en esta elección...

—Y no estoy segura de cuál de los dos es peor. —Enderezó los hombros—. Sanders contrata hombres por menos de lo que valen, y luego ellos gastan sus sueldos de hambre bebiendo en su cantina o apostando en sus mesas de naipes.

Sacudido por su crítica, no se defendió. Ella tenía razón y esa era la causa por la que había determinado un nuevo rumbo, aunque era demasiado pronto para contárselo a alguien.

—Y ahora agregará mujeres... —Su tono era jocoso y su expresión, atenta.

Matías no podía dejar pasar eso.

—Los hombres se portan mejor cuando hay mujeres alrededor. —Ella se rio de manera despectiva. Furioso, él siguió adelante—. Estas *señoritas* repartirán las cartas y trabajarán detrás de la barra. No son…

—¿Palomas mancilladas? —Arqueó las cejas, desafiante.

—No. No lo son. Y habrá reglas. Nada de... —Dudaba cómo decirlo sin decirlo.

—¿Fraternizar con la clientela? —Catalina inclinó su mentón y lo examinó seriamente—. Y piensa que habrá menos riñas, menos insultos, que se terminarán los disparos en las calles.

—Exactamente.

Ella analizó su idea.

—Y este es el método con el que va a mantener la ley y el orden.

Por lo menos, estaba escuchándolo.

—Uno de ellos.

Catalina se alisó la falda y se puso de pie.

—Bueno, creo que es una idea muy interesante, señor Beck. Realmente, lo es.

Él no confió en su tono de voz ni en su sonrisa felina.

—Me alegro mucho de que lo apruebe, milady. —Se preguntó qué clase de editorial prepararía al respecto.

—Apruebo cualquier cosa que *mejore* este pueblo. —Se paró frente a él—. ¿Hemos terminado ya?

Oh, no, señorita. En absoluto..

—Acepte un consejo amistoso de mi parte y escriba sobre

alguna otra cosa que no sea la elección. Todos conocen a Sanders. Y me conocen a mí. El día de la elección nos dirá quién hará los cambios y de qué tipo. —Se dio vuelta hacia la puerta.

—¿Y sobre qué, si se puede saber, le gustaría a usted que yo escribiera?

Exasperado, Matías la miró frente a frente.

—Escriba sobre las funciones de la iglesia y las reuniones del consejo. Informe los matrimonios, los nacimientos, las defunciones. Escriba sobre la moda del Este. ¡Hable de los sabañones, las conservas y los niños! Pero use la cabeza. Deje que los hombres manejen las cosas.

Ella emitió un sonido débil, como si estuviera considerando su discurso.

—Supongo que, según su opinión, Stu Bickerson es un buen periodista para Calvada.

Ahí lo atrapó. Stu Bickerson era un campesino ignorante y Sanders lo tenía metido en el bolsillo.

Catalina parecía tan relajada ahora, que hasta su expresión se suavizó.

—Me conmueve su preocupación, señor Beck. Lo digo sinceramente. Teniendo en cuenta lo que escribí sobre usted, me sorprende que se preocupe por mí y que no forme una comisión para que me humillen y me metan en la próxima diligencia que parta del pueblo. Quédese tranquilo. Supongo que Morgan tomará tan en serio lo que escribí sobre él, como lo hizo usted cuando leyó el primer ejemplar.

Morgan. Odiaba oír el nombre de él en sus labios.

—Esperemos que sí, por su bien. —Sus ojos parpadearon. Ella no ignoraba tanto los riesgos que corría como fingía hacerlo, lo cual le daba más motivos a él para preocuparse. El valor podía ser imprudente, y la imprudencia traía consecuencias.

—Espero que el señor Sanders lea cada palabra y sienta la convicción de cambiar. —Catalina parecía seria y ligeramente optimista—. Entonces, cumplirá sus promesas originales, aumentará los salarios de los hombres, mejorará sus cabañas y ayudará a esas pobres viudas, además de añadir vigas para evitar futuros derrumbes. Quizás incluso baje los precios del almacén de su compañía, por lo menos para que sean como los de Nabor Aday.

El enojo se apoderó de Matías. ¡Y él que había pensado que ella tenía algo de sentido común!

—¿Qué? ¿Usted cree que puede redimir al hombre?

—No hablaba de su alma, pero ahora que lo menciona, los milagros pueden suceder. Ningún hombre está por encima de la redención. Bueno, quizás usted.

Matías se rio sin ganas.

—Eso me han dicho. —Caminó hacia la puerta y la dejó abierta al salir.

II

CATALINA ESPERÓ TODO EL DÍA que Morgan Sanders entrara enfurecido a su oficina como lo había hecho Matías Beck. No llegó. Mandó a uno de los encargados que ella había visto en el hotel. En esta ocasión, tenía un arma sujeta con una correa a su cintura.

—De Morgan. —Le entregó un sobre y se inclinó—. Será mejor que se cuide, señorita. —Sonaba serio y se veía así también. Ella se sentó en su escritorio y esperó que su pulso se desacelerara antes de abrir el sobre.

Me ha herido profundamente. Usted es joven, ingenua y tiene mucho que aprender sobre mí y sobre Calvada. Tenga

la seguridad de que la perdono. Mis intenciones no han
cambiado. Por ahora, lo único que quiero es consideración
y respeto. En el futuro, ande con más cuidado.

Morgan

Sintió que su interior se estremecía. ¿Qué hacía falta para disuadir a un hombre como Sanders de perseguirla? Arrugó la nota y la arrojó al cubo de la basura.

Tomó un trozo de papel y escribió sobre la idea de Matías Beck de traer mujeres de afuera para mantener a los hombres a raya. Imaginó varios escenarios que la hicieron reír en voz baja.

Haciendo una pausa, golpeteó el lápiz sobre el escritorio y pensó en los temas que él había sugerido. Si la *Voz* iba a ser relevante, debía publicar algo más que sus propios editoriales y refutaciones a los ridículos cuentos chinos que Stu Bickerson inventaba como «noticias». Sonia sería una buena fuente de consejos de cocina; Abbie Aday podría hablar de cómo manejar una tienda; las esposas de los mineros sobre cómo preparar, sembrar y cuidar huertos. ¿Por qué no entrevistarlas, recopilar sus conocimientos y compartirlos en una columna semanal? Ella sería la primera en beneficiarse. ¡Y la multitud de solteros seguramente podría aprovechar los consejos sobre labores domésticas!

Satisfecha con el último borrador de su editorial, Catalina lo dejó a un costado. Era demasiado tarde para ir a cenar al restaurante de Sonia, así que se las arregló con una rebanada de pan y una taza de té antes de ponerse a trabajar en los sombreros. Terminó el gorrito redondo estilo marinero inglés que estaba haciendo como obsequio para Sally Thacker, agregándole detalles decorativos florales y dos plumas blancas de garza. La oscuridad llegaba temprano en esta época del año y encendió la lámpara para poder seguir trabajando. Por más que prefiriera escribir, la sombrerería era lo que proveía sus ingresos por ahora.

Esperaba que la mercancía que había comprado en Sacramento trajera prosperidad a su pequeña tienda. Decoró un sombrero sencillo de copa alta con una cinta de muaré, después uno marinero de copa redonda y visera con una simple cinta de gorgorán y un lazo. Terminó tres bonetes sencillos con cintas y flores, orando para que cada uno alegrara a alguna mujer de este pueblo sombrío. Oró para que Nabor Aday soltara uno o dos dólares y le diera a su esposa trabajadora y fiel un regalo que le levantara el ánimo.

Catalina se levantó temprano y empezó a componer los tipos antes de que apareciera Scribe. Él llegó arrugado y decaído y se quejó de que estaba harto de lavar platos y vaciar las escupideras. Su ánimo mejoró notablemente cuando leyó su editorial. Riendo, se puso a trabajar enseguida.

Al día siguiente, unos diez hombres entraron en masa a la cantina de Beck, todos hablando al mismo tiempo. Dos traían el periódico y los demás intentaban leerlo por encima de sus hombros. Un momento después, Henry entró por las puertas batientes, leyendo y sacudiendo la cabeza. Con una sonrisa de oreja a oreja, cruzó la cantina y se paró junto a Matías en la barra.

—Otra vez estás en el ojo de la tormenta, mi amigo. Desearía que la dama estuviera de nuestro lado.

—¿Qué dijo esta vez?

—Léelo tú mismo.

El título no lo sorprendió: ÁNGELES DE LA GUARDA PARA PROTEGER A CALVADA BAJO SUS ALAS estaba estampado en la parte superior, seguido del recuento de la conversación que habían tenido. Lo citaba con frecuencia e intercalaba sus convicciones sobre la ley y el orden con sus propias descripciones divertidas de solteronas vestidas con atuendos remilgados que mantendrían la paz en la cantina y a lo largo de toda la calle Campo. Naturalmente, cada una tenía una estrella de plata extremadamente pulida prendida de su corpiño y un látigo sujeto a su cinturón. Él se encogió. Antes de salir de su oficina supo que acababa de colocarse un blanco en el pecho. Lo que fuera necesario, con tal de lograr que ella dejara de apuntar sus lanzas hacia Sanders.

—Al menos te concede el mismo espacio que a tu adversario.

Matías dio vuelta a la hoja y maldijo. Era obvio que había ignorado su consejo. *La mina Madera ha tenido cuatro derrumbes en los últimos dos años... cinco muertos allí... un desaparecido... otro accidente... dos veces dejando atrapados a media docena de hombres... varias horas de excavaciones antes de que pudieran ser rescatados...* Soltó una palabrota.

En la parte inferior de la contraportada había un anuncio en letras mayúsculas.

SE BUSCA ALCALDE HONESTO

Requisitos: una buena predisposición para dedicarse
a mejorar las condiciones de vida
de TODOS los ciudadanos de Calvada.

La sonrisa de Henry se desvaneció. —¿Crees que habrá problemas?

—Apostaría que sí.

Los problemas no tardaron en llegar y, cuando lo hicieron, no vinieron del lado de Morgan Sanders. Aterrizaron en la calle, al otro lado de las puertas batientes del casino de Matías cuando algunas esposas furiosas aparecieron y se pararon en puntas de pie para mirar adentro de la cantina, llamando a gritos a sus esposos para que salieran. Cuando los hombres se rehusaron a salir, Matías fue a aplacar a las mujeres. Apenas eran tres, pero hacían un alboroto. Usó todo el encanto sureño del que pudo echar mano, pero no logró calmar la tempestad.

—¡Tonterías! —Una mujer mayor con acento alemán se paró frente a frente con Matías con el mentón sobresaliente—. ¡No nacimos ayer!

—¡Solteronas, qué tonterías! —gritó una matrona con una silueta como la de una paloma—. ¡Ángeles de la guarda, un cuerno! —Se inclinó y miró por debajo de las puertas—. ¡Richaaaaaaard! ¡Sal de ahí si no quieres que ponga veneno para ratas en tu próxima comida!

—¡Vete a casa, mujer! —gritó Richard en respuesta; sin embargo, se levantó y caminó hacia la puerta. Otros dos siguieron al atribulado Richard con la intención de darle apoyo moral. La batalla de los sexos se desencadenó en serio en la acera, mientras Matías, de pie, se frotaba la nuca, cada vez más frustrado.

Parado junto a Matías, Henry se rio nerviosamente.

—¿Y vas a traer más mujeres a Calvada?

—¿Cómo pudiste hacerme esto, Charlie? —Sollozó una mujer.

—Todavía no hice nada, cariño.

—¿*Todavía*?

—Escucha, cariño... No quise...

Otro hombre se plantó frente a frente con su esposa y le gritó:

—¡Vete a casa ahora mismo, adonde perteneces!

Ella le devolvió los gritos:

—¿Y me quedo de brazos cruzados mientras tú andas de revoltoso?

—¡Es mi derecho como hombre!

—Mientras yo cocino tu comida, lavo y plancho tu ropa, ordeño tu vaca, alimento tus gallinas, cuido tu huerto y crío a tus seis hijos...

Herr caminaba en círculo frente a su barbería y gritaba:

—¡Qué te dije, Matías! ¿Qué te dije?

Matías regresó sigilosamente a su establecimiento. Con una gran sonrisa, Brady apoyó una botella llena de *whisky* sobre la barra.

—Gracias —farfulló Matías y la dejó ahí—. Eres una gran ayuda.

Las cosas se tranquilizaron después de un par de días.

Scribe enfrentó maltrato verbal, especialmente de parte de *Herr*, quien solía tener debilidad por el muchacho, pero ahora lo consideraba un traidor.

—Deberíamos romperte todos los dedos para que no puedas componer más tipos.

—¿Le tiene miedo a una señorita bostoniana, *Herr*? —dijo Scribe con una sonrisita.

Matías agarró de la nuca al muchacho y lo llevó a la fuerza por el corredor hasta su oficina.

—No empeores las cosas.

—No tiene ninguna necesidad de hablar mal de Catalina. ¡Ella está tratando de mejorar las cosas!

—¿Te parece que están mejor ahora? —rugió Matías.

—Bueno, no me culpe a mí. Yo no tengo poder sobre ella. Escribe lo que ve, y dio en el blanco con todo lo que publicó hasta ahora. Y es bastante gracioso, si me lo pregunta.

¿Gracioso?

—City también daba en el clavo, ¡y consiguió que le golpearan la cabeza con la manivela de esa imprenta! ¿Quieres cruzar la calle y encontrarla como encontraste a su tío?

Eso espabiló al muchacho. Desmoronándose, miró hacia arriba con ojos atormentados.

—Nadie le haría eso a una dama.

Matías recordó los años de la guerra.

—Los hombres han hecho cosas peores.

—No hay nada que yo pueda hacer —dijo Scribe, encorvando los hombros.

—Seguro que sí. Deja de componer los tipos.

—Lo imprimiría ella misma. Ya los está componiendo antes de que yo llegue a la oficina. Puede que le lleve un poco más de tiempo, pero es hábil y decidida.

Alejándose, Matías se pasó una mano por el cabello. Dejó escapar un suspiro de pesar.

—Tal vez debería romperle los dedos antes de que alguien le rompa el cuello.

Scribe se levantó con el rostro enrojecido.

—¡Le conviene no tocarla! Sino, ¡se las verá conmigo!

—¡Ah, cierra la boca y siéntate! ¿De verdad piensas que yo podría lastimarla? —Matías trataba de resolver cómo mantenerla a salvo, y ella se lo hacía más difícil cada vez que publicaba la *Voz*.

Scribe se sentó con los hombros encorvados.

—Al único que Catalina escucharía ahora es a Dios.

Matías lo miró.

—¿Qué acabas de decir?

—Dios.

Matías pensó en su padre y en el poder del púlpito. Su madre siempre le había enseñado que su padre, un hombre santo, hablaba de parte de Dios.

A su madre le habría gustado Catalina Walsh. Aunque eran de clases sociales distintas, tenían mucho en común. Él solía ver abierta la Biblia de su madre. Ella lo había alentado a que obedeciera a su conciencia, aunque el costo fuera alto. Lloró cuando él se fue a la guerra, lloró aliviada cuando él volvió a casa y lloró de tristeza cuando se fue para siempre.

Matías sabía lo que le diría su madre en este momento. *Nada de lo que sucede escapa al conocimiento del Señor. Todas las cosas obran para bien, Matías. Todo está de acuerdo con su plan. Dios te trajo a Calvada y te mantuvo aquí porque él sabía que Catalina estaba por llegar.*

Si eso era cierto, significaba que Dios podría no haber terminado con él, después de todo.

Quizás era hora de tener una conversación con el correcto reverendo Thacker. Le pediría al buen reverendo que hablara tranquilamente con Catalina. Tal vez un hombre de Dios podría llegar a ella, ya que él no lograba que lo escuchara. Quizás Thacker podría hacerla callar antes de que alguien la callara permanentemente.

Las mejillas de Catalina ardían mientras el reverendo Wilfred Thacker continuaba su sermón de una hora sobre el lugar de la mujer de traer paz y consuelo al hogar y a la comunidad. Varias veces la miró directamente para que supiera que la culpaba por el tumulto que había en el pueblo. También miró deliberadamente a Lucy Wynham, Vinnie MacIntosh, Camila Deets y hasta a la pobre Abbie Aday. Nabor dijo algo y ella agachó la cabeza.

—En Génesis se nos dice que, desde el comienzo mismo de la creación, cada problema que le ocurrió al hombre fue el resultado directo de que Eva le diera la manzana a Adán. Eva fue la engañada. Eva fue quien quebrantó el pacto con Dios al ofrecerle el fruto del pecado a Adán. Por causa de Eva, Adán fue expulsado del Edén.

La indignación y el dolor embargaban a Catalina. ¿Por qué los hombres siempre recordaban esto y culpaban a las mujeres por lo que estaba mal en el mundo? Ella tenía ganas de gritar que Adán había respaldado a Eva en silencio, observando y escuchando cómo Satanás la engañaba. Él decidió tomar el fruto de la mano de Eva. Él decidió comerlo. Cerrando los ojos, Catalina apretó sus manos tan fuertemente sobre su regazo que le dolieron los dedos.

—Y quiero recordarles a todos ustedes —continuó el reverendo Thacker con más ardor del que había mostrado antes— que Dios tomó la costilla de Adán e hizo a Eva como su compañera. Dios creó a la mujer para que sea provechosa, cariñosa y *sumisa*. Dios creó a la mujer para que sirva al hombre. Dios no la creó para que le traiga problemas, aflicciones ni dolor al hombre. Sería bueno que algunas mujeres de nuestro rebaño recordaran esto. Tengamos paz nuevamente.

Hizo una pausa y miró directamente a Catalina.

—Oremos.

La oración fue larga y apasionada, otro sermón. El pequeño coro cantó la doxología. Sally Thacker le dirigió a Catalina una mirada estremecedora mientras caminaba junto a su esposo para saludar a los feligreses en la puerta. La congregación salió en fila, todos sin hablar. Furioso, Nabor llevaba firmemente del brazo a Abbie. La pobre mujer parecía un perro azotado.

Solo Morgan Sanders le habló.

—Vaya sermón el de hoy. —Su sonrisa era compasiva.

El reverendo Thacker siempre había predicado amonestaciones amables para vivir la buena vida cristiana, con palabras llenas de afectuosa preocupación por sus feligreses. ¿Por qué había cambiado hoy? Nunca predicaba sobre política ni sobre las minas. Al parecer, era un territorio sagrado que no se atrevía a pisar. Ella sabía que este sermón estaba dirigido a su decisión de poner en marcha la *Voz*. Saberlo no hizo menos dolorosas sus palabras.

Cuando Thacker le tendió la mano, ella aceptó el saludo. Él la estrechó con firmeza.

—Espero que tome en serio lo que dije, señorita Walsh. —Su tono fue tranquilo y amable, su expresión, pesarosa—. No lo hice con el propósito de herir, sino de instruir y proteger, no solo a usted, sino a los demás. Tiene buenas intenciones, pero debe recordar cuál es su lugar. —La soltó.

No pudo hablar por el nudo doloroso que tenía en la garganta. No podía llorar aquí, frente a todas estas personas. ¡No debía hacerlo!

Los feligreses se agruparon, hablando y mirándola. Nabor tironeó del brazo a Abbie y la hizo girar mientras Catalina pasaba caminando. El esposo de Camila iba tres pasos delante de ella mientras se dirigían al centro del pueblo. Vinnie MacIntosh iba callada y con el rostro rígido mientras su esposo le hablaba.

Henry Call se separó de un grupo.

—Catalina...

Lo saludó fugazmente con una inclinación de su cabeza y siguió caminando, con la espalda recta y el mentón en alto. Sentía la reprobación de cada persona congregada frente a la iglesia. ¡Que miraran! Descendió la colina, pasó por la cafetería de Sonia, donde solía detenerse a almorzar los domingos, cruzó la calle y pasó el salón de fandango, ahora silencioso después de la ensoñación del sábado en la noche. Catalina entró en la sede del periódico de City Walsh y cerró la puerta tras de sí.

Con manos temblorosas, desanudó las cintas de su mejor sombrero dominical y lo puso en un perchero. Se desplomó en el sofá, se quedó en silencio por un momento y rompió en llanto.

Matías levantó la vista cuando Henry Call entró a la cantina con expresión atormentada. Su amigo atravesó el salón, arrojó su sombrero sobre la mesa y se sentó.

—Espero que estés satisfecho, Mat. Thacker no habría estado contento con hablarle a Catalina en privado, como esperabas que lo hiciera. En lugar de eso, la crucificó ante toda la congregación. —Miró a Matías—. Jamás escuché a ese hombre predicar con tanta vehemencia.

Matías hizo un gesto de dolor, pero tenía que enterarse.

—¿Se dio a entender?

—¿Entender? Bien podría haber usado un palo. Se fue pálida como un fantasma.

Matías se sintió mal. Recordó lo que le habían hecho a él las palabras de su padre.

—¿Hablaste con ella después del servicio?

—No. Sanders habló con ella antes de que se fuera. Sabe Dios qué le habrá dicho. Ella no habló con nadie más. Supongo que trataba de mantener la calma hasta llegar a su casa.

Mirando las puertas batientes, Matías debatió si debía cruzar la calle y ver cómo estaba.

Henry levantó su sombrero y se puso de pie.

—Yo sé por qué lo hiciste, pero no puedo decir que apruebo tu método.

—No quiero que le hagan daño.

—Tú le hiciste daño. La golpeaste donde es más vulnerable: su fe. —Se puso el sombrero—. Estaré en la cafetería de Sonia. —Matías asintió. Su amigo y Charlotte Arnett se habían encariñado.

Matías mandó a Scribe para que viera cómo estaba Catalina. Volvió pocos minutos después.

—No quiso abrir la puerta. Dijo que está bien. Sonaba afónica.

Matías lo mandó de nuevo a la mañana siguiente.

—Abrió un poquito la puerta, pero no me dejó entrar. Tiene los ojos rojos e hinchados, y no parece que haya dormido.

———

Catalina limpió las lágrimas en sus mejillas. Los últimos dos días había llorado tanto que se sentía débil y físicamente enferma. Había escuchado el mismo mensaje infinidad de veces desde las plataformas y los púlpitos, incluso de mujeres como su propia madre.

Recuerda cuál es tu lugar...

Sigue dando tu opinión y te verán como una gruñona...

¿Por qué no puedes reservarte tus opiniones políticas? No es tema que concierna a las mujeres...

No podía comer. No podía dormir. Revivía cada palabra que había dicho el reverendo Thacker, y todos los otros que habían manifestado su condenación airada antes que él.

Como un junco quebrado, Catalina leyó atentamente las Escrituras, pidiendo ser iluminada. Encontró palabras que la consolaron y la instruyeron, ejemplos de mujeres que tenían puestos de autoridad, quienes dijeron lo que pensaban y fueron respetadas. Una mujer, Débora, ¡incluso condujo un ejército!

Además del consuelo, encontró una reprimenda más afilada que una espada de doble filo, que cortó su orgullo y sacó a la luz el costo de ceder a su temperamento. Sintió como si hubieran colgado un espejo frente a ella y lo que vio la entristeció.

Los recuerdos resurgieron. El tercer y último internado la había expulsado por su conducta impropia de una dama. *Usted tiene talento con las palabras, señorita Walsh, pero las palabras tienen el poder de herir o sanar. El contraataque nunca cumple un buen propósito.* ¿Acaso su irascibilidad no había provocado la última discusión con el juez, dándole a él una causa justa para exiliarla a este salvaje pueblo minero?

El piano en la cantina de Beck competía con las guitarras y los acordeones de la de Barrera. Catalina sentía que le palpitaba la cabeza. Los gritos, las risotadas y las botas de los hombres que golpeaban la pista de baile sonaban despreocupados.

Sabía que se había equivocado en muchas cosas, pero no en todo. Nellie O'Toole, Charlotte, las esposas que usaban ropas andrajosas en invierno, escardando el suelo helado con la esperanza de que las semillas aguantaran y hubiera alimentos en la primavera y en el verano; todas merecían que peleara por ellas. Quería mejorar la grave situación de las mujeres de Calvada. En vez de eso, sus esfuerzos habían provocado críticas y vergüenza, no solo para sí misma, sino para cada mujer que había estado sentada en los bancos de la iglesia.

Acostada en su cama y con insomnio, Catalina escuchó que llamaban a su puerta con unos golpes. Los hombres solían tocar la puerta. Ella hacía todo lo posible para ignorar las propuestas tanto decentes como indecentes que le hacían a través de los tablones. Al reconocer la voz de Scribe, descorrió el cerrojo de la puerta y la abrió. Su joven amigo se estaba tambaleando de pie en la acera, agarrando del cuello una botella semivacía.

Le arrancó la botella de la mano y la sostuvo frente a sus ojos borrosos.

—¿Quién te dio esto? ¿Beck?

—Joe, el del Bebedero, es bueno conmigo.

—*Bueno* —masculló y lanzó la botella a la calle, donde se hundió en el barro. Pasó el brazo de Scribe sobre sus hombros y lo ayudó a entrar. Empujó la puerta con su tacón para cerrarla.

—Seguro que los hicimos enfadar, ¿cierto? —farfulló el

muchacho—. Igual que City. Decía que debíamos consolar a los afligidos y afligir a los có... mo... dos.

Catalina lo guio al sofá y lo dejó desplomarse en él.

—Haré un poco de café.

—No quiero café. —Alzó la vista hacia ella como si tratara de enfocarla—. Me enteré de lo que sucedió en la iglesia. Todos están hablando...

—Estoy segura de que lo están haciendo. —Catalina sintió el ardor de lágrimas.

—Supongo que no volverás allí otra vez.

Catalina no respondió.

—Lo extraño. —Scribe se restregó la cara. Sus hombros se sacudieron y lloró. Catalina se sentó a su lado y lo abrazó. Scribe la miró—. A la gente no siempre le gustaba lo que él decía tampoco, pero escuchaban. Leían su periódico.

—Descansa un rato. —Catalina se levantó—. Necesitas algo en el estómago, además de *whisky*.

Cuando Catalina regresó con el café y un poco de pan y queso, encontró a Scribe enroscado de costado, como un niño, y profundamente dormido. Dejó a un costado la taza y el plato y extendió una manta sobre él. Regresó a su departamento y trató de dormir. Una hora más tarde, el salón de fandango seguía a todo ritmo, y ella, completamente despierta. Se destapó, se puso la bata y volvió a la oficina delantera. Encendió la lámpara de querosén sobre el escritorio de su tío y extrajo una de las libretas de Casey Walsh.

Matías había pasado dos horas tratando de encontrar a Scribe. Se sentía responsable por el chico y le preocupaba que alguien hubiera decidido llevar a cabo la amenaza de *Herr* de romperle los dedos. Matías había entrado a cada cantina de Calvada. Incluso había preguntado por él en la Casa de Muñecas de Fiona Hawthorne. No había indicios del muchacho. Las imágenes de City Walsh perseguían a Matías.

Estuvo a punto de comenzar por la casa de Catalina, pero nadie la había visto en público desde que había vuelto de la iglesia el domingo pasado y su lámpara se había apagado temprano otra vez. Cuando caminó por la acera, vio una luz débil a través de la persiana de su ventana. El salón de fandango ya había cerrado por esa noche. Recordando lo que Henry le contó sobre el sermón del reverendo Thacker, Matías hizo una mueca de dolor, sintiéndose responsable por su humillación.

Al menos Scribe le había dicho en la mañana que ella parecía estar mejor. Había vuelto de su casa con cara de alivio.

—La puerta de la tienda está abierta. Ha hecho suficientes sombreros como para que todas las mujeres del pueblo puedan usar uno.

Matías se apretó los ojos con las palmas de sus manos. Esperaba poder relajarse ahora que la *Voz* había cerrado. Cruzó la calle y golpeó su puerta.

—Señorita Walsh. Soy Matías. ¿Está bien? —Escuchó que una silla raspó el piso.

—Estoy bien.

No sonaba bien.

—Permítame ver su rostro para estar seguro.

—Créame y váyase.

—Me quedaré parado aquí hasta el amanecer…

El cerrojo se descorrió y la puerta se entreabrió. Su cabello rojo caía en una trenza larga y floja.

—¿Está satisfecho? Ahora, váyase.

Matías oyó que unos hombres se acercaban por la acera.

—Déjeme entrar.

—¡Por supuesto que no! —Trató de cerrar la puerta, pero él la empujó hacia adentro y cruzó el umbral—. ¿Qué cree que está haciendo?

—Tratando de resguardar su reputación. —Los hombres se acercaron, hablando y riendo—. Shhh. —Ya la habían vapuleado lo suficiente sin que un grupo de hombres lo viera parado en la puerta de su casa a las dos de la mañana. Todos darían por sentado una relación que no existía. Catalina retrocedió cuando él echó el cerrojo a la puerta. Con la lámpara detrás de ella, el contorno de su cuerpo se dibujaba a través del camisón blanco de encaje y la bata que tenía puesta. Estaba descalza y parada frente a él. Matías sintió que no podía respirar.

De algún rincón cercano, sonó un ronquido ruidoso. Matías vio a Scribe durmiendo en el sofá.

—Gracias a Dios. Lo estuve buscando por todo el pueblo.

—Está durmiendo por la botella de *whisky* que le dio Joe del Bebedero. ¿Qué les pasa a los hombres de este pueblo?

Matías apoyó un dedo en sus labios y la hizo callar otra vez. Ella resopló.

—Los únicos hombres que andan por la calle a esta hora están demasiado borrachos para...

Sin ver otra manera de silenciarla, Matías la tomó de la nuca con la palma de su mano, la acercó a él y la besó, mientras los hombres pasaban al otro lado de la puerta. Uno golpeó la puerta con el puño e hizo un comentario procaz antes de que todos siguieran caminando. Matías soltó a Catalina, quien retrocedió respirando con dificultad. Se alejó lo más posible de él con sus ojos muy abiertos. No era la única afectada por el beso. Él había esperado que ella forcejeara. En lugar de eso, se había apoyado sobre su torso con las manos abiertas.

Ella se retiró al otro lado de su escritorio.

—Relájese, querida. Fue lo único que se me ocurrió para

hacerla callar. —No lamentaba no haber encontrado algún otro método—. Necesito sacar a Scribe de aquí.

—Déjelo ahí. —Se veía sonrojada y jadeante—. Está bien donde está.

—Su corazón es bienintencionado, pero él tiene diecisiete años. Es un hombre, no un niño.

—¡Aunque esté ebrio es más caballero que usted!

—Tal vez sí, pero ¿qué cree que diría la gente si se corriera la voz de que Scribe pasó la noche con usted?

El rostro de Catalina se transformó. Emitió un sonido bajo y frágil y se hundió en la silla de City.

—Ay, ¿cuál es la dichosa diferencia?

Matías se sintió como un perro que acababa de destrozar a un gatito.

—No dije que se sabría. —Soltó el aire y se frotó la nuca, presionado por su propia culpa—. Lo lamento, Catalina. —Ella no sabía cuánto lo lamentaba. Jamás tuvo la intención de que Thacker la humillara ante toda la congregación. Cuando fue a exigirle explicaciones al hombre, Thacker dijo que Catalina no era la única que podía resultar perjudicada. Otras mujeres también necesitaban una firme advertencia.

—Usted debería lamentar... —Catalina parecía enojada y confundida.

¿Le había contado Thacker sobre su conversación? Cuando tocó sus labios y luego se llevó la mano a la garganta, él entendió.

—No lamento el beso. —Sonrió apenas, pero lo alegró que ella se hubiera agitado. El calor todavía recorría su cuerpo—. Lamento lo que le sucedió en la iglesia.

—Ah. —Inclinó la cabeza—. Supongo que, a estas alturas, todos en el pueblo ya lo saben.

Era cierto, la noticia había corrido rápido.

—Yo tampoco volvería. —No había vuelto a pisar una

iglesia desde que su padre le dijo que desearía que hubiera nacido muerto.

Catalina miró hacia arriba, sorprendida.

—Yo sí volveré.

—¿Qué? —La miró enfadado—. ¿Por qué querría tener algo que ver con Dios después de lo que le dijo Thacker? —El hombre había predicado durante una hora entera, lanzando palabras como flechas y todos los feligreses sabían a quién iban dirigidas—. ¡Él la humilló frente a todo el pueblo!

—No perderé la fe en Dios por lo que un hombre dijo desde el púlpito. —Sus ojos brillaban con lágrimas—. Estoy segura de que el reverendo Thacker pensó que hacía lo correcto. —Se encogió de hombros—. Y, por cierto, me dio mucho en qué pensar. Estuve analizando mis motivaciones, y yo... —Pareció contenerse y darse cuenta de con quién estaba hablando—. Olvídelo.

Las palabras de Catalina lo atravesaron. *Él* perdió la fe en Dios por lo que un hombre había dicho. Ese hombre había sido su padre, un ministro como Thacker, aunque era un orador más poderoso. Matías había crecido con la convicción de que su padre hablaba por Dios. Todos en la congregación lo creían. A partir de que la guerra se volvió algo inevitable, sus sermones cambiaron. Cuando Matías actuó según su conciencia y se marchó al Norte, su padre le dijo que era un tonto. Cuando Matías volvió a casa, su padre era un hombre avejentado y amargado. *¿Creíste que podrías regresar? ¡Habríamos estado mejor si hubieras nacido muerto, en lugar de convertirte en un traidor! ¡Lárgate! Yo no tengo ningún hijo.*

La Biblia de Catalina estaba abierta sobre el escritorio de City, había notas escritas y esparcidas como si hubiera buscado respuestas en las Escrituras, en lugar de tomar la palabra de un ministro como si fuera el evangelio. Matías sintió un cambio dentro de él. Algo que había estado cerrado durante mucho tiempo comenzó a abrirse.

Sentado en el borde del escritorio, Matías dominó el impulso de acariciar la cabeza inclinada de Catalina. Trató de pensar en algo que decir para reparar el daño que había hecho Thacker. Él sabía cuánto podían herir las palabras. Catalina levantó el mentón, tenía mechones de cabello rojo que se encrespaban sobre su frente y sus mejillas pálidas. Sus labios se separaron y la sangre de él se aceleró. Las palabras no habían destruido su fe, como él temía que lo hicieran. Había sido aplastada, pero no destruida.

Había dejado de agarrar el cuello de su bata, la cual se abrió lo suficiente para que él viera la piel suave y blanca de su garganta y el latido de su pulso, que iba parejo con el suyo. Cuando los ojos de ella bajaron recorriendo su cuerpo, una ola de calor recorrió el cuerpo de Matías.

—Por favor, muévase.

—¿Estoy acercándome demasiado? —No se refería a lo físico.

—Mis notas... Están debajo de su... parte trasera.

Matías se paró abruptamente. No se había sonrojado desde que era niño y le alegró ver que ella estuviera concentrada en juntar rápido sus papeles. Los apiló, los metió en un cajón del escritorio y lo cerró rápidamente. Él lamentó no haber prestado más atención a lo que ella había escrito.

—¿Su confesión?

—Mi próximo editorial.

Un escalofrío lo recorrió.

—¡Dígame que no sigue todavía con eso!

Ella entrelazó las manos sobre el escritorio.

—Debería irse, señor Beck.

—¿Acaso no ha sufrido ya suficientes dificultades?

—Las dificultades siempre se presentan a los que luchan por hacer lo correcto.

Furioso, plantó sus manos en el escritorio y se inclinó hacia adelante.

—¿Qué voy a hacer con usted? —masculló, frustrado—. ¿Qué tiene que suceder...?

—Yo no soy asunto suyo.

Él se incorporó.

—Me lo he dicho cien veces a mí mismo. Pero usted es la sobrina de City, y él era mi amigo. —Tenía que salir de allí antes que dijera cosas que luego lamentaría. Fue hasta el sofá y le quitó la manta a Scribe—. Vamos, muchacho. —Scribe gimió. Balbuceando una maldición en voz baja, Matías se lo echó al hombro—. Sería mejor sacarlo por la parte de atrás.

Catalina se levantó y dio la vuelta a su escritorio.

—La puerta delantera es más rápido. —La abrió.

Matías sacudió la cabeza e hizo lo que ella ordenó. Se detuvo en el umbral y la miró.

—Gracias por el beso.

—De haber sido advertida, lo habría esquivado.

—Entonces, ya está advertida. —Él sonrió—. Habrá una próxima vez... y otra...

Lo empujó al otro lado de la puerta y la cerró rápidamente. Él escuchó que pasaba rápidamente el cerrojo. Riéndose en voz baja, movió a Scribe y lo llevó al otro lado de la calle hasta el hotel.

CATALINA SE SORPRENDIÓ CUANDO Vinnie y Camila fueron de visita la tarde siguiente. No había esperado que ninguna mujer de la iglesia la buscara después de la zurra verbal del reverendo Thacker. Ellas no lo mencionaron, sino que hablaron de cosas mundanas y comunes. Cuando estaban saliendo, Camila se dio vuelta hacia ella.

—James leyó tu periódico el domingo, después de la iglesia. Tu editorial, "Ángeles de la guarda", lo hizo reír hasta las lágrimas. Solo quería que lo supieras. —Le dio un beso en la mejilla a Catalina—. No todos los hombres están en tu contra.

Al cerrar la puerta, Catalina apoyó la frente contra ella. Sus emociones estaban demasiado a flor de piel como para encarar a cualquier cliente. Volteó el cartel, se sentó en la oficina delantera y continuó con la lectura de las libretas y los diarios de su tío. Un suave crujido y unas pisadas apuradas le llamaron la atención. Otra nota que le pasaban por debajo de la puerta. Había recibido suficientes para toda una vida. Eran tan desagradables que las quemaba. Levantó el papel doblado. Como los demás, el mensaje era corto y mal escrito, pero este le aceleró el pulso.

> *Katalina:*
> *Abrá una riunion del cindicato esta noche bajo*
> *el puente sur. Penzé qe podría qerer estar enterada.*
> *Unamigo*

Catalina abrió la puerta rápidamente y miró hacia afuera. ¿Era Nellie O'Toole la que iba hacia el extremo norte del pueblo? Catalina cerró la puerta sabiendo que esto era demasiado importante para desestimarlo. No podía mandar a Scribe y arriesgarse a que lo lastimaran. Todos sabían que trabajaba con ella en la *Voz*. Y no podía ir ella misma, a menos que...

Golpearon a la puerta y se sobresaltó. Con el corazón palpitante, pensó en Matías Beck parado en su umbral la noche anterior. Todo su cuerpo se sofocó al recordar ese beso.

—¿Catalina? Discúlpame por lo de anoche.

¡Scribe! Abrió la puerta. Parecía tener resaca y su estado era lamentable. Cuando comenzó a disculparse otra vez, lo agarró del brazo y lo arrastró hacia adentro, midiéndolo mentalmente mientras cerraba la puerta detrás de él. No era mucho más alto que ella, y de aspecto juvenil y delgado. Ella tenía un abrigo de hombre y una vieja gorra plana que había encontrado entre las cosas de su tío.

—¡Necesito tu ropa!

—¿Qué? —Dio un paso atrás, mirándola como si se hubiera vuelto loca—. ¿Para qué?

—Hay una reunión. Tengo que ir, pero no pueden saber que estoy presente. —Lo empujó para que pasara a su departamento—. Puedes envolverte con una manta hasta que yo regrese. No te quedes parado ahí. ¡Date prisa!

Se puso terco.

—Iré yo.

—Todos saben que trabajas para mí. No discutas. —Le hizo un gesto con la mano para que se moviera y cerró la puerta del departamento—. Si llego suficientemente temprano, puedo esconderme. Nunca sabrán que estuve ahí.

—¿Esconderte? ¿Dónde es esta reunión? ¿Cómo te esconderás?

—¡No te preocupes! Solo dame tu pantalón y tu camisa. —Podía escucharlo murmurando al otro lado de la puerta—. Tienes un minuto, Scribe, o entraré allí. —Oyó un ruido sordo—. ¿Estás bien?

Scribe apareció envuelto en una frazada azul con el rostro rojo y el cabello oscuro parado como plumas nuevas. Tratando de no reírse, ella se movió rápido y cerró la puerta. Se quitó la falda y la blusa y se puso el pantalón vaquero de Scribe y su camisa de lana a cuadros. Se puso la gorra plana y metió dentro de ella su pelo rojo. Cuando salió, Scribe estaba sentado en el sofá con las rodillas juntas, los hombros encorvados y el ceño fruncido. Ella se rio con nerviosismo.

—¿Cómo me veo? —Se dio vuelta.

—Horrible.

—Con tal de que no me parezca a mí misma. ¿Se ve algo de cabello rojo?

—No. Esta es una mala idea.

—Bueno, regresa a mi habitación, cierra la puerta y quédate

ahí. —Apagó la lámpara sobre su escritorio—. Te prometo que tendré mucho cuidado.

Ni bien Scribe se quedó encerrado en su departamento, Catalina salió con sigilo por la puerta delantera. El salón de fandango estaba en su apogeo. Igual que la cantina de Beck. Encorvando los hombros, fingió un andar inestable para cruzar la calle Campo; luego, se dirigió al camino a la mina Madera. El puente Sur estaba a un kilómetro y medio afuera del pueblo. Afortunadamente, la luna llena iluminaba su camino.

Cuando vio el puente, se metió en el bosque abriéndose camino con cuidado entre los pinos escuálidos. Tres hombres iban por el camino. Podía escucharlos hablando mientras cruzaban el puente y caminaban hacia el pueblo. Pasó por debajo del puente y se escondió detrás de una columna. Había estado caliente en la larga caminata, pero el frío rápidamente se filtró a través de las capas de ropa. Acurrucándose dentro de su abrigo, deseó tener puestos un par de guantes. Incluso los finos de ante habrían sido mejor que nada.

Uno por uno, los pasos fueron acercándose; la grava se deslizaba a medida que llegaban los hombres. Encendían cerillas, pero no lámparas. Catalina no se asomó a mirar desde atrás de la columna. Sabía que no podría ver sus rostros, pero distinguía voces. Eran cinco hombres. Unas botas sonaron sobre el puente y otro hombre se sumó a ellos al fondo del barranco.

—Lamento llegar tarde. —La voz del hombre era gruesa, con un marcado acento irlandés. Fue él quien habló. Ella no podía entender todo lo que decía por la correntada, pero sí lo suficiente. Hablaban de la mina Madera y de Morgan Sanders.

—Llevaremos capuchas cuando nos acerquemos a él. Le echaremos una frazada encima y haremos una fiesta. Él será la piñata. —El hombre tenía una risa fría—. Nada de palos, solo puñetazos. Queremos dejarlo muy lastimado y asustarlo. No matarlo. ¿Entienden?

Catalina cerró los ojos y respiró despacio y sin hacer ruido, con los labios separados. Sintió que algo rozó la parte descubierta de su cuello y su corazón se paralizó; luego, palpitó aún más rápido cuando sintió que iba y venía y trepó hasta su quijada. ¡Una araña! Siguió moviéndose por su frente hasta la gorra. Uno de los hombres encendió un fósforo y ella vio unos ojos pequeños y redondos brillando en la oscuridad. ¡Una rata! Otro hombre maldijo y le lanzó una piedra. El roedor escapó y desapareció detrás de ella.

Oyó que mencionaban su nombre y prestó más atención.

—Ella se pondrá de nuestro lado, muchachos. Ha visitado el Hoyo de la Escoria y ha conocido a algunas mujeres. Uno de nuestros miembros más poéticos está trabajando en una carta apasionada, llena de corazones y flores, para explicar nuestros nobles principios. Para cuando termine de presentar la coalición de los mineros, la sobrinita de City Walsh nos convertirá en héroes.

Si mencionaron algún nombre, Catalina no pudo escucharlo por los fuertes sonidos del arroyo o por los latidos de su propio corazón.

—A la dama seguro que no le gusta Beck.

—Queremos que Sanders sea el alcalde. Cuando terminemos con él, hará lo que le digamos.

—¿Y si no lo hace?

—En ese caso, lo matamos.

—¡Un momento! Yo no me uní a la coalición para cometer un asesinato.

Se hizo un silencio durante unos segundos; entonces, el cabecilla habló:

—No llegaremos a eso, McNabb. Pero queremos que Sanders crea que sí.

La reunión se dispersó. Catalina se quedó adonde estaba mientras las voces masculinas se desvanecían a medida que los hombres subían la cuesta para llegar al camino y seguir hacia el pueblo o al Hoyo de la Escoria. Dos hombres se quedaron debajo del puente.

—¿Qué piensas? ¿Podemos confiar en él?

—McNabb no tiene agallas para esto.

—Se dejará convencer. Ayer estuvo en casa de Nelly O'Toole.

—¿Haciendo qué?

—Quiere ocupar el lugar de Sean.

Volvieron a bajar la voz. Catalina adelantó su cuerpo unos centímetros.

—Tú trabajas con McNabb. Ocúpate de que haya otro derrumbe. Nada demasiado grave. Pero asegúrate de que no logre salir. —El otro hombre habló en voz baja y el primero gruñó—. Hay que hacerlo. No podemos correr riesgos.

Los pasos de los hombres crujieron cuando subieron la ladera y cruzaron el puente. El corazón de Catalina latía tan rápido que sentía que se desmayaría. Esperó unos minutos más; entonces, se escabulló de su escondite. Se quitó rápidamente la gorra, se sacudió la espalda y el torso y dio un salto. Escuchó un chillido débil. La luz de la luna que se colaba a través de los árboles junto al río no le brindaba suficiente claridad para poder ver. Agachándose, salió de abajo del puente, trepó la ladera y miró por encima de los tablones gruesos. Había un hombre de pie al otro lado. Él sacó algo de su bolsillo. Lo observó mientras enrollaba un cigarrillo y lo metía entre sus labios. Cuando encendió el fósforo con la uña del pulgar, ella vio claramente su rostro. La llama murió enseguida y dejó el resplandor brillante de la punta roja de su cigarrillo cada vez que el hombre inhalaba. Se quedó un rato fumando; luego, tiró la colilla al arroyo y se encaminó hacia el pueblo.

¿Era este el cabecilla, o el subordinado a quien se le había ordenado matar a McNabb? Lo habría seguido para ver adónde iba, pero sabía que tenía que llegar a Willow Creek y avisarle a Nellie O'Toole que la vida de su amigo corría peligro.

Catalina sabía que recordaría el rostro de ese hombre. Lo buscaría entre la multitud de hombres que deambulaban por la calle Campo después de que sonaban los pitidos.

⋯✦⋯

La vida nocturna de Calvada estaba en su apogeo a la hora que Catalina regresó al pueblo. Le había contado todo a Nellie y la mujer le aseguró que le advertiría a tiempo a McNabb. Exhausta, helada hasta los huesos a pesar de la caminata, buscó la manera de cruzar la calle Campo. Los hombres reunidos en la entrada de la cantina de Beck hablaban en voz alta y reían. Unos gritos les llamaron la atención y se desviaron para observar a dos hombres que peleaban con los puños frente a Rocker Box. Apenas le dieron la espalda, Catalina corrió al otro lado de la calle. Cuando llegó a la acera, caminó a una velocidad normal mientras pasaba por el salón de fandango y se deslizó rápidamente en su casa. Jadeante y con el corazón latiendo fuertemente, Catalina apoyó la frente contra la puerta, tratando de recuperar el aliento.

Alguien le tapó la boca con una mano. Aterrada, intentó gritar, pero el sonido fue sofocado. Se retorció, corcoveó y pateó para liberarse. Él la levantó del suelo y la alejó de la puerta. Ella clavó sus uñas en la mano del hombre y mordió la parte carnosa de su pulgar.

Él profirió un gruñido de dolor.

—Se defiende con rodillas, codos, dientes y uñas, ¿verdad?

¡Beck! Dejó de pelear y se dobló, exhausta. Cambiándola de lugar, él deslizó el cerrojo antes de soltarla.

La luz del farol destacó la figura de Scribe en la puerta de atrás. Todavía estaba envuelto en la manta azul.

—No le haga daño. ¡Se lo advierto! No está hablando. ¿Por qué no está hablando? —Entró en la oficina delantera—. ¿Qué está haciendo?

—Está disfrutando momentáneamente el silencio. —Beck sacudió la mano lastimada y la miró fijamente. Cuando intentó pasar junto a él, la atrapó del brazo y le dio vuelta—. ¿Dónde ha estado vestida de esa manera?

Catalina tembló violentamente, sus dientes empezaron a castañetear.

Scribe habló por ella:

—Ya se lo dije. Fue a una reunión.

Matías la estudió más calmado.

—Qué clase de reunión es lo que quiero saber.

—¿Puedo sentarme, por favor? —Las piernas de Catalina flaquearon.

Matías la condujo al departamento y acercó una silla a la estufa. Su expresión cambió cuando observó bien el rostro de ella.

—Quédese quieta. —Miró a Scribe antes de abrir la puerta de atrás—. Vigílala bien.

Scribe se sentó en su cama con la cabeza inclinada y subió las rodillas hasta su barbilla. Se veía tan ridículo, que Catalina empezó a reír tontamente y no pudo detenerse. Scribe la miró con el ceño fruncido.

—¿Qué es tan gracioso?

—Nada. ¡Absolutamente nada! —Se tapó la boca intentando controlarse nuevamente.

—¿Me devolverás mi ropa ahora? —Cuando él abrió exageradamente los ojos, ella se dio cuenta de que tenía la mitad de los botones abiertos. Dando un grito ahogado, agarró su blusa y su falda y huyó a la oficina delantera. Se quitó la ropa de él y se puso la propia antes de recordar cerrar la puerta. Afortunadamente, él fue lo suficientemente caballero como para mirar hacia otro lado. Luego de lanzarle los pantalones y la camisa, ella se puso a caminar de un lado al otro.

—Estoy decente. Cuéntame lo que pasó.

Con frío y todavía temblando, ella se sentó de nuevo junto a la estufa.

—Ponte las botas, Scribe.

Él lo hizo y se sentó en su cama.

La puerta de atrás se abrió abruptamente, Catalina se sobresaltó y estuvo a punto de caer hacia atrás contra el librero.

Matías torció la boca con sarcasmo.

—Está un poquito nerviosa, ¿verdad? —Los miró a los dos, molesto, y le lanzó un bulto a Scribe—. Supongo que llegué demasiado tarde. —Puso una botella de coñac sobre la mesa de Catalina—. Puedes devolver esa ropa a tu habitación.

Scribe se levantó.

—¡No lo dejaré a solas con ella! No es apropiado.

—Sí, bueno, no fue precisamente apropiado encontrarte semidesnudo en su cama.

—Ahora, espere un minuto —protestó Scribe en voz alta—. ¡Se lo expliqué!

—No sigas. —Matías miró a Catalina y sonrió con suficiencia—. Esta es la segunda vez que los atrapo en una situación comprometedora. —Con los ojos todavía fijos en ella, sacudió la cabeza—. La señorita Walsh estará bien, *sir* Galahad. Ahora, sal de aquí y déjame hablar con ella. —Cuando Scribe no se movió, Matías le lanzó una mirada que lo galvanizó.

Catalina volvió a hundirse en su silla. Ahora estaba bastante abrigada, pero todavía tiritaba violentamente.

Matías le quitó el corcho a la botella.

—Parece que necesita una copita de coñac.

—No, gracias.

—Es medicinal, y usted está medio congelada.

—Me estoy descongelando rápido.

Él soltó una risita.

—Té caliente, entonces. —Hundió la tetera en el balde con agua fresca que había junto a la puerta.

—Estoy bien. Ya puede irse.

—No hasta que me diga adónde fue.

Todo su cuerpo se sacudió cuando Matías le puso una mano en el hombro. Se paró y se alejó de él. La habitación parecía más pequeña que el día anterior. Mientras la estudiaba, sus ojos se entrecerraron.

—Usted está todo menos bien, y yo no me iré hasta que obtenga algunas respuestas.

Ella sacudió la cabeza y volvió a sentarse para luego levantarse rápidamente, nerviosa.

—Confíe en mí, Catalina. —Lo dijo con tal delicadeza y convicción, que ella sintió ganas de contarle todo. Él había estado aquí más tiempo y conocía al pueblo mejor que la mayoría. Esperó callado, como si tuviera todo el tiempo del mundo. Ella siempre se había considerado buena para juzgar el carácter, pero él era el dueño de una cantina, un especulador. Lo miró, estudiándolo. Él le devolvió la mirada como si no tuviera nada que esconder.

—La reunión fue debajo del puente Sur.

Él llenó la tetera y la puso sobre la estufa. Un músculo se tensó en su mandíbula.

—¿Hablaron los hombres de una coalición?

Ella se quedó helada y empezó a desconfiar.

—¿Cómo lo supo? La persona que dejó la nota dijo que era una reunión secreta. Y usted no es ningún minero.

—En una cantina hay pocos secretos. —Parecía disgustado—. Usted suelta las lenguas con el té. Según he visto yo, el *whisky* funciona mejor y más rápido. City había escuchado rumores y estaba investigando un poco cuando fue asesinado.

La boca de Catalina tembló y apretó fuerte los labios. ¿Estaba tratando de asustarla? ¡Ya se había asustado bastante!

La tetera silbó y su cuerpo se estremeció. Matías usó una de sus tazas Minton rojas y doradas, la puso sobre un platito y se la acercó como una ofrenda. Sus manos estaban firmes. Las suyas temblaban tanto que las retiró y las metió debajo de sus brazos cruzados.

—No puedo darme el lujo de reemplazarlas.

—Es esto o coñac, milady. —Su tono era suave, bromista. Dejó el platito a un lado y le dio la taza.

Ella le sonrió, desalentada. El té estaba fuerte y la fortaleció.

—Este es un pueblo espantoso, Matías. —Las lágrimas le ardían—. Usted tenía razón sobre el estiércol y los pozos profundos. Las ratas que corretean por aquí son mucho más grandes y más malvadas que las que se dan un festín con la basura de los callejones.

Él parecía sombrío.

—¿Qué escuchó?

Sintió la tentación de contarle todo, pero sabía lo que le aconsejaría. *No lo publique.* Evitando mirarlo a los ojos, encogió los hombros un instante.

—No mucho. —Sus mejillas se encendieron por la mentira.

—¿Hablaban de una huelga?

—No. —Ella podía sentir su frustración. Terminó el té y dejó la taza en el plato con sumo cuidado—. Gracias. Me siento mucho mejor ahora. Puede irse.

—Todavía está temblando.

—Tengo frío. Ya entraré en calor.

—No está temblando por eso. Usted tiene miedo. Es una Walsh, de eso no hay duda. Siempre buscando problemas.

De repente, Catalina se enojó de una manera inexplicable y se inclinó hacia adelante.

—No fui a buscar problemas. Fui en busca de *información*.

Cuando se levantó, Matías la agarró de la muñeca.

—Y encontró ambas cosas, ¿verdad? —La sujetó firmemente, sin lastimarla—. Puedo sentirlo en su pulso.

Ella se liberó de un tirón, su contacto la inquietaba demasiado. Se esforzó por encontrar excusas.

—Fue una caminata larga y tenebrosa para volver, y oí algo entre los arbustos. Quizás haya sido un oso.

—¿Por qué no lo intenta otra vez? Puedo pasar aquí toda la noche.

—Mencionaron a Morgan Sanders. —Trató de restarle importancia.

—Lo mencionaron. —El tono de Matías era más seco que la arena del desierto—. Estoy seguro de que les gustaría matarlo. —Ahora sonaba enojado—. No tiene que preocuparse por él. Está bien armado y muy protegido.

Ella giró rápidamente y fue hacia la puerta delantera. Empezó a abrirla con la intención de ordenarle que se fuera. Él apoyó la mano contra la puerta.

—¿Cuál es el plan?

Se apartó de él. Caminando de un lado al otro, lo miró furiosa. Si no le decía algo, no se iría nunca.

—Asustar a Sanders. Lo suficiente para que les dé lo que quieren. Uno no estuvo de acuerdo. —No le dijo por qué.

—Tengo una curiosidad. —Matías se veía furioso, pero

habló con tranquilidad, en un tono de voz controlado—. ¿Dónde estaba usted mientras hablaban de todo esto?

—Debajo del puente. Al lado de una columna. Donde no podían verme. —Recordó la araña que caminó por encima de ella y se estremeció.

Matías maldijo en voz baja.

—¿Tiene alguna idea de lo que le habrían hecho si la hubieran atrapado en ese lugar?

—Creo que sí. —¿Tenía que sonar tan infantil y asustada?

Matías se dio vuelta y se pasó una mano por el cabello. La enfrentó con el ceño fruncido.

—¿Qué hay del que no estuvo de acuerdo con el plan?

—Ya me ocupé de que le adviertan sobre la... —Dejó de hablar.

—La amenaza de que lo matarán. ¿Eso es lo que estaba ocultando? —Maldijo otra vez—. ¿Qué hizo, Cata? ¿Subió al campamento de los mineros y llamó puerta por puerta tratando de avisarle?

—No. —Demasiado tarde pensó en el peligro que significaba para Nellie. Su boca tembló—. Fui a ver a alguien que lo conoce. Esa persona le avisará a tiempo. —No podía ver a Matías a través de sus propias lágrimas—. ¡Tenía que hacer algo!

—Tranquila. —Sus brazos la rodearon—. Shhh... —La acercó a él y, delicadamente, apoyó su barbilla sobre su cabeza—. Todo va a estar bien.

—¡No, no lo estará! —Su cuerpo fue entrando en calor mientras él le pasaba las manos por la espalda. ¿Era su corazón el que latía tan fuerte, o el de él? Debía alejarse.

—Por favor, venga al hotel y quédese unos días. Quiero asegurarme de que esté a salvo.

—No lo creo. —Recogió su chal del sofá y se envolvió con él, mientras vigilaba cada movimiento de Matías.

Su expresión se volvió burlona.

—Ah, querida, todavía no confía en mí. Ya ha visto el cuarto. Ya vio cómo es la cerradura.

—Estoy más segura aquí.

La miró de la cabeza a los pies con una expresión demasiado mundana en sus ojos.

—Puede que tenga razón.

Se abrazó estrechamente a sí misma, precavida. Estaban solos, la única luz del cuarto venía de una lámpara. Ya no tenía frío.

—¿Qué quiere hacer, Catalina? —dijo suavemente.

—Sombreros. —El trabajo la serenaba y la ayudaba a pensar.

—Buena idea. —Sonó aliviado—. ¿Está segura de que estará bien?

Le sonrió con ironía.

—Soy más fuerte de lo que parezco, señor Beck.

—¿Me acompaña a la puerta? —dijo en un tono juguetón y seductor, con la boca curvada.

No quería acercarse demasiado a él.

—Echaré el cerrojo cuando usted esté al otro lado.

—Qué lástima. —Se rio por lo bajo y cruzó el departamento saliendo por la puerta de atrás.

⚬─◦─⚬

Henry entró por las puertas batientes y se sentó. Matías levantó las cejas.

—¿Recién llegas? —Era pasada la medianoche.

—Acompañé a Charlotte a su casa. —Parecía exhausto pero relajado—. Las cosas van muy bien.

Matías se rio por lo bajo.

—Ya veo lo bien que van.

Henry lo miró con reprobación.

—Con la campaña.

City estaría feliz de ver que había entrado al juego, pero él dudaba que ganaría. No solo era por el desafío de City que había aceptado postularse para alcalde. Tenía el deseo de hacer de Calvada un lugar digno de llamarlo su hogar.

Henry no había pasado más que algunos días en Calvada, cuando señaló los hechos desalentadores. Calvada no estaba sobre la ruta principal a ninguna parte. Si la idea era que el pueblo sobreviviera, habría que desarrollar otras empresas, además de la minería, para que la gente siguiera subiendo la montaña y que los que ya vivían aquí quisieran quedarse. Matías había llegado a la misma conclusión. Si Henry hubiera venido como lo habían planeado originalmente, Matías ya habría vendido sus propiedades y estaría en Truckee o en Reno, Sacramento o Monterey. Pero algo había retrasado a Henry. En lugar de llegar en el verano, había venido en el otoño, y Catalina Walsh había viajado al pueblo en la misma diligencia.

Catalina Walsh podría terminar siendo para Matías el primer gran combate como el de la guerra, conocido como la batalla de Bull Run. En lugar de vender todo e irse a vivir a un lugar más refinado, ella se había mantenido firme como Robert E. Lee en Chancellorsville.

No debía vivir en la casa de City, no después de haber escuchado a escondidas la reunión de la coalición. No le había dicho el nombre del hombre cuya vida estaba en peligro. Debería haberla presionado más.

En cuanto Matías se fue, Catalina se sentó en el escritorio de su tío, encendió la lámpara y sacó sus materiales para escribir. No había tiempo que perder. Solo faltaban dos días para la elección. Le llevó menos de una hora terminar dos artículos: uno sobre la coalición de los mineros que ya no era secreta, incluidos los diabólicos planes de matar a un compañero minero por haberse atrevido a objetar el asesinato, y después un segundo, alentando a los hombres a votar por Matías Beck para alcalde.

El salón de fandango había enmudecido para cuando Catalina comenzó a abrir y cerrar los cajoncitos y componer los tipos hacia atrás en la bandeja para imprimir. Había observado a y trabajado lo suficientemente cerca de Scribe como para poner manos a la obra, aunque la frustraban su torpeza y su falta de rapidez. Lo que a Scribe le hubiera llevado una o dos horas a ella le tomó el resto de la noche. Cargó la tinta en el rollo, imprimió la primera página y la revisó. Gimiendo al ver los errores, pasó minutos preciosos ubicando las letras incorrectas, sacándolas hacia arriba con el punzón y reinsertándolas en el lugar correcto.

Había logrado imprimir cincuenta copias cuando alguien llamó a su puerta. Su corazón se aceleró, y después se calmó cuando resultó ser Scribe y no Matías Beck. Era casi el amanecer y estaba preocupado.

—¿Qué hizo él después que me fui anoche?

—Nada. Entra. Te necesito.

—Tienes puesta la misma ropa. ¿No dormiste anoche?

—Dormiré cuando termine el trabajo. —Hizo un gesto hacia la imprenta—. Tenemos que sacar el periódico.

Scribe levantó una copia y empezó a leer. Ella se la quitó de la mano.

—Léelo después, Scribe. No tenemos tiempo que perder. —Fue hacia el departamento de atrás—. Necesito refrescarme.

—¡Por todos los cielos! —Scribe golpeó su puerta con el puño —. No irá a publicar esto, ¿verdad?

Ella volvió a salir, enlazando mechones de cabello en su moño.

—Sí, lo haré.

—Si hubiera sabido a qué clase de reunión estaba yendo, ¡no la habría dejado salir por esa puerta!

—Entonces es bueno que no lo supieras. Deja de perder el tiempo, Scribe. Imprime más copias. —Las dejó en el escritorio para que secaran—. Escuché cada palabra con mis propios oídos. Cuanto antes lo sepan todos, mejor. Guardar silencio nos hace culpables. —Agarró su chal, ahora preocupada por Nelly O'Toole. ¿Habría podido avisarle a McNabb? ¿Advertir a McNabb habría puesto a Nellie en peligro? Catalina tenía que saberlo—. No es solamente la vida del señor Sanders la que está en peligro.

—¿Adónde vas?

—A ver a alguien. No te quedes parado ahí. Todas las copias que imprimas en la próxima hora, distribúyelas. No me importa si las regalas. Pero asegúrate de que esos periódicos lleguen a las manos de la gente.

—¿Y si no lo hago?

Se quedó parada en la puerta.

—Lo harás porque sabes que es lo que City Walsh habría querido que hicieras.

<hr />

Nellie O'Toole y sus dos hijos se habían ido. Catalina no sabía si sentirse aliviada o más preocupada aún. Esos hombres sabían que McNabb visitaba a Nellie. ¿Y si fueron inmediatamente después de que Catalina habló con ella? ¿Y si...?

—¿Señorita Walsh? —Cuando Catalina se volteó, una mujer joven salió de la casucha—. Nellie se fue. —La mujer no era mucho mayor que Catalina, pero estaba delgada y se veía muy cansada. Tenía el ojo izquierdo hinchado y la mejilla negra y azul—. Se marchó unos minutos después de que usted se fue. Yo me quedé con sus pequeños hasta que volvió con Ian McNabb. Todos se han ido.

—¿Quién la lastimó?

—Mejor no se lo digo. Andaban buscando a Nellie. Les dije que se fue hace varios días. Dijeron que mentía. —Se tocó la mejilla—. Les dije a Nellie y a Ian que no me dijeran adónde iban. Si no lo sé, no lo puedo decir. Mejor así.

—Lo lamento tanto, señora...

—Ina Bea Cummings, señorita.

—Me temo que es por mi culpa. Lamento tanto que la hayan lastimado. Debería volver conmigo al pueblo. Le haré lugar...

—Ay, no, señorita. Estoy más segura aquí. Además, tengo que pensar en Elvira Haines y Tweedie Witt. Nos cuidamos unas a otras. Tenemos amigos que ayudan siempre que pueden. Espero que usted también, señorita Walsh. Los hombres que vinieron buscando a Nellie querían saber quién le avisó. Yo no sabía que fue usted hasta que la vi subiendo la colina ahora mismo. Tengo miedo por usted, señorita Walsh. La estarán buscando. Lo sabe, ¿verdad?

Para el mediodía, todos en el pueblo lo sabrían. Todo lo que ella sabía estaba en la *Voz*.

DE REGRESO EN LA CALLE CAMPO, Catalina oyó a Scribe pregonando los periódicos junto al almacén de Aday. Exhausta, entró en la oficina de la *Voz* y se desplomó en el sofá. Se recostó y dormitó hasta que Scribe entró por la puerta.

—Vendí todas las copias a cinco centavos cada una. —Con una sonrisa de oreja a oreja, tomó la lata de la gaveta superior y vació las monedas de cinco y diez centavos de sus bolsillos.

—La próxima vez, imprimiremos más ejemplares. —Ella le dio las gracias—. Da la vuelta al letrero, Scribe. Necesito una siesta.

Él lo hizo.

—Deberías atrancar la puerta.

Ella dijo que lo haría, pero lo olvidó inmediatamente después que él se fue. Demasiado cansada para preocuparse por algo, se acurrucó en el sofá y se durmió. Pensó que estaba soñando cuando la puerta se abrió de golpe y entraron unos pasos pesados. Entonces se despertó de manera abrupta cuando alguien la agarró del brazo y la levantó. Con ojos soñolientos vio el rostro lívido de Morgan Sanders cerca del suyo y una mirada oscura de ira. Se quedó helada de miedo.

—¿Quiénes son? Quiero nombres.

Catalina trató de mantener la calma.

—Suélteme, por favor.

Él lo hizo y dio un paso atrás, como si intentara dominarse.

—Todo lo que escribió en esto es... —Usó una palabrota arrugando la *Voz* frente a su rostro, su aliento estaba caliente y rancio—. No hay hombre en este pueblo que se atreva a perseguirme.

Levantando las manos en un gesto de conciliación, se alejó de él.

—Me alegra saberlo. Escribí este artículo para que esos hombres no lleven a cabo su plan.

Él acortó la distancia mostrando los dientes bajo sus labios.

—No creo nada de esto. Creo que inventó la historia para inclinar los votos a favor de Matías Beck.

Consternada por la acusación, su propio carácter se alteró.

—¡Nunca haría algo semejante!

—Su puerta delantera se abre fácil cuando se trata de él.

Estupefacta y ofendida, Catalina lo miró con furia.

—No como usted insinúa. —¿Y cómo lo sabría él, a menos que...? —¿Está vigilándome? ¡Cómo se atreve!

—Ah, me atrevo a mucho más. Ahora mismo, tengo un hombre afuera. ¡Podría llamarlo y a unos cuántos más y hacer que desarmen esa maldita imprenta pieza por pieza!

Alarmada, supo que lo decía en serio.

—Eso no cambiaría el hecho de que hay hombres que lo quieren muerto.

—Está cuidándome, ¿eh? —Se burló de ella—. ¿Es lo que quisiera hacerme creer? —Se acercó tan rápido, que ella no tuvo tiempo de evadirlo cuando metió los dedos en su cabello. La jaló hacia adelante para que sus rostros quedaran casi pegados. Jadeando de dolor, no tuvo duda de que podría romperle el cuello fácilmente—. Dígame quiénes son.

—¡No lo sé!

—¡Descríbalos!

Tragándose el miedo cada vez mayor, Catalina trató de aparentar calma.

—Suélteme, señor Sanders.

Un ruido llegó desde afuera. Por cómo sonaba, era una pelea. Morgan pestañeó, pero no la soltó. Con el cuero cabelludo ardiéndole y los ojos llenos de lágrimas, Catalina no desvió la vista.

—Solamente los escuché. No vi sus caras. —Excepto una.

La pelea continuaba afuera. Catalina pudo escuchar quejidos de dolor, raspones de botas, más puñetazos y un golpe fuerte.

Los ojos de Sanders se estrecharon.

—Está mintiendo.

Sus palabras y la mirada en sus ojos la atemorizaron.

—Una cosa es que se proteja, señor Sanders, y otra muy distinta es que haga justicia por mano propia.

—Yo soy la ley en este pueblo.

La puerta se abrió violentamente. Sanders soltó a Catalina tan de repente que ella retrocedió un paso. Morgan se dio vuelta cuando ella levantó la vista. Matías Beck estaba en la entrada con la boca ensangrentada. Detrás de él, en la acera, un hombre yacía inconsciente. Al ver la expresión en los ojos de Beck, Catalina supo que debía actuar rápido, o habría un baño de sangre.

Rodeando a Morgan Sanders, se interpuso entre los dos hombres.

—Todo está bien, señor Beck.

—Sí, seguro que sí. —El acento sureño de Beck era más notable con el sarcasmo y mantenía los ojos fijos en Sanders.

Catalina levantó las manos.

—Por favor, no haga nada imprudente. El señor Sanders simplemente estaba dando su opinión sobre el artículo y tiene todo el derecho de hacerlo. —Echó un vistazo hacia atrás—. Y ya se iba. ¿Cierto, señor Sanders?

Sanders caminó hacia la puerta.

—Nuestra conversación no ha terminado, señorita Walsh.

Beck avanzó un paso. Catalina lo sujetó del brazo mientras Sanders salía por la puerta, pero no pudo contenerlo. Protestó, pero él siguió a Sanders hasta afuera y gritó:

—¿Estás huyendo, Sanders? Te estoy hablando, hijo de... —Usó una palabra que hizo enrojecer las mejillas de Catalina. Morgan Sanders siguió caminando con los hombros erguidos y la cabeza en alto, ignorándolo. La gente había salido para ver de qué se trataba todo el alboroto—. Vuelve y pelea conmigo, cobarde...

—¡Por favor, pare! —Catalina se cubrió las mejillas encendidas—. Si intenta ir tras él con la idea de defenderme, *¡no lo haga!* —Beck la miró y la expresión en su rostro la hizo retroceder—. Bien. ¡De acuerdo! Gracias por entrar cuando lo hizo, ¡pero no me use como excusa para pelear en público!

Beck se limpió la boca. Ella acababa de pasar por encima del hombre que estaba tendido e inconsciente en la acera, pero ver la sangre de Matías Beck la debilitó. Catalina dio media vuelta sobre sus talones y huyó a la oficina de la *Voz*. Beck agarró la puerta antes de que ella pudiera cerrarla y la siguió adentro.

—Tenía que publicarlo todo, ¿verdad? ¿Qué hará cuando uno de los hombres sobre los que escribió aparezca aquí a la mitad de la noche?

Catalina no se sentía bien para conversar.

—Ya váyase, señor Beck. —Estaba demasiado asustada y cansada para pensar con claridad.

—Consiguió tener por un lado a Sanders, queriendo arrancarle la cabellera, y a los sanguinarios Molly Maguires en el otro. ¿Ahora está contenta?

Entendió la mención a los Molly Maguires porque solía hurtar los periódicos del juez apenas los desechaba. No quería que le recordaran las reuniones secretas que condujeron a la intimidación, los asesinatos y las tentativas de toma del poder de las minas. Un hombre de Pinkerton se había infiltrado en la pandilla y había reunido evidencias suficientes para condenarlos, pero incluso después de que varios líderes fueran ejecutados, siguió existiendo el temor de que los que habían escapado pudieran reorganizarse en otra parte.

¿Podían haber venido hasta California algunos de ellos?

Sobresaltada, Catalina se puso más defensiva.

—¡Me arriesgué a publicar lo que dijeron creyendo que evitaría que concretaran el plan!

—Sus apuestas son más arriesgadas que las que hice en toda mi vida.

—Pues, ¡alégrese! Sanders cree que lo hice por usted. ¡Es posible que el próximo alcalde de Calvada termine siendo un cantinero! —Cuando se dio cuenta de que ella también estaba gritando, se esforzó por modular la voz a un tono más propio de una dama—. Si eso sucede, espero que cumpla las promesas que le hizo a la gente y contrate a un comisario para que tengamos algo de ley y orden. —Pensó en la amenaza de Sanders y se puso cara a cara con Matías Beck—. ¡Así nadie podrá destruir mi imprenta!

—¡Quisiera arrastrar esa imprenta hasta los Dardanelos y lanzarla por un acantilado!

Scribe irrumpió.

—Todas las personas del pueblo pueden escuchar lo que gritan.

—¡Que escuchen! —bramó Matías.

Su furia la tranquilizó. Catalina se sentía más en control ahora. Fue hacia su escritorio y revolvió los papeles con manos temblorosas.

—Creo que hemos dicho todo lo que había que decir. —Su voz temblaba.

—Apenas empezamos. —Los ojos de Matías refulgían un fuego azul—. Se mudará a mi hotel.

—¿Qué? —Ella se irguió, indignada—. ¡No lo haré! Me quedaré aquí, donde debo estar. —Señaló el piso con un dedo—. Por más humilde que sea, este es mi hogar, *¡y nadie me obligará a salir de aquí!*

Matías no dijo nada por un momento. Su cuerpo se aflojó y su mirada furiosa se atenuó.

—Muy bien. Me mudaré aquí con usted.

El rostro de ella se encendió.

—¡No sea ridículo! —Abochornada por el calor abrasador que le causó su insinuación, se dio vuelta. Seguramente no lo decía en serio. Se arriesgó a mirarlo. Ah, sí, lo decía en serio—. No. Por supuesto que no. Jamás.

—Entonces hagamos un trato, ¿quiere? —Habló en un tono ecuánime, mirándola con firmeza y determinación—. Si su casa aún está en pie dentro de un mes, podrá mudarse de nuevo aquí.

—¡Un mes! —Se mordisqueó el labio, nerviosa, se dio cuenta y se detuvo—. Una noche.

—Una semana.

¡Una semana bajo su techo! Catalina pensó en lo que le dijo

Morgan Sanders de que su puerta se abría fácilmente cuando se trataba de Matías. No podía negar que él se sentía atraído por ella, pero no lo había incentivado. ¿Qué diría la gente si se mudaba a su hotel?

—Nadie pensará lo peor de usted cuando todo el pueblo vio que Sanders irrumpió aquí hecho una furia.

¿Podía el hombre leerle la mente? Aunque sola la mirara, el corazón de Catalina se aceleraba. Se ruborizó otra vez, molesta de que pareciera conocerla tan bien.

—No sería apropiado.

—Podría amordazarla, cargarla sobre mi hombro y llevarla enfrente. Así, podría alegar que no tuvo opción en el asunto.

Ella rio dulcemente.

—Eso haría que usted pareciera menos honorable.

La miró con ojos cálidos y una lenta sonrisa curvó su boca.

—¿Dice que soy honorable? No sabía que tuviera una opinión tan alta de mí.

Ella ignoró el tono sensual y el calor que le provocaba su broma.

—Digamos que paso una noche en su hotel...

—Una semana. Sin pagar alquiler. Con alguien que haga de guardaespaldas temporal.

—¿Alguien? —Lo miró con mala cara, desconfiando—. ¿Quién?

—Yo no.

No debería sentirse tan desilusionada.

—¿Realmente cree que todo esto es necesario?

—Así es. Y creo que usted también lo sabe.

Catalina se hundió en el sofá. Sanders había entrado a la vista de todo el pueblo y la había maltratado. Si Matías no hubiera aparecido, ¿qué habría pasado?

—Una semana —aceptó, vencida.

Él abrió la puerta.

—Vámonos.

—Necesito empacar algunas cosas.

—Luego. Parece muerta de cansancio.

No lo negó. Envolviendo los hombros con el chal, salió detrás de él. Las rodillas le temblaban de tal manera que tropezó y estuvo a punto de caer cuando bajó de la acera. Matías la atrapó en sus brazos y cruzó la calle.

—¡Matías! —gritó Sonia—. ¿Dónde llevas a Catalina?

—Estoy poniéndola bajo custodia preventiva. —Todos los que estaban en la calle Campo lo escucharon.

* * *

Matías pasó por las puertas batientes y vio la hilera de hombres junto a la barra que lo observaban llevando a Catalina al casino.

—¡Oye, Beck! ¿Qué pretendes hacer con tu dama? —dijo entre carcajadas uno de sus clientes. Varios otros hombres rieron.

Sería mejor que entendieran que él no toleraría que nadie difamara a Catalina Walsh.

—Cuidado, caballeros. —Matías habló con firmeza. Solo tuvo que mirar con frialdad a la hilera de hombres y las risas murieron. Hizo un gesto con su barbilla al hombre parado cerca del fondo—. Sube, Iván. —Matías había contratado a un ruso enorme para echar a cualquiera que causara problemas. Tenía la intención de apostarlo afuera de la puerta de Catalina. No confiaba en la mayoría de los hombres del pueblo, incluyéndose a sí mismo. Catalina era demasiado tentadora, especialmente ahora que la tenía en sus brazos y bajo su techo.

—Por favor, bájeme, señor Beck. Yo me las arreglo.

Matías la dejó en el piso, pero siguió llevándola con una mano debajo del codo. Tal vez caminara con la espalda rígida y el mentón en alto, pero él sentía cómo le temblaba el cuerpo. Una reacción tardía, seguramente. El solo pensar que Sanders le había puesto una mano encima hizo que Matías deseara agarrar al hombre y darle la paliza de su vida. Podía hacer más que eso si Sanders volvía a buscar a Catalina.

Al abrir la puerta a la mejor suite del hotel, Matías hizo una reverencia.

—Después de usted, milady.

Ella entró con cierta vacilación.

—No debería quedarme aquí. —Se llevó una mano temblorosa a la garganta.

—Es solo hasta que se enfríen los ánimos.

Se apartó de él, visiblemente nerviosa.

—Tengo un negocio que atender.

Un asunto que podía causarle daño.

—Lo resolveremos.

Se dio vuelta y lo miró.

—¿Resolveremos?

Qué lástima que no se hubiera dedicado a los sombreros. Peor suerte era que no hubiera suficientes mujeres en el pueblo para comprarlos. Iván estaba parado en la puerta, a la espera de órdenes. Catalina lo notó. Matías se dio cuenta de que su mente ponderaba la situación. Sus ojeras le indicaban que se dormiría ni bien se estirara en esa placentera cama de plumas.

—Señorita Walsh, este es Iván. —No recordaba su apellido—. Él verá que nadie la moleste.

Unas botas golpearon sobre la escalera y Scribe entró jadeando.

—Todo el pueblo está hablando...

Matías le clavó una mirada fulminante al muchacho.

—La dama está más segura aquí que al otro lado de la calle. —Miró a Iván y el hombre apoyó una mano firme sobre el hombro de Scribe y lo guio a salir por la puerta. Matías vio que Catalina ya estaba cambiando de parecer.

—Deberíamos hablar de esto.

—Más tarde. Ha tenido un par de días largos y difíciles, ¿verdad, milady? Descanse un poco. —Se dirigió hacia la puerta—. Me encargaré de que le suban la comida.

—¡Señor Beck! —Parecía que su pequeña general estaba tratando de planear una campaña para escapar.

—La puerta tiene un cerrojo bueno y grueso. —Salió y cerró la puerta tras de sí. Esperó hasta escuchar que echaba el cerrojo.

—¿Qué hago si sale? —Iván parecía preocupado.

—No la pierdas de vista.

Matías fue a la planta baja. Cuando entró a la cantina, encontró a una multitud de hombres festejando. No tuvo que preguntar por qué motivo. *Herr* lo golpeó en el hombro.

—¡Al fin uno fue lo suficientemente hombre para hacerla callar! —Levantó en alto su copa—. ¡Por Matías Beck, el hombre que debe ser el alcalde! —Los hombres vitorearon.

Matías se rio, desalentado. Pronto, todos sabrían que Catalina Walsh no se quedaría callada por mucho tiempo.

◦──◦◆◦──◦

Catalina oyó el ruido de la celebración, pero estaba demasiado cansada para que le importara el motivo. Se acercó a la ventana y vio hombres que andaban aprisa por la calle, atraídos sin duda por los vítores de la planta baja. Algunos alzaron la vista y la vieron. En lugar de retroceder, examinó los rostros que miraban hacia arriba, buscando al hombre que había visto gracias a la luz del cigarrillo luego de planear el asesinato a sangre fría. Algunos la miraban lascivamente mientras hablaban con sus compañeros, que también levantaban la vista hacia ella.

Imaginando lo que podían estar pensando equivocadamente, se retiró de la ventana.

Vertió agua en una palangana de porcelana azul y blanca, ahuecó las manos y refrescó su rostro. La toalla se sentía muy suave sobre su piel. El cuarto tenía todas las comodidades, ¡hasta una bañera! Los leños estaban listos para encenderlos. Encontró una caja con fósforos sobre la repisa de la chimenea y pronto las llamas acariciaron el tronco grande. Había dos silloncitos y una mesa pequeña frente a la chimenea. Su madre y ella solían sentarse frente al fuego a conversar. Por lo general, luego de que Catalina había discutido con el juez. Cuando era más joven, le hablaba con palabras de consuelo. Cuando Catalina cumplió dieciséis, su madre se unió a las expectativas del juez. Catalina se casaría, preferiblemente, antes de los dieciocho. *Eres una jovencita encantadora, inteligente y con buenos contactos. Por supuesto que tendrás pretendientes.* Su madre no podía creer que una joven prefiriera quedarse soltera, no hasta que Catalina rechazó las dos primeras propuestas matrimoniales.

Seguramente no querrás ser una solterona.

No puedes cambiar el mundo, Catalina.

Eres igual a tu padre...

La última conversación que tuvieron surgió rápidamente y Catalina sintió el mismo dolor que la primera vez que su madre dijo: *Mi vida sería mucho más fácil sin ti.* No bajó las escaleras el día que el juez llevó a Catalina a la estación de trenes. ¿Se lo habría prohibido, preocupado porque el estrés podría amenazar al hijo por nacer que esperaba su madre? Catalina no podía echarle la culpa a él. Jamás había dudado del amor de su padrastro por su madre. Era ella a quien él despreciaba.

¿Por qué te enfrentas a Lawrence? Sabes que no puedes ganar.

¿Por qué tienes que ser siempre la fuente de la discordia en esta casa?

Catalina no quería problemas. ¡Quería arreglar las cosas! ¡Quería que todo fuera mejor! Al parecer, ser fiel a las propias convicciones y enfrentar problemas iban de la mano. Sin embargo, se preguntaba: ¿Había empeorado las cosas por escribir sobre lo que escuchó debajo del puente? Demasiado cansada para pensar en otras estrategias que podría haber seguido, tomó asiento y se reclinó hacia atrás en el sillón. ¿De qué servía hacerse preguntas ahora? Lo hecho, hecho estaba, y tendría que enfrentar cualquier consecuencia que proviniera de eso.

El rostro de Lawrence Pershing surgió en su mente. *Adiós, Catalina.* Aun ahora, meses después, sentía la puñalada de dolor. Su tono de voz lo había dicho todo. *Por fin me libro de ti. No vuelvas.*

El fuego crepitante la reconfortó, la calidez penetró en su cuerpo agotado. Hizo un esfuerzo por mantener los ojos abiertos. ¿Cuándo había dormido por última vez? ¿Anteayer? No podía recordarlo. Sus músculos se aflojaron y sus manos cayeron sobre los apoyabrazos del sillón. Se hundió y se deslizó mientras se adormecía. Debía levantarse o acostarse en la cama. Demasiado cansada para cualquiera de esas cosas, apoyó una bota sobre el borde de la mesita para asegurarse y se quedó dormida donde estaba.

* * *

Matías se había quedado en la planta baja porque no quería que los hombres especularan sobre sus razones para tener a Catalina en uno de los cuartos de arriba. Cuando oyó al pasar una conjetura procaz, agarró al hombre de la parte de atrás de su cuello y de sus asentaderas y lo empujó a la calle por las puertas batientes.

—¿Algún otro quiere decir algo contra la dama que está en la planta alta?

Henry lo observó, divertido.

—Hay otros sitios seguros donde podrías haberla llevado, amigo mío. La casa de Sonia, por ejemplo.

—No lo pensé.

—De la única manera en que podrás mantener a esa dama lejos de los problemas es casándote con ella.

Esa idea se le había ocurrido a Matías mucho antes de que Henry la mencionara. Las probabilidades de que Catalina Walsh aceptara casarse con él no estaban a su favor. No aún, por lo menos. En determinado momento, durante los últimos días, se había sorprendido a sí mismo pidiéndole a Dios que la protegiera, ¡y él no había orado en años!

Sonia llegó con una bandeja.

—Necesita comer.

—No tenía pensado matarla de hambre.

Ella hizo un gesto con la cabeza hacia la cantina atestada y el casino.

—Veo que has estado un poquito ocupado con la banda de salvajes.

La acompañó arriba, a la habitación de Catalina. Iván se puso de pie y movió la silla que bloqueaba la puerta.

—No he oído ni un ruido de ella en un par de horas.

Matías llamó a la puerta con unos golpecitos. Ninguna respuesta. Sacó la llave del cuarto de su bolsillo, abrió la puerta y vio a Catalina profundamente dormida, tumbada en un sillón cerca del fuego con un pie apoyado sobre la mesita.

Sonia se rio entre dientes.

—Pues bien, está exhausta. —Dejó la bandeja—. Mejor acuéstala en la cama.

Matías levantó delicadamente a Catalina en sus brazos. Su cabello se soltó y cayó como una masa de rizos colorados. Sus brazos flojos colgaron y su cabeza osciló hacia atrás. Cuando dejó escapar un ronquido sonoro, Sonia se rio. Haciendo lo mismo en voz baja, Matías recostó a Catalina en la cama. Su respiración se volvió más suave. Con su piel pálida y delicada parecía un ángel. Un calor intenso se extendió por el pecho de Matías. Quería abrazarla y mantenerla a salvo. Desabotonó el cuello alto y ajustado y observó las pulsaciones en su garganta.

Sonia le palmeó el brazo.

—¿Qué crees que estás haciendo?

Matías se incorporó abruptamente y se ruborizó.

—Le aflojé el cuello para que pueda respirar.

—Ella respira bien. Eres tú al que parece que le está costando. —Parecía una mamá gallina enojada—. Mejor no confundamos las razones por las que trajiste a Catalina aquí, ¿de acuerdo? —Hizo un sonido con la garganta—. Qué mal que no pueda quedarse conmigo.

Considerando lo que sentía en ese instante, Matías pensó que esa no sería una mala idea.

—¿Tienes lugar?

—No. Y es una pena. La tentación de tenerla bajo tu techo es demasiado grande.

—Creo que ella puede manejarla bien.

Sonia resopló.

—Eso no lo dudo. Catalina no tiene la más mínima intención de dar el brazo a torcer. Tú, por otra parte...

Matías levantó una mano como si prestara juramento.

—Mi intención es vigilarla razonablemente.

Sonia se rio.

—Aún no te he visto mirando a Catalina desapasionadamente. Todo el mundo en Calvada se da cuenta de que estás que ardes. —Hizo un gesto hacia la puerta abierta—. ¿Por qué no te ocupas de traer de su casa lo que necesite?

Él tenía la intención de traer más que algunas cosas.

—Ah, Matías... —Extendió la mano antes de que él llegara a la puerta—. Entrégamela.

Matías sacó la llave de su bolsillo y la puso en la palma de su mano.

—Así me gusta. Buen chico. —Sonia le sonrió, mirándolo—. Ahora, ocúpate de todo lo que sea necesario para cuidar a nuestra niña.

Catalina se despertó por el griterío exultante y los disparos que llegaban desde la calle. Atontada, se quitó las mantas de encima. Sintió un aire frío cuando se dio cuenta de que no tenía nada puesto más que una camiseta larga de linón. ¿Quién la había desvestido? Miró frenéticamente alrededor y vio su falda, su blusa, sus enaguas, los calzones rojos largos y el corsé pulcramente doblados sobre su baúl, y sus botas limpias en el piso. Ningún hombre era tan prolijo.

Echó hacia atrás su gran cabellera de rizos rojos, corrió por el piso frío de madera, se lavó y se vistió rápidamente. Con escalofríos, agregó un leño a las brasas aún encendidas; luego fue a la ventana delantera, desde donde miró afuera prudentemente. Una multitud de hombres llevaba en alto a Matías Beck por la calle Campo, riendo y gritando, algunos levantando en alto botellas de *whisky*. Al parecer, Beck había sido elegido alcalde. Catalina se dio cuenta de que había dormido sin parar hasta la elección y se quejó, consternada.

Sonaron disparos de armas.

—Adiós a la ley y el orden. —Catalina agarró su cepillo y se peinó el cabello frenéticamente. El armario de su tío también había sido trasladado a la habitación. Abrió y cerró todos los cajones y los encontró llenos con los inmencionables, las blusas, las faldas y los vestidos que había traído de casa, todos prolijamente doblados y guardados. También estaban la estantería y los libros de su tío, así como el perchero en el que había tres de sus confecciones, su abrigo y un chal.

Habían mudado todo, excepto la imprenta Washington, la tinta y los suministros de papel.

Recogió su cabello en un moño grueso, aseguró unas peinetas de carey y abrió la puerta. Iván se levantó.

—¿Dónde cree que va? —Llevaba una pistola enfundada amarrada a la altura de su muslo.

—Saldré a averiguar qué está pasando.

—Matías fue elegido alcalde.

—Ya me di cuenta de eso. —Cuando se encaminó hacia la escalera, Iván le siguió el paso—. No necesito su ayuda, señor...

—Lebedev. Y tengo órdenes de vigilarla.

Se pegó a ella en la acera, mientras el desfile reunía más seguidores y llegaba casi hasta el Hotel Sanders. ¿Estaría observando Morgan Sanders? A nadie le gustaba perder, y este desfile lindaba con un contrataque petulante.

—¡Catalina! —gritó Abbie Aday desde la puerta de la tienda. Se acercó aprisa, abrió grande los ojos al ver a Iván y su arma antes de fijarse en Catalina—. He estado tan preocupada por ti en ese lugar salvaje. Nabor dijo que Matías te había encerrado en su habitación.

—¿Qué? ¡No! —Sintió ganas de entrar en la tienda y abofetear a Nabor por saltar a esa falsa conclusión—. Estoy sola en una habitación de huéspedes en la planta alta, con un buen cerrojo en la puerta, y estoy allí solo porque...

—El señor Sanders fue a buscarte y...

—¡Abbie! —Exasperada, Catalina pensó que lo mejor era cambiar de tema—. ¿Hay alguna noticia de cómo tomó los resultados de la elección el señor Sanders?

—Nadie lo ha visto desde que salió de tu casa, y dudo que alguien quiera acercarse a él en estos momentos.

—Ha sido el alcalde por dos períodos. Seguramente tiene algo que decir. —Miró hacia su hotel—. Alguien debería preguntarle.

—No será usted —gruñó Iván.

—Soy la editora de la *Voz* y tengo la responsabilidad de informar lo que sucede en Calvada, señor Lebedev.

—Hable con el nuevo alcalde. Matías Beck.

—Lo haré tan pronto como esté en tierra firme y no lo lleven en alto como a Baco.

Iván se quedó mirándola.

—¿Eh?

—Olvídelo.

Abbie se ciñó el chal al cuerpo.

—Me enteré de que doce hombres se fueron de Madera la noche en que el señor Beck te llevó a su hotel. Se rumorea que son los Molly Maguires de Pennsylvania que andan por aquí para causar problemas. —Abbie se acercó a ella y susurró—: Nellie O'Toole vino anoche a la tienda. Nabor estaba en la cantina con los demás, así que le di una bolsa con frijoles, panceta salada y dos frascos de conservas.

Catalina la abrazó y le dio un beso en la mejilla.

—Tienes un buen corazón, Abbie Aday. Nunca dejes que alguien te diga lo contrario. —Se apartó—. Puedes decirles a todos que regresaré a mi casa ni bien encuentre un amable caballero que vuelva a mudar mis cosas. El señor Beck insiste en que me quede una semana, pero estoy segura de que no es necesario.

Abbie parecía alarmada.

—Ay, no, no deberías volver. ¿Ya viste tu casa?

Catalina se había empeñado tanto en alcanzar el desfile que ni siquiera había echado un vistazo al frente. Deseando los buenos días a Abbie, se apuró por llegar a su casa. Su corazón se desplomó cuando vio que habían roto la ventana y que las cortinas hechas jirones colgaban como sauces llorones. Habían arrancado las bandejas de los tipos de los cajones del gabinete y estaban desparramadas por el piso. ¿Había sido Sanders, o los hombres que habían visto frustrado su complot para matarlo?

Temiendo lo peor, Catalina se acercó a la imprenta y la revisó.

—Gracias a Dios. —No la habían dañado; solo faltaba la manija. Un carretero podría hacer otra. Se agachó y recogió los tipos. ¿Cuántas horas le llevaría limpiar el desastre y ordenar las cosas?

Iván se acercó.

—Vamos, señorita Walsh. No hay nada que pueda hacer con esto ahora.

Catalina metió en un cajón lo que había juntado y se limpió la mano con un trapo empapado con trementina.

—Al menos no le prendieron fuego al lugar.

—Nadie sería tan tonto como para hacer eso. Todo el pueblo se incendiaría.

El desfile había llegado a la cantina de Beck. Matías miró hacia donde estaba ella antes que los hombres lo bajaran a la acera. Ella se preguntó por qué su expresión era sombría.

Scribe la divisó y cruzó corriendo la calle.

—¡Matías es el alcalde! Nadie creía que podía ganar. ¡Fue un triunfo aplastante! ¡Y todo fue gracias a ti!

Catalina se reanimó. Y no le pasó desapercibida la familiaridad con que Scribe le hablaba.

—Bueno, me alegra saber que el periódico está cambiando un poco las cosas en Calvada.

—Ah, no fue el periódico. Alguien le dijo a Matías que Sanders estaba en tu casa. Él cruzó la calle como una flecha, ganó la pelea contra el guardia de Sanders y lo siguiente que vieron todos fue que el pez gordo salió pitando de tu casa y a Matías gritándole cobarde hijo de...

—Sí, lo escuché. ¿Y fue eso lo que hizo que eligieran a Beck?

—Eso, y que se ocupó de ti.

—¿Disculpa? —Su humor cambió.

—¡Los hombres dedujeron que cualquiera que pueda hacer huir a Sanders *y* hacerte callar en pocos minutos tiene que ser el hombre adecuado para el cargo! —Scribe regresó a los festejos.

Iván se rio entre dientes y se quedó mudo cuando Catalina lo fulminó con la mirada.

—Puede irse, señor Lebedev. Estoy segura de que preferiría unirse a la multitud que se está llenando la barriga en el bar, a tener que seguirme por ahí.

—Debo cumplir órdenes. —Y no se veía feliz al respecto.

—De acuerdo. Tengo hambre. Escólteme a la cafetería de Sonia, donde pueda comer algo. Le doy mi palabra: volveré a mi habitación.

Iván la miró, amenazante.

—Más le conviene. —Acompañó a Catalina a la cafetería de Sonia y la dejó allí.

Catalina encontró a Sonia pelando papas, mientras Charlotte desplumaba un gran pavo salvaje.

—¡Vaya! Así que te dejó salir. —Entre risas, Sonia hizo un gesto hacia el banquillo.

—Bajo custodia. —Miró por encima del hombro y vio a Iván, quien estaba regresando a la acera. Charlotte arrojó más plumas dentro de una cesta. Catalina levantó una pluma larga de la cola, le dio vuelta y se le ocurrió una idea—. ¿Puedo quedármelas? —Si las viudas de los mineros podían hacer abanicos de plumas de pavo, Catalina podría enviarlos a su madre para que los vendiera a las damas de Boston, a quienes podría agradarles tener algo exclusivo proveniente del Lejano Oeste.

Sonia se encogió de hombros.

—Claro. Por ahí hay una cesta llena de plumas. ¿Qué quisieras comer: el desayuno o la cena? —Sonrió con simpatía—. ¿O ambos?

—Solo café y un panecillo, por favor. —Su intención era irse antes de que Matías enviara de nuevo a Iván. Cumpliría lo prometido y regresaría. Solo que aún no.

Catalina puso mantequilla y mermelada de zarzamora en su panecillo y comió rápido la mitad, bebiendo café. Sonia la observaba atentamente.

—¿Tienes prisa por ir a alguna parte?

Catalina refunfuñó en respuesta. Terminó el resto y se puso de pie.

Sonia frunció el ceño.

—¿Adónde vas?

—Prometí volver al hotel.

—En ese caso... —Sonia sacó algo del bolsillo de su delantal—. Cuida mucho esto, y que no se pierda.

Catalina tomó la llave.

—Gracias. —La escondió—. Vi mi casa.

Charlotte levantó la vista de la tarea que estaba haciendo.

—Oí cuando rompieron los vidrios, pero para cuando bajé la escalera y miré hacia afuera, quienquiera que lo hizo ya se había ido.

—Dicen que unos hombres faltaron a su turno en la mina el día después de que salió tu periódico. —Sonia cortó las papas en rodajas y las echó en una gran olla, mientras le daba indicaciones a Charlotte para que empezara a hacer el relleno de pan de maíz—. Algunos dicen que eran los Molly Maguires.

—Pues, quienesquiera que fueran los hombres que estuvieron bajo el puente, espero que ya se hayan ido.

—Sanders se desquitará con los mineros. —Charlotte deshizo el pan de maíz en un cuenco.

—Por supuesto que no. —Catalina miró a una y a otra y vio que ambas estaban de acuerdo. Tal vez debería hablar con Morgan Sanders. Ella podía ser encantadora cuando era necesario. —Debería irme. —Levantó la cesta y le dio las gracias a Sonia por las plumas—. Me ocuparé de darles buen uso.

Catalina se cubrió el cabello con el chal y dejó atrás la calle Campo y el festejo de la victoria de Beck.

14

MATÍAS VIO QUE IVÁN ENTRABA solo por las puertas batientes. Ceñudo, articuló la pregunta con la boca. *¿Dónde está?* Iván hizo un gesto con la cabeza y pronunció: *En la cafeteria de Sonia,* antes de unirse a sus amigos. Molesto, Matías se abrió paso entre la muchedumbre.

—Vuelve y tráela.

—Está almorzando. Sonia y Charlotte la están vigilando. Prometió que regresará después de comer.

Aunque Matías quería ir y comprobarlo él mismo, los hombres no lo dejaban. Y, teniendo en cuenta la cantidad de *whisky* que habían consumido en las últimas horas, sabía que le convenía asegurarse de que la fiesta siguiera siendo una celebración y no un tumulto. Algunos guardaban resentimientos contra Sanders y veían el triunfo de Matías como un permiso para ir tras él. En estado de sobriedad entenderían que las cosas no cambiarían de la noche a la mañana y que una revuelta podía empeorarlas mucho más. Matías recomendaba paciencia y diplomacia, tiempo y esfuerzo.

Hacia el anochecer, los hombres solteros se habían sentado a esperar su comida en las mesas de la cafetería de Sonia, o del Crisol o Café del Pionero; los casados iban camino a casa. Iván se había ido hacía una hora a cenar a la cafetería de Sonia, antes de acompañar a Catalina de regreso al hotel. El día anterior, Sonia le había dicho que en la cena serviría pavo con aliño, puré de papas y acelgas, junto con pastel de calabaza. De solo pensarlo, se le hacía agua a la boca.

Cerrándose el abrigo contra el frío cortante que había en el aire, se dirigió a la cafetería. Alguien gritó su nombre, echando un vistazo por encima del hombro, vio a Iván que venía desde el extremo opuesto del pueblo. Matías sintió que se le caía el alma al suelo.

—¿Dónde está?

—¡No lo sé! Sonia dijo que comió un panecillo, tomó un café y se fue hace horas. Nunca llegó al hotel. La he buscado por todo el pueblo. ¡Nadie la ha visto!

La noche caía rápidamente y traía nieve. Dondequiera que estuviera, Matías esperaba que se encontrara bajo techo. La última vez que la había visto, solo llevaba puesto un chal.

<hr />

Tweedie Witt le contó a Catalina que el bebé de Elvira Haines había muerto y que no había sabido mucho de ella en los últimos días. Ina Bea Cummings había hablado con Sonia Vanderstrom y se iría a vivir con Charlotte en un cuarto de la planta alta, lavaría ropa y limpiaría los cuartos donde vivían los hombres. La invitó a pasar para que Catalina no se quedara en el frío; se sentaron arropadas dentro de la casucha de Tweedie y hablaron durante horas. Diez años mayor que Catalina, Tweedie había enfrentado muchas dificultades. Había conocido a su esposo Joe en Cleveland, Ohio, cuando él fue a trabajar a la tienda de su padre. Como el menor de cinco hermanos, él había dejado la granja de su familia para abrirse camino.

—Mis dos hermanos no se llevaban muy bien con Joe Witt. Decían que era poca cosa, pero a mí me parecía excelente. —Su rostro resplandecía al hablar de él. Llegaron al Oeste en una caravana de carretas—. Él nunca fue de cuidar el bolsillo. Compró lo que quiso en Fort Laramie y en Mormon Station. —Sonrió—. Hasta un lazo amarillo para mí. —Cuando llegaron a Humboldt Sink, con los sesenta y cinco kilómetros de desierto que tenían por delante, solo les quedaban dos bueyes—. Fue como cruzar el infierno. Caluroso. Sin agua. Soplaba arena alcalina. Pensé que moriría, y hubo días que lo deseé. —Cuando llegaron a Truckee, algunas personas que estaban regresando les dijeron que las montañas de la Sierra Nevada eran peores que cualquier cosa que hubieran visto y que la nieve llegaría pronto. —Yo estaba embarazada. De siete meses. Sabía que nunca lo lograría. Joe también lo sabía. Entonces, escuchó que Henry Comstock había encontrado plata a ochenta kilómetros al sur. Había una docena de carretas listas para tomar ese rumbo y nosotros nos unimos a ellos.

No había ningún niño en la choza de Tweedie Witt.

—¿Qué le pasó a tu bebé, Tweedie?

—Nació antes de tiempo. Murió una noche. Dos días después que llegamos a Virginia City. —Jaló su propia falda raída y manchada y levantó la cabeza lentamente para mirar a Catalina con ojos tristes—. Un varoncito. Perdí una niña y otro varón tres años después. De cólera. Están sepultados allí arriba.

Catalina tomó la mano de Tweedie.

—Por supuesto, Joe nunca encontró plata. Trabajó en un par de minas de bonanza, pero la paga no era gran cosa y la plata se esfumó rápido. Una mina cerraba y otra abría. Algunos propietarios contrataban a los chinos, que trabajaban por casi nada. Joe necesitaba trabajar. Por eso vinimos aquí. Sanders es un tipo difícil, pero es cierto que hizo cabañas para sus hombres.

—Pero no pensó en las viudas de los hombres que trabajaban para él.

Tweedie se encogió de hombros.

—Yo no esperaba nada. La vida es dura. Algunos nacen con suerte, otros no. Así son las cosas, y ya. —Dio unos golpecitos a los carbones rojos y agregó un tronco pequeño.

Catalina movió la cesta llena de plumas.

—Tengo una idea. —Le explicó lo que había estado pensando.

El rostro de Tweedie se iluminó.

—Yo soy buena para las manualidades.

—Dime qué necesitas y yo te lo proporcionaré. Seremos socias. —La casucha tenía correntadas de aire por todos lados y el piso de tierra se sentía como un bloque de hielo bajo el trasero de Catalina—. ¿Puedes venir a trabajar conmigo? Tengo una habitación en el hotel.

—¡Ay, Dios mío! —Tweedie miró con los ojos muy abiertos por la esperanza.

—Tan pronto mi casa esté arreglada de nuevo, podremos mudarnos allí. —Tweedie era pequeña y el sofá sería más cómodo que dormir en el suelo.

—Eso sería algo muy bueno, señorita Walsh.

—Dime Catalina. —Abrazó impulsivamente a Tweedie—. Creo que seremos buenas amigas, Tweedie.

La tierra estaba cubierta por una fina capa de nieve cuando Catalina dejó Willow Creek. Había pasado más tiempo del que pensaba hablando con su nueva amiga, pero se alegraba de haberlo hecho. Le escribiría inmediatamente a su madre. Ella conocía a muchas mujeres caritativas que podrían comprar abanicos de plumas de pavo, especialmente sabiendo que con ello estaban ayudando a mantener a una viuda.

Cuanto antes estuviera habitable la casita de Catalina, mejor. No toleraba la idea de que Tweedie pasara el invierno en esa casucha espantosa. Además, Catalina se sentiría menos vulnerable si había otra mujer viviendo con ella. Especialmente si el señor Beck venía otra vez a entrometerse.

Subió un viento frío, haciéndole doler la piel a través de las capas de ropas. Debería haberse puesto un abrigo. Envolviéndose apretadamente en el chal, agachó la cabeza y se dirigió al pueblo.

Matías pasó de largo a Longwei, el sirviente de Sanders que abrió el portón delantero, y entró a zancadas al vestíbulo.

—¡Sanders!

—Aquí estoy. —Una voz calma y grave llegó desde la sala. Sanders estaba sentado en un gran sillón de cuero con un rifle apoyado contra una mesita. En su mano tenía una pistola y había un vaso semivacío junto a una licorera de cristal con coñac—. ¿Viene a regodearse, alcalde Beck?

—¿Dónde está?

—Si buscas a Catalina, lo último que supe es que estaba en tu dormitorio.

Matías avanzó un paso y luchó por dominar su temperamento. Nada le gustaría más que sacarle a golpes algunos dientes a Sanders, pero estaba desesperado por encontrar a Catalina.

—La encerré bajo llave en una habitación para protegerla de ti. Y de los hombres que planeaban asesinarte.

La arrogancia abandonó el rostro de Sanders. Se veía más viejo.

—Pues yo no la tengo. Revisa cada habitación, si quieres.

Matías miró de reojo a Iván y el hombre se dirigió a la escalera. Volvió a enfrentar a Sanders. —Catalina estaba tratando de proteger tu pellejo con ese editorial.

—Lo único que yo quería era un nombre.

—No lo sabe.

—Ella sabía el nombre. —Sanders habló con calma, los ojos entrecerrados—. Pude verlo en sus ojos.

Matías apretó los dientes. ¿Era posible que conociera a uno de los hombres? De ser así, ella no le había confiado esa información, como tampoco lo había hecho con Sanders.

—Si en este momento no hubiera hombres tan ebrios por la victoria como para lincharme, yo mismo me ofrecería para ayudarte a buscarla.

—En eso tienes razón. He tenido que disuadir a algunos esta noche.

—No esperes que te lo agradezca.

Iván regresó de la planta alta.

—Ella no está arriba, jefe.

Morgan se veía tan sombrío como se sentía Matías. El hombre levantó su copa de coñac.

—Buena suerte. —Se rio sin alegría—. Por Catalina Walsh, la mujer que vuelve locos a los hombres. —Se tragó el coñac de un solo sorbo.

Matías e Iván salieron. La nieve caería en cualquier

momento. Matías miró a la izquierda, luego a la derecha y, por último, hacia la colina. Quería echar la cabeza atrás y gritar su nombre, pero entonces todos los hombres del pueblo sabrían que Catalina ya no estaba bajo su protección. Andaba suelta por alguna parte. Era lo que él esperaba. No quería pensar en qué podía estar sucediéndole en este momento si los hombres que había escuchado bajo el puente la habían localizado.

Ivan lo miró.

—¿Dónde buscamos ahora?

—Ojalá supiera.

* * *

Cuando llegó a Calvada, Catalina no sentía los dedos de los pies ni de las manos. Las habitaciones traseras de la cafetería resplandecían como un faro en un mar tempestuoso. Tiritando y exhalando el aliento como humo, Catalina abrió la reja del jardín, caminó con dificultad en la nieve y golpeó la puerta.

—¡Gracias al cielo! —Hizo entrar a Catalina—. Iván vino a buscarte. Dijiste que regresarías al hotel.

—Lo haré. —Observó que Sonia la inspeccionaba y miró hacia abajo—. ¡Ay, no! Lo siento tanto. —Sus zapatos altos abotonados estaban empapados y goteaban lodo al piso limpio de Sonia—. Me iré ahora mismo.

—No irás a ninguna parte. ¡Estás medio congelada! —Sonia jaló a Catalina hasta su chimenea—. Quédate donde estás. —Desapareció dentro de su cuarto y volvió rápidamente con un abotonador, una manta gruesa y un par de calcetines de lana. Catalina dejó escapar un grito ahogado de dolor cuando Sonia le desenganchó los botones y le quitó los zapatos mojados—. ¡Tendrás suerte si no se te han congelado los dedos de los pies! —Chasqueó Sonia la lengua en desaprobación—. ¿Adónde fuiste?

—Al camino Willow Creek. —Apretó los dientes mientras Sonia masajeaba sus pies con manos calientes y fuertes.

—Dando vueltas por ahí como si todo estuviera bien. —Sonia levantó la vista y la miró de manera acusadora—. No tienes ni un poquito de sentido común. —Envolvió los pies desnudos de Catalina con paños suaves y los masajeó un poco más.

Catalina suspiró cuando el dolor fue menguando.

—Ah, eso se siente bien.

—Bueno, no te acostumbres. —Sonia se levantó—. Tengo algo que te hará entrar en calor.

Catalina esperaba que fuera un buen cuenco de guisado caliente, pero cuando Sonia regresó, traía una taza humeante. Catalina le agradeció y la sostuvo entre sus manos heladas.

—¡Bébelo! —ordenó Sonia.

Obediente, Catalina bebió un sorbito, y lo escupió de vuelta a la taza. Mortificada por lo que había hecho, pidió disculpas. Nunca había probado algo tan asqueroso. Sonia le dijo que bebiera otro sorbo y que, esta vez, se lo tragara; luego, se quedó parada con las manos en las caderas y observándola para asegurarse de que lo hiciera. Estremeciéndose, Catalina lo intentó nuevamente. Logró tragar unas gotas y estuvo a punto de vomitar.

—Discúlpame de verdad, Sonia, pero ese café es repugnante.

Sonia le arrebató la taza y caminó hasta la cocina de la cafetería. Cuando regresó, volvió a entregárselo a Catalina.

—Pruébalo ahora.

Al echar un vistazo a la taza, Catalina vio que le había agregado crema. Bebió con cautela. ¡Y montones de azúcar! Bebió un sorbo más grande y sintió sabor a canela y a algo más que no pudo identificar.

—Está delicioso.

—Me alegra que te guste. Es una de mis especialidades de invierno. —Sonia se quedó parada junto a ella mientras bebía—. Eres peor que City, ¿lo sabes? No puedes salir a dar vueltas sin decirle a alguien adónde vas. Él sabía pelear. Tú eres solo una chica. —Le retiró la taza vacía de la mano—. Todavía estás temblando. Una más de estas y quedarás deliciosamente descongelada.

Para cuando Sonia volvió, Catalina sentía su estómago suficientemente caliente, pero obedeció. La segunda taza de café fue aún mejor que la primera. Cuando Sonia le exigió saber qué había hecho desde que se fue de la cafetería, Catalina le contó sobre Tweedie y su plan de hacer abanicos de plumas para generarle algún ingreso. Dijo que los abanicos podían convertirse en el último grito de la moda en el Este. Habló de los graves aprietos de las viudas, de cuán apremiante era hacer algo y de lo feliz que la hacía que Sonia le hubiera dado un empleo a Ina Bea Cummings y un lugar donde vivir hasta que se emparejara con algún buen soltero disponible. Dijo que Sonia era toda una casamentera.

Sonia parecía divertida.

—No me digas.

—Ah, sí que te lo digo. Me enteré de que las viudas que trabajaron aquí terminaron todas casadas. Seguro que Henry Call ya le echó el ojo a Charlotte, ¿no crees? Que yo no quiera casarme no significa que los demás no deban hacerlo. —Catalina se rio tontamente y volvió a hablar de los planes que tenía para ayudar a Tweedie—. Si todo resulta como espero, Tweedie puede atender la sombrerería mientras yo dirijo la *Voz*.

Sonia se rio entre dientes.

—Pues bien, veo que estás llena de ideas, ¿verdad?

—Y tengo muchas más. —Catalina levantó la taza y bebió las últimas gotas—. Siempre he tenido muchísimas ideas. Eso es lo que solía decirme mi madre. Son buenas, también, ¿no lo crees, Sonia?

Ella sacudió la cabeza con sus ojos iluminados por la risa.

—Creo que tus ideas son estupendas.

Catalina alzó la taza.

—¿Sabes? Esto estuvo tan bueno que me gustaría beber otro antes de irme.

—Dos son suficiente.

Desilusionada, Catalina se puso de pie, y entonces se dejó caer en la silla otra vez.

—Ay, santo cielo. Ya me descongelé, pero ahora siento como si mis piernas fueran de hule. —Hizo un segundo intento, más resuelto—. ¡Ahora sí! —Apoyó con firmeza la taza vacía sobre la mesa donde el farol de Sonia brillaba intensamente y había un libro boca abajo. Catalina lo levantó con curiosidad—. ¡*Ivanhoe*, de Sir Walter Scott! Ah, uno de mis favoritos. ¡Es tan romántico! ¿Lo encontraste en la caja que hay debajo de la mesa en la tienda de Aday?

—No. Lo traje desde Ohio. Lo mantuve escondido en el barril de harina para que no lo botaran por el camino cuando vinimos al Oeste. —Sonia la observó con ojos de lince—. ¿Cómo te sientes?

Catalina dejó escapar un suspiro satisfecho.

—Me siento bien. ¿Te dije que llevé algunas piedras a Sacramento? —Sofocó la risa y miró furtivamente alrededor, como si estuviera a punto de contar un secreto—. ¡Tenía esperanzas de haber heredado una mina de oro! —Se encogió de hombros y se inclinó hacia adelante—. Pero pronto lo sabremos—. Puso un dedo sobre sus labios—. Shhhhh. No se lo digas a nadie. —Caminó hasta la estufa y levantó la parte de atrás de su falda. Inclinándose, se frotó el trasero.

Sonia se rio.

—Te sientes bien y calientita, ¿cierto?

—¡Deberías embotellar esa cosa y venderla!

—Deja que tus zapatos se sequen y ponte estas botas. —Sonia las dejó frente a la silla. Catalina deslizó sus pies envueltos en los calcetines y ajustó los cordones, pero no logró atarlos correctamente. Sonia se encorvó, le retiró las manos y lo hizo por ella. Se enderezó y llevó a Catalina por la cafetería hacia la puerta delantera—. Ahora, mi pequeña, vete derecho a casa. —Le dio una palmadita en la mejilla a Catalina, como si fuera una niña—. ¿Lo prometes?

—Lo prometo. —Catalina rodeó con sus brazos a Sonia y la abrazó fuertemente. Al apartarse, le dio un beso en la mejilla—. Me alegra tanto que seas mi amiga.

Los ojos de Sonia se humedecieron.

—Vete ya. —Cerró la puerta.

Catalina hizo exactamente lo que le dijo. Se fue a casa. Cruzó la calle en diagonal y atravesó directamente la puerta delantera de la oficina del periódico de City Walsh.

◆◆◆

Matías había recorrido de un extremo al otro las calles Roma, Londres y Galway, y no había visto nada. Iván había ido a Gomorra, aunque ninguno pensaba que Catalina Walsh estaría tomando el té con una paloma mancillada. Se había quedado sin lugares donde buscar. Debería haber guardado él la llave, en lugar de dársela a Sonia. Si lo hubiera hecho, Catalina estaría sana y salva bajo llave en el cuarto de la planta alta. Imágenes horrendas de la guerra destellaban en su mente. El odio impulsaba a la gente a hacer cosas espantosas unos a otros, y los hombres que Catalina había escuchado debajo del puente podían querer venganza.

Matías se sentía enfermo de angustia. Se paró frente a la

cantina y miró hacia ambos lados de la calle. Quizás debería haberla dejado en la casa de City y poner un guardia en la puerta delantera y otro en la de atrás. Una brisa nocturna agitó las cortinas desgarradas y Matías creyó ver una luz. Si los vándalos habían regresado, él partiría algunas cabezas. La puerta todavía estaba desmontada de sus bisagras e inclinada hacia un costado. Y ahí estaba Catalina, agachada, barriendo vidrios y juntándolos en un recogedor.

Ella se puso de pie y sonrió suavemente.

—Ah, hola, Matías. ¿Cómo está usted esta noche?

Matías se quedó mirándola, consternado, y la oleada de alivio lo sacudió tanto como la ira que sobrevino sin demora.

—*¿Cómo que buenas noches?* ¿Eso es lo único que puede decir, después que la he buscado como un condenado? —Maldijo.

Más que sobresaltarse, ella le dio la espalda y volcó un recogedor lleno de vidrios rotos en un balde.

—No es necesario usar semejante lenguaje.

Matías apretó los dientes y entró a la oficina delantera.

—¿Dónde estuvo durante las últimas cinco horas?

Catalina agitó la mano a la ligera.

—Ay, no tengo ganas de pasar por todo eso otra vez. —Miró a su alrededor—. Tengo mucho que hacer para dejar todo en orden y poder volver a trabajar.

Matías apuntó hacia la puerta con el pulgar.

—Vámonos, milady.

Ella lo miró con una inocencia beatífica y los ojos muy abiertos.

—¿Ir adónde?

—*¡De regreso al hotel!*

Ella se encogió, pero no se acobardó. Irguiéndose completamente, plantó la escoba en el piso.

—Suena igual que el juez.

Matías no había querido gritar y, definitivamente, no tenía ninguna intención de actuar como su padrastro. Catalina se puso a barrer otro montoncito de vidrios. Él avanzó dos pasos y captó un olorcillo a algo demasiado conocido. Agachándose, la miró más de cerca.

Ella retrocedió abriendo grande los ojos.

—No se atreva a besarme otra vez, Matías Beck. —Meneó un dedo debajo de la nariz de él—. No, no, no.

Toda la ira que sentía lo abandonó.

—Vaya, vaya, milady. —Sonrió abiertamente—. Huele como si hubiera bebido el elíxir invernal de Sonia.

—¿Elíxir? —Frunció el ceño—. Tomé un café. Delicioso, con crema, muy azucarado y ca... ne... la.

—Y varios tragos de coñac. —La situación dejó de parecerle divertida cuando la inspeccionó meticulosamente y notó que tenía puestas unas botas y no los zapatos altos abotonados que usaba esa tarde cuando la había visto parada junto a Iván, mirando el desfile. El dobladillo de su falda estaba sucio. ¿Qué había dicho unos minutos antes, cuando estaba tan enojado que no podía pensar con claridad? *Ay, no tengo ganas de pasar por todo eso otra vez.* Su corazón palpitaba. *¿Todo eso? ¿Otra vez?* Dudó que le diría dónde había estado y qué había hecho desde que le indicó a Iván que volviera a los festejos con la promesa de que regresaría al hotel luego de que comiera algo. Un panecillo y un café, fue lo que Sonia dijo y que parecía estar apurada. Dos elíxires, quizás, con el estómago vacío. ¡Con razón no podía decir *canela*! Le sorprendía que aún pudiera mantenerse en pie. En este preciso instante, lo único que importaba era llevarla al hotel y mantenerla a salvo allí.

Matías deslizó su mano por su brazo y la tomó de la mano.

—Vamos, Cata. Es hora de llevarla sana y salva a casa.

Ella parpadeó y lo miró con una expresión que él había visto fugazmente la noche en que la besó. Luego, liberó su mano dando un tirón y otra expresión más cercana a la de alarma tomó su lugar.

—Este es mi hogar, señor.

El humor de ella era más cambiante que el clima.

—No por un tiempo. —Nunca más, si él lograba salirse con la suya. Echó un vistazo rápido alrededor. Las ventanas rotas, los armarios destruidos, fango salpicado por todas partes. Si Catalina hacía lo que quería y volvía a mudarse aquí, regresarían para terminar con ella—. Haré que lo entablen para que no sigan haciendo destrozos. —Claramente, a ella no le gustó la idea. Se dio cuenta de que trataba de encontrar algún argumento. Afortunadamente, sus pensamientos estaban embrollados. Le tomó la mano otra vez, con más firmeza—. Sonia tiene la llave, así que no tiene que preocuparse de que la encierre de nuevo. —Pero pondría un guardia junto a su puerta, con claras instrucciones sobre lo que ella podía y no podía hacer. Iván no se atrevería a perderla de vista esta vez.

—De acuerdo. —Le dirigió una ligera sonrisa de suficiencia y salió con él sin protestar. Su docilidad le dio más motivos para preocuparse.

Había hombres en el bar, bebiendo y hablando. Otros estaban sentados en las mesas, con cartas en las manos y miradas solemnes de concentración. Él soltó su mano y la tomó del brazo para que pareciera más apropiado. Algunos lo notaron.

—¡Oye, Matías! ¿Adónde llevas a la señorita? —Se reían otros con sarcasmo.

—Estoy escoltando a la señorita Walsh a su habitación, caballeros. Brady, cuando venga Iván, mándalo arriba. —Echó un vistazo general al salón y las risas cesaron. Los hombres miraron a otra parte.

Cuando Matías abrió la puerta de la habitación de arriba,

Catalina entró caminando sin titubear. Observándola, frunció el ceño.

—Encenderé el fuego. —Ella le dio las gracias y se desplomó en el sillón. Él sintió que lo estaba observando y se volteó para mirarla. Ella bajó la vista rápidamente, pero no antes de que se diera cuenta de que había estado examinándolo.

Él raspó un fósforo. Su manera de mirarlo le generaba una idea con la que él prefería no obsesionarse. Pensó en otra cosa.

—Podría ir a ver a Stu Bickerson y decirle que usted hizo que Scribe se quitara la ropa y pasó la mitad de una noche en su habitación.

Ella miró hacia arriba.

—¡Las cosas no fueron así!

La leña se encendió. Matías se incorporó y le dirigió una mirada fría y desafiante.

—Y podría decirle que la encontré borracha en la oficina del periódico a la mitad de la noche.

—No estoy borracha, y no estamos a la mitad de la noche.

—Stu nunca se fija mucho en los detalles menores. —Matías la estudió, notando lo incómoda que se ponía cuando él la miraba. Creía saber por qué—. Puede que, incluso, tenga que contarle sobre el beso. —Observó el color que subió a sus mejillas. ¿Habría pensado ella en eso tanto como él?

—No sería tan desalmado. Es un caballero.

—Ah, *ahora* soy un caballero —arrastró las palabras.

Una mano temblorosa subió a su garganta.

—¿Por qué me mira así?

—¿Así cómo? —Cuando ella no respondió, él sonrió con tristeza—. Henry dice que de la única manera en que puedo mantenerte a salvo es casándome contigo. —Se sorprendió tanto como ella cuando las palabras salieron de sus labios.

Dichas ahora, supo que eso era lo que había estado guardado en su mente desde el día que la vio por primera vez.

Durante un instante fugaz, vio que los ojos de ella se iluminaron. Luego, cayó un velo, ella bajó la vista a sus pies y se alejó de él todo lo que permitía la habitación.

—Nunca me casaré con nadie.

Al menos, no dijo que él era el último hombre de la tierra con quien se casaría. Su rechazo incluía a todos los hombres presentes y futuros.

—Yo no soy nadie, Cata.

Ella se irguió con el mentón en alto, y arqueó una ceja.

—No me interesa si eres el alcalde y el segundo hombre más rico de Calvada, no me casaré contigo.

—Suenas muy segura al respecto.

—Es mi decisión. ¿No es así?

—Sí. Lo es. Y depende de mí hacerte cambiar de idea. —Matías sonrió de oreja a oreja y caminó despacio hacia ella—. Apuesto a que podré. —Catalina se las arregló para mantener la misma distancia entre los dos—. Hipotéticamente, ¿qué se necesitaría para lograr que aceptaras?

—Nada. —Frunció el ceño—. Todo. —Negó con la cabeza. —Una lista muy larga.

Él seguía moviéndose, por lo tanto, ella también. Estaba cerca del fuego, con los silloncitos y la mesa entre ambos.

—Siempre podríamos comenzar esta noche... —La provocó y vio que el color subió por su cuello y sus mejillas como un amanecer.

—¡Por su... pues... to que no!

Él trató de no reírse.

—¿Por qué no nos sentamos y lo conversamos? —Si ella seguía retrocediendo, se metería en el fuego—. Tu falda está humeando, Cata.

—Oh, no. No te quitaré los ojos de encima.

—Eso me halaga. —Había llevado el juego lo suficientemente lejos y quería que se calmara. Él también necesitaba calmarse. Tomó asiento y le tendió la mano para invitarla a ocupar el otro—. Siéntate. Hablemos.

—Creo que deberías irte.

—Aún no. —Conocía la mejor manera de distraerla—. Ahora soy el alcalde. ¿No quieres preguntarme detalles sobre los planes que tengo para el pueblo?

Ella apretó firmemente los labios.

—¿De qué me sirve si no puedo publicarlos?

—Podemos hablar de eso también.

Se posó en el borde del silloncito, lista para huir.

—¿Qué hay que hacer para que me dejes regresar a mi casa?

Matías sabía que no podía esperar que estuviera feliz de vivir en su hotel, o en el de ningún otro.

—Cuando tengamos un comisario.

—¡Ah, claro! —Cruzó las manos sobre su regazo—. Tu plataforma de la ley y el orden.

—Axel Borgeson llegará dentro de un par de semanas. —Tan pronto como los votos fueron contados, le dijo a Henry que mandara el telegrama para confirmar la oferta—. Trabajó para la Agencia de Detectives Pinkerton, era espía para el Ejército de la Unión; luego, fue asignado como guardia de la Union Pacific. Estuvo en Promontory Point cuando Leland Stanford colocó el clavo de oro; luego, vino a California.

—¿Cómo lo encontraste? —dijo Catalina, inclinándose hacia adelante.

—No fui a Sacramento solo a comprar *whisky*.

Catalina le sonrió complacida y, afortunadamente, relajada.

—Cumple esa promesa y el pueblo te lo agradecerá.

A pesar de los meses que había vivido en Calvada, seguía siendo muy ingenua.

—No todos se alegrarán de tener ley y orden. Muchos hombres vinieron al Oeste para escapar de las normas y los reglamentos.

—¿Es por eso que viniste a California, Matías?

Su tono contenía una curiosidad que lo derretía. El calor del fuego y los dos tragos de coñac estaban haciendo efecto.

—No, no fue por eso que vine. —Dudaba que ella fuera consciente de la forma en que sus ojos recorrían el cuerpo de él. Quizás tendría que abrir una ventana. Pero de nada serviría. No era el fuego de la chimenea lo que lo estaba haciendo entrar en calor. Era ver a la correcta y formal Catalina Walsh con un humor seductor.

—La verdad es que no me recibieron en absoluto como a un héroe cuando fui a casa. —En un par de minutos, ella subiría una bota a la mesita y estaría roncando como un marinero otra vez.

—¿Porque combatiste para el Norte? —Suspirando, se reclinó hacia atrás.

Matías no quería hablar de la Marcha hacia el Mar de Sherman ni de lo que había significado para su ciudad natal.

Catalina lo miró, pestañeando esos ojos fascinantes como una caricia.

—¿Por qué lo hiciste?

Necesitaba pensar en otra cosa. ¿Qué le había preguntado? Ah, sí.

—Creía que el país duraría más unificado que separado. —Dejar que una parte del país se desprendiera pronto permitiría que cada estado quisiera convertirse en un país soberano. Serían como Europa: países que constantemente entraban en guerra unos contra otros. *Una ciudad o una familia dividida por peleas se desintegrará*, le había dicho él a su padre, pero ni siquiera la Palabra de Dios había influenciado el orgullo sureño de Jeremiah Beck.

—¿Y la esclavitud? ¿Cuál es tu posición al respecto?

—Mi mejor amigo era el hijo del único esclavo de la casa de mi padre. Me acompañó cuando me fui. Lo mataron durante el primer año. —Catalina escuchaba en silencio. No era lástima lo que Matías veía, sino compasión—. Lo más difícil que me ha tocado hacer en la vida fue decírselo a su madre. Si se hubiera quedado en casa, estaría vivo. —Su voz se había puesto áspera—. Ella me perdonó.

—Parece que es una buena cristiana.

—Mi padre era un buen cristiano. Un ministro, de hecho. —Se rio con tristeza por la amargura y el dolor—. Me dijo que habría deseado que yo naciera muerto; luego me dio la espalda y se fue.

Los ojos de Catalina se llenaron de lágrimas. Matías suspiró y miró hacia otra parte, deseando haber respondido cosas superficiales en lugar abrir viejas heridas.

—Ay, Matías. —Suspiró ella suavemente—. Estoy segura de que el Señor se ocupará del corazón de tu padre. Dios promete terminar la obra en nosotros. —Habló en voz baja, como lo haría con un amigo afligido—. Las personas dicen cosas terribles cuando están heridas y enojadas. Sé que yo lo he hecho. —Una lágrima cayó por su mejilla pálida. Ella buscó su mirada con una expresión tierna—. Parece que tenemos algo en común. Mi madre me dijo que su vida sería mucho más fácil si yo no estuviera en ella.

Sus palabras fueron como un golpe en el estómago. Sintió su dolor y ahora supo por qué había echado raíces en Calvada.

Con los ojos soñolientos, ella se relajó y contempló las llamas.

—Qué agradable es esto, ¿no crees? —Lo miró con una

confianza ingenua. En su estado de ánimo actual, era totalmente vulnerable y tentadora.

Matías sabía que ya se había quedado demasiado tiempo.

—Creo que es hora de decir buenas noches. —Pensó en los
hombres de abajo y en las conjeturas que, sin duda, estaban
haciendo. Debería haber pensado en ello una hora antes.

Aún sentada, Catalina lo miró con melancolía.

—¿Te digo algo, Matías? Me gustas. —Pareció agradable-
mente complacida ante esa revelación.

Él se rio entre dientes.

—¿Ah sí?

—Sí, así es. Vas a ser bueno para Calvada. Ya contrataste
a un comisario. —Necesitó dos intentos para levantarse del
silloncito—. ¿Qué harás en cuanto a las calles? —Lánguida, lo
siguió hacia la puerta; incluso metió su mano en el pliegue de su
brazo—. Los niños necesitan una escuela. Los niños y las niñas
deben recibir educación, ¿sabes? —Le costó un poco pronunciar la palabra *educación*, lo cual le recordó a Matías cuántos
elíxires había bebido y por qué tenía esa mirada tan sensual de
estar lista para ir a la cama que estaba haciendo estragos en su
determinación—. Tampoco tenemos suficientes pozos. —Palmeó
su brazo—. Hay montículos de basura cada vez más altos entre
las edificaciones. —Hizo una mueca y se estremeció—. He visto
muchas ratas. También vi ratas en Boston, pero ni de casualidad
tantas como aquí. Grandes y pequeñas. Tenemos que hacer algo
acerca de los desperdicios y las ratas, Matías.

Le gustó escucharla decir *tenemos*.

—Si logro todo eso, ¿te casarás conmigo?

Ella retiró su mano y retrocedió un paso.

—Vamos, no te burles de mí. Simplemente estarías cum-
pliendo con tus deberes como alcalde de nuestro bello pueblo.
—Le dio un empujoncito suave hacia la puerta.

—Haré que Iván suba y se siente en el corredor.

—Estoy perfectamente a salvo.

—No mientras la puerta no esté cerrada con llave.

—¡Oh! —Sus ojos se abrieron de par en par y se rio—. ¡Bueno! No tienes que preocuparte por eso. —Lo empujó en el pecho—. Ahora, vete.

Matías la atrapó de las muñecas y las levantó. Luego, soltándolas, la tomó en sus brazos y la besó como había deseado hacerlo desde que podía recordarlo. Ella sabía a coñac, crema y azúcar. Tenía los ojos cerrados y sus labios estaban abiertos. Él podía ver el pulso palpitante en su garganta y casi fue su perdición.

—Hora de despedirnos, milady —dijo con voz ronca por la pasión. La apartó de él, sabiendo que se había aprovechado injustamente. Ello lo miró, desconcertada.

Batallando con la tentación, Matías abrió la puerta, salió y la cerró rápidamente.

15

CATALINA SE DESPERTÓ CON la boca seca y dolor de cabeza. Se debatió entre taparse con las mantas hasta la cabeza y quedarse en la cama, pero recordó que Tweedie Witt iría a trabajar. Catalina se levantó aprisa, completó su higiene matutina y se vistió. Se puso los calcetines de lana y unas botas y recogió el par que Sonia le había prestado. Cuando abrió la puerta, dio un brinco hacia atrás en el instante en que la silla de Iván se inclinó y el ruso aterrizó dentro de su habitación como una tortuga patas arriba con sus brazos y piernas dando vueltas.

Tratando de no reírse, Catalina se agachó para ayudar al pobre hombre.

—¿Está bien?

Iván farfulló palabrotas en ruso, logró rodar fuera de la silla y se arrastró al pasillo. Aún murmurando, se puso de pie con el rostro enrojecido y dijo con un estruendo:

—La próxima vez, ¡avíseme un poquito antes!

Ella salió, cerró la puerta con llave y se dirigió a la escalera. Iván la alcanzó.

—¿Adónde cree que va?

—A la cafetería de Sonia. A desayunar.

Con el ceño fruncido, caminó, siguiéndole el paso.

—Ayer, Matías casi me come vivo. Hoy seré su sombra.

Después de desayunar, Catalina fue al carretero a encargarle otra manija para la imprenta. Patrick Flynt dijo que podía hacer una, pero no estaba seguro de si debía hacerla porque se había enterado de que ella ya tenía suficientes problemas y no quería facilitarle los medios para causarse más. Ella dijo que, si la ayudaba, pondría un anuncio publicitario gratuito en el próximo ejemplar de la *Voz*.

De ahí, Catalina caminó casi un kilómetro a las afueras del pueblo hasta la Maderera Rudger y preguntó por el vidrio.

Carl Rudger sonrió contento cuando la vio.

—No disfrutaba tanto de leer el periódico desde que a City Walsh...

—¿Le reventaron la cabeza? —se entrometió Iván y el señor Rudger lo miró boquiabierto, consternado de que hubiera sido tan directo. Iván lo fulminó con la mirada, sin remordimiento—. No la ayude. Ella necesita quedarse quieta en el hotel.

Catalina palmeó el brazo de Iván.

—No se preocupe por la actitud horrible de Iván. El pobre hombre se cayó de cabeza esta mañana.

Iván frunció el entrecejo.

El señor Rudger tenía vidrio en el depósito e instalaría la ventana para fines del día, al costo.

—Ya era hora de que alguien publicara la verdad, aunque sea una mujer la que lo hace.

—Gracias por ese voto de confianza —dijo Catalina irónicamente.

—Pero le pido que no escriba sobre mí en la *Voz*.

Ella se rio.

—No haga nada que pueda llamarme la atención.

Rudger se rio con ella.

Mientras volvían al pueblo, el humor de Iván se avinagró aún más.

—¿Ya terminamos? ¿O tiene planes de ir a tomar el té a algún lado?

—Le vendría bien una buena taza. El de yerbabuena sirve para la frustración, la ansiedad y la fatiga.

—¡Lo que me vendría bien es un trago!

Catalina eligió la tela menos costosa de la tienda de Aday, pero Nabor subió tanto el precio que ella se dio cuenta de que no quería que fuera su clienta. Apenada, Abbie se mantuvo ocupada con las latas de conservas. Catalina le agradeció a Nabor por su tiempo y se fue. Prefería cortar uno de sus vestidos para hacer las cortinas que comprarle tela a Nabor Aday. Había oído que pronto abriría una nueva tienda al otro lado del pueblo, pero, en este momento, solo tenía esta opción. Catalina esperó a que pasaran varias carretas y hombres a caballo; luego, descendió a la calle fangosa.

—¿Adónde va ahora?

—Al almacén de la minera Madera.

Él la agarró del brazo.

—¡Ah, no, no lo hará!

—Suélteme, Iván. —Cuando no la soltó, ella se paró a la mitad de la calle—. No creo que desee que haga un escándalo. —Frunciendo el ceño, la soltó.

Catalina pasó de largo por el bar del Cuervo y la cantina Caballo de Hierro, y entró al almacén de Sanders. Los clientes se quedaron helados. Igual que ella cuando vio a Morgan Sanders parado en la parte de atrás, enfrascado en una conversación con el encargado. Iván pronunció una palabrota. Dudosa, Catalina se armó de valor y caminó entre las hileras de mesas hasta que llegó a una que tenía rollos de telas con una selección más grande que la de Aday. El encargado notó su presencia. Cuando los ojos de ella se encontraron fugazmente con los suyos, enseguida desvió la mirada. Morgan era el que estaba hablando, diciéndole lo que debía pedir: más frijoles, menos azúcar. Cuando el encargado la miró de nuevo, Morgan echó un vistazo hacia atrás por encima de su hombro. Su expresión irritada cambió inmediatamente a una sorprendida.

Tenso, Iván se acercó.

—Vamos. —Sujetó a Catalina del brazo y puso la otra mano sobre su Smith & Wesson.

Catalina levantó la vista hacia él.

—Por favor, no haga nada tonto.

—¿Usted me dice eso a mí?

Morgan se abrió paso entre las mesas y se acercó a ella. Catalina notó que él también llevaba colgada un arma a la cadera. Los otros clientes se movieron despacio, fingiendo no mirar mientras lo hacían. Morgan ignoró a Iván y la saludó inclinando la cabeza.

—Buenos días, Catalina.

—Buenos días, señor Sanders. —Aunque su cuerpo estaba tenso, habló con calma. Pasó sus dedos por un percal florido y lo encontró de mejor calidad que el que tenía Nabor. Morgan esperaba en silencio, como si fuera el empleado y no el dueño de la tienda.

—¿Cuánto cuestan cuatro metros de esto? —Mantuvo controlado el tono de voz, relajado.

—Puede tener todo lo que quiera gratis, junto con mis disculpas.

Su tono de voz no le dejó dudas de que hablaba con sinceridad. Parecía cansado, como si no hubiera dormido en un largo tiempo. ¿Cómo podía, sabiendo que algunos de sus propios hombres habían estado conspirando para matarlo?

—Disculpas aceptadas, Morgan. —Sin pensarlo, le tendió su mano—. Gracias por su amable oferta, pero lo correcto es que pague por la tela.

Sus dedos se cerraron firmemente alrededor de los de ella.

—Como guste. —Mencionó un precio inferior a la mitad de lo que Nabor había exigido.

—¿Eso es lo que normalmente les cobra a sus clientes? —Cuando no respondió, ella sugirió un precio justo—. Es lo que la mayoría de las personas puede pagar y, aun así, puede generarle una ganancia. —Él parpadeó y una sonrisa apenas visible rozó sus labios. Asintió con la cabeza y le hizo una seña a uno de los empleados.

En lugar de irse, Morgan se quedó mientras el joven medía y cortaba la tela.

—Ayer puso en aprietos a Matías. Vino a mi casa buscándola a usted.

—Oh. —¿Buscándola a ella o una pelea? — Fui a visitar a una amiga.

Los ojos de Morgan se entrecerraron ligeramente.

—¿Alguien relacionado con la historia de su periódico?

—Alguien que conocí hace poco y que necesita trabajar. —Lo miró a los ojos y los halló cordiales, no fríos—. Es una mujer viuda. Su esposo murió en el accidente minero de Madera del año pasado. Ha pasado unos momentos muy difíciles y vive en una casucha con corrientes de aire por Willow Creek. —Se fijó a propósito en su chaqueta de buena confección, en su camisa y su corbata, luego bajó la vista hasta el ancho cinturón de cuero y los amplios pantalones negros—. Es la primera vez que lo veo armado.

—Lo consideré prudente.

¿Todo esto era culpa de ella?

—Lamento sus dificultades, Morgan. Supe que algunos hombres abandonaron el pueblo.

Su expresión se endureció.

—Sí. Tenía sospechas sobre algunos.

—Me alegra que esos planes hayan fracasado.

Él torció la boca.

—Debe ser la única persona del pueblo que diría algo así.

¿Por qué no decirle lo que pensaba?

—Todos esos malos sentimientos podrían cambiar, Morgan. —Cuando él alzó apenas las cejas, ella siguió adelante—: Quizás haya perdido la elección, pero sigue siendo un líder en este pueblo. Podría ser un mejor dirigente. —Escuchó que Iván aspiraba aire entre los dientes—. Tiene los recursos para hacer muchísimo bien al pueblo de Calvada.

—¿En serio?

—Usted sabe que sí.

El empleado dobló la tela, la enrolló en papel marrón y la ató con un cordel. Ella le dio las gracias y le entregó las monedas. Las personas andaban discretamente por la tienda.

Morgan inclinó la cabeza.

—¿Puedo acompañarla afuera?

Catalina se rio en voz baja.

—¿Esa es la manera amigable de decir que quiere que me meta en mis propios asuntos y que espera que no regrese más?

—Usted se arriesga, Catalina. —Su tono de voz no manifestó animosidad mientras caminaba con ella.

—Las personas lo valen, Morgan. —Cuando se pararon afuera en la acera, ella lo miró—. Usted lo vale. —Le dio la mano.

Morgan la tomó y la levantó para besársela.

—Usted también, Catalina.

—¿Ya terminó? —Ella podía sentir el vapor caliente que venía de Iván mientras caminaban de regreso al hotel.

—Apenas estoy empezando.

Llevó menos de una hora que todo el pueblo se enterara de que Catalina Walsh le había dado la mano a Sanders y que él se la había besado. Todos los hombres hablaban de eso en el bar.

—El tipo es rico. Nombra a una mujer que no quiera casarse con un hombre rico.

Matías tenía intenciones de hablar con ella sobre el asunto, pero en ese momento estaba ocupado organizando los muy necesarios servicios municipales. Había esperado tener problemas con Sanders por la transición de los fondos del pueblo, pero recibió los documentos en cajas en su despacho poco después de la elección. De inmediato, Henry Call se puso a sacar los archivos y a revisarlos con ojos de abogado. Todo parecía en orden. Las mujeres comenzaron a responder a los anuncios de Matías en Sacramento y San Francisco, pero no llegarían hasta que las nieves invernales se derritieran. Para entonces, algunos servicios ya estarían en marcha.

Había cumplido su principal promesa de campaña al contratar a un comisario. Axel Borgeson debía llegar esta semana. Matías pensaba asignarle la habitación frente a la de Catalina hasta que la casita junto a la cárcel fuera reconstruida.

Sin comisario, el pueblo se había desbocado, los hombres resolvían los problemas con golpes o amenazas y, a veces, usaban sus armas. Matías, Brady e Iván siempre se ocupaban de cualquier conflicto que hubiera en la cantina, y dejaban que los demás propietarios de comercios de la calle Campo siguieran la misma norma. Desde que Catalina llegó, no había habido noche sin algún alboroto. La verdad es que Matías se sentiría aliviado cuando Axel Borgeson caminara por las calles de Calvada con la estrella en su pecho. El hombre era duro y tenía experiencia.

El día que se esperaba el arribo de Borgeson, naturalmente, Catalina estaba en la plataforma para darle la bienvenida. Y no podría haber estado más complacida si hubiera sido el presidente Ulysses S. Grant el que llegaba al pueblo. Se lanzó de lleno con una lista de los problemas de Calvada, nada que Matías no le hubiera dicho ya a Borgeson en su carta, pero el hombre se mostró muy atento. Luego, Catalina le dijo que le gustaría entrevistarlo para la *Voz* y él respondió que no había mejor momento para hacerlo que el presente. Con una sonrisa acogedora, ella lo invitó a tomar un café con una porción de pastel de manzana en la cafetería de Sonia.

La quijada de Matías se puso rígida. Notó que a ella le había gustado el hombre desde el primer encuentro. Y la mirada de Borgeson era un poco demasiado cálida para su gusto. Él giró su mirada hacia Iván, quien había acompañado a Catalina a la estación.

—¿Este caballero es su galán, señorita Walsh?

Iván soltó un bufido grosero.

—¡No!

—Bueno, Iván —susurró Catalina, dirigiéndole una mirada dolida al gran ruso con unos ojos brillantes de picardía—. ¡Ay! Es mi grillete y mi cadena. —Miró a Matías—. El señor Beck me ha encarcelado...

—Es custodia preventiva —corrigió Matías—. Iván es su guardaespaldas.

Borgeson sonrió.

—Bueno, Iván puede tomarse el día libre. La señorita Walsh está a salvo conmigo. Yo también tengo preguntas que hacer. ¿Puedo?

Catalina no dudó en tomarlo del brazo delicadamente.

—Encantada, comisario Borgeson.

—Llámeme Axel, por favor.

Iván miró a Matías y sonrió socarronamente.

—No está perdiendo ni un minuto.

—¿Y tú crees que yo sí? —gruñó Matías, contemplando a la pareja que se fue caminando por la acera. Borgeson había dejado el equipaje a cargo de él.

Iván se rio entre dientes.

—Supongo que ahora que *Axel* está en el pueblo y vive al otro lado del pasillo de la dama, yo puedo volver a sacar a los alborotadores de la cantina.

Catalina tampoco había perdido tiempo. Tenía todo empacado y listo para mudarse de vuelta a su casa. Flynt había hecho una manija nueva para la imprenta y Rudger había colocado ventanas nuevas, con sus marcos. Incluso había añadido contraventanas, jardineras y una nueva capa de pintura amarilla. Ahora, la casa de City parecía un narciso rodeado por un montón de lodo. Ella había instalado las persianas y colgado las cortinas.

Al verla reírse con Borgeson, sintió que una ráfaga de calor le recorrió el cuerpo. Encontraría tiempo para hablar con ella tan pronto como les asignara sus deberes a los seis nuevos empleados municipales.

No fue Catalina quien abrió la puerta de su cuarto en el hotel, más tarde, ese mismo día.

—Ah, hola, alcalde Beck. ¿Cómo está hoy?

—Bien. —Él se quedó parado y confundido en el pasillo—. ¿Quién es usted?

—Tweedie Witt. Trabajo con Catalina. Nunca he estado en un hotel tan encantador...

—¿Dónde está Catalina? —Él notó las cosas que faltaban en la habitación.

—Enfrente, en la oficina del periódico. Carl Rudger y Patrick Flynt mudaron sus cosas esta mañana.

—¿Ah, sí? —Molesto, Matías cruzó la calle. No se tomó la molestia de golpear la puerta, y ella apenas lo miró.

—No tengo tiempo para discutir. Estoy tratando de sacar otro ejemplar del periódico.

Matías se esmeró por tener paciencia.

—Según lo que yo recuerdo, íbamos a hablar de cuándo podrías mudarte aquí y cuándo volverías a publicar.

Ella apenas levantó la vista de lo que estaba escribiendo.

—Soy una mujer libre. No es tu decisión. Pero ahora que Axel está en el pueblo, estaré segura en mi propia casa.

—¿Eso crees? ¿*Axel* se mudará a vivir contigo?

Ella irguió la cabeza al oír eso.

—Por supuesto que no. Y, para que quede claro, tampoco estaba viviendo contigo.

—¡Estabas bajo mi techo!

—Una huésped de tu hotel. O, al menos, eso dijiste. —Resopló—. Estoy mucho más segura aquí.

Casi deseó no haber contratado a Axel Borgeson.

—En verdad deberías quedarte un tiempo más en el hotel.

—Sé razonable, Matías. Todas mis cosas ya están aquí. Ya no debes seguir preocupándote por mí. —Le dedicó una sonrisa ingenua—. Sabes que todo el mundo querrá leer acerca del nuevo comisario.

Ahora, Morgan Sanders le preocupaba menos que Axel Borgeson.

—Está bien. Escribe las noticias y publícalas, pero no te mudarás todavía.

—Axel dijo que él me vigilará.

Ah, vaya que sí; Matías podía apostarlo. No le gustaba la sensación que tenía cada vez que Catalina pronunciaba el nombre del hombre.

—Estoy seguro de que a *Axel* nada le gustaría más, pero lo contraté para que limpie el pueblo, ¡no para que se concentre en una mujer descabellada!

Catalina bajó su lápiz y cruzó las manos sobre el escritorio.

—Sí, lo sé. Y tú sabes que yo no puedo pagar un cuarto en tu hotel, y me has dado el mejor. Piénsalo desde un punto de vista comercial. No es bueno que tu mejor habitación esté ocupada por un huésped que no paga.

—¿Por qué no dejas que yo me preocupe por mi propio negocio?

—¡Lo haré tan pronto como tú me dejes volver al mío! —Tomó su lápiz—. Ahora, por favor, vete y déjame concentrarme.

Matías supo que no tenía otra opción.

El siguiente ejemplar de la *Voz* salió impreso a ambos lados de la página, con dos avisos publicitarios, el de Flynt y el de Rudger, junto con un anuncio de la iglesia de que el servicio de Nochebuena tendría lugar a las diez de la noche y que el servicio navideño sería a la mañana siguiente. Matías se había enterado de que Catalina seguía asistiendo a los servicios a pesar de la reprimenda pública. Eso lo sorprendía, pero lo aliviaba. El periódico fue pregonado por todos los rincones del pueblo por James y Joseph, los dos hijos de Janet y John Mercer. La familia pasaba por un mal momento desde el cierre de la mina Jackrabbit. Catalina les pagó a los niños un centavo por cada periódico que vendieron y cada uno había ganado un dólar antes del mediodía. Era la paga de un buen día de salario en la mina Madera.

Matías compró uno de los primeros ejemplares. El titular decía: **NUEVO COMISARIO EN EL PUEBLO.** Ya se lo había imaginado. El artículo estaba lleno de las aventuras admirables de Axel. Él podía haber sido un espía durante la guerra, pero era obvio que ya no tenía nada que ocultar. Su entrenamiento, su experiencia, su dedicación a defender la ley, que incluía haber recibido un disparo, con detalles sobre cuándo, cómo y por qué. Catalina había hecho un trabajo minucioso. Su artículo era mejor lectura que una novela barata. Incluso había escrito el tranquilizador dato de que Borgeson era capaz de darle al ojo de un toro a cien metros de distancia con su rifle Winchester, y todo en el lapso de unos pocos segundos.

¿Cómo lo sabía ella?

Cuando Matías se lo preguntó, ella dijo que Axel había alquilado un carruaje y la había llevado fuera del pueblo para demostrárselo. Borgeson le había parecido un hombre callado, pero vaya que Catalina se las había arreglado para soltarle la lengua. Por otro lado, también había logrado sacarle secretos. Al parecer, otros parecían estar cayendo bajo sus encantos: Flynt, Rudgers, y quién podía olvidar al buen Morgan Sanders, más de diez años mayor y notablemente atrapado en la rutina. Catalina no quería casarse. Eso había dicho. Pero eso no cambiaría el parecer de Sanders. Ni el de Matías.

Catalina poseía el encanto y la agilidad mental de City. También tenía su propensión a alterar la paz. Por ahora, las cosas parecían marchar sobre ruedas, pero Matías sabía que no pasaría mucho tiempo antes de que volviera a estar metida hasta el cuello en algún lío.

CON TODO DE VUELTA EN su casita acogedora, Catalina
debería haberse sentido conforme. Ella y Tweedie pasaron la
Nochebuena ayudando a Sonia y a Charlotte a servir las comidas a un torrente de hombres hambrientos y solos que estaban
lejos del hogar y de sus familias. Algunos habían dejado atrás a
sus esposas, con la esperanza de hacerse ricos y traerlas al Oeste
en tren. Ahora no podían permitirse comprar un boleto de tren
para volver a casa y mucho menos traer a la familia para estar
con ellos. Catalina oyó al pasar una charla sobre colarse en el
tren al Este.

Los entendía. Ella también extrañaba su casa. En Boston,
las semanas previas a la Navidad y hasta el año nuevo solían ser

frenéticas. Apenas había alguna noche en la cual no tuviera que asistir a alguna velada, baile o programa musical, muchos de los cuales se celebraban en la mansión Hyland-Pershing. Su abuelo, Charles Hyland, había sido famoso por abrir la finca para las espléndidas reuniones de las fiestas, y Lawrence Pershing había continuado esa tradición, en tanto que la madre de Catalina se lucía disponiendo todos los arreglos: cuartetos de cuerdas, pianistas, solistas, orquesta de cámara con soprano. La temporada había sido la época más emocionante del año. Los invitados llenaban el gran salón y el conservatorio. A Catalina la fascinaban esas noches. También le encantaba asistir a las cantatas de Navidad de la Antigua Iglesia del Sur. Una vez, después de escuchar que el juez hablaba despectivamente de los católicos irlandeses, se había escabullido de la finca y había ido en tranvía a la Catedral de la Santa Cruz solo para saber cómo era una misa solemne de Navidad. Cuando se enteró, el juez le prohibió asistir a todas las festividades del resto de la temporada. Un golpe devastador, pero uno que su madre había superado con carisma y manipulación. Su madre solía salvarla de los edictos del juez. Hasta el último.

Cuando terminó el trabajo en la cafetería de Sonia y los hombres se fueron a buscar consuelo en otra parte, las mujeres se sentaron en la cálida cocina. Sonia le ofreció a Catalina otro de sus elíxires especiales de café. Catalina se rio y dijo que, aunque era una tentación muy grande, ahora que sabía de qué se trataba, debía rechazarlo. Henry vino a sentarse un rato con Charlotte en el comedor, cerca de la estufa. Sonia se veía cansada y lista para retirarse. Catalina le obsequió un pañuelo bordado.

Los ojos de su amiga se llenaron de lágrimas.

—Bueno, ahora yo lamento no tener nada para ti.

—¿Cuántas comidas he recibido aquí?

—Y trabajaste por cada una.

—¿Quién se ocupó de que no perdiera los dedos de los pies por congelación?

—¿Quién te embriagó?

Catalina la abrazó.

—Silencio. Tú eres mi amiga verdadera, y te quiero mucho. —Se dio vuelta hacia Tweedie—. Será mejor que nos vayamos para que ella pueda descansar. —Tweedie le preguntó a Catalina si le molestaría que se quedara a pasar la noche con Charlotte e Ina Bea. Catalina comprendió y trató de no sentirse excluida. Las mujeres habían sido íntimas amigas mucho antes de que ella llegara al pueblo.

Su casita se sentía fría y solitaria. Catalina encendió el fuego en la estufa y volvió a leer la carta de su madre, la única que había recibido desde que salió de Boston. Catalina había llorado la primera vez que la leyó.

Mi querida Catalina:

Te pido perdón por no escribirte antes, y por enviar solo el dinero por los abanicos de plumas, los cuales son muy populares entre mis amigas. Las cartas donde describes el pueblo me dejaron considerables dudas, pero Lawrence recomendó que te diera tiempo, antes que comprensión. Creo que tenía razón. Ahora pareces establecida en tu nueva vida. Estás encontrando tu propio camino, que es lo que Lawrence dijo que harías. Sé cuánto confías en que Dios te protege y te guía. Y yo comparto esa fe.

Yo estoy bien. No tienes que preocuparte. Lawrence insiste en que permanezca confinada hasta que llegue el bebé, y que luego tome algunos meses de descanso. Es muy solícito y se anticipa a cada una de mis necesidades. Es cierto que extraño salir, pero las amistades me visitan aquí. El doctor Evans viene regularmente. Lawrence

insiste y se queda cuando el doctor está conmigo. Me siento
muy consentida, aunque hay veces que podría estar bien
con menos atenciones.

Sonia Vanderstrom parece una verdadera amiga y
una mujer de un carácter extraordinario. ¿Ya se han
casado Charlotte Arnett y Henry Call? Quizás encuentres
a alguien que se adapte a tu naturaleza, pues me resulta
insoportable pensar que pasarás sola el resto de tu vida.

Envía más abanicos cuando los tengas. No le he
contado a tu padrastro que me convertí en una vendedora.
Él no lo aprobaría, pero es por una buena causa.

Por favor, mándame un ejemplar de la Voz.
Considéralo mi pequeña rebeldía, ya que ambas sabemos
lo que pensaría Lawrence de semejante empresa para una
mujer. Eso no significa que estoy en desacuerdo con la
decisión que él tomó por mí, ni que tú deberías considerar
siquiera volver a Boston. Creo que estás donde Dios te ha
puesto. Confía en el Señor con todo tu corazón, querida
mía, y Él te guiará al camino que ha dispuesto para tu
vida.

Con el amor de siempre, tu madre

Inquieta y sensible, Catalina no podía dormir por las guitarras, los acordeones, los zapateos y las risas de al lado. Las cantinas y el otro salón de baile calle abajo se escuchaban animados
con la música y los clientes. Se sorprendió a sí misma golpe-
teando con el pie. Siempre le había fascinado bailar. La cantina
de Beck sin duda estaba llena de gente como de costumbre.
Brady estaría atareado en la barra, Iván atento a si había algún
problema, Matías supervisando las mesas de juego. Pensar en él
hacía que se le acelerara el pulso a Catalina. Recordar sus besos
le hacía desear otro. ¡Bueno, de ninguna manera!

Tomó la *Odisea* de Homero, pero, después de leer tres veces la misma página, volvió a dejarlo a un costado. Se acercó a la ventana delantera y miró hacia afuera. Matías había salido y miraba hacia el otro lado de la calle. Catalina soltó apuradamente la cortina con el corazón palpitante. Se sintió acalorada de vergüenza y se preguntó si la habría visto mirando por la ventana nueva, buscándolo. Se apretó las mejillas calientes con sus manos frías.

Pasó el tiempo y él no vino. ¿Esperaba que lo hiciera? Completamente despierta, empezó otra carta para su madre. No podía contarle detalles inquietantes como la feroz reprimenda pública del reverendo Thacker. Tampoco podía mencionar que había ido al puente Sur para escuchar a escondidas sobre los planes para cometer un asesinato, o que Morgan Sanders había entrado violentamente a su oficina. Dándose por vencida, dejó a un lado sus artículos para escribir.

Estaba lista para apagar la lámpara y volver a la cama, cuando alguien llamó a su puerta con unos golpecitos. Axel solía detenerse cuando pasaba en sus rondas para ver cómo estaba, pero nunca lo hacía tan tarde. Abrió apenas la puerta para decirle que estaba bien y se encontró con Matías en la entrada. Sus emociones revolotearon como una bandada de golondrinas que levanta el vuelo: placer, dolor, miedo de que este fuera el único hombre que podría ser su perdición, así como Connor Walsh había sido la perdición de su madre. Toda la noche había estado a punto de desplomarse; verlo a él fue, sencillamente, demasiado. Rompió en llanto. Mortificada, trató de cerrar la puerta.

Matías entró dando un empujoncito.

—¿Cuál es el problema ahora?

—¡Ninguno! —Ella quería decir: *Es Nochebuena, bobo, y estoy sola.* Peor aún, él era el único hombre que hacía temblar sus rodillas—. ¡Solo vete! —¿Había algo peor que él la viera llorar como un bebé? Cuando oyó que él cerró la puerta, pensó que se había ido y lloró más fuerte. Entonces, él le tocó el hombro y ella dio un brinco—. ¿Por qué estás aquí todavía? —Sonaba tan vulnerable como se sentía y la frustraba tener tan poco control.

—Pasé por aquí porque pensé que esta podía ser una noche difícil para ti. —Habló suavemente, con una voz más ronca—. Tu primera Navidad lejos de casa.

Ella borró rápidamente sus lágrimas y levantó el mentón.

—Puedo arreglármelas sola.

—Ya veo lo bien que te las arreglas. —Se acercó más; una sonrisa compasiva curvaba su boca—. Es una pena que no tenga la receta del elíxir de café de Sonia. —Cuando ella se rio suavemente, él se sentó en el borde del escritorio—. Podría regresar y conseguirnos una botella de coñac...

Ella sabía que estaba bromeando, tratando de aligerar su estado de ánimo.

—Eres un sinvergüenza.

—Reformado. —Algo en su tono de voz la estremeció. Él le dio un pañuelo. Lo tomó y le dio las gracias—. Brady está haciéndose cargo.

—¿Haciéndose cargo de qué? —Nerviosa, revolvió los papeles, con el corazón palpitando fuerte, conteniendo la respiración. Esperaba que él no lo notara.

—De la cantina. —La observó detenidamente—. Le propuse el mismo acuerdo que Langnor me dio a mí. La mitad de la propiedad, y que pague el resto a lo largo del tiempo.

Catalina dejó de hacer lo que estaba haciendo y se quedó mirándolo.

—Pero ¿por qué?

—¿Por qué? —Él pareció sorprendido—. Pensé que te complacería saber la noticia. Incluso podría ser digna de un artículo en la *Voz*. —Su expresión y su tono de voz se volvieron un poco más duros—. No tan extenso como lo merecía el de Axel, desde luego, quien es tu héroe del momento y todo eso.

¿Qué tenía que ver Axel con esto? Arrojó los papeles al escritorio.

—¿Acaso no es la cantina lo que llena de dinero tus bolsillos? —preguntó ella con sarcasmo.

Matías frunció el entrecejo.

—¿Y el dinero te importa?

—No, pero creí que era lo más importante para ti.

Él se paró y caminó alrededor del escritorio. Sobresaltada, tomó aire y retrocedió.

—Tengo todo el dinero que necesito guardado y asegurado en un banco en Sacramento, y algo invertido aquí. La nueva tienda abrirá en una semana.

—¿Esa es tuya?

—Soy copropietario. Hay un tiempo para todas las cosas, y un tiempo para seguir adelante.

Ese anuncio cayó como una piedra en su estómago. Sintió que las lágrimas volvían a salir.

—¡Acabas de ser elegido alcalde! —Sintió furia y ganas de llorar al mismo tiempo—. ¡No puedes dejar el pueblo ahora!

Los ojos de él brillaron mientras recorrían el rostro de Catalina.

—Oh, no me iré.

Ella se movió inquieta mientras él la estudiaba.

—Bueno, esa es una buena noticia porque tienes mucho trabajo que hacer aquí. —Caminó hacia el sofá, y después cambió de idea. La puerta de la habitación de atrás estaba abierta. Debería haberla cerrado. De repente, la oficina delantera le pareció demasiado pequeña para dos personas, a pesar de que ella, Tweedie y Scribe trabajaban juntos allí casi todos los días.

—Ya estoy avanzando —dijo él arrastrando las palabras.

Deseó que él mirara otra cosa que no fuera ella.

—¿En qué sentido?

—Ya lo verás. No vine aquí para ser entrevistado. —Ladeó su boca—. ¿Qué te pone tan nerviosa, Catalina?

—Tú, si quieres saberlo.

—¿Por qué?

Ahí estaba esa pregunta otra vez, dicha en ese tono de voz bajo y burlón, como si él ya supiera la respuesta, aunque ella no.

—Deberías irte.

—Creo que deberíamos casarnos.

Ella abrió y cerró la boca como un pez a la orilla del agua.

—¿Qué? —Sintió un torrente de emociones completamente inapropiadas para la decisión que había tomado de permanecer soltera por el resto de su vida. Se recordó a sí misma todo lo que perdía la mujer cuando dejaba que un hombre le colocara un anillo en el dedo—. ¡No!

—¿Qué haría falta para que dijeras que sí? —Se acercó—. Dame una lista.

—¡No seas ridículo!

Él parecía extremadamente serio.

—¿Una casa?

Sintiendo una burbuja de pánico, Catalina retrocedió lentamente.

—Yo tengo una casa.

Cuando le tocó delicadamente el brazo, ella flaqueó. Presionada y agitada, habló rápidamente, defendiéndose a sí misma.

—¡Está bien! ¿Quieres una lista? —Le daría una que él nunca lograría terminar—. Junta y saca la basura del pueblo. Necesitamos un sistema municipal de distribución del agua. Y que las calles puedan cruzarse fácilmente en otoño y en invierno, ¡sin lodo ni baches enormes como para tragarse a un caballo y su jinete! Una escuela. ¡Un ayuntamiento para reuniones y eventos culturales, para que la gente pueda escuchar otra música que no sea banjos, guitarras, castañuelas y acordeones!

¿Qué más? Él seguía acercándose y ella no podía seguir retrocediendo sin caer en el sofá. Matías se paró frente a ella, tan cerca que podía sentir su calor y oler el delicioso aroma de almizcle de su cuerpo.

—Y si hago todo eso, te casarás conmigo.

No fue una pregunta. Ella tragó convulsivamente.

—Lo pensaré. —¡No debería sonar tan dócil en un momento como este!

—Ah, no, milady. Harás más que pensarlo. Lo cumplirás.

No podía respirar bien.

—Matías... —Su voz sonó rasposa, insegura, para nada como ella misma.

Matías la tomó en sus brazos y la besó. Por medio segundo, ella se apretó contra él y sintió que se derretía.

—Considéralo un acuerdo. —Él la miró con un resplandor de triunfo en sus ojos.

Ella entró en pánico.

—Espera un minuto. Todo lo que mencionaste en tu lista es para el pueblo. ¿Qué quieres *tú* de mí? —Cautivada por sus ojos, oscuros y penetrantes, no podía pensar. Avergonzada, sintió que las lágrimas volvían a surgir. Cuando Matías retrocedió, ella lo miró confundida y herida. ¿Se había estado burlando de ella?

—Siéntate antes de que te desmayes. —La tomó del brazo y la sentó en el sofá. Ella se hundió, su corsé le impedía tomar aire. Notó que él también respiraba con dificultad. ¿Cuál era su problema?

Mascullando para sí, Matías gruñó:

—¿Qué clase de tonto inventó el corsé?

—No lo sé. Pero debe haber odiado a las mujeres.

La risa de Matías rompió la tensión.

—¿Quieres que corte las cuerdas que te atan, cariño?

—Reformado, sí, como no.

Él sonrió de oreja a oreja.

—Entonces será mejor que salga de aquí antes de que olvide que yo soy un caballero, y tú, una dama. —Se puso de pie y fue hacia la puerta—. Echa el cerrojo, por si cambio de idea. —La cerró firmemente al salir.

Catalina atravesó la habitación rápidamente y echó el cerrojo. Escuchó que Matías se reía al otro lado.

—Dulces sueños, Catalina.

Apoyó su frente y las palmas de las manos contra la puerta y cerró los ojos. Su madre le había dicho algo de que la pasión enturbia los pensamientos y que el amor no basta. Ahora, Catalina lo entendía. Le había encantado la sensación y el sabor de la boca de Matías. Le había fascinado sentir sus manos en ella con su cuerpo estrechándose contra el suyo.

Pero no podía casarse con Matías Beck ni con ningún otro. Sara, la criada de su madre, había perdido todos los derechos sobre los bienes que había aportado al matrimonio. Su esposo alcohólico y violento le había legado todo a un amigo y la había dejado en la indigencia. ¿Y qué decir de Abbie, quien no recibía un centavo para gastar en sí misma, luego de trabajar doce horas al día, seis días a la semana, para un esposo que se sentaba a su gusto en el cuarto de atrás y pasaba las noches en la cantina o jugando a los naipes? ¿Y Sonia, Charlotte y Tweedie, todas mujeres que habían venido al Oeste porque sus esposos habían contraído la fiebre del oro? No a todas las viudas les iba tan bien como a ellas. Muchas terminaban trabajando en salones de fandango, tabernas y burdeles.

Matías Beck era una tentación, pero no sucumbiría a él. Afortunadamente, no tenía que preocuparse. Él nunca podría terminar todas las cosas de esa lista. Pero se arrepentía de no haber añadido algunas más. ¡Un parque central, tal vez! Además, no lo había dicho en serio. ¿O sí? Ellos no podían estar juntos en la misma habitación por más de cinco minutos sin gritarse el uno al otro.

Oh, pero ese beso...

Catalina no lo sabía, pero, meses antes, Matías había hecho la misma lista que ella le había dado. Desde el instante en que ella empezó a enumerarla, presa del pánico y tratando de mantenerlo a raya, él supo que pensaban igual. Todos sabían lo que le faltaba a Calvada. Seguía siendo poco más que un turbulento campamento minero, pero él tenía una visión de lo que podía llegar a ser. City había encendido la llama. La llegada de Catalina había avivado ese fuego.

Matías no era un soñador. Aunque lograra todo lo que pretendía hacer, no era garantía de que el pueblo sobreviviría. Ya habían cerrado dos minas. Cada vez salía menos oro de Twin Peaks. Si la mina Madera se agotaba, el pueblo estaría acabado. Le parecía irónico que el futuro de Calvada aún estuviera en las manos de Morgan Sanders.

Catalina recibió un telegrama pocos días después de Navidad.

Madre e hijo gozan de buena salud. L.P.

El lodo de la calle Campo se congeló cuando las nieves de enero llegaron con vientos fuertes y bajas temperaturas, tornándola peligrosa de cruzar hasta el mediodía, después de que los caballos y las carretas lograban partir la tierra congelada. Cada mañana, Catalina salía con una escoba para derribar los carámbanos que colgaban como lanzas del techo de la acera. Los mineros desempleados, con sus rostros agrietados por el frío, holgazaneaban en las cantinas y en los salones de juego, mientras que otros seguían trabajando en las minas Twin Peaks y Madera, extrayendo plata de la ladera de la montaña. El hielo se conseguía con facilidad para las habitaciones frías donde los hombres se recuperaban del calor intenso que había dentro de los profundos túneles. Cuanto más cavaban, más cerca del infierno se sentían.

Catalina y Tweedie se quedaban adentro, cómodas y abrigadas, con una pila de leña afuera de la puerta trasera. Se mantenían ocupados: Tweedie haciendo abanicos, Catalina escribiendo artículos, Scribe componiendo los tipos y los niños Mercer vendiendo los periódicos; los habitantes de Calvada esperaban los nuevos ejemplares.

Durante sus rondas, Axel Borgeson se detenía de pasada todas las noches para ver cómo estaba Catalina. Él le agradaba, pero no sentía la atracción que la cautivaba cada vez que veía a Matías Beck ocupándose de sus deberes de alcalde. Beck parecía haber perdido el interés. Catalina se decía a sí misma que se sentía aliviada.

Cuando Catalina le pidió a Tweedie que fuera a la iglesia con ella, se resistió.

—Pa siempre decía que, si no tienes dinero, no eres bienvenido. —Catalina le aseguró que todos eran bienvenidos y que no había que dar por obligación. El primer domingo que Tweedie acompañó a Catalina, vio a Elvira Haines sentada en el banco del fondo, con Fiona Hawthorne y las otras "muñecas". Tweedie contuvo la respiración y se quedó mirándola. Catalina se detuvo y saludó a las mujeres; todas, excepto Elvira, la ignoraron. El rostro de la joven estaba pálido y ceniciento y los ojos brillantes. Fiona puso suavemente su mano sobre la viuda y susurró algo. Elvira bajó la cabeza.

Otros que estaban cerca escucharon el saludo de Catalina antes de que ella y Tweedie avanzaran por el pasillo y se sentaran discretamente en un banco cerca del medio. Morgan Sanders entró un momento después y se sentó al otro lado. Tweedie echó un vistazo rápido y luego se echó hacia atrás, sorprendida.

—Supongo que sí dejan entrar a cualquiera aquí.

Cuando Sally Thacker fue al piano, todos se levantaron. Compartiendo himnarios, la congregación cantó los himnos escritos en un pizarrón. Catalina hizo el gesto de compartir el suyo, pero Tweedie se ruborizó y susurró:

—Solo escucharé.

El reverendo Thacker predicó durante casi una hora. Los platos de las ofrendas pasaron con ínfimas sumas de dinero y cantaron la doxología. Cuando Morgan interceptó a Catalina, Tweedie se deslizó alrededor de ellos y se apresuró para alcanzar a Ina Bea.

—Acepte un pequeño consejo de alguien que sabe lo que es ser rechazado: No le hable a Fiona Hawthrone ni a ninguna de las muñecas.

A Catalina le resultó sorprendente su hipocresía.

—Usted me presentó a Monique Beaulieu como amiga suya.

—Quería ver su reacción.

—No comprendo. ¿Fue una especie de prueba? ¿Ella lo sabía?

—Ella no importa. Usted sí.

Toda la conversación la ofendía.

—No debería usar a las personas, señor Sanders.

—Está olvidando lo que ella hace para para ganarse la vida, mi querida. Ella tiene su lugar. Aun cuando el hombre esté casado. —Caminó por el pasillo con ella—. El mundo tiene reglas, Catalina. Rómpalas, y el mundo la romperá a usted.

Ella sentía las miradas de curiosidad que les dirigían, los murmullos. Podía imaginar las especulaciones, las apuestas que estaban haciendo. Saludó a Sally. Morgan le dio la mano a Wilfred. Mientras descendían los escalones del frente, sintió que la mano de Morgan se apoyaba ligeramente sobre la parte baja de su espalda. Otros también lo notaron. Era un gesto posesivo y demasiado personal para que se sintiera cómoda.

—¿Puedo acompañarla a su casa, Catalina? Tengo mi carruaje y una manta de lana para mantenerla abrigada.

—No, gracias. Tweedie y yo iremos a la cafetería de Sonia.

Él se tocó el sombrero con una mirada socarrona.

—En otra oportunidad.

Mientras bajaban la colina, Catalina le preguntó a Tweedie si le había gustado la iglesia.

—Ese predicador es honesto y directo; no podría decir que entendí mucho de lo que dijo. Me suena a que ese Ezequiel tenía unos problemas tremendos. —Miró a Catalina, sus mejillas y la nariz estaban enrojecidas por el frío—. Me enojé cuando vi a Elvira. Nunca pensé que ella... terminaría donde está ahora. —Sus ojos se llenaron de lágrimas—. No es justo que haya tenido que terminar así.

Catalina no podría haber estado más de acuerdo con ella. Ojalá hubiera conocido antes a la viuda. Quizás podría haber encontrado alguna manera de ayudarla. Las mujeres tenían que unirse y ayudarse unas a otras en los momentos difíciles, especialmente en un lugar como Calvada.

Tweedie se limpió las lágrimas de las mejillas.

—No puedo decir que me agradó estar sentada en el mismo

edificio que Sanders. —Miró a Catalina, perturbada—. ¿Qué te dijo?

—Nada importante.

—Será mejor que te cuides, Catalina.

La advertencia le sonó similar a lo que Sanders le había dicho.

Catalina y Tweedie se sentaron en la cocina de Sonia y comieron guiso de ciervo y pan de maíz; luego regresaron a casa. Catalina siempre pasaba los domingos en la tarde leyendo y Tweedie cosiendo. Esa tarde, la joven parecía pensativa.

—Te gusta leer, ¿cierto? Tienes tantos libros.

—La mayoría son los que dejó mi tío.

—Pa envió a mis hermanos a la escuela hasta el sexto grado.

Catalina dejó su libro a un costado.

—¿Y tú?

—Oh, no, jamás he estado en una escuela. Pa decía que no había ninguna razón para que una niña fuera.

No era la primera vez que Catalina escuchaba esto y siempre le provocaba una sensación de injusticia.

—¿Te gustaría aprender a leer, Tweedie?

—Pues, entiendo lo suficiente como para que no me engañen. —Echó un vistazo al libro que Catalina había dejado a un lado—. Pero ¿leer algo como eso? No soy tan inteligente como tú.

—Eres muy inteligente, Tweedie. Y, si quieres, yo puedo enseñarte a leer. —Cuando los ojos de Tweedie se iluminaron, Catalina sacó un papel y un lápiz—. No hay mejor momento que el presente. —Escribió el abecedario y le explicó cómo las letras representaban sonidos—. Una vez que aprendas cada una, podrás pronunciar palabras, armar oraciones y leer libros.

Tweedie hizo un gesto de desilusión.

—No sé si tenga tiempo o me interese lo suficiente.

—Solo necesitas un incentivo. —Catalina tomó su libro—. Yo estaba leyendo *Ivanhoe*, de *sir* Walter Scott. Comenzaré de nuevo y leeré en voz alta. Cuando termine, querrás leer libros. —Se levantó—. Pero déjame traer más leña primero.

Cuando salió por la puerta de atrás, vio a Scribe empujando una carretilla vacía por el callejón y una pila de leños recién acomodados contra su pared trasera.

—¡Scribe! ¡Bendito seas, muchacho! ¡Habrás estado horas en el bosque para cortar toda esta leña! Gracias, gracias.

Scribe parecía disgustado.

—No soy ningún muchacho. Y no la corté. Solo la entregué.

—Pero, entonces, ¿quién...?

—Matías.

Estremeciéndose, Catalina llenó sus brazos con la leña y volvió adentro. Mientras la apilaba cerca de la estufa, le dijo a Tweedie que necesitaba hablar con alguien. Se puso las botas, el abrigo y un sombrero y salió, cerrando de un golpe la puerta delantera. Caminó con dificultad por la nieve que le llegaba a la rodilla hasta la cantina de Beck. Entró en el vestíbulo del hotel con los pies fríos y el humor en ebullición.

—¿Puedo hablar con el señor Beck, por favor?

El empleado regresó un minuto después y dijo que él estaba en su oficina y que la puerta estaba abierta. Catalina llegó hasta el umbral.

—¿Señor Beck?

Matías se puso de pie y rodeó su escritorio.

—Me gustaba más cuando me decías Matías. —Su mirada burlona la recorrió alegremente—. ¿Te sientes más segura, ahora que Tweedie Witts vive contigo?

—Considerablemente.

—No pienses por un instante que ella logrará mantenerme alejado de ti.

Estuvo a punto de espetarle que no habían hablado en dos semanas. Él podría pensar que lo echaba de menos. Ahora que estaba parada en su puerta, deseó no haber venido. Debería haber enviado una nota, expresándole su recelo acerca de que él supliera cualquiera de sus necesidades.

—Te reembolsaré la leña.

—Es un regalo.

—Que no puedo aceptar. La gente hablaría.

Él se rio.

—Cariño, la gente ha estado hablando desde que bajaste de la diligencia. Y yo pagaré todo lo que necesites y quieras tan pronto como nos casemos.

Frustrada, Catalina entró a la habitación.

—No nos casaremos. Ya te lo dije. —El hombre parecía estar disfrutando su incomodidad.

—Ah, claro que nos casaremos, tan pronto como yo cumpla mi parte del trato. —Se apoyó contra el escritorio y cruzó los brazos—. San Francisco para nuestra luna de miel, creo. Estoy seguro de que debes echar de menos estar en una ciudad.

—Te la reembolsaré. —Catalina dio media vuelta sobre sus talones y se alejó por el pasillo. Carl Rudger vendía leña. A él le preguntaría cuánto le debía a Matías Beck. Estaba a mitad de camino hacia el depósito de madera cuando recordó que era domingo y que la maderera de Rudger estaría cerrada. Para cuando llegó a su casa, estaba congelada y exhausta.

—¿Dónde has estado? —Tweedie parecía desconcertada y preocupada.

Necesitando descongelarse, Catalina se hundió en una silla cerca de la estufa.

—Malgastando mi energía.

17

EN FEBRERO, la temperatura subió un poco y sacó los narcisos de Sonia a la superficie de su jardín. Sonia fue la primera en comprar un anuncio publicitario en la *Voz*, a pesar de que no lo necesitaba. Pronto, Carl Rudger y Patrick Flynt siguieron su ejemplo. La carnicería de Deets compró un aviso, gracias a Camila. El nuevo almacén de ramos generales había abierto y crecía a buen ritmo, pero el propietario, Ernest Walker, buscó a Catalina y compró un anuncio. El periódico estaba empezando a ganar lo suficiente para autofinanciarse y darle un alivio a Catalina de la preocupación por la compra de los suministros.

Separó lo que debía por la leña y mandó a Tweedie al otro lado de la calle para que le pagara a Matías Beck.

Tweedie regresó.

—No quiso aceptarlo.

Los abanicos de plumas de pavo se habían vendido todos. Lamentablemente, las aves se habían escondido. Tweedie se dedicó a la costura y reparaba la ropa de varios solteros. Catalina sabía que pronto estaría viviendo sola de nuevo.

Evitar a Matías Beck era imposible. Había creado un ayuntamiento y hacían reuniones públicas. Como editora de la *Voz*, Catalina sabía que no podía perdérselas. Esperaba a que se diera inicio a la reunión, y entonces se deslizaba en algún asiento del fondo. Tomaba notas y observaba a todos los que estaban en la sala. Cuando Matías preguntaba si había alguna pregunta o asunto inconcluso, la miraba directamente a ella con esa sonrisa socarrona. Ella no decía nada; sus experiencias en Boston le habían enseñado que cualquier cosa que una mujer decía en una reunión pública solamente era para perturbar, no servía para mejorar las condiciones. Si tenía preguntas, opiniones u objeciones, las planteaba en sus publicaciones.

Catalina estaba sentada en la cocina de Sonia, con Charlotte, Ina Bea y Tweedie, cuando Sonia sacó del bolsillo de su delantal un periódico doblado y lo arrojó sobre la mesa.

—¿Por qué no me contaste sobre esto?

Catalina desdobló el *Clarín*, y allí, atrevidamente, estaba el titular: MATÍAS BECK SE CASARÁ CON CATALINA WALSH.

—¿Qué? ¡No! ¡No! ¡No! —El artículo de Bickerson declaraba que la señorita Catalina Walsh había aceptado casarse con el alcalde Matías Beck tan pronto como él completara la lista que ella había compilado. La lista se detallaba a continuación.

Respirando con dificultad, Catalina siguió leyendo. Después de la lista venía un informe de progreso. La edificación de la escuela Mother Lode comenzaría tan pronto se derritiera la nieve. La cantina Rocker Box había sido comprada y se convertiría en el ayuntamiento y centro de eventos. La grava de la extinta mina Jackrabbit sería acarreada y arrojada sobre el lodo de la calle Campo; se usarían trineos con sobrecarga de peso para presionar y aplanar la capa de grava. Se cavarían acequias para encauzar los desagües fuera del pueblo. Para fines del verano, los ciudadanos podrían esperar que las calles Campos Elíseos, París, Roma y Galway estuvieran tan duras como macadán. Todo minero desempleado con habilidades para la carpintería podía postularse para trabajar en los proyectos de la ciudad en la oficina del hotel de Beck. El artículo terminaba con una solicitud para que los hombres en buena condición física se presentaran para la recolección y el acarreo de residuos. *Salario: $2 por día. Contactar a Matías Beck.*

Dos dólares al día era un dólar más de lo que ganaban los mineros de Madera. Catalina sabía que habría una cola de hombres de donde elegir para un trabajo que nadie había estado dispuesto a aceptar.

Ni una palabra mal escrita, todas las oraciones eran claras y concisas.

—¡Stu Bickerson no escribió esto! —Catalina arrugó el periódico, furiosa.

—Me lo imaginé. —Sonia espolvoreó harina sobre la mesada de trabajo—. ¿Aceptaste casarte con él? —Levantó la masa para unos panecillos de un gran recipiente.

—¡No! —Sintió que su rostro se acaloraba—. Él entendió mal.

—¿Y qué significa eso exactamente? Todos me lo preguntarán porque todo el mundo sabe que somos amigas.

Sonia también era amiga de Matías. A decir verdad, se hacía amiga de cada persona que entraba por la puerta de su cafetería.

—Simplemente, diles a todos que lean el próximo ejemplar

de la *Voz*. —Fue hacia la estufa, levantó una de las tapas de las hornallas y lanzó el *Clarín* arrugado al fuego.

Catalina escribió furiosamente toda la tarde y terminó un editorial sobre la tendencia del *Clarín* a publicar relatos absurdos, exhortando al editor a verificar la información antes de publicar una historia. Salió a buscar a Scribe para que hiciera la composición de los tipos, pero él le dijo que no podía.

—Matías me tiene corriendo por todo el pueblo para entregar mensajes. Tan pronto como logre hacerlo...

—No importa. —Catalina pasó toda la noche componiendo ella misma los tipos. Los niños Mercer pregonaron la *Voz* en la calle Campo y en todo el pueblo. Se vendieron todas las copias.

Los calvadenses leyeron que Catalina Walsh *no* estaba comprometida para casarse con Matías Beck y que no tenía planes de casarse con nadie. En cuanto a la lista de proyectos municipales, el alcalde Beck parecía estar en la senda correcta para cumplir las promesas hechas a todos los calvadenses. La editora de la *Voz* no tenía ninguna vinculación personal con Matías Beck y no tenía planes para ello en el futuro. En cuanto al acuerdo que describía Bickerson, Catalina escribió que no había firmado, sellado ni certificado ningún contrato con el señor Matías Beck. Si él cumplía la lista informada, ella acompañaría a los calvadenses a celebrar por el primer político que cumpliría su palabra en todo lo dicho.

Stu Bickerson replicó acaloradamente con otro ejemplar del *Clarín* y, esta vez, nadie dudó de su autoría.

¡WALSH NO CUMPLE!

Ninguna mujer cumple su palabra y yo lo sé porque me casé con una una ves y ella dijo que nunca me diría que no, hasta que le puse una sortija en el dedo y entonces no fue lo único que alguna vez oí salir de su boca.

Bickerson despotricaba en el frente y en la parte de atrás, y terminaba con una advertencia a Matías Beck:

Considérese afotunado de que esa regañona no cumpla con su palabra porque si la cumpliera, usted quedaría pegado a ella para siempre.

Catalina escribió, compuso e imprimió otro ejemplar de la *Voz*.

Cuando una mujer dice: «Lo pensaré», eso no constituye un sí. Si el alcalde Beck alguna vez logra cumplir su palabra a los ciudadanos de Calvada y todos los proyectos que prometió en su campaña se completan, yo seré la primera en la fila para felicitarlo por el trabajo bien hecho. Cumpliré mi palabra y pensaré en su broma casual sobre el matrimonio, pero ciertamente no tengo ninguna obligación de hacer algo al respecto.

Aún furiosa el día después de que los niños Mercer vendieron todas las copias, Catalina se sentó con Sonia, con el lápiz preparado para tomar notas, mientras Tweedie estaba en la planta alta ayudando a Ina Bea a tender las camas. El sabroso aroma del pastel de carne llenaba la cocina.

—Voy a necesitar que me digas todos los pasos para hacer ese ciervo delicioso que serviste ayer.

Sonia bebió su café, tomándose uno de sus escasos descansos.

—Suena a que estás pensando en organizar una casa.

—Ay, por favor, no me molestes. Sabes que es para mi

columna "Academia de solteros". Se ha vuelto bastante popular y no solo entre las mujeres. Los hombres solos también necesitan habilidades para las labores domésticas.

Charlotte soltó una risita.

—Tienes razón sobre eso. La mayoría de los hombres usan sus vaqueros hasta que pueden quedar parados por sí solos. Y lo único que saben sobre cocina es cómo abrir una lata. —Secó el último plato y lo puso en la estantería—. He arreglado algunas de las camisas de Henry, pero Jian Lin Gong se ocupa de lavar su ropa sucia. Por supuesto, una vez que nos casemos, yo seré quien lo haga.

Tweedie e Ina Bea, quienes habían terminado las tareas de la planta alta, entraron a la cocina.

—La mayoría de los hombres no tiene el dinero ni el tiempo para lavar —agregó Tweedie, sacando sus agujas de tejer de una bolsa que llevaba cuando estaba de visita—. Y, de todas maneras, ahora hace demasiado frío. El verano pasado vi hombres lavándose en el arroyo. Con la ropa puesta. —Sus agujas chasqueaban como espadachines en un combate.

—Menos mal, porque algunos solo tienen la ropa que llevan puesta —comentó Ina Bea.

—Este artículo que escribiste estuvo muy bueno, Catalina. —Sonia la miró por encima de su taza.

—Espero que eso le ponga punto final a los comentarios molestos del señor Bickerson sobre las mujeres que no cumplen su palabra. —La punta del lápiz de Catalina se rompió. Suspirando, sacó su navaja y tajó la madera con cuidado—. ¡Tengo ganas de escribir otro editorial sobre lo rápidos que son algunos hombres para olvidar sus votos nupciales y abandonar a sus esposas para poder salir a buscar oro!

Charlotte negó con la cabeza.

—Haz eso y tendrás piedras volando a través de tus ventanas otra vez.

Tweedie suspiró.

—A veces quisiera que Joe y yo nunca hubiéramos salido de Ohio.

Sonia se levantó, lista para volver a trabajar.

—Cuando una mujer se casa con un soñador, le conviene tener algún plan para sobrevivir, aunque para eso tenga que esconder el dinero de la mantequilla y los huevos para cuando lleguen los tiempos difíciles. Yo abrí mi primera cafetería con el dinero que había guardado en un calcetín que había escondido en un barril de harina.

Catalina pensó en su padre, quien abandonó a su esposa para unirse a la fiebre del oro en el '49, y murió a los pocos días de haber salido de Independence; el sueño que tenía de hacerse rico murió con él.

—Los soñadores a menudo tienen mucho encanto. —Sonia puso recipientes sobre la mesada de trabajo—. La mujer debe guardar su corazón y usar su cabeza cuando elige a su esposo. —Miró deliberadamente a Catalina.

—Bueno, no empieces ahora. —Catalina suspiró y escribió sus notas.

Ina Bea le llevó una cesta con manzanas de invierno, las puso sobre la mesada donde Sonia trabajaba y susurró:

—Espero que no escoja a Morgan Sanders.

Catalina la escuchó.

—¡Yo no quiero un esposo! ¡Tengo muy pocos derechos como mujer como para cedérselos a un hombre!

—Depende del hombre. —Tweedie sonrió—. El señor Beck...

—Olvídate del señor Beck, Tweedie. —Catalina trató de

hacer que la conversación volviera a la cocina, pero Sonia posó las manos sobre sus amplias caderas.

—¿Te pidió o no te pidió Matías que te casaras con él?

—No. —El calor subió hacia su rostro mientras Sonia, Ina Bea y Charlotte la miraban—. Sus palabras exactas fueron: "Deberíamos casarnos". Eso no es una propuesta matrimonial.

—Podrías haber dicho que no.

—Dije que no. Reiteradas veces. —Exasperada, Catalina se puso de pie y caminó de un lado a otro—. Me cerró el paso hasta arrinconarme, y en lo único que pude pensar fue en hacer una lista de cosas que él no podría concretar.

Las mujeres se rieron, ninguna simpatizaba con su situación.

—Algunos hombres pueden hacer prácticamente cualquier cosa que se propongan. —Sonia sonreía—. Matías es uno de ellos.

Charlotte pelaba manzanas.

—¿Qué tiene de malo Matías? Es apuesto. Es rico. Y es el socio comercial de Henry. No hay hombre más honorable en todo el mundo que mi Henry.

Catalina se sentó recta.

—¿Socio comercial? ¿En el hotel?

—Han comenzado una empresa de transporte. Están trabajando en eso desde que Henry llegó aquí. Tienen todas las rutas trazadas y cuatro carretas ya construidas, además de los contratos con las estaciones de diligencias y los caballos. En marzo, estarán transportando mercancías para el mercado de Cole, la tienda de aparejos de Rowe, la botica de Carlile, y para el nuevo almacén de ramos generales, por supuesto. Antes que te des cuenta, estarán transportando productos de otros pueblos hasta Sacramento. Nosotros somos los últimos de la línea.

—¿Cómo es que no me había enterado de esto? —se preguntó Catalina en voz alta.

Charlotte parecía sorprendida.

—Pensé que todos lo sabían. Ni bien Henry y yo nos casemos, nos mudaremos a Sacramento.

El corazón de Catalina se desmoronó. ¿Matías Beck planeaba marcharse del pueblo?

—Beck acaba de ser electo, y ya piensa...

—Oh, no. Él se queda. Todavía tiene el hotel y la nueva sociedad con Ernest Walker. Ya está quitándole el negocio a Aday. —Levantó las cejas cuando miró a Catalina—. Creí que lo sabías. Tú pusiste ese gran aviso en la *Voz*.

Sonia se rio entre dientes mientras integraba la manteca a la harina con un tenedor para prepar una masa de pastel.

—Beck y Call. Buen nombre para una empresa de transporte, ¿no les parece? Y es una buena opción, si el pueblo muere algún día.

Catalina quería abofetearse a sí misma por no saber nada de esto. ¿Qué clase de periodista era? Había estado evitando a un hombre que estaba en continuo movimiento. ¿Acaso no le había dicho Matías que su tiempo como cantinero había terminado? ¿Por qué no había hecho más preguntas al respecto? Quizás lo habría hecho si él no la hubiera puesto nerviosa al punto de no poder pensar con claridad. Y después, Matías Beck había publicado ese anuncio de boda en el *Clarín,* con esa artimaña de que Bickerson había escrito la historia. ¡Tan concentrada había estado en sus refutaciones que había pasado por alto todo lo que sucedía a su alrededor! Pues bien, eso debía terminar.

La campanilla del comedor de Sonia sonó y el corazón de Catalina dio un brinco.

—Veré quién es. —Ina Bea se limpió rápidamente las manos y se quitó el delantal, antes de entrar al otro salón. Cuando no regresó, Catalina se recostó hacia atrás y miró. Axel Borgeson estaba colgando su sombrero en la repisa y quitándose el abrigo grueso. La sonrisa que le dirigió a Ina Bea era cariñosa, llena de apreciación masculina. Catalina miró a Sonia y arqueó las cejas.

—Otra soltera fuera de carrera.

—Me parece que lo estás disfrutando.

Con una risita tonta, Charlotte le guiñó un ojo a Catalina.

—Cásate con Matías. Es un buen hombre. Prácticamente, seríamos hermanas.

¿Un buen hombre?

—Todavía no lo he visto en la iglesia. —Henry no había faltado a un servicio desde que llegó al pueblo, y hasta Morgan Sanders hacía un espectáculo de su asistencia.

Sonia le puso mala cara.

—Tampoco me has visto a mí. El solo hecho de que alguien no vaya...

—Lo mismo para la persona que sí va —interrumpió Tweedie.

—No significa que no sea una buena persona.

Catalina sintió el regaño y supo que no tenía derecho a juzgar.

Sonia enrolló la masa.

—No se trata de lo que un hombre dice; lo que importa es lo que hace. Y Matías está haciendo muy bien las cosas, diría yo. —Miró a Catalina—. Pero tú no has pedido mi opinión.

—En cuanto al guiso de ciervo... —dijo Catalina, tratando de concentrarse una vez más en su columna, mientras consideraba entrevistar a Matías Beck acerca de sus emprendimientos. La idea de estar a solas con él la inquietaba. Quizás si llevaba a alguien con ella, o si únicamente le hablaba cuando había otras personas presentes, él tendría que comportarse. ¡Santo cielo, estaría más segura invitando a Morgan Sanders a la sede de la *Voz,* sirviéndole un té y entrevistándolo!

Tal vez *debía* hablar con el dueño de la mina Madera. Quizás lograra que él iniciara un fondo para las viudas.

—¿Catalina? Otra vez tienes esa expresión en tu rostro.

Catalina levantó la vista hacia Sonia.

—¿Qué expresión?

—La que siempre tienes antes de meterte en problemas.

Matías estaba en la cantina Rocker Box revisando los planos con el carpintero a cargo, mientras dos hombres bajaban de lo alto el cuadro indecente de un metro por un metro y medio. Habían quitado las puertas batientes de sus bisagras, ya habían retirado del salón las mesas de juego y las sillas; todo vendido a los otros propietarios de las cantinas del pueblo y las ganancias habían sido guardadas en las arcas de la ciudad. El cuadro se había vendido por un precio alto y sería llevado por Transportes Beck y Call a una cantina en Placerville. Los clavos chirriaron cuando dos hombres desmantelaron la barra y lanzaron las tablas a una pila.

Hoss Wrangler nunca le había sacado mucho provecho a este lugar, a pesar de la excelente ubicación que tenía en el pueblo. Wrangler aguaba su *whisky* y les cobraba una comisión a los jugadores. Los clientes solían ofenderse por eso. Cuando Matías le dijo al ayuntamiento que Wrangler estaba deseoso de vender, nadie tuvo que preguntar el porqué. Todos estuvieron de acuerdo en que el edificio serviría bien como sala de reuniones y juzgado.

Matías no se sorprendió al encontrar mineros hábiles para la carpintería ansiosos de abandonar la minería y volver a su oficio original, en lugar de pasarse la vida cavando en las entrañas de la tierra.

Como Hoss Wrangler, los hombres venían a Calvada y se iban por sus propias razones. Algunos porque eran inquietos y soñaban con una suerte mejor en otra parte. Algunos dejaban atrás lo poco que poseían porque ya no soportaban la soledad. Matías había visto casas abandonadas con los platos sucios aún en las mesas. Lo entendía. Él también lo había hecho.

City también había entendido eso. *Mientras trates de huir de lo que sea que te agobia, no tendrás más suerte que la que tuve yo en todo este tiempo.* City hablaba un montón cuando tenía algunas copas encima. Pero, a veces, compartía la sabiduría que había adquirido de tantas angustias. *Algunas cosas de las que un hombre se arrepiente pueden destruirlo. Encuentra algo que valga la pena hacer con tu vida. Un hombre que no cree en algo no es mejor que un cadáver sentado en un velorio.* El rebelde irlandés había pasado gran parte de sus días trabajando en su oficina del periódico, y la mayoría de sus noches bebiendo en el bar de Beck. *No creas en todo lo que piensas. Nos mentimos más a nosotros mismos que a cualquiera.* El hombre mayor hablaba vagamente de cosas que desearía haber hecho y de las que desearía no haber hecho. *Algunas decisiones te persiguen. Puedes cambiar tu manera de pensar, pero no puedes dar marcha atrás. Y, aunque pudieras hacerlo, todo habría cambiado para cuando te decidieras.*

City lidiaba con sus secretos y su dolor bebiendo mucho y armando líos, con las palabras y con los puños. Matías nunca lo había visto dar el brazo a torcer en nada. Ebrio y desalentado, peleaba por gusto. Cuando estaba sobrio, decía la verdad sin transigir y sin compasión. La única persona que conocía a City mejor que nadie en el mundo, probablemente, era Fiona Hawthorne. Todo secreto que City hubiera estado dispuesto a compartir, ella lo guardaba. Todos en el pueblo sabían que cuando City no estaba en el bar, estaba en la Casa de Muñecas con la madama. Cualquier sentimiento que tuvieron el uno por el otro había quedado entre ellos.

Matías echaba de menos al hombre. Le vendrían bien sus

consejos. Echaba de menos la franqueza de City. Echaba de menos la amistad que había crecido entre ellos, aunque fueran de diferentes edades. Se entendían mutuamente. Matías, el hijo desheredado de un predicador, y City Walsh, un irlandés católico renegado que había sido expulsado de Irlanda por su propia gente. City se reía de eso. *Era subirme a un barco o terminar colgado por los británicos, y a mis parientes no les gustó esa idea.*

City le contó a Matías que él creyó que las cosas serían distintas en Estados Unidos. Igual que los miles de irlandeses que habían inundado las costas. Pronto se enteraron de lo contrario cuando vieron los letreros que decían *Se necesita empleado: No se presente si es irlandés*, que colgaban en todas partes. Las fábricas hacían trabajar como esclavos a sus compatriotas; luego contrataban a otros que aceptaban salarios inferiores. Cuando City y su hermano hablaron contra los dueños y trataron de organizar a los hombres para que se mantuvieran unidos y se negaran a trabajar hasta que consiguieran sueldos dignos para vivir, fue como si hubieran vuelto a Irlanda a luchar contra los terratenientes británicos.

La fiebre del oro del '49 significó la oportunidad para hacer algo con su vida, tener una vida mejor, una con todos los beneficios de la riqueza. El lavado de oro era un trabajo muy duro, con pocos logros. City decía que la vida era tan difícil que le consumía a uno el corazón, dejándolo vacío. *Y esa ironía me enfermaba. Toda mi vida había odiado a los ricos, y ahí estaba yo, tratando de convertirme en uno de ellos.* Nunca le dijo a Matías lo que había sucedido con su hermano o cómo terminó en el negocio del periódico, pero escribir lo estabilizaba. *La verdad es que no nací para ser rico. Dios me convirtió en una espina.* Era una persona apasionada y la *Voz* le daba un propósito.

El hombre mayor tenía razón. Ver a su amigo tendido en un charco de sangre fue un despertar para Matías. Mientras los hombres en el bar lo velaban, él fue al cementerio. Fiona Hawthorne ya estaba allí, vestida de negro con su rostro oculto detrás de un velo. Matías podía oírla llorar en voz baja mientras ellos miraban las paletadas de tierra cayendo sobre el ataúd de madera de pino.

La falta de ley y orden siempre había molestado a Matías, pero no lo suficiente para hacer algo al respecto. Si había problemas en su salón, se ocupaba del asunto. Que el resto del pueblo se hiciera cargo de sus propios problemas. City se enfurecía por la indiferencia de Matías. *¡Métete en el juego! Fuiste capitán del Ejército de la Unión. Sabes cómo dirigir hombres.*

El estrépito de la madera en la pila trajo a Matías de regreso al presente. City quería que se metiera en el juego. Pues bien, ahora Matías estaba hasta el cuello en el juego, se ocupaba de los desafíos por todas partes, tomaba decisiones todos los días. Calvada era como tantos otros pueblos mineros de la Sierra Nevada. Cuando las minas se agotaban, los pueblos morían. En este momento había suficiente plata y oro para que los hombres siguieran trabajando. Pero ¿cuánto duraría?

Las cosas estaban caldeándose en el pueblo y él sabía que Catalina escarbaría como solía hacerlo City. Supuso que anunciar su compromiso en el *Clarín* la mantendría distraída. Aquella noche no había recibido un sí de parte de ella, pero, si se hubiera quedado un poquito más, lo habría logrado. Ella también lo sabía, o no estaría evitándolo ni escribiría esas refutaciones feroces. *Bajo presión,* afirmaba ella. Él se rio. Había algo de cierto en eso. Esa noche, ella estaba vulnerable. Matías apenas pudo mantener la calma teniéndola en sus brazos. Deseaba que el sí de ella fuera un sí de verdad. Y quería que lo dijera delante de Dios y ante una multitud de testigos, en la Iglesia Comunitaria de Calvada.

Quizás debía comenzar a ir a la iglesia otra vez.

Los recuerdos lo hacían retroceder, lo consumían. Recordaba haber estado sentado en la iglesia vacía, escuchando a su padre mientras practicaba el sermón dominical desde el púlpito.

Hablaba con poder y elocuencia. De niño, Matías pensaba que su padre estaba tan cerca de Dios como era posible estarlo. Imposible que se equivocara. La madre de Matías decía que él era un embajador de Dios. Cualquier cosa que saliera de su boca era verdad.

Cuando su padre lo maldijo, Matías sintió que la maldición de Dios también cayó sobre él. Pero, de haber podido volver atrás, incluso ahora que sabía todo lo que le había costado, ¿habría elegido combatir para los Estados Confederados? Se había hecho la misma pregunta miles de veces. Y cada vez, después de analizar el asunto desde todos los puntos de vista, la respuesta seguía siendo la misma: El país tenía que mantenerse unido, o el Gran Experimento fracasaría.

Como alcalde, volver a la iglesia aquí y ahora, después de la vida que había estado llevando, ciertamente llamaría la atención de la gente, pero él no estaba buscando llamar la atención. Quería sentirse en paz. Quería saber que había sido perdonado, si no por su padre, entonces por Dios. Quería sentir que su vida tenía algún valor. Y quería estar más cerca de Catalina.

Inmediatamente después de la elección, había comenzado a cambiar algunas cosas, no solo para honrar a City Walsh o para mostrarle a Catalina cuánto valía, sino para hacer algo que valiera la pena con su vida. Cubrir un cargo de autoridad conllevaba una gran responsabilidad. Se sorprendía a sí mismo pidiéndole a Dios que dirigiera sus pasos y lo iluminara para poder ver qué camino debía tomar. Lo que había aprendido cuando era niño lo estaba recordando ahora que era un hombre. Asombrosamente, cada vez pensaba menos en el arrebato furioso de su padre y más en la fe de su madre.

Cuando su padre le dio la espalda, Matías le dio la espalda a Dios. Ahora se preguntaba si todo había sido para vengarse del hombre a quien siempre había considerado un representante terrenal de Dios. Su padre había sido su ídolo, pero resultó ser un hombre quebrantado y amargado.

Otro tablón cayó ruidosamente sobre la creciente pila de madera; toda sería guardada en el almacén de madera de Rudger y usada en la primavera para la construcción de la escuela. Matías terminó de revisar los planos y se fue. Tenía trabajo pendiente en Transportes Beck y Call. En la acera, vio a Catalina saliendo de la cafetería de Sonia. El pulso se le disparó, se detuvo afuera del hotel y se paró al borde de la acera para observarla. Tweedie la acompañaba. Él ladeó su boca. ¿En verdad creía Catalina que el hecho de que hubiera otra mujer viviendo en la casa lo disuadiría? Puede que no siguiera visitándola por las noches, pero eso no significaba que no volvería a buscarla cuando estuviera listo. Catalina miró hacia donde él estaba, pero fingió que no lo había notado.

Las palabras de City resonaron nuevamente: *Métete en el juego.*

Matías ya no jugaba a las cartas, pero siempre las ponía sobre la mesa para que todos pudieran verlas.

Catalina inclinó la cabeza para entrar a su casita. Tweedie lo miró y sonrió antes de seguirla adentro. Matías sabía que tenía aliados en su búsqueda.

Catalina envió a Scribe adonde Morgan Sanders con una invitación para que la acompañara a tomar el té tan pronto como le fuera posible, en la oficina del periódico. Scribe volvió con mala cara.

—Dijo que está disponible hoy a las dos de la tarde. ¡Y tú te volviste loca si haces esto! ¿O no recuerdas lo que sucedió la última vez que entró aquí?

—Lo recuerdo, Scribe. Ya pidió perdón. Tenemos asuntos muy importantes que hablar.

—¿Cómo cuáles? —Cuando no respondió, él salió dando un portazo.

Tweedie había oído sin querer la conversación desde el departamento.

—¿Morgan Sanders vendrá aquí? ¿Hoy?

—Sí.

—¿Por qué? —Tweedie sonaba sorprendida y cautelosa.

Catalina no debería haberse sorprendido por la reacción de Tweedie. Su esposo había muerto en la mina Madera.

—Quiero preguntarle algunas cosas y hacerle una petición.

—No puedes confiar en ese hombre, Catalina. Y no deberías estar a solas con él.

—Lo sé. Y me doy cuenta de que es mucho pedirte, pero ¿podrías quedarte mientras...?

—¡No! —Tweedie se puso pálida—. No. Él me da miedo. —Agarró su chal—. Estaré en la cafetería de Sonia, ayudando a Charlotte y a Ina Bea. —Hizo una pausa antes de salir por la puerta—. Pregúntale por qué no le importan lo suficiente sus obreros como para reforzar los túneles con más vigas. —Sus ojos se llenaron de lágrimas—. Joe todavía estaría vivo si Sanders hubiera escuchado a sus capataces. —Salió.

Catalina cerró los ojos. Hiciera lo que hiciera, alguien terminaba herido u enojado.

Cerró la oficina del periódico, fue calle abajo a la panadería y usó sus preciosas monedas para comprar un pequeño pastel de sidra. Llevó la silla de su departamento a la oficina delantera y puso un mantel sobre su escritorio. Sacó su tazas y platitos Minton rojos y dorados. Todo estaba listo cuando Morgan Sanders llamó a la puerta unos minutos antes de las dos.

Ciertamente, él se había vestido para la ocasión y lucía distinguido y apuesto con su sombrero negro, chaqueta oscura, camisa blanca y chaleco. Todo hecho a medida, probablemente en San Francisco. Tenía un reloj de oro en la mano y revisaba la hora. Lo cerró con un chasquido y lo metió en el bolsillo de su chaleco. Su camisa blanca era de fino algodón; llevaba la corbata de seda roja anudada holgadamente, con extremos a cuadros que se superponían. Parecía más un caballero de Boston que el dueño de una mina en Calvada. Ella lo invitó a entrar.

—Gracias por la invitación. —Sanders se quitó el sombrero y la recorrió con la mirada examinándola—. Luce encantadora con ese color lavanda, Catalina. ¿Un vestido nuevo?

—No. Simplemente no he tenido la oportunidad de usarlo antes de hoy. —Ante su mirada escrutadora, ella sintió un raro escalofrío y deseó haberse puesto su gastada falda marrón y su blusa blanca. Su presencia llenaba el cuarto de una manera muy distinta a la de Matías Beck.

Lanzó su sombrero sobre el sofá, como marcando territorio. Con una leve sonrisa, miró el mantel de lino blanco colocado sobre el escritorio, las tazas y platos de té Minton y el pastel de sidra. Sus labios se torcieron en una sonrisa burlona.

—Debe querer algo de mí para haberse tomado tantas molestias. —Arqueó las cejas—. ¿Necesita dinero, Catalina?

—Algo —reconoció ella, negándose a disimular—. No para mí. Para una buena causa.

—Oh, siempre lo es. —Soltó una risa suave y burlona.

Ella le ofreció sentarse y sirvió el té ya preparado.

—Espero que no prefiera crema y azúcar. No tengo nada de eso para ofrecerle, pero me han dicho que el pastel de sidra de Wynham es muy dulce.

—Como usted, querida mía. —Morgan levantó su taza de té a modo de saludo. Ella cortó una gruesa porción de pastel, la sirvió en un platito, añadió un tenedor de plata y lo dejó delante de él—. Hace muy bien de madre. Será una anfitriona exquisita.

Ella levantó la vista perturbada por el comentario, y sin saber por qué.

Reclinándose hacia atrás, él se puso cómodo. Catalina notó las elegantes botas de cuero negro. Ciertamente sabía vestirse como un caballero.

—Me alivió saber que no hay ningún compromiso entre usted y Matías Beck.

El comentario lindaba demasiado con lo personal, pero decidió ser directa.

—Creo que todo el mundo en Calvada sabe que no estoy buscando esposo.

—Tal vez no, pero eso no impide que un hombre la mire como una potencial esposa.

Catalina no pudo ignorar su intención y se dio cuenta de que él podría haber tomado la invitación como algo más de lo que ella se proponía.

—Calvada tiene varias mujeres disponibles, Morgan. —Quizás algunos datos sobre sí misma lo ayudarían a mirar hacia otra parte—. No cuento con ningún linaje. Soy la hija de un inmigrante católico irlandés que abandonó a su esposa después de un año de casados. Mi abuelo no había aprobado el matrimonio, aunque sí le permitió a mi madre volver a su casa. Yo nací bajo su techo, pero eso no lo hizo feliz ni me reconoció jamás. Arregló un segundo matrimonio para mi madre con un hombre que sí aprobaba, y lo convirtió en su heredero. Mi padrastro me consideraba una molestia. Llegó la oportunidad para despacharme, y aquí estoy. No vine a California por mi propio libre albedrío. Me mandaron. —Puso la taza de té en su plato.

—Calvada debe haber sido todo un impacto, después de Boston.

—Así es, pero tenía que tomar una decisión. Podía

considerarlo un exilio o una oportunidad. Elegí lo último. Ahora, Calvada es mi hogar.

—Usted y yo tenemos algo en común. —Dejó la taza y el plato en la mesa.

—¿Ah, sí? —Cuando él no dijo nada, ella lo presionó—. He compartido con usted la historia de mi vida. Tengo curiosidad acerca de la suya.

Él se rio de manera burlona.

—¿Debería yo confiarle mi historia a una periodista?

Ella le dirigió su sonrisa más encantadora.

—Prometo no divulgar una palabra, a menos que usted confiese algún crimen atroz. —Entrecruzó sus manos y, más seriamente, agregó—: Soy una mujer de palabra.

—Matías Beck diría lo contrario.

—¿Aceptó mi invitación solo para insultarme? —dijo con voz entrecortada, furiosa.

Él escudriñó su rostro ávidamente y soltó una risita entre dientes.

—Toda encantadora y dulce primero, y apasionada un instante después. No. No vine a insultarla. Ahora, ¿cuál es la nimia suma de dinero que quiere y para qué?

Supuso que él no satisfaría la curiosidad que sentía sobre su pasado.

—Una donación para la iglesia, que será apartada para las viudas con necesidades.

Los ojos de él se entrecerraron y se oscurecieron.

—¿Quién está siendo insultado ahora? No hay viudas viviendo en Willow Creek. Sonia Vanderstrom y usted se han ocupado de eso.

—Eso es algo bueno, ¿no le parece? Pero había otra, y…

—Elvira Haines eligió su camino.

Se enfureció ante su indiferencia.

—Usted tiene cierta responsabilidad por lo que le sucedió. Su esposo murió en su mina.

Los ojos de él relampaguearon.

—Los hombres conocen los riesgos que implica el trabajo que hacen, Catalina. Usted me preguntó sobre mi vida. Crecí siendo muy pobre. Mi madre murió cuando era niño y me dejó solo, mientras mi padre trabajaba en el Astillero Naval de Norfolk, en Virginia. Murió cuando yo tenía quince años; sin un centavo. Yo no quise terminar de la misma manera.

Él se inclinó hacia adelante con el rostro endurecido.

—Fui al Norte, a la capital, trabajé en una docena de empleos tratando de encontrar un asidero para levantar cabeza. Era bueno para vender. Sabía lo que la gente quería. No fue sino hasta la guerra que gané dinero de verdad.

—¿Vendiendo municiones? —dijo ella antes de pensarlo mejor.

Él dejó escapar una risa breve.

—No, nada tan grande. Me convertí en proveedor del ejército; tenía autorización del Ejército de la Unión para vender mercancías a las tropas. No provisiones, sino cosas que ellos querían. A los hombres no les gustaban mis precios, pero yo no estaba en el negocio para hacer amigos. Mi padre tuvo muchos amigos y, sin embargo, terminó sin nada más que un ataúd y un hueco en la tierra donde lo pusieron. Cuando terminó la guerra, vine al Oeste y compré intereses en la mina Madera. Mi socio murió en un derrumbe. —Su boca se torció—. Hay quienes creen que yo lo maté.

—¿Quién lo dijo, y por qué creían eso?

Reclinándose de nuevo hacia atrás, suspiró lentamente.

—Puedo ser muchas cosas, Catalina, pero no soy un asesino. Y usted, querida mía, está empezando a sonar como una periodista.

—En otras circunstancias, lo consideraría un cumplido. Lo lamento, Morgan.

—Usted no tiene idea de quién soy, ¿verdad? De lo resuelto que puedo ser —habló con tranquilidad, con unos ojos tan intensos que Catalina parpadeó y sintió que una tensión extraña se apoderaba de ella.

—Quizás no, con tan poco tiempo de conocerlo.

—Oh, pero me conocerá. Permítame ser tan directo como lo ha sido usted. No me importa lo que la gente piense de mí. Si así fuera, sería tan pobre como mi padre.

Ella no estuvo de acuerdo.

—Dijo que su padre era rico en amistades, ¿y qué tendrá usted al final de su vida, si todo se trata de dinero?

Él volvió a inclinarse hacia adelante y mantuvo cautivos sus ojos.

—Hay tres cosas que he deseado desde que me hice hombre, Catalina. Riqueza, una esposa hermosa y refinada, y un hijo que herede lo que he forjado. La primera la tengo. Usted será la segunda. Y de usted conseguiré la tercera.

El corazón de Catalina latió fuerte ante la mirada feroz que vio en sus ojos.

—Usted da por sentadas muchas cosas, señor.

—No doy nada por sentado. Hago planes. Trabajo por lo que quiero. Y, al final, lo tendré todo.

Aunque asustada por su intensidad, se mantuvo tranquila.

—A mí no me tendrá.

Morgan Sanders la miró hasta que ella bajó la vista de sus ojos. Luego, se puso de pie, levantó su sombrero y salió por la puerta sin decir otra palabra.

MATÍAS NO HABÍA VUELTO A UNA iglesia desde que salió de su casa para ir a la guerra, pero aún tenía la Biblia que su padre le había regalado cuando era niño y solía leerla frecuentemente entre las batallas. Cuando su padre lo maldijo, Matías la puso en el púlpito con la intención de dejarla, pero su madre lo llamó a gritos cuando estaba yéndose a caballo y la puso en la alforja. *Consérvala por mi bien, Matías. Prométemelo.*

Él cumplió esa promesa, aunque no la había abierto ni pisado una iglesia en los últimos diez años.

Ser expulsada de su familia, maltratada en público por el reverendo Thacker y afrontar críticas constantemente no había enfriado la fe de Catalina, en Dios ni en el género humano. Él se había enterado de su reunión con Morgan Sanders. Todo el pueblo lo sabía y hablaba de eso. La única que no estaba hablando era Catalina.

Matías se sentó en su cuarto, con una lámpara encendida, y hojeó su Biblia. En su niñez, había marcado pasajes en el Salmo 119, deseoso de ser como su devoto padre. *«Abre mis ojos, para que vea las verdades maravillosas que hay en tus enseñanzas. [...] Líbrame de mentirme a mí mismo. [...] Ayúdame a abandonar mis caminos vergonzosos. [...] Creo en tus mandatos; ahora enséñame el buen juicio y dame conocimiento».*

Había marcado otros pasajes, antes y durante la guerra. *«Crea en mí, oh Dios, un corazón limpio y renueva un espíritu fiel dentro de mí».*

Casi podía escuchar el consejo de su madre: *Matías, perdona a tu padre, así como tú has sido perdonado por Dios.*

Sabía que nunca estaría completamente en paz hasta que lo hiciera.

Tal vez lo ayudaría estar acompañado por seguidores de Cristo y estar en compañía de Catalina Walsh. Quizás era hora de que los perdidos buscaran compañerismo con los que habían sido alcanzados.

Matías se vistió con su mejor traje, chaleco, camisa blanca y corbata. Cuando repicó la campana del campanario, caminó colina arriba y llegó deliberadamente tarde. Se sentó en el último banco, al otro lado de Fiona Hawthorne y sus muñecas. Cuando ella lo miró, la saludó con una sonrisa y asintió con la cabeza. Ubicó a Catalina en la hilera de en medio, con Tweedie Witt sentada junto a ella, y se sorprendió al ver a Morgan Sanders sentado al otro lado del pasillo. ¿Estaba aquí Sanders por el mismo motivo que él, o solo estaba tratando de impresionar a la dama? Molesto, Matías trató de concentrarse en la homilía del reverendo Thacker. El hombre no era el tipo de orador que había sido el padre de Matías, pero estaba haciendo un buen trabajo predicando sobre las Bienaventuranzas.

Con sus pensamientos a la deriva, Matías pensó en su padre. ¿Se arrepentía de la maldición que había hecho recaer en su hijo? ¿Y qué de su madre? ¿Estaría dolida por él? Seguramente. ¿Oraba por él? No tenía duda. Tal vez debería escribirle. ¿Y contarle qué? ¿Que se había apartado de Dios, que tenía una cantina en un pueblo infernal en la Sierra Nevada y que ahora era alcalde? Eso difícilmente la consolaría.

Desháganse de su antigua manera de vivir, pónganse la nueva naturaleza.

Las palabras que había aprendido cuando era niño siempre volvían a él.

Henry Call y Charlotte Arnett estaban sentados hombro con hombro en el asiento de adelante. Se casarían la próxima semana. Matías oficiaría de padrino; Sonia sería la dama de honor. La pareja pasaría su noche de bodas en la habitación del hotel que había ocupado Catalina durante algunos días; partirían a la mañana siguiente hacia Sacramento, donde Henry se encargaría de la nueva oficina de Transportes Beck y Call. Matías cumpliría su compromiso de dos años con Calvada, terminaría los proyectos que se había propuesto para sí mismo y, Dios mediante, estaría casado con Catalina Walsh a fines de ese año. Miró la parte de atrás de su cabeza, unos suaves rizos rojos sueltos. *Ten paciencia, Matías.*

Thacker seguía hablando y hablando. Matías se reclinó hacia atrás y se cruzó de brazos. ¿Había pasado el hombre todo este tiempo vapuleando a Catalina? Con una mueca de dolor, supo que la culpa de eso era suya. Pensó que podía protegerla. Lo único que hizo fue herirla.

Sanders volvió a echarle un vistazo a Catalina. Ella no lo

miró. ¿Qué había sucedido cuando ella lo invitó a tomar el té? No duró mucho, según lo que le dijeron.

El servicio terminó y Matías se puso de pie para el último himno. Lo conocía bien, lo cantó sin abrir el himnario y cosechó miradas sorprendidas de los feligreses que estaban cerca. El reverendo Thacker impartió la bendición, se reunió con su esposa y fue el primero en caminar por el pasillo para saludar a las personas en la puerta. Todos comenzaron a formarse en fila para salir de la iglesia. La mayoría lo notó y algunos se detuvieron para darle la bienvenida.

Catalina se levantó y habló con varias señoras. Claramente irritado, Morgan salió al pasillo. Mientras iba hacia la puerta, vio a Matías. Sus ojos se encontraron y le sostuvo la mirada. Cuando pasó junto a él, Matías dijo en voz baja:

—La dama es mía.

La expresión de Sanders se endureció, mientras una leve sonrisa de satisfacción curvaba sus labios.

—No estés tan seguro.

Matías esperó hasta que Catalina llegó al banco del fondo y, entonces, salió.

—Señorita Walsh. —Ella sabía que estaba parado allí, aunque hizo todo lo posible por aparentar que no lo había notado.

—Qué bueno verlo en la iglesia, señor Beck.

—Ha pasado mucho tiempo, pero es bueno estar de vuelta. —No había estado tan cerca de ella en semanas y, a partir de ahora, no seguiría manteniendo la distancia—. La boda es la próxima semana.

Los ojos de ella se abrieron de par en par y sus mejillas se sonrojaron.

—¿La boda?

Él sonrió ampliamente.

—No la nuestra, querida. —Ella podía aparentar estar calma

y serena, pero había un torrente que corría bajo la superficie.
Bien—. La de Henry y Charlotte. ¿Recuerdas?

El reverendo Thacker saludó a Matías con gusto.

—Por poco perdí el hilo de mis ideas cuando lo vi sentarse
en el último banco. Sally y yo hemos orado por usted desde que
llegamos a Calvada.

Catalina se escurrió y bajó los escalones del frente.
Cuando Matías salió, la vio con Tweedie y varias otras damas.
Afortunadamente, Sanders ya se había ido en su carruaje.

El cielo estaba despejado; el aire, aún fresco; la primavera,
llegando con firmeza. Las personas se quedaron conversando;
muchos trataron de involucrarlo en sus conversaciones. Catalina
estaba yéndose. Matías se libró de una conversación, solo para
ser interceptado por Nabor Aday, quien empezó a quejarse de
los impuestos municipales. Matías se había enterado de cómo
trataba el comerciante a Catalina.

—Quieres mejoras, Aday. Y las mejoras no son posibles sin
costo.

—¡Aumentarlos un dólar es un atraco!

Matías se impacientó cuando perdió de vista a Catalina. Se
acercó hasta casi pisar los dedos de los pies de Aday y bajó la voz
para que Abbie Aday no pudiera oírlo.

—Tú dejas más de diez dólares por semana en las mesas de
faro. Luego subes los precios al azar para que los demás paguen
lo que pierdes.

Con el rostro enrojecido, Aday levantó su barbilla.

—¡Y yo voté por ti!

—Entonces, sabías exactamente lo que iba a pasar, porque
yo expuse todos mis planes.

—Las mejoras no son para el pueblo —se mofó de él
Nabor—. ¡Es por esa lista! Estás gastando el dinero que tanto
nos cuesta ganar para conseguir a esa mujer.

¿Esa mujer? Matías quería agarrarlo por su escuálido cuello y sacudirlo.

—Tienes una ubicación privilegiada en el pueblo, pero te apuesto a que te irás a la quiebra en un año, Aday.

—¿Estás amenazándome?

—Solo digo la verdad. Ernest Walker trabaja mucho, paga un salario decente y cobra precios justos y consistentes a todo el mundo. ¿Dónde crees que preferirá comprar la gente?

Matías fue a la cafetería de Sonia, esperando encontrar ahí a Catalina. Todas las mesas estaban llenas, Charlotte e Ina Bea estaban ocupadas sirviendo la comida, aunque la segunda parecía no tener prisa por apartarse de la mesa de Axel Borgeson. Matías fue hasta la cocina. Catalina no estaba allí. Sonia lo miró fugazmente mientras ponía una sartén de panecillos frescos sobre un salvamanteles.

—Bueno, te ves espléndido vestido de punta en blanco. Charlotte e Ina Bea dijeron que estuviste en la iglesia hoy. —Se rio—. Si estás buscando a Catalina, probablemente esté en su casa. Tweedie dice que la mayoría de los domingos lee. Comió temprano. No la veré de nuevo por aquí hasta mañana.

Revisó el tocino volteando varias lonjas.

—¿Qué puedo servirte para desayunar? ¿Panqueques, huevos, tocino, salchicha?

—Sí.

Ella dejó escapar una risita.

—Tienes un lobo hambriento en tu barriga. —Lo observó—. Has avanzado mucho en las obras para el pueblo, Matías. Eso es bueno. Es raro que Catalina no haya escrito mucho sobre eso.

—Creo que está dejándole todo a Stu Bickerson.

—Tal vez yo debería hacerle algunas sugerencias sutiles.

—Sugiérele que hable conmigo aquí. No creo que quiera recibirme en su oficina.

—Cuéntame. —Sus ojos centellaron traviesamente—. ¿Y por qué sería eso? —Cuando no respondió, ella llenó un plato con comida y lo deslizó sobre la mesada hacia él. Ina Bea le dio los utensilios y una servilleta cuadriculada roja y blanca; después regresó al comedor con dos platos con tortitas de avena. Sonia sirvió café en una taza.

—¿Es una Biblia lo que tienes ahí? —Sonia echó un vistazo al gastado libro negro que había dejado sobre la mesada—. Es la primera vez que te veo con una Biblia. ¿Alguna vez la leíste?

—Me criaron con ella, tenía que memorizar partes enteras. Mi padre era un predicador.

—¡Vaya, me acabas de derribar de un soplido! —Le lanzó una mirada fría—. Tal vez deberías leerla con más detalle.

Él alzó su taza y miró furioso a Sonia por encima del borde.

—¿Qué estás tratando de decirme? ¡Dilo de una vez!

Ella se paró con las manos en la cintura.

—Basta con que haya una mujer hermosa frente a un hombre para que él olvide que la cabeza sirve para algo más que para dejar crecer el cabello. Habría sido mejor que tomaras en serio lo que dice Catalina sobre el matrimonio. —Carraspeó a propósito—. Yo no soy una mujer atractiva, pero en los últimos veinte años he tenido muchas propuestas para casarme, incluso el día en que mi esposo bajó a su sepultura. Y los he rechazado por los mismos motivos que Catalina.

—Ella no confía en mí.

—No hay razón para que lo haga, ¿verdad? —Sonia resopló y se dio vuelta hacia el tocino, sacando una docena de lonjas con una espátula y volteándolas.

—No, espera un minuto, Sonia...

Ella lo observó otra vez.

—Has estado tratando de cerrar la *Voz* desde que ella lo abrió. —Hizo un gesto con la mano—. Pero no se trata de ti. Es por las leyes. Catalina está enamorada de ti, Matías. No estoy segura de si ella lo sabe aún, pero está luchando con todas sus fuerzas contra eso. —Se rio fugazmente—. Y veo cuánto te gusta saberlo. Claro que te agrada. Eso te da ventaja, ¿cierto? El problema es que no conoces a Catalina Walsh en absoluto. Ella no es como Charlotte, Ina Bea ni como la mayoría de las mujeres que no esperan otra cosa que un esposo e hijos.

Matías había escuchado lo suficiente.

—Hablas como si yo estuviera intentando quitarle todo.

—¿No es así? Intentaste comprar la imprenta cuando llegó aquí, ¿verdad? —Apoyó ambas manos sobre la mesada de trabajo y lo fulminó con la mirada—. Si no la amas, déjala en paz. Si la amas, déjala ser la mujer que es. Encontrarás una buena descripción en tu Biblia. Proverbios 31, si recuerdo bien.

—La mujer virtuosa...

—Típico del hombre: fijarse en la mujer. Observa atentamente cómo era el esposo que tenía esa mujer. —Sacudió la cabeza—. Si alguna vez conociera un hombre que me tratara con esa clase de respeto, quizás volvería a casarme.

⋯

Aunque Catalina había decidido que nunca se vestiría de novia, amaba las bodas. Charlotte estaba encantadora, arreglada en un color durazno, y la mirada en el rostro de Henry cuando vio a su novia hizo que los ojos de Catalina se llenaran de lágrimas. Matías, de pies a cabeza un apuesto caballero sureño, permaneció parado, luciendo más alto que su amigo mientras el reverendo Thacker guiaba a Henry y a Charlotte a través de sus votos. Y ese beso dulce y casto al final, tan diferente del que Matías le había dado a ella.

Agitada, se enderezó en su asiento. Ese hombre le venía a

la cabeza todo el tiempo. Era una fiebre de la que no podía librarse. Se sorprendió a sí misma observándolo mientras él acompañaba a los recién casados, ocupándose de que tuvieran todo lo que necesitaran. Ay, qué fácil sería permitir que el corazón dominara su mente, pero tenía demasiado que perder como para permitir que eso sucediera.

Sonia había hecho el pastel de bodas y Catalina se quedó con ella, ayudándola a servir a los invitados. Cuando la pareja cortó el pastel, Catalina no pudo evitar sentir una pizca de envidia, aunque solo fue un momento. Charlotte la abrazó efusivamente.

—Ay, estoy tan feliz que podría explotar. —Sus ojos estaban húmedos por las lágrimas.

—¿Se irán en la mañana?

—A primera hora. Te extrañaré, Catalina. Y a Sonia, a Ina Bea y a Tweedie. Tienen que venir a Sacramento a visitarnos.

Los músicos empezaron a tocar. Henry sacó a bailar a su esposa. Matías habló y la sobresaltó.

—Entonces, ¿qué piensas?

Sintiendo su corazón acelerado, no supo a qué se refería y pensó que era mejor no preguntar.

—Son muy felices. Sacramento será un lugar maravilloso para vivir. Escuché que a las granjas les va muy bien en los alrededores de la ciudad y en todo el Valle Central. Los mercados del Este estarán ansiosos de recibir los productos agrícolas y todo tendrá que ser transportado a las estaciones ferroviarias. Me enteré de que están trabajando en vagones refrigerados. —Siguió balbuceando sin parar—. Es un buen núcleo comercial para una compañía de transporte. —Parecía que no podía dejar de hablar.

—Sí, lo es. —Él la miró con una sonrisa burlona, haciéndola ruborizar. Ella miró hacia otra parte, molesta. —¿Has pensado qué harás si Calvada fracasa?

Sorprendida ante tal insinuación, ella levantó la vista.

—¿Si fracasa? ¿Eres el alcalde y piensas que el pueblo fracasará?

—Cuando el oro se termine, y se terminará, el pueblo morirá.

Ella no quería pensar en eso ni en lo que podía significar para la gente que vivía aquí.

—Los problemas de cada día son suficientes, sin tener la preocupación de lo que podría o no podría suceder mañana.

—Siempre es bueno tener un plan de contingencia. Supe que Tweedie se mudará con Ina Bea.

Ella no se atrevió a mirarlo. ¿Quién se lo había dicho?

—Supongo que tendré que echarles cerrojo a mi puerta delantera y a la de atrás todas las noches. Axel siempre se detiene a ver cómo estoy, y Scribe trabaja la mayoría de los días.

—Sí, lo sé. Pero estabas más segura con Tweedie viviendo contigo.

Su corazón martilleó y la cálida sensación de estar derritiéndose se deslizó por su cuerpo, recordándole un beso memorable. Sería mejor que nunca volviera a pensar en eso y, por cierto, no con Matías parado tan cerca de ella.

—Bueno, no se preocupe, señor Beck. No permitiré que nadie entre por mi puerta en la noche. —Él no dijo nada—. He oído buenos informes de los avances que están haciéndose en el pueblo. ¿Estaría dispuesto a reunirse conmigo a tomar algo en la cafetería de Sonia? —Su amiga le había preguntado por qué nunca escribía sobre lo que estaba logrando el nuevo alcalde. Era hora de que dejara sus sentimientos personales de lado e hiciera su labor como periodista.

Matías sonrió.

—Di el día y la hora, y será un placer para mí. —Su mirada era cálida—. Después de que hablemos, me gustaría mostrarte parte de las obras que se están realizando.

Catalina se sintió en terreno más firme.

—Espero que sea el ayuntamiento.

—Estará terminado a fines de esta semana. El ayuntamiento planea hacer una jornada de puertas abiertas, pero creo que la editora de la *Voz* debería hacer ese anuncio luego de que vea todo. El edificio también servirá como palacio de justicia hasta que tengamos suficiente dinero para construir y renovar otra cantina. —Le dirigió una sonrisa arrepentida—. Supongo que te gusta la idea de clausurar algunas más.

Ella se rio, sintiéndose a gusto.

—Sí, bueno, todavía quedará una docena entre las cuales los hombres pueden elegir.

—Apuesto a que las cerrarías todas, si pudieras.

Así que pensaba que ella era una militante de la abstinencia.

—No es una batalla que me proponga librar. Dudo que los hombres quisieran darles a las mujeres el derecho al voto si lo primero que ellas harían sería cerrar las cantinas.

Las cejas de Matías se alzaron.

—Una respuesta prudente de una mujer que no bebe. —La miró con una sonrisa pícara—. A excepción de una noche bastante memorable.

—¿Tienes que recordármelo? —Sabía que estaba bromeando—. A pesar de haber sido tentada, no he probado otro elíxir de los de Sonia desde entonces.

—Qué lástima. Esa noche tuvimos una buena charla, Catalina. Tenías la guardia baja.

Recordaba cada palabra que él había dicho, y que nunca se había sentido más cerca de un hombre. Pero ¿fue sabio? Mejor cambiar de tema por alguno más prudente.

—¿Realmente piensas que las minas podrían fallar?

—Tú escribiste sobre el cierre de la Jackrabbit. —No habló

por un momento—. ¿Qué tiene Morgan Sanders que decir sobre la mina Madera?

Las noticias volaban en Calvada.

—No lo invité a tomar té para interrogarlo sobre Madera.

—A veces se preguntaba si el pueblo necesitaba siquiera un periódico.

—¿Por qué no? ¿Tenían otras cosas de qué hablar?

Su tono de voz le indicó que no estaba contento por su conversación a solas con el propietario de la mina.

—Fue agradable verte en la iglesia el domingo pasado. —Ella sintió su enfado, pero no la presionó.

—La primera vez en mucho tiempo. Me trajo muchos recuerdos.

Buenos, esperaba ella, recordando lo que había dicho él sobre la última conversación que tuvo con su padre.

La boca de él se aplanó.

—Noté que has logrado que Morgan Sanders vaya a la iglesia.

—Él iba antes de que yo...

—No, no es así. Empezó la semana que llegaste al pueblo. Fue una gran noticia, pero todavía no estabas en ese rubro.

Con los labios entreabiertos, ella levantó la vista, y esta vez no tuvo ninguna duda.

—Estás enojado conmigo. Quería pedirle que comenzara un fondo para las viudas...

—Y pensaste que un té y un pastel de sidra lograrían... —Se detuvo—. En realidad, estoy celoso. Confías más en él que en mí.

—Bueno, ya no será así.

Los ojos de Matías resplandecieron.

—¿Intentó hacer algo?

—No. —Ella habló en un tono bajo e intenso—. ¿No te

parece bastante hipócrita de tu parte ofenderte por mi bien cuando tú...? Olvídalo.

—También te cuesta olvidar ese beso, ¿verdad?

El calor se esparció por todo el cuerpo de Catalina. Vio que Henry los miraba.

—Creo que te requieren en otra parte.

—Si me disculpa, señorita Walsh.

Matías no volvió a acercarse a ella.

Catalina se dijo a sí misma que se alegraba de ello.

Ina Bea y Axel se fueron juntos de la recepción. Tweedie se fue un ratito después. Catalina ayudó a Sonia a cargar los platos y a poner los recipientes en dos carretillas y empujó una de regreso a la cafetería. Después de eso, Sonia la mandó a casa. Cuando llegó, Tweedie estaba sentada en el sofá y sus cosas estaban en un saco de arpillera junto a ella.

—Estaba esperándote. Gracias por todo lo que has hecho por mí, Catalina. Nunca podré devolverle el favor. Es que Ina Bea y yo pasamos momentos difíciles en Willow Creek, y nos hicimos buenas amigas...

—Lo entiendo —la interrumpió Catalina. La abrazó.

Tweedie se apartó con los ojos llenos de lágrimas. —Tendré la habitación para mí sola cuando Ina Bea esté trabajando. Podré trabajar mucho más...

—Sin gente entrando y saliendo todo el tiempo. —Catalina asintió. Sabía que Tweedie esperaba que Morgan Sanders fuera uno de los visitantes. Catalina temía que pudiera tener razón. Sin embargo, la naturaleza de su negocio era mantener la puerta abierta—. Me gustaría escribir un artículo sobre ti y tu negocio.

—Oh, ¿lo harías? ¡Eso sería fantástico!

—Con placer, Tweedie. Eres una mujer independiente. ¿Harás más abanicos para mandar al Este?

—Ah, no, no creo. Ya tengo más trabajo de costura del que puedo manejar. Espero que a tu madre no le moleste. —Se echó su bolsa de arpillera al hombro.

—Estoy segura de que le complacerá saber que te va tan bien. —Catalina abrió la puerta y la observó mientras se dirigía a la cafetería de Sonia. Vería a Tweedie todos los días cuando fuera a la cafetería a comer, pero no sería lo mismo.

Deprimida, Catalina se preparó una taza de té y se sentó en su escritorio a pellizcar una porción del pastel de bodas que Sonia le había dado para llevar a casa. El sol estaba poniéndose y el salón del fandango estaba comenzando a funcionar. ¿Cómo sería divertirse desenfrenadamente, tener la libertad de zapatear, bailar y cantar? Suspiró. A una dama no se le permitían tales lujos.

Axel golpeó la puerta a las nueve. Ella la entreabrió e intercambiaron unas pocas palabras antes de que él continuara con sus rondas. Catalina le puso el cerrojo a la puerta y entró a su departamento para prepararse para ir a la cama. El lugar se sentía vacío sin Tweedie. En cierto sentido, la juerga de al lado exacerbaba su soledad. Agarró *Ivanhoe*, recordando cuánto había embelesado a Tweedie el relato. Había aprendido rápidamente los rudimentos para leer. Catalina esperaba que siguiera aprendiendo por su cuenta.

Semidormida, Catalina oyó un ruido en la puerta de atrás. Con el corazón sobresaltado, escuchó atentamente, pero solo se trataba de resoplidos, rasguños y quejidos. Catalina se quitó las mantas de encima, encendió la lámpara y abrió la puerta con cautela. Había un perro desaliñado y moteado que la miraba con sus lastimeros ojos marrones. Ella lo había visto muchas veces dando vueltas por el pueblo. Parecía que no le pertenecía a nadie.

—Pobrecito. ¿Tienes hambre? —El perro movió su cola—.

Bueno, espera justo ahí. —Revisando su pequeña alacena, abrió una lata de frijoles horneados y jamón.

El perro empezó a comer. Catalina le rascó detrás de las orejas y, luego, cerró la puerta y echó el cerrojo otra vez.

Cuando Catalina se levantó en la mañana, él todavía estaba allí.

Sonia le dijo a Catalina que bañara al perro en vinagre y lo frotara con un mejunje de romero picado, hinojo, avellano de bruja y aceite de eucalipto. El pobre animal se veía horrible con las orejas caídas, tiritando. Una vez que lo limpió de toda la suciedad y la mugre, y lo secó con una toalla, descubrió que el perro tenía un pelaje saludable color negro, castaño dorado y blanco. Él la miraba con adoración en sus ojos marrones; su hocico y sus mejillas eran blancos.

—Pareces un bandido. —Catalina lo rascó debajo de la barbilla—. Así es como te llamaré: Bandido.

Cuando Catalina se encaminó a la cafetería de Sonia, Bandido permaneció a su lado.

—Lo siento, amiguito peludo, pero no puedes entrar. Guardaré un poco de mi cena para ti.

Matías llegó unos minutos antes del horario fijado para la entrevista. Catalina tenía la intención de mantener la conversación enfocada en las mejoras municipales y le hacía una pregunta tras otra.

Él contempló su pila de notas con una sonrisa sarcástica.

—Lo que creí que sería una conversación agradable se siente como un interrogatorio.

—Solo hago mi trabajo. —Hurgó en su pequeña bolsa con cordones y puso una moneda de diez centavos sobre la mesa.

Los ojos de Matías se entrecerraron.

—¿Qué crees que estás haciendo?

—Pagando nuestro café. —Empujó su silla hacia atrás y se levantó antes de que él pudiera protestar—. Prometió mostrarme el ayuntamiento. ¿Vamos?

—Toda una profesional, ¿no es así? —comentó Matías secamente.

—Todo es por el pueblo, señor Beck.

Bandido se levantó cuando ella salió por la puerta. Matías arqueó una ceja.

—¿Un amigo nuevo? ¿Qué hiciste? ¿Darle de comer?

—Una lata de jamón y frijoles, y Sonia me da sobras.

Matías se rio.

—Nunca te librarás de él.

—No quiero librarme de él. Es un buen compañero.

—¿Por qué? ¿Porque te deja hablar?

Ella no pudo evitar sonreír.

—Eso es.

—¿O esperas mantener alejados a los visitantes?

—Eso también. —Catalina le dirigió una sonrisa pícara a Matías—. Es bastante protector. Esta mañana, por poco le arrancó un pedazo de pierna a Scribe cuando entró a la oficina sin llamar a la puerta.

—Gracias por la advertencia. —Matías sonrió con satisfacción—. Llevaré un hueso con carne cuando vaya de visita.

La cantina renovada se veía funcional, tanto para un palacio de justicia como para el ayuntamiento: hileras de asientos, dos mesas, el estrado del juez y la tribuna del jurado; todas piezas de mobiliario móviles. Catalina estaba impresionada por la obra. Matías habló de cómo se podían mover de lugar las cosas para servir múltiples propósitos, mientras en todo momento acariciaba la cabeza levantada de Bandido. El perro estaba sentado con la boca abierta en una sonrisa canina con la lengua de fuera.

Catalina lo observó, enfadada.

—¿Haciéndote amigo de mi guardián?

—Me pareció prudente. —Matías le dirigió una mirada burlona—. Parece que le caigo bien.

—Sobre gustos no hay nada escrito.

—No te pongas celosa.

Ella se rio.

—Es incorregible, señor Beck, pero ha hecho un buen trabajo por el pueblo. Mencionó un lugar para el edificio de la escuela.

—Al pie de la colina de la iglesia. Empezaremos a construirla el mes que viene.

—¿La escuela Mother Lode? —dijo ella secamente.

—Me parece un nombre apropiado. Y puse un anuncio solicitando una maestra. Lamentablemente, solo tenemos treinta niños en Calvada. Las personas se quejarán del costo por tan pocos.

—Habrá más niños cuando el pueblo crezca.

Él le sonrió.

—Espero que sí.

El corazón de Catalina se aceleró. Cuando salían del edificio, Gus Blather llamó a Catalina a gritos.

—He estado buscándola por todas partes, señorita Walsh. —Le entregó una hoja de papel amarillo—. Un telegrama de Sacramento. ¿De alguien llamado Amos Stearns? —Catalina le agradeció y abrió el papel doblado.

Llego. Diligencia 10 abril. Quisiera hablar de su mina. Amos Stearns.

Catalina dobló el mensaje y lo metió en su retículo. Blather seguía parado, esperando. Ella le dio las gracias nuevamente y dijo que no era necesaria una respuesta. Matías arqueó las cejas una vez que Blather se marchó.

—¿Buenas noticias?

—Espero que sí.

———

Catalina se reunió con Amos Stearns en la oficina de la diligencia. Cuando él descendió, cubierto de polvo y agotado, su rostro se iluminó.

—Qué placer verla otra vez, señorita Walsh. —Cussler le lanzó el maletín de viaje y él caminó a la par de Catalina. Ella le recomendó el hotel de Beck. Se dirigieron hacia allí por la acera—. Tengo el informe, señorita Walsh, y analizaré todo con usted lo antes posible. Esta noche, si está libre. Sé que es con poca anticipación.

—Sonia Vanderstrom abre para cenar a las cinco. —Le encantaría que pasara a buscarla por su casa para poder caminar juntos hasta la cafetería de Sonia. Levantó un dedo para señalar al otro lado de la calle y se quedó helada cuando vio pasar una carreta de Desperdicios Hall and Debree, con una pila de basura, tirada por cuatro caballos. ¿Cuándo había comenzado ese servicio?

—¿La *Voz*?

—Un periódico.

—¿Una mujer dirige un periódico? Los tiempos sí que están cambiando.

No podía estar segura de si él lo aprobaba o no.

—Sí, así es, y ya era hora de que lo hicieran.

Matías salió por las puertas batientes. Ella los presentó

rápidamente, dijo que esperaba ver más tarde a Amos y cruzó la calle. Cuando miró hacia atrás, antes de entrar, los dos hombres estaban hablando. Abrió la puerta y Bandido saltó, rodeándola.

Scribe ya había compuesto los tipos para su columna sobre quehaceres domésticos.

—Sanders te mandó un mensaje. —No parecía contento por eso—. Está en tu escritorio.

Ella abrió el sobre.

Mi querida Catalina:
Me temo que la he incomodado con mi reciente declaración. ¿Puedo tener el placer de su compañía esta noche para cenar, para aclarar cualquier recelo que pueda tener? Pasaré a recogerla a las seis.

Un saludo cariñoso,
Morgan

Scribe estaba con el ceño fruncido en la imprenta.

—¿Una nota romántica?

—No. —Parecía más una citación. Se sentó en su escritorio y sacó sus materiales para escribir.

Estimado Morgan:
Gracias por su amable invitación, pero tengo un compromiso previo esta noche.

Catalina

Dobló y metió la nota en un sobre, lo cerró y escribió *Sr. Morgan Sanders* en el frente, y se la extendió a Scribe.

—¿Podrías, por favor, llevar esto...?

—¿Ahora hago recados para ti también?

—Lo siento, Scribe, pero no puedo ser yo quien la entregue.

Quitándose el delantal de un tirón, se lo arrebató de la mano y caminó hacia la puerta.

—Algunas personas no saben cuándo dejar las cosas como están. —Salió dando un portazo.

Cuando volvió, estaba aún más enojado.

—Me preguntó por cierto hombre que se encontró contigo en la estación de la diligencia.

¡Santo cielo! ¿Tenía a alguien vigilando cada uno de sus movimientos?

—¿Qué hombre? —Scribe se paró frente a su escritorio.

Ella se dio cuenta de que estaba celoso.

—Amos Stearns. Es uno de los tasadores con los que hablé en Sacramento.

—¿Tasador? ¿Está aquí por la mina de City?

Catalina desearía no haber dicho nada.

—Sí, pero todavía no sé qué tiene que decirme.

—Bueno, no habría viajado hasta aquí si tuviera malas noticias. Podría haber mandado un telegrama. —Se dirigió a la imprenta, y entonces se detuvo—. Hagas lo que hagas, ¡no le vendas esa mina a Sanders! —Scribe volvió a encajar en su lugar los renglones atados. Ambos trabajaron en silencio hasta que Scribe le puso tinta a la imprenta e hizo una copia para que ella la revisara—. ¿Entonces? ¿Puedo ir contigo y escuchar qué tiene que decir ese tasador?

Amos Stearns no pareció contento al ver que Scribe los acompañaría a cenar. Catalina le aseguró que cualquier cosa que tuviera que informar podía decirla frente a su amigo. El comedor de Sonia estaba lleno, como de costumbre, y los tres llamaron la atención cuando entraron por la puerta. Afortunadamente, había una mesa cerca del fondo. Ina Bea había reemplazado a Charlotte y les sirvió guiso de ciervo y panecillos recién horneados. Amos atacó su comida como un minero que había trabajado todo el día. Para ser un hombre delgado, tenía un gran apetito. Catalina no le hizo preguntas hasta que Ina Bea regresó con tres cuencos de budín de pan con pasas y salsa cremosa, y tazas con un delicioso café caliente.

—En cuanto al informe...

—Cobre. —Amos metió su cuchara en el cuenco—. Las muestras que usted llevó son ricas en cobre y vestigios de plata. Me gustaría examinar la mina mañana, si...

—Sí, por supuesto. —Catalina miró a Scribe.

Él la miró a su vez con los ojos bien abiertos y brillantes de entusiasmo.

—¡Tenemos una bonanza!

Catalina apretó fuertemente la muñeca de Scribe con una mano.

—Silencio.

Scribe miró alrededor y, entonces, inclinó su cuerpo hacia adelante con los ojos fijos en el tasador.

Catalina lo presionó.

—Estoy segura de que no es tan simple como encontrar cobre. Tiene que desenterrarlo de la montaña y procesarlo. Lo cual significa que se necesita equipo, suministros, hombres para trabajar. Se necesitan conocimientos y capacidad para gestionar...

Amos asintió.

—Encaremos las cosas una por vez, señorita Walsh. Mi padre fue superintendente de una mina de carbón en Kentucky. Después que mi madre murió, pasé más tiempo bajo tierra con él del que pasaba al aire libre. Completé mis estudios en la noche. La minería me fascina, siempre lo ha hecho. Me capacité dos años en el Instituto de Ingeniería Civil y Minera antes de venir a California. Si su mina muestra lo que creo que revelará, podemos hablar de si usted quiere mi ayuda o la de otra persona.

La actitud de Amos sorprendió a Catalina. En Sacramento le había parecido un hombre apacible y callado, pero ahora se le veía completamente seguro de sí mismo. La charla sobre geología le hacía brillar los ojos. Scribe parecía afiebrado. El corazón le dio un brinco al ver a Matías entrando por la puerta. Cuando recorrió el salón con la vista, ella supo que estaba buscándola. Sus miradas se encontraron y ella sintió un golpe de sensaciones en su estómago. Él atravesó el salón.

—Catalina. —La saludó casualmente, y se concentró en Amos—. Stearns. Espero que esté disfrutando su estadía en Calvada.

—Hace un tiempo que esperaba con ansias poder visitarla. —Le sonrió a Catalina.

Scribe levantó la vista hacia Matías y sonrió.

—Dice que la mina de City está repleta de cobre. Ay. —Le frunció el ceño a Catalina—. ¿Por qué me pateas?

De repente, varios hombres que había alrededor se mostraron interesados en su conversación.

—Eso no es lo que dijo el señor Stearns, Scribe.

—¡Claro que sí!

Inclinándose hacia él, masculló:

—Cierra la boca. No hagas que me arrepienta de haberte invitado. —Las conversaciones parecían haberse extinguido alrededor de ellos.

Matías estaba serio.

—Parece que su suerte está cambiando, Catalina. —Le dirigió otra mirada a Amos—. Si usted tiene los medios, será mejor que intervenga ahora, antes de que otro se entere de la noticia.

Ella sabía que se refería a Morgan Sanders.

—Creo que todos están precipitándose un poco.

—La minería no es cosa de mujeres.

Catalina se puso tensa.

—Dijiste lo mismo sobre dirigir un periódico.

—Dos proyectos muy diferentes, milady.

Ella no podía estar más de acuerdo, pero no tenía ninguna intención de reconocerlo en ese momento, no cuando estaba enfrentando su actitud despectiva sobre las capacidades de una mujer.

—Ya veremos.

Matías se rio por lo bajo.

—Estoy seguro de que lo harás. —Inclinó levemente la cabeza—. Te dejo continuar con tu expedición de reconocimiento. —Se reunió con *Herr* Neumann, Patrick Flint y Carl Rudger en una mesa delantera.

Cuando Scribe abrió su boca, Catalina lo interrumpió.

—No seguiremos hablando de esto en una cafetería para que todo el mundo escuche. —Fulminó con la mirada a su joven amigo. Se dirigió a Amos—: Podemos encontrarnos mañana temprano en la Caballeriza de Cole. Me ocuparé de alquilar una calesita.

19

RECORDANDO SU PRIMERA VISITA a la mina, Catalina se vistió con una sencilla falda marrón, una chaqueta de peplo, una blusa color crema y botas. Un sombrero de paja con lazos de cinta cubría su cabello. Tenía un paño de tela metido en un bolsillo lateral. Amos y Scribe ya habían llegado a la caballeriza, ambos vestidos con pantalones vaqueros y camisas de franela a cuadros; Amos llevaba un cinturón de herramientas con un pico para roca, un martillo, una palita, una herramienta para grietas y un compás. Scribe acribillaba a preguntas al hombre, y Kit Cole escuchaba cada palabra, mientras le ponía los arreos al caballo.

Catalina entornó los ojos hacia arriba y se unió a ellos.

—¿Tocando la corneta, Scribe? ¿Avisándole a todo el pueblo adónde vamos y por qué?

Compungido, se sonrojó y dijo que los vería en la mina.

—City me mostró un atajo.

—¿Un atajo? —le gritó Catalina mientras él se alejaba, pero ya había salido por la puerta y no estaba a la vista. Miró a Amos y encogió un hombro—. Todavía hay un montón de cosas que desconozco de este pueblo.

Ella insistió en conducir el carruaje y notó lo tenso que estuvo Amos durante el viaje. No iba tan rápido, pero a los hombres siempre les gustaba llevar las riendas. Al final del camino, ella bajó de un brinco antes de que Amos pudiera rodear el carruaje para ayudarla y atar las riendas a una gruesa rama de pino.

—Necesitará un camino —resopló Amos unos minutos después, su aliento era como niebla en el aire frío. El ascenso a la colina y el aire enrarecido de montaña los había dejado a ambos sin aliento.

Catalina se preguntó de dónde saldría el dinero para hacer uno.

Scribe estaba parado en la entrada de la mina.

—¡Tardaron demasiado! —Encendió un farol, agarró una pala y entró—. ¡Cuidado con las serpientes! La última vez que City y yo vinimos aquí, encontramos un nido con seis. El clima está más cálido, así que estarán en movimiento.

¿Serpientes? ¿Cómo pudo haber olvidado la advertencia de Wiley Baer, quien la había traído aquí el otoño anterior? No había venido preparada para las serpientes. Colgó su sombrero en el gancho de la lámpara y se cubrió el cabello con el paño de tela. Por lo menos, no tendría arañas arrastrándose en su pelo.

—¿Vienen? —les gritó Scribe desde adelante.

—¡Un momento, Scribe! —Entró y no anduvo más que seis

pasos cuando sintió las hebras pegajosas de seda que rozaron su rostro. Agitó las manos, manoteó y se limpió.

Amos miró hacia atrás.

—¿Por qué no espera en la entrada, señorita Walsh? Podría ser más seguro.

Ella lanzó una risa nerviosa.

—¿Y perderme toda la emoción? —Avanzó, mirando rápidamente hacia arriba, abajo y alrededor. Escuchó un sonido escalofriante que llenó el túnel por delante—. ¿Qué es eso?

—¡Una serpiente de cascabel! —Scribe le encajó el farol a Amos—. ¡Quédese atrás! Yo me ocuparé de ella. —Levantando la pala, Scribe arremetió hacia adelante y la bajó con un golpe. El sonido continuó. Él maldijo. *Bang, bang, bang.* —¡La tengo! No se acerquen a la cabeza. Todavía pueden clavar los colmillos después de muertas.

Ella vio que la serpiente se retorcía en el suelo.

—A mí me parece que está viva.

—Solo está agonizando. —*Bang, bang, bang*—. Está en las últimas.

Amos señaló.

—Hay otra allí.

Catalina quería dar media vuelta y salir corriendo del túnel, pero se quedó firme donde estaba, mientras Scribe eliminaba a la segunda. Con las entrañas revueltas y estremecidas, Catalina se mantuvo cerca de los dos hombres cuando se adentraron más; las paredes se sentían más cercanas y el aire, frío y húmedo.

—Se lo puedo decir ahora mismo, Amos: no seré una buena minera.

Él se rio.

—Los hombres harán las excavaciones.

Scribe resopló.

—Pero ella será quien dará todas las órdenes.

Catalina se rio con nerviosismo.

—Me gusta bastante ese acuerdo. —Su voz sonó rara en el espacio reducido.

Amos hizo una pausa, levantó el farol y pasó su mano por la pared. Se tomó su tiempo para estudiar el túnel. Cuando llegaron al recinto donde City había dejado de cavar y había amontonado piedras, apoyó el farol en el centro. Usando un pico para roca, recogió más muestras. Se agachó junto a la luz y las giró entre sus manos.

—Tiene plata de una calidad superior aquí. ¡Y mire esto! Una pequeña veta de oro. —Se incorporó y se puso a trabajar de nuevo—. Su tío dedicó mucho trabajo al túnel y a este recinto.

Catalina miró a Scribe, quien se encogió de hombros.

—City nunca la trabajó realmente. No durante el tiempo que yo lo conocí. Venía aquí cada dos semanas, pero generalmente solo por un par de días. Más que nada, para salir del pueblo.

—Bueno, alguien lo hizo.

Catalina tenía una sospecha de quién era.

—No vi este sitio sino hasta hace dos años. —Scribe miró alrededor con el ceño fruncido—. City dijo que íbamos a excavar. Me dijo que trajera cantimploras y comida y me mostró el atajo. El refugio, los picos y la pala ya estaban aquí, y una caja de *whisky*. Trabajaba como si estuviera enojado con alguien. Solo lanzaba las piedras en ese montón. A mí me parecía una pérdida de tiempo. La siguiente vez que vinimos, la mayoría de las piedras habían desaparecido, y empezamos a armar una pila otra vez.

—Wiley Baer. —Catalina tenía la intención de hablarle al hombre la próxima vez que lo viera en el pueblo. ¡Y ella creía que tenía habilidad para juzgar el carácter de un hombre!

Amos la miró.

—¿Quién es Wiley Baer?

Ella recogió una roca y miró el destello a la luz del farol.

—Un viejo minero que hacía alarde de su mina secreta. Creo que es esta. —Dolida y desilusionada, lanzó la roca hacia atrás. Le había caído bien Wiley—. Supongo que ha estado robando.

—Tengo mis dudas. —Scribe negó con la cabeza—. Lo más probable es que haya estado manteniendo este lugar en secreto porque así es como lo quería City.

—Si Wiley era uno de los socios, ¿por qué solamente hay un nombre en la concesión?

—No lo sé. —Scribe encogió los hombros—. Eran amigos de muchos años. City contó que vinieron al Oeste en la misma caravana de carretas. Wiley lo salvó de ahogarse cuando cruzaron un río.

Ella frunció el ceño.

—¿En serio? Eso debe haber sido cuando mi padre murió. —Entonces, el tío Casey había estado a punto de ahogarse, pero Wiley logró salvarlo. Si tan solo alguien hubiera podido salvar también a su padre—. ¿Estás diciendo que Wiley llegó a Calvada con mi tío?

—Creo que viene y va. He estado en Calvada desde que tenía cinco años y nunca vi a Wiley hasta que City me acogió. —Se rascó la cabeza—. Fue Wiley quien le dijo a *Herr* que City tenía parientes en el Este. Él no sabía quiénes eran ni dónde estaban, pero se le ocurrió que Fiona Hawthorne lo sabría. Así fue como *Herr* encontró a tu madre.

Amos se metió su pico para roca en el cinturón.

—Cualesquiera que hayan sido las razones por las que su tío no explotó esta mina, de seguro fueron por algo. Esto parece una bonanza. Regresemos al pueblo. No hay nada más que podamos hacer por ahora, pero tenemos mucho de qué hablar. Scribe, si alguien te pregunta qué encontramos, diles que un montón de piedras y tierra. Cuanto menos digas, mejor.

Los ojos de Scribe brillaron como puntos idénticos de luz.

—Y trata de no verte como si hubiéramos encontrado la olla al final del arcoíris.

Mientras salían, Amos le susurró a Catalina:

—Si esta fuera mi concesión, pondría unos guardias.

—¿Ahora?

—Cuanto antes, mejor. La noticia correrá pronto, y hay hombres que harían prácticamente cualquier cosa para quitarle esto.

Matías estaba parado en la calle, hablando con la cuadrilla del camino, cuando Catalina y Amos Stearns devolvieron el carruaje a la caballeriza. Había visto a Scribe unos minutos antes, enrojecido por la carrera y con los ojos brillantes. Fue directo a la oficina del periódico. Catalina y Amos caminaban por la acera. Catalina estaba cubierta de polvo y un poco agitada. Era él quien llevaba la conversación. De algo serio, a juzgar por la intensidad del joven tasador. Debió percibir el interés de Matías, pues miró hacia él y levantó el mentón en señal de saludo, mientras le abría la puerta a Catalina. Ella se dio vuelta para mirar por encima del hombro. Matías levantó las cejas a modo de pregunta. Parecía perturbada, como si lo que Amos estaba diciéndole la intranquilizara. ¿Hablaría con él del asunto? Lo dudaba. Matías volvió a prestarle atención a la cuadrilla del camino que estaba paleando la grava de la extinta mina Jackrabbit a la calle.

—Dos carretadas más hoy —le dijo el capataz—. Sanders subirá el precio. —Matías lo supuso cuando se enteró de que Sanders había comprado la propiedad. Si había una forma de hacer dinero, Sanders llevaba la delantera. Sin embargo, no podía criticar al hombre por eso, cuando él estaba haciendo lo mismo.

Catalina volteó el letrero de Abierto a Cerrado.

Podía tener aspecto de que sus esperanzas habían sido frustradas, pero el comportamiento de Scribe y el ojo atento de Amos Stearns demostraban otra cosa.

❧

Abrumada por la charla de Amos sobre los métodos de minería subterránea, la ingeniería, la maquinaria, la ventilación, los explosivos y la mecánica de las rocas, Catalina levantó la mano, dándose por vencida.

—Necesito tiempo para pensar, Amos.

—Lamentablemente, el tiempo no está de nuestro lado. Es probable que la noticia ya esté corriendo, gracias a nuestro joven amigo. Vine a Calvada con la esperanza de encontrar exactamente lo que hallamos. Mis socios están esperando novedades de mí, dispuestos a darle el capital que necesita para comenzar las operaciones.

Este hombre tranquilo ciertamente tenía la cualidad de la determinación.

—Se lo agradezco, pero...

—Yo puedo actuar como superintendente de la mina y hacer que las cosas funcionen. Necesitará un capataz bajo tierra, un ingeniero de minas, un supervisor de mantenimiento, y la cuadrilla...

Él no la estaba escuchando en absoluto.

—¡Basta! ¡Ahora!

Sabía que Amos Stearns estaba bien informado y que estaba ansioso, pero ¿tenía la experiencia suficiente como para supervisar una mina? Él quería estar a cargo. Eso estaba claro. A pesar de que el comentario de Matías la sacaba de sus casillas, Catalina no podía coincidir más con él en cuanto a que la minería no era una ocupación para una mujer. Un minuto dentro del oscuro y húmedo nido de serpientes lleno de telarañas se lo había dejado en claro. No quería volver a poner un pie en ese túnel nunca más. No obstante, la mina era de ella. No podía esquivar la responsabilidad y volcar todas las decisiones administrativas en otra persona.

No es ocupación para una mujer, volvió a pensar, irritada. Bueno, el periódico tampoco lo era, y ahora la *Voz* estaba rindiendo el dinero suficiente para mantenerla. No era mucho, pero pagaba sus cuentas y el techo que tenía sobre su cabeza.

Con el cierre de la mina Jackrabbit, los hombres necesitaban trabajar. Algunos ya se habían marchado a otros pueblos. Más se irían si no se abría otra mina.

Una bonanza.

A estas alturas, era probable que Morgan Sanders ya se hubiera enterado de su reunión con Amos en la cafetería de Sonia y de la salida del pueblo que habían hecho esa mañana.

—Catalina...

Su mano volvió a levantarse en alto.

—Por favor.

Amos quería ofrecerle su ayuda. ¿Ayuda? No, él había venido a dirigir una mina, porque sin duda pensaba que una mujer era incapaz de administrarla. ¡Ni siquiera la había considerado capaz de conducir un carruaje!

Cuando se diera a conocer la noticia, sabía que podía esperar que le hicieran ofertas por la mina. Se puso de pie.

—Volveremos a hablar en la mañana.

Amos no parecía complacido, pero se levantó.

—¿Cuento con su permiso para contactar a mis socios y decirles lo que he visto?

—Sí, pero hágales saber que no estoy lista para firmar ningún contrato con ellos por ahora.

Él levantó las cejas ligeramente.

—Entiendo, pero ya está en medio de todo esto. Si decide vender, ellos pueden asesorarla sobre el precio a pedir por la mina. Si decide quedársela, estoy seguro de que invertirán. Como le dije, tienen intereses en Virginia City. También tienen acciones en Sutter Creek, Jackson y Placerville. Han estado en esto más tiempo que yo y tienen más recursos financieros. Francamente, lo único que tengo que ofrecer es la experiencia que adquirí trabajando con mi padre. Él era un capataz. La verdad es que lo extraño. En este momento estoy muy motivado para hacer algo más que trabajar en una oficina como tasador.

Su actitud le gustó a Catalina.

—Me doy cuenta de lo entusiasmado que está, Amos, pero deberá tener paciencia y esperar a que me ponga al tanto.

—Entonces, no diré nada más y la dejaré para que lo haga, Catalina. —Recogió su sombrero—. Podría llegar a convertirse en una joven muy rica en los próximos meses.

Acordaron volver a reunirse en la cafetería de Sonia para cenar. Catalina puso una condición: que no hablaran más sobre minas. Lo acompañó hasta la puerta.

<hr />

A Matías no le gustaba ver a Catalina con otro hombre, especialmente dos noches seguidas, y con uno que gozaba de toda su atención. ¿El tasador de Sacramento había hecho el viaje hasta Calvada solo para entregarle un informe y ver una mina? Stearns comprendía la oportunidad de un negocio rentable, pero cualquiera que observara a esos dos, con las cabezas juntas, se daba cuenta de que el hombre estaba cautivado por la mujer poseedora de la concesión. Ina Bea se detuvo en su mesa y habló con la pareja. Las dos mujeres reían y charlaban mientras Stearns, callado, tenía la mirada fija en Catalina. Bien vestido, esbelto, de cabello rubio oscuro y la barba recortada, parecía más un empleado que un minero. Cuando Ina Bea se alejó, Catalina le habló nuevamente a Stearns, amablemente, como si fueran amigos. Se veía perfectamente relajada con él. Cada vez que Matías se acercaba, ella se encerraba en su propia formalidad y cautela. No porque él no le hubiera dado motivos.

Se había portado como un caballero durante sus últimos encuentros. Le mostró todo lo que había estado haciendo desde la elección, satisfecho de ver cuán complacida estaba ella. No por ella en sí, había aclarado, sino por los beneficios para todos los calvadenses. Ya estaba harto de mantenerse al margen.

Axel Borgeson se reunió con Matías. Afortunadamente, el pueblo se había tranquilizado bastante desde que le había puesto la insignia. Borgeson no toleraba tonterías. Dos que pusieron a prueba su temple terminaron magullados, ensangrentados y encarcelados hasta el amanecer, cuando fueron llevados a palear lejía en los retretes públicos y limpiar el estiércol de caballos de la calle Campo.

Borgeson le pidió su orden a Ina Bea y mantuvo la mirada fija en el vaivén de sus caderas mientras se alejaba.

—Separé a los que estaban peleando en el Farol Rojo. Unos borrachos inquietos. Ningún daño más que el que se hicieron entre ellos. Les dije que podían comportarse, o largarse del pueblo.

Borgeson miró al otro extremo del salón; luego, volvió a mirar a Matías con ojos divertidos.

—Tu mente parece estar en otro lado. Y puedo entender por qué. No se ven muchas mujeres como Catalina en un pueblo como este, ¿verdad?

—No. No se ven.

Ina Bea colocó dos tazas en la mesa y sirvió café. Regresó

con dos platos llenos con carne molida, papas, zanahorias y un repollo humeante que brillaba por la mantequilla. Le preguntó a Axel si todo andaba bien en sus rondas. Él dijo que el pueblo estaba tranquilo y que se había enterado de que habría un baile en la cantina Rocker Box el viernes por la noche, si estaba interesada. Ruborizándose, ella dijo que sí, que sería agradable. Matías lo miró con una sonrisa burlona cuando Ina Bea regresó a la cocina.

Axel recogió su cuchillo y su tenedor.

—¿Cómo está progresando la lista de Catalina? —Sonriente, mordió un bocado.

Catalina y Amos habían terminado la cena hacía rato y ahora se pusieron de pie para irse. Ambos le dedicaron una sonrisa y asintieron con la cabeza cuando salieron juntos por la puerta.

—Otra conquista —comentó Axel—. Parece que las emociones son muy fuertes en lo que concierne a la señorita Walsh. Algunos hombres no tienen nada bueno que decir de ella, mientras que otros admiran su coraje.

—Ha tolerado muchas impertinencias desde que llegó al pueblo; la mayoría, de mi parte.

—Eso he oído. —Axel se rio—. ¿De verdad te echaste al hombro a esa muchacha y la llevaste a tu hotel?

—¡No! Ella vino por su propia voluntad. Aunque... —El rostro de Matías se acaloró de repente—. La cargué para cruzar la calle. En ese momento, parecía la mejor manera de que no se metiera en líos.

———⋆———

Más tarde esa noche, Matías decidió ver cómo estaba Catalina y se sorprendió cuando lo invitó a entrar. Dijo que había estado esperando discutir algo con él.

—Tengo que decidir qué haré con la mina de City. —Parecía estar esperando que él dijera algo—. ¿No tienes nada que decir?

—No es mi mina. —¿Estaba inclinándose hacia él, o eran solo sus esperanzas?

Tomando aire súbitamente, Catalina se levantó y se alejó de él.

—Ahora que se conoció la noticia, gracias al bocazas de Scribe, tendré que hacer algo.

Matías la observó moverse ansiosamente por la habitación.

—¿Qué tiene que decir Amos Stearns al respecto? —No le gustaba traer al tasador a su conversación, pero necesitaba saber qué estaba pasando entre ellos.

Catalina se sentó en su escritorio y revolvió sus notas.

—Cree que sus socios querrán invertir, y a él le gustaría administrarla.

—¿Y cómo te sientes al respecto? —Trató de evitar la aspereza en su voz.

—No sé nada sobre minería. Él tiene capacitación, experiencia y confía en que podría hacer el trabajo.

Matías tampoco sabía nada sobre minería, pero sí sabía de negocios.

—¿Confías en él?

—Me cae bien y me parece confiable.

—¿Pero?

Ella se encogió apenas de hombros.

—Pienso que está muy interesado en la mina, pero creo que también está interesado en... otras cosas.

—Tú. —Matías y todos los demás que los habían visto en la cafetería de Sonia reconocían a un hombre locamente enamorado de una mujer.

—Eso podría dificultar la relación laboral. Y no estoy segura de querer que alguien se encargue de la mina y maneje las cosas como he visto que manejan las minas por aquí.

—La Madera. —Sintió cierto alivio de que ella no fuera tan ingenua acerca de Morgan Sanders como algunos pensaban.

—¿Cómo funciona la sociedad que tienes con Henry? —Sacó un poco de papel y tomó un lápiz—. ¿Te molestaría decírmelo?

Él se rio.

—¿Vas a entrevistarme *ahora*? —Ella prefería que todo fuera puramente profesional. Él se levantó, giró una silla de respaldo recto y la puso junto a su escritorio—. ¿Qué quieres saber, milady?

—Todo.

—¿Estás pensando asociarte con Amos Stearns? —Si ella decía que sí, no estaba seguro de querer ayudarla.

—Podría considerarlo, pero aún tendré que pensar en otras opciones.

Matías deseó tener los medios para invertir, pero ya había puesto dinero en el almacén de ramos generales de Walker y en la compañía de Transportes Beck y Call. Le dijo que su sociedad con Henry era simple. Un plan sólido, clientes potenciales, capital a partes iguales invertido en construir carretas, comprar caballos e instalar la oficina en una ciudad central.

—Sacramento —dijo Catalina sin emoción—. Te irás de Calvada, ¿verdad? —No intentó disimular su desilusión—. Luego de que termine tu período como alcalde.

—Quizás sí, quizás no. —No se iría sin ella—. Iré a Sacramento cada tres meses, y Henry y yo revisaremos todas las cuentas. Es mi amigo y confío en él, pero de todas maneras necesito saber lo que está pasando.

Catalina escribió rápidamente. Echándose hacia atrás, entrelazó el lápiz entre sus dedos.

Podía ver que su mente trabajaba aprisa.

—¿Qué está pasando en esa cabeza tuya?

—Solo es una idea.

—Si confías en Stearns, y él y sus socios presentan una oferta, quizás sea prudente vender. La minería no es...

—¿Para una dama? —Lanzó el lápiz sobre su escritorio, ahora molesta—. Eso me han dicho. Reiteradamente. Lo cual me hace desear hacerlo, solo para demostrar que todos los hombres de Calvada se equivocan. Y sé que esa no es una buena razón. —Hizo una pausa—. Pero es mi herencia. Necesito tomar una decisión responsable sobre lo que haré con ella. Conozco de primera mano los peligros de ser rica.

—La riqueza no es mala, Cata. El amor por el dinero sí lo es. No importa cuánto tengas, nunca es suficiente.

Ella recogió su lápiz y golpeteó con él.

—Amos dijo que podía convertirme en una joven muy rica, pero no estoy segura de que desee ser rica. Aunque hay veces que me gustaría tener dinero para comprar cualquier cosa que quisiera. —Le dirigió una sonrisa lánguida—. El cajón de libros de Aday. Lo escondí bajo la mesa para que nadie más lo note. Y siempre está el cuestionamiento de si estoy capacitada para la tarea de manejar lo que sea.

Lo sorprendió la falta de seguridad en sí misma.

—Tú manejas dos negocios.

—Era una pobre sombrerera, pero a la *Voz* le va bien.

—Quizás esos emprendimientos estaban destinados a prepararte para lo que vendrá. —¿Qué estaba diciendo?

Catalina se rio, sorprendida y divertida.

—¿Es Matías Beck quien está diciéndome seriamente que piensa que yo podría dirigir una mina?

—*Podrías* no necesariamente quiere decir que *deberías*, Cata. Depende de qué resultado quieras.

—¡Oh! —Abrió grande los ojos y se pusieron más brillantes, como si sus palabras hubieran desencadenado, sin querer, una idea explosiva.

Él la estudió con el ceño fruncido. Ya estaba perdida en ese pensamiento que había ahora en su fértil cerebro. Un largo rizo rojo se había escapado de su moño. Él lo levantó y lo enroscó en su dedo. Ella sintió el suave tirón y lo miró respirando suavemente. Cuando sus labios se entreabrieron, él sintió que el calor subía por su cuerpo. Era momento de alejarse de la tentación. Soltó el suave rizo y se puso de pie.

—¿Me acompañas a la puerta? —dijo con voz ronca.

Cuando Catalina caminó alrededor del escritorio, Matías bajó la mecha del farol. Ella inhaló lentamente.

—Mejor que no me vean saliendo de tu casa a esta hora. No queremos que nadie haga conjeturas erróneas.

—He dejado de preocuparme por lo que piensa la gente.

Matías la miró con una sonrisa seductora.

—¿Estás diciendo que puedo quedarme?

Ella le dio un empujoncito.

—Justo cuando pensé que podía confiar en ti.

Matías deseaba besarla. Cuando abrió la puerta y levantó la vista hacia él otra vez, tuvo la sensación de que ella también deseaba lo mismo. Pero algo lo frenó.

«Hay una temporada para todo, un tiempo para cada actividad bajo el cielo».

Estaban tan cerca uno del otro, que Matías podía sentir la tibieza de Catalina, oler su perfume. Podía llenarse de ella al respirar. Cuando extendió lentamente el brazo, ella no se alejó. Él recorrió su brazo con la mano y tomó la de ella, apretándola con suavidad. Se inclinó y besó su mejilla.

—Buenas noches, milady.

20

EL MIÉRCOLES EN LA MAÑANA deslizaron otra nota debajo de la puerta de Catalina. Ella reconoció la letra.

Mi querida Catalina:
Hay una reunión importante de propietarios de minas
esta tarde. Enviaré un carruaje a buscarla a las cinco,
a menos que indique lo contrario.

Suyo,
Morgan

Catalina no dudó. Desde luego que quería asistir. Por supuesto que deseaba saber lo que estaba pasando. Estaba lista cuando el cochero vino a buscarla, pero cuestionó la ruta que había tomado cuando condujo hasta el límite del pueblo y dobló en Gomorra.

—¿Adónde me lleva?

—A la casa del señor Sanders. Solo tomé este camino porque el caballo volteó por aquí.

Entonces, ¿por qué estaba desacelerando el carruaje cuando llegó a la casa de Fiona Hawthorne? Catalina vio que Monique los miraba detenidamente desde una ventana de la planta alta. El cochero se quedó mirándola. Monique retrocedió y cerró la cortina de un tirón. Catalina inclinó su cuerpo hacia adelante.

—¿El señor Sanders le dijo que viniera por aquí?

—El jefe me dijo que la llevara a él, y el caballo apuntó al sur. Además, es bueno que las personas sepan dónde están paradas.

No sabía si se refería a Monique Beaulieu o a ella.

—Mi visita es estrictamente de negocios.

—No es asunto mío si no lo es. —Giró a la derecha en lo alto de la colina, donde vivían los dueños de las minas. La casa de Morgan era la más grande, una mansión de tres pisos, rodeada por una gran verja de hierro ornamentada. Dos hombres, obviamente sirvientes, trabajaban en el jardín.

El cochero se detuvo junto a la verja, bajó de un salto y le ofreció la mano. Ella subió los escalones y llamó a la puerta. Otro sirviente, un hombre chino, abrió. Hizo una reverencia y retrocedió cuando Morgan, vestido elegantemente, pasó por una entrada abovedada.

—Catalina. —Habló amigablemente y la recorrió de arriba abajo con la mirada apreciándola abiertamente. El sirviente cerró la puerta delantera detrás de ella y caminó hacia el vestíbulo sombreado, deslizando sus manos dentro de las mangas sueltas de su túnica de seda.

Cuando Morgan la escoltó a la entrada abovedada, Catalina

echó un vistazo a las molduras de caoba que coronaban tres arcos: uno conducía a una escalera que llegaba al segundo piso, otro a un largo pasillo. El tercero llevaba a una sala bellamente amueblada con un sofá de madera de caoba veteada estilo imperio, tapizado en lujoso terciopelo azul labrado con flores de lis rosas; un sofá de nogal tallado recién lustrado y sus butacas; mesas con tablero de mármol y patas curvas; cortinajes de *chintz*; y cortinas de encaje. El espejo con marco dorado sobre la chimenea gregoriana y su rejilla de bronce en forma de pavorreal agrandaban el tamaño del salón. En el rincón, cerca de las ventanas, había un piano espléndido. Ella había visto viviendas más elaboradas en el Este, pero, para el nivel de Calvada, esta era una mansión con todos los adornos y lujos.

—¿Y bien? ¿Qué le parece mi casa?

—Es encantadora. —Y estaba silenciosa—. ¿Dónde están todos? Usted dijo que habría una reunión.

—La hubo. A las tres. La suspendimos hace una hora.

Su corazón palpitó de una manera singular y sintió un temor repentino. ¿Qué juego estaba jugando con ella? Catalina dio un paso atrás.

—Usted me hizo creer que...

—Dije que había una reunión que pensé que le parecería interesante. Conversaremos sobre todo eso durante la cena.

—No me gusta que me engañen, Morgan.

Se dio vuelta para irse, pero él atrapó su brazo y le dio la vuelta otra vez con sus ojos oscurecidos.

—Y a mí no me gusta que me despidan como a un colegial. —La empujó hacia una butaca y, prácticamente, la obligó a sentarse.

—¿Qué cree que está haciendo? —Intentó ponerse de pie, pero Morgan se paró frente a ella con una expresión tal que ella se hundió, aterrada.

—Pasaremos la noche juntos, usted y yo. Y, al final de ella, tendremos un acuerdo.

Algo en la sonrisa de él le contrajo el estómago. Su mente zumbaba. ¿Cuántas personas la habían visto entrar en su carruaje y ser conducida por la calle Campo?

—No debería estar aquí, en su casa, a solas con usted. Es sumamente indecoroso.

Él sonrió con satisfacción.

—Estuvimos solos cuando me invitó a tomar el té.

—La puerta delantera permaneció parcialmente abierta para que cualquiera que pasara por ahí pudiera ver que estábamos hablando. Debería tener una chaperona.

Morgan soltó una carcajada.

—¿Y quién sería? ¿Tweedie Witt? Se mudó a la cafetería de Sonia, ¿verdad? ¿Una pelea, quizás? ¿Porque me invitó a su santuario a tomar té con pastel?

A Catalina no le gustaba su tono y la enervaba la petulante satisfacción que emanaba de él.

La estudió.

—¿Me tiene miedo?

Ella *tenía* miedo, pero se sentía instintivamente restringida a reconocerlo. Morgan todavía no se había sentado. ¿Intentaría impedir que se fuera, si se presentaba la oportunidad? ¿Qué intenciones tenía? La gente ya la consideraba alguien no convencional. Si se corría la voz sobre esto, también pensarían que era inmoral.

Entrelazando las manos sobre su regazo, Catalina levantó el mentón y lo miró a los ojos. Tenía que mantenerse calmada o, al menos, aparentar estarlo.

—Este comportamiento no es digno de usted, Morgan.

—¿Eso piensa? ¿Habría venido si hubiera sabido que estaría solo?

—No. —Se levantó serenamente, esperando que él le permitiera marcharse—. Y debo irme ahora para preservar mi reputación.

—Qué curioso, viniendo de una joven a quien poco le ha importado lo convencional desde que se bajó de la diligencia. —Habló con frialdad, la cordialidad se desvaneció en sus ojos oscuros—. Usted y yo tenemos cosas que discutir. Asuntos que es mejor que los demás no escuchen.

Su corazón martilleaba. No se atrevía a avanzar hacia la puerta, pues eso la acercaría a él. Esforzándose por mantenerse en calma y pensar, se sentó y alisó su falda.

—Muy bien. ¿Qué desea discutir que lo ha hecho llegar a tales extremos?

Morgan se sentó al borde de la butaca, como preparado para levantarse si ella lo hacía.

—Me han dicho que Amos Stearns le trajo un informe sobre la mina de City.

Ella podía adivinar adónde quería llegar.

—¿Conoce al señor Stearns?

—No puedo decir que haya tenido el placer, pero Hollis y Pruitt son muy conocidos en Sacramento. ¿Qué le dijo? —Morgan se recostó en la butaca, aunque ella sentía que su tensión iba en aumento—. Vamos, hable, mi querida.

Catalina permaneció en silencio. Fue una ingenua al pensar que la visita amistosa con té y pastel de sidra influiría en este hombre. No quería decir nada, pero la conversación era preferible a la amenaza creciente que sentía por quedarse callada.

—Así es, el señor Stearns trajo un informe. Scribe se entusiasmó precipitadamente con las posibilidades. —Le dirigió una sonrisa tímida, sabiendo que él ya habría escuchado toda esa información—. Usted me ofreció comprar la mina cuando apenas llegué a Calvada. ¿Ya la ha visto?

—No, pero pensé que la concesión no valía nada. Y le ofrecí comprarla para ayudar a una pobre joven necesitada.

—¿En serio? ¿Por qué?

Los ojos de él se entrecerraron.

—No sea impertinente. No es apropiado de una dama. Hollis y Pruitt no habrían enviado a Stearns si no hubieran encontrado algo que valiera la pena ir a buscar. —Parecía divertido—. Siempre me pregunté por qué City no había abandonado la concesión, aunque ahora me pregunto todavía más por qué no la explotó. —Levantó las cejas—. ¿Le ha dicho Stearns cuánto vale la mina?

—El señor Stearns no mencionó el precio, pero sea cual sea, no tengo planes de venderla.

Morgan se burló.

—Ciertamente, usted no puede manejarla.

Una ráfaga de fuego se disparó dentro de ella. Estaba harta de que los hombres le dijeran qué podía y no podía hacer.

—¿Por qué no? —Siguió hablando en un tono amable, aunque la ira le caldeaba la sangre.

—No sea ridícula, Catalina. Es una dama.

Ella era una mujer y, al parecer, la mayoría de los hombres pensaba que las mujeres eran incapaces de hacer algo más que no fuera cocinar su comida, lavar su ropa, satisfacer todas sus necesidades y, a la vez, parir y cuidar a sus hijos.

—Todos dicen lo mismo, pero no me amedrentarán para que venda.

—Esa nunca fue mi intención. —Su mirada recorrió su rostro y bajó a su cuerpo—. Estoy mucho más interesado en usted que en la mina de City. Lo dejé en claro mucho tiempo antes de que se supiera que la mina de City podía valer algo. Pero si la tengo a usted, lo tendré todo, ¿no es así?

No debía demostrar miedo, aunque el miedo inundaba su

cuerpo. ¿Hasta dónde llegaría este hombre para conseguir lo que quería?

—Dudo que así se comporte un caballero.

—Usted es muy joven, mi querida. Un caballero sabe lo que quiere, y yo la quiero a usted.

¿Por qué no ser directa? Ya que a él le parecía algo tan valioso.

—Usted no me quiere a mí. Quiere la mina de City.

—Subestima sus encantos. Yo me decidí por usted la primera noche, cuando cenamos juntos.

Cuando Morgan se levantó, ella reprimió el pánico. Unos pasos se acercaron por el pasillo y el chef canadiense del hotel de Morgan entró al salón con un plato de elegantes entremeses. Catalina tomó uno.

—¿Cerró el restaurante esta noche? —Esperaba demorar su partida haciéndole preguntas.

El chef sonrió.

—No, *mademoiselle*. Phillippe...

—Eso será todo, Louis. —Morgan hizo un gesto brusco con su cabeza para que se retirara. El hombre asintió y se retiró. Morgan la miró severamente—. Una dama nunca les dirige la palabra a los sirvientes.

—Quizás no sea la dama que usted creyó que era. —Tan pronto las palabras salieron de sus labios, deseó no haberlas dicho, porque él podría tomarlas de la manera equivocada.

Él rio entre dientes, claramente consciente de su inquietud y disfrutándola.

—Su inocencia es un deleite. Pasaremos juntos una noche placentera.

—¿Es una orden?

—Si tiene que serlo... —Él sirvió dos copas de vino tinto y le entregó una.

—Yo no bebo.

—Esta noche lo hará. Porque yo se lo ofrezco.

Catalina tomó aire, temblorosa, pero no aceptó la copa.

—Pruebe el vino. Le aseguro que es de la mejor calidad, lo compré en San Francisco y llegó hasta allí en barco desde Francia.

—No, gracias.

—Vaya hipócrita tan educada.

—¿Disculpe?

—Debería pedir disculpas. Me enteré de que una noche disfrutó el famoso elíxir de Sonia.

Se quedó boquiabierta, pero no le vio ningún sentido a defenderse a sí misma.

—Las personas se interesan demasiado en mi vida, señor Sanders. Especialmente usted. —Con tres mil hombres y menos de cien mujeres, era difícil mantener algo en privado, hasta cerrando con llave las puertas y bajando las persianas de las ventanas.

Morgan bebió sin prisa un sorbo de vino.

—Sé bastante sobre usted. Matías Beck entra y sale de su casa a toda hora. —Su boca se torció de manera desagradable—. ¿Acaso no es así?

Se ruborizó.

—No por los motivos que, obviamente, está insinuando. El señor Beck es más amigo de lo que usted está demostrando ser. —Mientras él dejaba a un costado su copa, ella aprovechó la oportunidad y corrió hacia la puerta. Ni siquiera había llegado a la entrada, cuando Morgan la atrapó del brazo y la giró para que quedara frente a él.

Tomó su mentón, mirándola ardientemente.

—No irá a ninguna parte.

Catalina dio un grito sofocado ante semejante trato. Realmente asustada, hizo un intento desesperado de fingir indignación.

—¡Suélteme! ¡Me está lastimando!

Él apretó más los dedos, acercándose a ella.

—Así que Beck es su *amigo*. No puedo evitar preguntarme qué tan cercana es su relación. —La llevó de nuevo a la butaca y la obligó a sentarse. Plantó sus manos en los apoyabrazos y se inclinó sobre ella—. Míreme, Catalina. ¡Dije que *me mire!* —Ella hizo lo que le ordenó, odiándose por ello—. ¿Todavía es virgen? —Se burló de ella, fingiendo preocupación al mirar su rostro. Se rio en voz baja y se incorporó—. Sí, lo es. —Rozó la mejilla de ella con sus dedos y el contacto la estremeció—. Tan suave. Tan pura. —Se apartó y se sentó nuevamente frente a ella, ahora completamente relajado, dominante—. Usted va a ser mi esposa. Lo decidí hace meses.

Tragó convulsivamente.

—Yo tengo voz y voto al respecto, y la respuesta es no.

—No le pregunté. —Morgan se rio de manera burlona—. Necesito una esposa, y usted está lista para el matrimonio. Quiero un hijo. Cásese conmigo y tendrá todo lo que una mujer podría desear. Recháceme, y haré correr la voz de que usted pasa su tiempo en Gomorra.

Su fría afirmación la perturbó.

—Estoy segura de que, si le hiciera la misma propuesta a la señorita Beaulieu, la encontraría más dispuesta.

—Monique sabe cuál es su lugar. —Torció la boca—. Seguirá siendo mi amante.

El sirviente chino se paró en la entrada.

—La cena está servida.

Morgan se puso de pie, nuevamente en el rol del anfitrión simpático.

—¿Vamos? —Cuando Catalina no se levantó, la hizo ponerse de pie bruscamente y susurró—: No ponga a prueba mi paciencia. —Cuando ella miró hacia la puerta, la empujó delante de él, antes de soltarla. Catalina siguió al sirviente, sintiendo la presencia amenazante de Morgan detrás de ella, impidiendo su huida.

Morgan la ayudó a sentarse. Después ocupó su lugar en la cabecera de la mesa. La estudió por un momento en silencio, contemplativo, como si estuviera imaginando cómo esperaba que se desarrollara el resto de la noche. Ella agradecía la mesa de dos metros y medio que había entre ambos. Los cubiertos de plata dispuestos presagiaban cinco platos. Mientras servían la comida, Morgan sacudió su servilleta y la puso sobre su regazo. Catalina hizo lo mismo. El cuchillo para el plato principal parecía suficientemente afilado como arma.

El chef de Morgan ofreció el primer plato y les dijo que había preparado una suntuosa carne a la Wellington, con zanahorias confitadas y verduras de invierno tibias. Catalina rechazó el vino mientras ponían frente a ella hongos rellenos. Irritado, Morgan le dijo a Louis que le trajera a la dama un vaso de agua mineral. Cuando él tomó el cuchillo y el tenedor, ella inclinó la cabeza. *¡Señor, ayúdame!* Levantó la cabeza y encontró a Morgan mirándola con humor sarcástico. Tocó los cubiertos antes de seleccionar el cuchillo. El primer bocado resucitó su apetito. No había comido desde el desayuno, demasiado atareada con el periódico para ir a la cafetería de Sonia. Después del entremés vino una ensalada verde con aliño dulce, seguida por el plato principal, que estaba ciertamente delicioso.

—Su chef se ha superado a sí mismo. —Recordó el filete de ciervo sobre cocido que había comido en el hotel.

—Nunca había visto a una dama con semejante apetito.

Ella sonrió porque había comido lo suficiente como para sentir que las varillas del corsé se le clavaban y, probablemente, lo suficiente para sentirse enferma. Si Morgan la tocaba, podía llegar a sorprenderlo de un modo que podría frustrar su ardor.

—Comerá de esta manera todos los días, querida mía.

No pudo evitar decir:

—Qué pena que tantos de sus empleados apenas puedan pagar dos simples comidas al día. —Cortó otro bocado pequeño—. ¿Le interesa comprar mi mina porque la suya se está agotando?

Morgan la fulminó con la mirada.

—Tiene una lengua afilada.

Catalina esperaba que el cuchillo que planeaba deslizar hacia su falda fuera mucho más afilado.

—La Jackrabbit cerró —le informó ella como si él no lo supiera ya—. Twin Peaks está dejando menos ganancias... —Arqueó una ceja.

—Le aseguro que la Madera todavía tiene mucho mineral por extraer.

Su vehemencia le indicó que había metido el dedo en la llaga. Por supuesto que estaría ansioso por comprar la mina de su tío, o encontrar la manera de controlarla. Morgan escarbaba su cena como si fuera un hombre acostumbrado a blandir un pico y una pala, en lugar de sentarse detrás de un escritorio en su hotel a darles órdenes a sus encargados.

Cuando Morgan se dirigió a Louis, ella se las arregló para ocultar el cuchillo entre los pliegues de su falda. Los platos restantes fueron retirados y sirvieron la tarta de arándanos. Morgan la rechazó. Era perturbador que la observara mientras comía, pero ella fingió que no le importaba. Cuando finalmente no pudo comer un bocado más, se limpió los labios y dobló la servilleta sobre el plato de porcelana fina y le dedicó toda su atención.

—No había tenido una cena de cinco platos desde que fui desterrada de Boston.

—Me alegra que la haya disfrutado. —Sonrió con

suficiencia—. Ahora, ponga el cuchillo en la mesa, Catalina. Es de mala educación robar la platería.

Hizo lo que le dijo.

Morgan empujó su silla hacia atrás y se puso de pie. Cuando se acercó a ella y retiró su asiento, Catalina sintió un escalofrío de aprensión. Desesperada, dijo lo primero que se le ocurrió.

—Algún día, todo el mineral valioso será excavado, explotado y transportado fuera de la montaña. Entonces, ¿qué pasará con Calvada? —Podía asegurarle que su mansión quedaría como un monumento vacío a su arrogancia y a su orgullo: inútil, abandonado, deteriorándose, o demolido para edificar otras estructuras, en otro lugar. Entonces, ¿de qué le servirían todas sus maquinaciones?

Él se paró cerca.

—No me importa lo que suceda con Calvada. Habré vendido a un precio alto mucho antes de que el mineral se acabe. —Hizo un gesto con la cabeza: una orden para que lo precediera a salir de la sala. Apoyó su mano en la parte baja de su espalda cuando entraron al pasillo. Cuando se acercaban a la escalera, se puso tensa, lista para huir hacia la puerta, pero él la tomó firmemente del brazo y la giró hacia la escalera.

—¿Qué cree que está haciendo? —gritó ella, tratando de soltarse.

—Haré lo que he deseado hacer durante meses. Después de esta noche, sabrá que es mía. —La subió a la fuerza varios escalones.

Entonces, Catalina luchó con todas sus fuerzas. Logró librarse de sus brazos. Cuando él intentó sujetarla de la cintura y levantarla, ella arañó su cara con las uñas y estuvo a punto de lograr liberarse. Él la insultó y enterró los dedos en su cabello, mientras levantaba la mano para golpearla.

La escalera serpenteó bajo sus pies mientras ella gritaba.

Con la mano aún levantada, Morgan miró hacia arriba, alarmado, cuando el candelabro del techo traqueteó violentamente. Sus dedos se aflojaron y Catalina se soltó de un tirón, para caer tres escalones de rodillas. El sirviente gritó, pasó corriendo al lado de ella y abrió la puerta delantera de par en par. Catalina se arrastró hasta ponerse de pie, levantó su falda y huyó detrás de él.

Mientras bajaba corriendo los escalones delanteros, casi se cae otra vez. Se sujetó de la barandilla y trató de recuperar el equilibrio, pero la tierra misma estaba temblando. ¿Qué estaba sucediendo? ¿Había habido una explosión en la Madera?

—¡Terremoto! —gritó alguien en la calle. El caballo de un carruaje que había estado pasando, ahora se encabritó en sus arreos.

—¡Catalina! —rugió Morgan con el rostro lívido mientras corría detrás de ella. La joven atravesó la verja empujándola. El caballo aterrado relinchó agudamente y volvió a encabritarse. Catalina corrió a toda velocidad y lo esquivó. Sus cascos cayeron pesadamente, bloqueando la persecución de Morgan.

El temblor no duró mucho, pero el caballo se hizo a un lado y casi volcó el carruaje contra la verja de hierro adornado que bordeaba el jardín delantero de Morgan. Morgan maldijo en voz alta.

—¡Controle a ese caballo!

Catalina llegó a la esquina. Respirando con dificultad, siguió más despacio con una mano apoyada contra su estómago. Mirando hacia atrás, vio que Morgan sujetaba las riendas del caballo con el rostro rígido y sus ojos negros de furia, fijos en ella.

Con el corazón palpitante, Catalina siguió caminando a toda prisa. Cuando llegó a la avenida París, sucumbió al miedo que había reprimido las últimas dos horas, alzó el dobladillo de su falda, y corrió.

Matías estaba parado afuera, en medio de la calle. El terremoto había sacudido los edificios y destrozado algunas ventanas; solo una construcción muy mal hecha se vino abajo al final de la calle. Vio que Catalina corría por la acera. ¿De dónde venía? Parecía aterrada. Abrió su puerta, entró corriendo y la cerró rápidamente.

Cruzó la calle y llamó a su puerta, preocupado. Ella no contestó. Ni siquiera miró a través de la cortina.

—¡Catalina! ¿Estás bien? ¿Hubo algún daño?

—Todo está bien. Gracias. —No sonaba bien. Se oía jadeante y asustada.

—Fue un terremoto. Ya terminó. Podría haber algunos temblores, pero menos severos. —Hizo una pausa—. ¿Estás segura de que todo está bien?

—Estoy muy bien. Excelente de verdad. —Tartamudeó.

Él trató de aligerar el momento. Apoyándose contra la puerta, habló en voz más suave.

—¿Qué te parece junio para una boda?

—¡*Vete!*

Matías se enderezó. Nunca había escuchado ese tono estridente en ella. Bandido rasguñó la puerta.

—Será mejor que dejes entrar al perro.

—¿De qué perro estás hablando?

—Del que ladra.

—¡Todos los hombres de este pueblo ladran como locos! —La puerta apenas se abrió lo suficiente para dejar que Bandido se deslizara adentro; luego, se cerró firmemente. El cerrojo pasó de golpe.

Catalina no salió por la puerta delantera de su casa por tres días, aunque su lámpara ardió cada noche. Cada mañana, abría la puerta para dejar salir a Bandido, que pasaba el día marcando postes, olfateando en busca de ratas y aullándole a los violines del salón de fandango. Cuando Catalina abría la puerta cada noche, él se deslizaba adentro y no volvía a salir hasta el día siguiente.

Axel le contó a Matías que Morgan Sanders había estado ante su puerta la noche anterior.

—Escuché que Bandido estaba haciendo un escándalo y fui hasta allí a ver qué sucedía. —Sanders se había ido.

Ahora preocupado, Matías le preguntó a Sonia si la había visto.

—No desde que vino a desayunar el miércoles. Amos tampoco la ha visto. Dijo que llamó a su puerta y ella le dijo que le haría saber cuando estuviera lista para hablar de la mina. Mandé a Ina Bea para que viera cómo estaba. Hemos estado dándole de comer a Bandido. No sé qué ha comido ella. Tal vez esté trabajando en otro ejemplar de la *Voz*.

La última vez que Matías había visto a Catalina, ella iba corriendo por la acera como si el diablo la persiguiera. Supuso que estaba alterada por el terremoto. Ahora se preguntaba qué más podría haberle pasado ese día. Sin poder dormir, Matías decidió que si Catalina no aparecía por la iglesia, iría a golpearle la puerta otra vez, y si no la abría, la derribaría a patadas.

Matías se vistió temprano con sus mejores ropas. El letrero de «Cerrado» estaba colgado en su ventana. Había estado allí desde el miércoles en la tarde. Faltaba una hora y media para que comenzara el servicio en la iglesia. Sin poder esperar, se puso el sombrero, cruzó la calle y llamó a la puerta.

—¡Catalina! —No hubo respuesta. Cuando probó la puerta, se abrió. Su corazón se desplomó como un barómetro advirtiendo una tormenta cuando descubrió que la casa estaba vacía.

Cerró la puerta y subió la colina a zancadas, suplicando que estuviera en la iglesia. Sintió una oleada de alivio y, enseguida, que el pulso se le aceleró cuando la vio sentada en el templo. *Gracias, Jesús.* No estaba en su lugar habitual, sino cerca del fondo, a la derecha, cerca de uno de los ventanales altos. En el mismo lugar donde él se había sentado durante los últimos servicios. Su cabeza estaba agachada; sus ojos, cerrados. ¿Estaba orando o pensando? Mientras permanecía de pie, mirándola, un rayo de sol entró por la ventana y resplandeció sobre ella. Matías se sintió sacudido por la emoción. Si no la hubiera encontrado sentada en la iglesia, habría salido a buscarla.

Dejando escapar el aire lentamente, avanzó hacia el banco y se sentó junto a ella. El cuerpo de Catalina se estremeció levemente. No levantó la vista, pero abrió los ojos.

—Llegó temprano esta mañana, señor Beck.

—Así es, señorita Walsh. Espero no estar interrumpiendo sus oraciones.

—Hace rato que estoy aquí.

El reverendo Thacker apareció en el extremo del banco.

—Buenos días, señor Beck. Ambos llegaron temprano esta mañana. —Matías lo saludó. Sally se acercó por el pasillo con un jarrón lleno de narcisos de color amarillo brillante. Se detuvo y los saludó; se alejó con una vaga expresión de especulación. Acomodó el arreglo floral en el altar. El reverendo Thacker revolvió las notas que tenía en el púlpito; luego, habló con ella en voz baja y salieron por la puerta lateral a su despacho.

Catalina permanecía callada. Por más tiempo que necesitara para hablar, Matías esperaría. Los minutos pasaron y se sorprendió orando para que cualquier cosa que la preocupara tanto, Dios le diera una dirección clara. Ella suspiró largamente y lo miró, sus ojos verdes cristalinos eran como una pradera de montaña después de una lluvia.

—Me alegro de que estés aquí, Matías.

¿Estaba empezando a darse cuenta de que se pertenecían el uno al otro? Lo dudaba. Pero confiaba en él. Era un gran paso en la dirección correcta.

—¿Qué estuviste haciendo durante los últimos tres días? Tus amigas han estado preocupadas por ti. Yo he estado preocupado por ti.

Ella hizo un gesto.

—Lo siento. Estuve… —Encogió los hombros—. Estuve escribiendo. Pensando. Tomando decisiones.

La miró con una sonrisa irónica.

—Oh, oh.

Ella se rio en voz baja.

—Sí. Bueno. Ya sé qué hacer con la mina. —Habló con seguridad.

—¿Vender?

—No. —Lo miró otra vez con una sonrisa pícara que se burlaba de él—. Es solo una idea que tengo. Un experimento, si quieres llamarlo así.

Inmediatamente, él tuvo recelos.

—¿Te molestaría dar detalles?

—No aún. ¿Puedo reunirme contigo para hablar sobre alquilar el ayuntamiento?

Estaba llena de sorpresas. Esperaba que no fuera esa la única razón por la que se había sentado donde él solía hacerlo.

—Cuando quieras, milady. ¿En mi oficina o en la tuya?

—En la tuya. ¿Mañana a las diez en punto es adecuado para tu horario?

Qué formal. Cuánta seriedad. No importaba lo que hubiera en su agenda: encontraría el tiempo para ella.

—Sí.

Otros estaban entrando al santuario. Catalina parecía menos relajada. Miró por encima del hombro y sonrió a modo de saludo afectuoso. Al mirar hacia atrás, Matías vio que Fiona Hawthorne, Monique Beaulieu y otras tres mujeres se deslizaban en el último banco a la izquierda, más cerca de la puerta. Matías sintió que Catalina estaba tensa. Ella se dio vuelta y miró hacia adelante.

Morgan Sanders caminó por el pasillo. Matías supo que estaba buscando a Catalina cuando el hombre miró el banco vacío al otro lado de su asiento habitual y echó un vistazo alrededor. Su expresión se oscureció cuando vio dónde estaba sentada. Catalina no se movió. No respiraba. Matías sintió que su cuerpo temblaba. Miró a Sanders a los ojos y surgió una oleada caliente de sed de sangre en su interior. En lugar de entrar en la hilera y tomar asiento, Sanders caminó de regreso por el pasillo, le ordenó a alguien que se apartara de su camino y abandonó la iglesia. Matías oyó que Catalina exhaló en voz baja. Ella bajó la cabeza, pero no antes de que Matías notara cómo su rostro había empalidecido.

¿Qué le había hecho Sanders? Empezó a pararse con la intención de ir tras Sanders y averiguarlo, cuando Catalina puso una mano sobre su brazo. Dominando su ira, le tomó la mano y la encontró fría y temblorosa.

—¿Justifica una bala? —Su voz salió gélida y áspera. Ella no fingió haber entendido mal.

—No. Es menos tonto de lo que yo he sido. —Le dirigió una sonrisa—. Aunque quizás deba comprar un arma.

Matías sabía que lo había dicho con la intención de aliviar la tensión, pero su corazón latió más fuerte.

—¿Quieres mudarte de nuevo al hotel? Te garantizo que tendrás seguridad.

Su ánimo se relajó.

—Oh, no. No creo que sería una buena idea.

Matías la miró, herido.

—Creí que estabas empezando a confiar en mí, milady.

Catalina lo observó solemnemente.

—Confío en ti más que en ningún otro hombre de este pueblo, Matías. —Sostuvo su mirada durante unos segundos; luego retiró su mano de la de él y miró al reverendo Thacker, que les estaba dando la bienvenida a todos al servicio.

21

MATÍAS ESTABA PARADO EN LA ACERA, frente a su hotel, charlando con Henry, cuando vio salir a Catalina, deslumbrante en su fina vestimenta bostoniana. Media docena de hombres se quedaron mirándola como toros fulminados, incluido él. ¿Era su atuendo una señal de guerra, o su corazón estaba ablandándose? El perro venía con ella. Matías se consideraba afortunado de haberse hecho amigo del animal.

Catalina subió los escalones y los saludó a él y a Henry. Matías hizo un gesto con la cabeza hacia Bandido.

—Veo que trajiste a tu guardaespaldas.

—Ahora vete. —Le hizo un gesto con la mano al perro, y después le preguntó a Matías si estaba listo para hablar de negocios. Él la escoltó al interior del hotel. Su compañero se pegó a ella como un erizo—. Fuera, Bandido. —Lo miró y frunció el ceño, pero el animal se quedó a su lado. Bandido se había quedado en la casa cuando el cochero de Morgan Sanders recogió a Catalina. Qué lástima que el perro no la hubiera seguido. Morgan no lo habría dejado entrar, pero ese animal habría hecho un escándalo de haber percibido cualquier amenaza contra su ama.

Catalina lo intentó de nuevo.

—Ve afuera, Bandido. —El perro se echó, apoyó la cabeza sobre sus patas y la miró. Matías se rio.

Catalina lo miró, incómoda.

—Lo siento tanto. No hace mucho caso.

—Sabe dónde quiere estar. —Ella se sentó en el lugar que él le ofreció, con una mesa entre ambos, con un servicio de café recién dispuesto. Mientras se lo servía, él le preguntó si quería crema o azúcar. Ella rechazó ambos. Le entregó la taza y el platito; después se sirvió un café negro para sí. La postura rígida de Catalina le indicó que estaba nerviosa—. Mencionaste que querías usar el ayuntamiento.

—Sí. Para una reunión.

Él alzó las cejas a la espera de más detalles. Ella bebió un sorbo de café e ignoró el silencioso sondeo. Puso la taza en su platito y lo miró a los ojos.

—Tan pronto como tenga asegurado el salón, pondré un anuncio en la *Voz*.

Tal vez no confiaba en él tanto como él creía. Cada vez más curioso, hizo un nuevo intento.

—¿No me darás ninguna pista?

Ella pensó antes de responder.

—Se trata de la mina.

—Lo supuse. —Se dio cuenta de que ella dudaba si decirle algo más.

—Quiero presentar un nuevo emprendimiento para los mineros desempleados de la mina Jackrabbit. —Dejó la taza y el platito sobre la mesa—. Puede que el ayuntamiento no sea lo suficientemente grande. Es probable que todo el pueblo quiera venir a ver cómo me pongo en ridículo. Quizás debería preguntarle a Carl Rudger si podría organizar la reunión en su maderera.

Carl Rudger era soltero y estaría más que contento de hacer lo que fuera para complacer a Catalina, cosa que, indudablemente, ella sabía.

—Podrías, pero él tendría que cerrar su negocio para darte el espacio. A menos que realizaras una reunión nocturna, lo cual no sería prudente.

—Oh. No había pensado en eso. —Frunció el ceño—. No quiero que pierda dinero por mí. ¿Debería presentarme ante el concejo y defender mi caso?

—No estás en un juicio. —Qué ironía que Catalina pensara que debía solicitar permiso para usar el ayuntamiento que ella misma había inspirado. La dama no esperaba ningún favor. No obstante, el concejo querría cobrarle una tarifa por el alquiler. Y sería demasiado elevada para ella.

—Puedes hacer tu reunión en el ayuntamiento, Cata. Gratis. Si lo cuestionan, diles que vengan a hablar conmigo.

Catalina se rio suavemente.

—Oh, estoy segura de que habrá cuestionamientos. —Se encogió de hombros—. Y probablemente, muchos se reirán, también.

¿Reírse? Él quería ahorrarle la humillación pública.

—¿Cuál es tu idea, Catalina?

Ella lo miró con una sonrisa traviesa.

—Ven a la reunión y te enterarás de todo.

Le dio las gracias y se puso de pie. Nunca la había visto tan relajada y optimista.

—Consideré hablar del tema contigo, Matías, pero pensé que podrías intentar convencerme de que no lo hiciera.

Eso le dio una pausa.

—¿Debería hacerlo? —Caminaron a la par por el vestíbulo.

—Será mejor que escuches lo que pienso hacer con la mina al mismo tiempo que todos los demás.

Matías planeaba llegar temprano al lugar, sabiendo que habría una multitud.

———◆———

Desde luego, tanto Amos como Scribe intentaron disuadirla de los planes que ella tenía para la mina. Al principio, le dieron consejos amables, como si le hablaran a una niña, pero pronto se involucraron en una discusión acalorada. Amos dijo que era un disparate. Scribe dijo algo peor. Ambos creían que provocaría un desastre.

—¡Bien podrías vendérsela a Sanders! —gruñó Scribe.

Los dos se turnaban para decirle que solo era una mujer que no sabía nada de minería ni de ningún negocio, de hecho, olvidando ambos, al parecer, que ella dirigía la *Voz*. Amos dijo que debería dejar que él organizara e hiciera las contrataciones. Catalina guardó silencio y los dejó vociferar, sabiendo que enfrentaría todos estos mismos argumentos e insultos en la reunión. Bien podría prepararse para el ataque.

Por fin, Scribe notó su silencio.

—¿No vas a decir nada?

—Sí. —Ella se puso de pie—. Gracias a los dos por sus fuertes opiniones. El hecho es que la mina me pertenece y yo puedo hacer con ella lo que considere conveniente. —Tanto Amos como Scribe abrieron la boca otra vez, pero ella levantó la mano—. Escuché sus opiniones durante la última hora. Ahora, tengan la cortesía de dejarme terminar una frase sin interrupción. —Tal vez parte de su enfado se había filtrado porque se quedaron callados.

—Scribe, te quiero como a un hermano menor, y tengo un gran respeto por usted, Amos. Pero ya tomé mi decisión. —El plan sí sonaba un tanto descabellado de la manera en que ellos lo habían presentado, pero ella creía que podía hacer mucho bien y ser sumamente exitoso. Solo que no tenían fe en ella. En realidad, ni en los hombres.

—Pueden permanecer a mi lado, o pueden marcharse. Respetaré cualquier decisión que tomen. —Les dijo cuándo y dónde sería la reunión, caminó hasta la puerta y la abrió—. Buen día, caballeros.

Salieron por la puerta como si un juez acabara de dictarles su condena a veinte años en una prisión en el desierto.

El siguiente ejemplar de la *Voz* tenía varios artículos bien escritos, incluyendo **EL ZAPATERO ES IDEAL PARA EL PUESTO DE LA CIUDAD** y su columna popular. Matías echó un vistazo a «Academia para solteros». El tema de esta semana eran las maneras adecuadas para cortejar a una dama. Pero lo que le llamó la atención a Matías fue el aviso de un cuarto de página: *...una reunión en el ayuntamiento el jueves a las dos de la tarde, tratará sobre una oportunidad nueva y fuera de lo común para hombres con experiencia en extracciones mineras...* Bien podría haber ondeado un manto rojo frente al toro del pueblo, Morgan Sanders.

Los hombres comenzaron a dispararle preguntas a Matías.

—¿Qué quiere decir con *fuera de lo común*?

Ojalá Matías lo supiera.

—Quién sabe...

—¿Ella no te lo dijo?

—No, no me lo dijo.

—Te vas a casar con esa chica, ¿verdad? Te estás rompiendo el lomo para ganártela, ¿verdad? Deberías saber algo de lo que está pensando.

Matías se rio sin ganas.

—Aún no entiendo cómo funciona esa mente femenina.

Wiley Baer se abrió paso hasta la barra.

—A él no le interesa su mente, idiotas. —Le guiñó un ojo a Matías—. Es la mujer más atractiva de este lado de las Rocallosas.

—¡Y tiene la lengua de una avispa! —gritó alguien desde el fondo.

—Y mete la nariz en los asuntos de todo el mundo —rezongó *Herr*.

—¡Porque Stu Bickerson no tiene las agallas para publicar la verdad! —gritó una voz nueva desde atrás. Scribe.

—Como sea, ¿para qué quiere a los mineros?

Wiley observó a Brady llenando su copa por segunda vez.

—City tenía esa vieja concesión. Podría ser que ella termine con algo más que una imprenta Washington.

Los hombres empezaron a hablar todos al mismo tiempo. Wiley se tragó su *whisky* y se marchó caminando en zigzag entre la muchedumbre, mientras hacía adiós con una mano en alto, y salía por las puertas batientes. Matías dejó a los hombres parloteando y lo siguió afuera.

—¿Tú sabes algo de todo esto, Wiley?

—Tal vez sí. Tal vez no.

Axel se acercó caminando por la acera.

—¿Qué sucede? —Hizo un gesto con la barbilla hacia los hombres alborotados en la cantina de Brady.

—Están especulando sobre la reunión de Catalina en el ayuntamiento.

—Será interesante.

Interesante era una forma moderada de describir lo que probablemente se convertiría en una erupción volcánica.

Catalina esperaba en la oficina delantera, preguntándose si Amos y Scribe aparecerían. No había hablado con ellos desde su acalorado intercambio.

Revisando su reloj, Catalina vio que había llegado la hora. Sintió una súbita desesperación. Tal vez había puesto demasiadas esperanzas en sus amigos.

Nerviosa, se ajustó el sombrero una última vez y abrió la puerta. Amos y Scribe estaban afuera, bañados, peinados y pulcramente vestidos con su mejor ropa.

—Gracias a Dios —murmuró Catalina en voz baja.

Scribe se quedó boquiabierto mientras la miraba de arriba abajo. Amos pestañeó, se puso rojo y tartamudeó:

—Se... señorita Walsh... Está hermosa.

—Es la armadura de una mujer. —Catalina sonrió—. ¿Debo suponer que vinieron para acompañarme a la reunión?

—Sí. —Amos habló con sencillez, unas gotitas de transpiración asomaban en su frente. ¿Tan preocupado estaba por lo que pudiera suceder?

Scribe hizo una mueca.

—Ya vi el lugar, y podemos sacarte por la puerta de atrás si las cosas van mal.

¡Vaya palabras tranquilizadoras! Ella levantó el mentón en una demostración de valentía que distaba mucho de sentir.

—¿Nos vamos, caballeros?

Cuando Catalina vio la multitud en el ayuntamiento, su corazón entró en un ritmo de pánico. Quería huir. Quizás el salón todavía no había abierto y por eso había tantos hombres afuera. Estos se dieron vuelta cuando se aproximó por la acera. Se quedaron mirándola y abrieron paso para ella. Algunos se quitaron el sombrero y asintieron respetuosamente. Mientras se acercaba, vio las puertas abiertas de par en par; el salón estaba más atestado que en las noches en que había actuado una compañía de teatro itinerante. El salón apestaba a *whisky* y a sudor masculino. Con todos los asientos ocupados, los hombres llenaban los pasillos y estaban de pie junto a las paredes.

Catalina tragó saliva y se esforzó por tranquilizar a los caballos salvajes que galopaban en su pecho mientras avanzaba por el pasillo central con Amos delante de ella y Scribe detrás. Con el mentón en alto y los hombros erguidos, mantuvo los ojos fijos al frente mientras escuchaba los susurros de los hombres. Amos abrió la pequeña puerta del frente y ella pasó, subió al estrado y ocupó su lugar detrás de la mesa donde se sentaría un juez, si es que alguna vez alguno se perdiera y terminara en Calvada.

Catalina ordenó los formularios que había preparado y juntó las yemas de sus dedos sobre la mesa para evitar el temblor de sus manos. Respiró hondo y exhaló el aire lentamente; luego, dirigió la vista a la multitud de hombres que la miraban fijamente. Se le secó la boca. El estruendo de voces fue apagándose mientras esperaba que hicieran silencio, orando para que no pudieran ver cómo temblaba, para que su voz no se quebrara. Amos se paró a su derecha, Scribe a su izquierda, más centinelas que socios. Examinando la muchedumbre, reconoció a muchos de los hombres que había visto en el pueblo; la mayoría iba a las cantinas o pasaba el rato afuera del salón de fandango que estaba junto a su casita. No se dio cuenta de que buscaba a un hombre específico, hasta que vio a Matías parado al fondo del salón, cerca de la puerta. Él sonrió ligeramente y asintió. Por alguna razón que no quería analizar, su presencia la tranquilizaba.

—Caballeros, gracias por venir hoy. Presentaré un plan de negocios para la mina de mi tío. Les pido que se abstengan de todo comentario o pregunta hasta que haya terminado de hablar. —Hizo una pausa, esperando murmullos de conformidad. Todos se calmaron y la miraron fijamente.

—City Walsh tenía una mina que, por alguna razón, explotó apenas lo suficiente para mantener activo el derecho a la concesión. Yo tomé muestras de esa mina y las hice analizar en Sacramento, donde se las entregué a los tasadores Hollis, Pruitt y Stearns...

Las voces de los hombres retumbaron por lo bajo, alborotadas.

Catalina esperó hasta que se callaron.

—El señor Stearns entregó personalmente el informe, esperando examinar la mina él mismo, cosa que ha hecho. Ha confirmado la presencia de cobre, plata y una veta visible de oro...

El estruendo subió de volumen, algunos hablaban con entusiasmo entre sí. Otros hacían callar a los que murmuraban y susurraban. Algunos vociferaban preguntas. ¿Se la vendería a Sanders? ¿Stearns la compraría? ¿Estaría él al frente de la explotación minera? ¿Cuántos hombres necesitaba Stearns? Ella guardó silencio con las manos ligeramente entrecruzadas, esperando.

Un chiflido penetrante silenció a todo el mundo.

—¡Dejen hablar a la dama! —dijo Matías desde el fondo.

—Le agradezco, alcalde Beck. —Catalina continuó—: En respuesta a algunas de sus preguntas, caballeros, les aseguro que no la venderé. Tengo la intención de comenzar la explotación lo antes posible. El señor Stearns ha accedido a prestarme un capital inicial para empezar, dinero que nosotros devolveremos tan pronto como sea posible para que la mina esté libre de gravámenes y de todo endeudamiento.

—¿Quiénes son *nosotros*? —gritó alguien desde atrás—. ¿Usted y Stearns?

—¡Cállate! —le gritaron varios.

Cuando todo estuvo en calma otra vez, Catalina continuó:

—Tengo un plan mediante el cual, quienes trabajen en la mina, participarán de las ganancias. Los que estén de acuerdo con mi propuesta firmarán un contrato conmigo. Necesito hombres honestos, dispuestos a trabajar mucho y que me ayuden a desarrollar la explotación de la mina; quizás los que ahora se encuentran desempleados a causa del cierre de la mina Jackrabbit. Los hombres deben estar dispuestos a correr los mismos riesgos que yo en hacer de la mina de City Walsh una empresa rentable.

Catalina divisó a Wiley sentado cerca del frente. Lo miró a los ojos y él bajó la cabeza. Cuando él comenzó a deslizarse del asiento para salir del salón, ella habló impulsivamente.

—Wiley Baer, me gustaría que fueras el primero en inscribirte. —Él se detuvo y se dio vuelta para mirarla, sorprendido.

—¿Por qué Wiley?

—Wiley Baer ha estado trabajando en la minería desde el '49 y sabe lo que hay en estas montañas mejor que la mayoría de los que estamos en este recinto. Él y City Walsh llegaron al Oeste en la misma caravana de carretas. Si no fuera por Wiley, mi tío no habría llegado a California. Mi tío le debía su vida a Wiley Baer.

Con la cabeza un poco más levantada, Wiley se sentó. Ella sonrió en agradecimiento.

—¿Cuántos hombres necesita? —gritó alguien.

—Veinte, para empezar. Y tendrán que estar dispuestos a trabajar para una mujer.

La mitad de los hombres se fueron hablando en voz alta, algunos riéndose, otros quejándose de las gruñonas que sabían todo sobre gastar el oro en ropa y sombreros elegantes, pero no sabían nada sobre cómo extraerlo. Catalina no se atrevía a mirar a Matías, imaginando su desdén o, peor aún, su diversión. Vio al cochero de Sanders empujando a los hombres que iban hacia la puerta para pasar, sin duda yendo a informarle a Morgan todo lo que ella había dicho. No importaba. Todo el mundo lo sabría muy pronto, porque ya había escrito su plan en detalle y tenía pensado publicarlo en el próximo ejemplar de la *Voz*.

A medida que la muchedumbre disminuía, los hombres que estaban afuera presionaron para entrar a hacer preguntas, suficientemente desesperados por trabajar como para escuchar sus respuestas. Todo lo que Amos y Scribe habían dicho unos días atrás estaba diciéndose de nuevo.

—¿Por qué deberíamos creer que usted cumplirá el contrato?

—Les doy mi palabra de honor.

Un hombre soltó una risa áspera.

—¿Qué honor? ¡Usted no cumplió su palabra!

Catalina se puso tensa. ¿De qué estaba hablando el hombre? Y entonces lo supo. Su mirada saltó hasta Matías y, rápidamente, la desvió. ¡Ciertamente, *ese* tema no iba a ser ventilado en público!

—No se casó con Beck.

—¡Que Dios lo ayude si lo hace! —gritó otro, y las carcajadas llegaron a continuación.

El rostro de Catalina estaba encendido. ¿Qué podía decir?

—Yo... Él... Nosotros...

—Él ya terminó su condenada lista, ¿cierto?

Los hombres rieron bulliciosamente.

—¿Dice que puede cumplir su palabra? Entonces, ¡cásese

con Beck! —Se convirtió en un cántico—: ¡Cásese con Beck! ¡Cásese con Beck!

Catalina vio a Axel Borgeson, con la cara larga y listo para pelear, que se abría paso entre la multitud. Horrorizada, se dio cuenta de que, sin querer, podía llegar a convertirse en la causa de una pelea. Scribe la había sujetado del brazo y estaba diciéndole que tenían que salir por la puerta trasera. Se soltó bruscamente.

Un segundo chiflido penetrante captó la atención de todos. Matías Beck dejó su puesto en el fondo y caminó hacia ella. Los hombres retrocedieron como si él fuera Moisés dividiendo el mar Rojo y Catalina fuera la Tierra Prometida.

Catalina tragó saliva cuando él pasó la pequeña puerta y se dio vuelta para mirar a los hombres, parado como un escudo protector delante de ella.

—La señorita Walsh es una mujer de palabra. —Cuando se dio vuelta para mirarla, Catalina se sintió totalmente impactada por esa mirada reluciente que traslucía una diversión traviesa—. Cuando yo haya completado las obligaciones que he acordado, ella cumplirá la suya.

Catalina no se atrevió a discutir el punto en este momento.

—Los que estén interesados en la propuesta de la señorita Walsh deberían quedarse. El resto de ustedes, caballeros, puede irse.

Axel se unió y reiteró las mismas instrucciones, agitando la mano hacia varios de los quejosos para que salieran.

El salón se sintió vacío con los pocos hombres que quedaron. Solamente había once hombres, muchos menos de los que ella esperaba.

Matías se dio vuelta y habló en voz baja, que los demás no pudieron escuchar.

—¿Veinte hombres, dijiste? Lo siento, Catalina; creo que estás frente a tu cuadrilla. —Su expresión enigmática no le dio indicios de cuál era su opinión sobre su experimento. Él volvió a pasar por la pequeña puerta—. Buena suerte, caballeros. —Ella lo observó salir por la puerta.

Catalina explicó en detalle su plan. Cuando terminó, bajó del estrado, pasó por la puerta y le entregó a cada hombre un papel para que lo llenara.

—Si alguno no sabe leer o escribir, Amos y Scribe lo ayudará. —Sabía que había hombres demasiado orgullosos para reconocer su analfabetismo. Tomó un tiempo, pero reunió once papeles antes de que los hombres empezaran a salir en fila con Amos y Scribe. Sabía que Scribe iría a la cantina de Brady, donde todavía trabajaba medio día; los demás lo siguieron para pedir uno o dos tragos y hablar más con Amos.

Otro hombre estaba parado en las sombras, contra la pared del fondo. Caminó lentamente hacia el frente. Catalina se sintió impactada al reconocerlo cuando se quitó el sombrero. Lo había buscado durante meses y, finalmente, supuso que se había ido del pueblo.

—¿Puede darle empleo a uno más? —El tono era respetuoso, una voz falta de esperanza, sin el odio que tenía cuando ella lo escuchó conspirando un asesinato debajo del puente. Vio en sus ojos que él sabía que lo había reconocido. Cambiando de posición, él soltó el aliento—. Pensé que, tal vez, me recordaría.

¿Debía mentir para protegerse? El miedo era un amo terrible, y ella no sería esclava de él.

—Es un hombre difícil de olvidar. No lamento que las cosas no resultaran como las planeó. —Era raro que sintiera una calma inexplicable ahora que estaba cara a cara con él y mirándolo a los ojos. No parecía un monstruo.

Él ladeó la boca.

—Usted me impidió hacer algo que me habría enviado a la horca. —Giró el ala del sombrero en sus manos.

¿Confesaría algo más?

—¿Arrojó un ladrillo contra mi ventana?

—Sí, señorita. También pensé en incendiar su casa, pero no lo hice porque sabía que todo el pueblo se incendiaría. —Helada, Catalina solo pudo quedarse mirándolo. La confesión le costaba. Se daba cuenta de eso. Él suspiró y continuó hablando como si deseara purgarse de toda culpa—: Además, fue bueno que le advirtiera a McNabb. Era mi amigo. La ira le hace mal al hombre. No estoy orgulloso de lo que planeaba hacer ni de lo que hice. Los hombres dicen y hacen cosas tontas cuando están demasiado presionados. Usted no presionó, pero se llevó la peor parte de la ira acumulada contra el hombre que sí lo había hecho.

Morgan Sanders.

El hombre sujetó fuertemente su sombrero, como si fuera a ponérselo otra vez.

—No tiene ningún motivo para confiar en mí, señorita Walsh, y no la culpo si no lo hace. Pero pensé que debía decir la verdad y tratar de entrar al juego. Buen día, señorita. —Dando media vuelta, se puso el sombrero y caminó hacia la puerta.

La guerra seguía dentro de ella y ganó el susurro apacible.

—Espere un minuto, por favor. —Dio algunos pasos hacia él con las once hojas en su mano—. ¿Cuál es su nombre?

Los ojos de él parpadearon.

—¿Y si se lo digo?

¿Creía él que ella quería denunciarlo a Axel Borgeson? ¿Qué podía hacer el comisario?

—No se ha cometido ningún delito.

—El ladrillo.

—Está perdonado.

—Wyn Reese.

—¿Todavía trabaja para Morgan Sanders, señor Reese?

—Soy uno de sus capataces.

Si Wyn se hubiera propuesto matar a Sanders, ya podría haberlo hecho.

—¿Y ahora quiere trabajar para una mujer?

—No, señorita. Quiero trabajar para *usted*. Fue lo suficientemente lista para levantar el periódico de City y volver a dirigirlo. No fue una tarea fácil, y está cerca de sacar del negocio a Bickerson, por si no lo sabía. Ni siquiera City pudo hacerlo. Quizás sorprenda a todos con sus ideas de cómo operar una mina. —Se rio sin ganas—. Sé cómo Sanders maneja la suya. He participado en eso de mantener controladas las cosas y perdí las ganas de hacerlo. Sus hombres no viven mejor que los esclavos.

—¿Y usted?

—No mucho mejor que ellos, aunque no estoy endeudado. —Titubeó—. Sé que no confía en mí. Pero, si me da una oportunidad, me gustaría ponerme a trabajar para una explotación que se sostenga a sí misma, en lugar de poner todas las ganancias en el bolsillo de un hombre.

—¿Puede decirme un poco más sobre usted?

—Mis padres murieron cuando era niño. Sé que es una dama cristiana, señorita Walsh. Pero le digo: la fe me abandonó hace mucho tiempo. Mi abuelita me llevaba a la iglesia y fui creyente hasta que tuve la edad suficiente para irme al Norte; traté de llegar a ser algo en la vida. Trabajé en las fábricas; luego, vine al Oeste y terminé en las minas. —Sacudió la cabeza—. Es difícil creer que haya un Dios a quien le importan las personas, cuando uno trabaja para un demonio en el fondo del infierno.

Catalina comprendía el dolor y la desilusión. También sabía que aun la semilla más pequeña podía crecer hasta ser un árbol imponente.

—Teníamos once hombres, señor Reese. —Le tendió la mano—. Ahora tenemos doce.

«Los doce» que Catalina contrató empezaron a trabajar de inmediato, poniendo en práctica una combinación de experiencia y conocimientos. Matías se sorprendió y se preocupó cuando ella tomó al capataz principal de Morgan Sanders, Wyn Reese, un hombre fuerte como para matar a un puma con sus propios dientes. Cuando Sanders vio que le faltaba un capataz y que otros hombres que no estaban endeudados con él miraban con envidia el emprendimiento que repartía las utilidades, subió los salarios. El flujo de hombres que abandonaban la explotación minera de Sanders continuó, frenando el progreso de su mina, mientras que Catalina tenía una fila de hombres en reserva que querían unirse. Las aseveraciones proféticas de Stearns estaban demostrando ser ciertas; la mina de City Walsh era una bonanza. Todo lo que sabían Reese y los otros hombres lo aplicaban al trabajo y, cuanto más trabajaban, más dinero ganaban.

Stu Bickerson había asistido a la reunión del pueblo y acaparó a Catalina mientras salía. Ella había bautizado Civitas a la mina, pero Bickerson, que no tenía conocimientos de latín, escribió la palabra según su fonética en el titular del día siguiente: WALSH AVRE LA MINA CHIBITAZ. Matías se rio cuando lo leyó.

Catalina escribió rápidamente un editorial sobre la comunidad minera de Civitas y su visión acerca del reparto de utilidades para elevar el nivel de vida de los mineros, quienes traerían prosperidad a Calvada. No importó cuántas veces imprimió Civitas: Chibitaz fue el nombre que pegó. En el siguiente ejemplar del *Clarín*, Bickerson sostuvo que la hija del gran guerrero, el jefe Chibitaz, sacrificó su vida saltando desde un precipicio hacia el agua blanca y, de esa manera, puso fin a la guerra entre las tribus vecinas.

El domingo era el único día de la semana que Matías sabía que vería a Catalina. Ella había fijado una regla firme en la mina: *El domingo es un día de descanso.* No todos compartían su fe, solo algunos seguían su ejemplo de ir a la iglesia, pero la mayoría apreciaba el día libre.

La joven definitivamente tenía sus propias ideas y eran buenas. Nadie en el pueblo se sorprendió más que él cuando milady se puso una blusa abotonada, pantalones vaqueros y botas, para poder bajar al interior de la mina y ver personalmente lo que pasaba ahí abajo. Al parecer estaba interesada en cada trabajo, porque a los mineros les hacía cientos de preguntas y pasaba horas en compañía de Amos Stearns. Matías los había oído hablar en la cafetería de Sonia. ¡Cómo podía el hombre hablar sin cesar sobre el proceso minero del cobre y la plata! Las piedras eran su especialidad, y a Matías le irritaba contemplar cómo Catalina absorbía cada palabra.

Podía no saber mucho sobre minería, pero tenía un agudo sentido comercial. Ordenó medidas extra de seguridad, incluyendo vigas más fuertes que soportaran el túnel. Ordenó que cavaran una cámara fría y hacía bajar hielo para que los mineros pudieran tomar descansos para refrescarse del calor intenso. Puso avisos en San Francisco y Sacramento pidiendo un muy necesario médico. Cuando llegó Marcus Blackstone, doctor en medicina, ella acordó con él que atendería todas las necesidades de los empleados de la mina y de sus familias. Todos los gastos médicos eran pagados por la Empresa Minera Chibitaz de Calvada.

Los hombres se quejaron de que tales extravagancias reducirían sus ganancias. ¿Por qué las mujeres que no trabajaban tenían que recibir algún beneficio de los hombres que sí lo hacían? Catalina respondió con un apasionado editorial sobre los derechos que perdía la mujer cuando se casaba.

Algunos hombres esperaban que Catalina les proveyera una vivienda. Ella publicó que creía que cada minero estaba en condiciones de decidir cómo gastar su parte del dinero. No tenía intención de convertirse en arrendadora ni en propietaria de un almacén de ramos generales. Hizo una lista de comerciantes de Calvada en quienes se podía confiar por sus precios justos y que daban buen crédito, en caso de ser necesario. Matías se sintió complacido cuando vio que el almacén de ramos generales de Walker encabezaba la lista. Lo que más sorprendió a la mayoría masculina de Calvada: Catalina cumplió su palabra sobre el reparto de las utilidades.

Catalina Walsh trabajaba de sol a sol para enderezar al pueblo y transformarlo en una comunidad próspera. Matías sentía un deseo similar. Enamorarse de ella lo había sacudido y motivado. Ahora, se sorprendía admirando y respetando sus habilidades. Nunca había conocido a nadie con tanta pasión por hacer lo que creía correcto. Él había estado bromeando a medias cuando la obligó a hacer la lista. Ahora que estaba a punto de cumplirla, se sentía arrinconado por ella. No quería ganar la apuesta. Quería ganar el corazón de Catalina Walsh.

Ella le había dado esperanzas el día que se sentó junto a él en la iglesia y permitió que la tomara de la mano, ese único domingo en la mañana. Sea lo que fuere que hubiera sucedido entre ella y Morgan Sanders, había aceptado de buena manera su protección. Fue un avance en la dirección correcta.

La paciencia estaba resultando ser una temporada prolongada, llena de frustración. Él seguía cuidando a la dama, pero tenía cada vez más responsabilidades. Cuanto más trabajaba Matías, más cosas veía que necesitaban hacerse para que el pueblo fuera seguro y próspero. Dios mediante, podría concretar más de media docena de proyectos antes de que finalizara su mandato como alcalde. Entonces tendría que decidir si se mudaba a Sacramento o se quedaba en Calvada. Todo dependía de un proyecto que todavía le faltaba completar.

Matías pretendía calentar los pies fríos de Catalina.

CATALINA AGRADECIÓ CUANDO se despertó y recordó que era domingo en la mañana. Había sido una semana larga y difícil de trabajo interminable entre publicar un ejemplar de la *Voz* y mantenerse al tanto de lo que sucedía en la mina Chibitaz. La calle Campo se veía desierta a esta temprana hora de la mañana; el calor del verano estaba llegando. La noche anterior, el salón de fandango había estado repleto de parroquianos hasta bien pasada la medianoche, pero Catalina se había acostumbrado tanto al ruido, que dormía a pesar de la música y se despertaba cuando había silencio.

Pasó por la cafetería de Sonia, donde la puerta estaba abierta y había varios clientes sentados junto a las ventanas, desayunando. Bandido se precipitó directamente a la puerta de atrás e Ina Bea sacó una cacerola con sobras para él. Una cuadra más adelante, Catalina se detuvo, sorprendida y complacida. La nueva escuela estaba terminada y era encantadora con sus paredes rojas y sus molduras blancas, completa con campanario y una cerca blanca de madera que rodeaba el patio, cuya puerta ahora estaba cerrada con pestillo.

—Pensé que entrarías a desayunar a la cafetería de Sonia y que luego vendríamos juntos hasta aquí.

Su corazón dio un brinco al escuchar la voz de Matías. Lucía espléndido con su traje de domingo.

—Hago mi propio desayuno la mayoría de las mañanas.

—¿Sabes cocinar? —Él levantó las cejas.

Ella se rio.

—Lo suficiente para sobrevivir.

Matías hizo un gesto con la cabeza en dirección al edificio de la escuela.

—¿Entonces? ¿Qué piensas, milady? ¿Cuenta con tu aprobación?

—¡Es maravillosa! Debe ser felicitado, alcalde Beck. El domingo pasado apenas era un armazón de madera. ¿Cómo logró terminar todo en esta semana?

—Pura motivación. —Su sonrisa y la mirada que vio en sus ojos le aceleraron el pulso. Él dejó escapar una risita—. Y tenía una buena cuadrilla. La campana está pedida. Henry la traerá cuando llegue a Sacramento.

—Y vendrá con Charlotte, espero.

—Seguro que lo hará.

—¡Deberíamos hacer una gran inauguración! —Volvió a admirar el edificio—. ¿Y el maestro?

—Ya contraté a Brian Hubbard para que empiece en el otoño. Era maestro en Connecticut antes de contraer la fiebre

del oro. Ya se hartó de la minería. —Matías abrió la puerta—.
¿Quieres echar un vistazo adentro?

—¡Sí! Por favor. —Cuando la puerta hizo clic al cerrarse
y Matías caminó junto a ella, sintió un intenso remolino. La
ilusión no tenía nada que ver con la escuela. Regañándose a sí
misma por las tonterías románticas, subió los escalones. Él abrió
la puerta delantera para ella.

Aparte de una estufa, el salón estaba vacío.

—Rudger tiene a varios hombres haciendo pupitres.
—Matías caminó hacia el centro del salón y la enfrentó—.
Estarán terminados antes de que la escuela abra. Montarán un
gran pizarrón a fines de esta semana; se proporcionarán piza-
rras más pequeñas. Los abecedarios y los libros de texto están
viniendo de San Francisco.

Su atención en ella era tan intensa que a Catalina le costaba
respirar con normalidad. Caminó por el salón, imaginando la
escuela llena de niños vivaces, ansiosos por aprender. En silencio
y relajado, Matías la observaba con una sonrisa apenas visible.
¡Ignorar al hombre era imposible!

—Es maravillosa, Matías. Eres exactamente el alcalde que
Calvada necesitaba.

—¿Hay algo que te preocupa, Catalina? —Su tono de voz
era provocativo.

Había muchas cosas que le molestaban, entre las cuales estaba
este hombre que podía sacarla de quicio tan fácilmente. Con una
sola mirada, le hacía palpitar fuertemente el corazón. El recuerdo
de ese beso la mantenía desvelada, su cuerpo impaciente anhelaba
más. Él sabía muy bien que esa condenada lista no era un contrato formal, aunque había incitado a Stu Bickerson a anunciar
un supuesto compromiso. Ella ladeó su mentón.

—¿Por qué estaría preocupada?

—¿Por qué, de hecho?

Ella recordó la reunión del pueblo y a los hombres gritando que las mujeres no cumplían su palabra. Todos estarían esperando que se casara con Matías, ahora que él había completado todo lo que había en la lista que Stu Bickerson había publicado. Revolvió su bolsillo buscando el reloj para mirar la hora.

—La iglesia empezará pronto.

—En algún momento tendremos que hablar del tema, Catalina. —Matías cerró la puerta detrás de ellos—. Sabes que todo el pueblo estará mirándonos ahora para ver si cumples tu palabra.

Catalina se detuvo y lo enfrentó.

—Acerca de eso...

—No tengo ninguna intención de presionarte, Cata, pero eso no significa que los calvadenses no tienen ciertas expectativas sobre lo que sucederá a continuación. Deberíamos hablar de eso. Al fin y al cabo, tu reputación está en juego. —Se encogió de hombros casualmente—. Podría decirle a Gus Blather que lo único que siento ahora por ti es un cariño fraternal.

Catalina se puso nerviosa por lo mucho que le dolió esa frase. ¿Cariño fraternal? Ella miró hacia otra parte.

—Bien, gracias por decirlo. Eso resolvería el problema. —Ojalá ella tuviera solo sentimientos fraternales por él.

Varios feligreses que pasaron los miraron con demasiado interés. Matías posó suavemente una mano en su codo. Era ella quien les había dicho a todos que no tenía ninguna intención de casarse con Matías Beck, ni con nadie, de hecho. Y lo decía en serio. Aunque, en algunas ocasiones, se había preguntado cómo sería estar casada con Matías Beck. Sus besos la habían dejado sin aliento, con el corazón palpitante, el cuerpo ardiente y tembloroso. Solo tenía que mirarla, como estaba haciendo ahora, para agitar sus emociones en un lío confuso.

¡Vaya! Con razón su madre le había advertido contra la

pasión. La lógica parecía huir volando de su cabeza cuando se trataba de este hombre.

—Tengo un carruaje reservado y Sonia nos preparó comida para un picnic. Esta tarde, hablaremos de todo esto.

Sintió una oleada de placer precipitada por la idea de pasar una soleada tarde de domingo con él, antes de que interviniera el sentido común. ¿Sola con Matías? ¿En un picnic? ¡Un beso podría ser su Waterloo! Estaba a punto de poner una excusa, cuando alguien lo llamó por su nombre. Un parpadeo de irritación pasó por su rostro.

—Deberías ir —le dijo Catalina antes de esquivarlo y caminar entre los congregantes reunidos. Subió los escalones y entró a la iglesia. No pudo respirar con normalidad hasta que estuvo sentada.

—¿Le molesta si me siento con usted otra vez, señorita Walsh? —Wyn Reese estaba de pie con el sombrero en la mano, al final de la hilera. Ella sonrió como bienvenida. Otros mineros de Chibitaz entraron y se unieron a ellos hasta que el banco se llenó. Se sentía respaldada y protegida con ellos. Cuando Matías entró, la gente lo miró y volteó a mirarla a ella.

El reverendo Thacker avanzó hasta la mitad del estrado, dirigió el himno de apertura mientras Sally tocaba el piano y se abocó de lleno a su sermón. Catalina trataba de concentrarse, pero su mente seguía volviendo a Matías. Necesitaban hablar sobre la situación, pero ¿cuántas lenguas se pondrían a hablar si la veían marcharse con él? ¿Y por qué debía importarle si surgían los chismes? Hiciera lo que hiciera, ¡siempre causaba un alboroto!

Le dolía la cabeza de tantas vueltas. Ya había tomado la decisión de mantenerse distanciada del hombre, ¿verdad? Se frotó las sienes. Reese la miró interrogativamente. Entrelazó las manos sobre su regazo y levantó la cabeza. ¿Sobre qué estaba divagando el reverendo Thacker? No tenía idea.

Cuando el servicio terminó, Catalina se unió a las damas que servían los refrigerios. Todavía había algunas que le hablaban. Sus ojos seguían volviendo hacia Matías, quien estaba absorto en una conversación con Carl Rudger, Amos y Wyn. Axel e Ina Bea estaban juntos de pie, hablando. Algunos niños corrían entre los feligreses, mientras sus padres charlaban con amigos nuevos y antiguos. La escuela pronto estaría en funciones y llena de niños y niñas.

Matías se apartó de la conversación y se dirigió hacia ella. Sintió que se le aceleraba el pulso por su proximidad. Levantó un plato con galletas como un escudo entre ellos. Él las rechazó.

—Guarda tu apetito para nuestro picnic. Pasaré por ti a las dos. —Retrocedió y dejó espacio para dos niños que se estaban abriendo paso para recibir una golosina de melaza. Con el corazón martillándole, lo observó caminar de regreso hasta los hombres y unirse otra vez a la conversación.

Uno de los oficiales de Axel subió la colina. Se paró junto a Axel. Cualquiera que fuera su tema de conversación, ambos hombres parecían sombríos. El oficial se fue. Las personas ya habían comenzado a dispersarse. Las mujeres juntaron los platos vacíos y doblaron los manteles.

Axel se acercó a Catalina.

—Acompañaré a Ina Bea a la cafetería de Sonia. Camine con nosotros. —Sonó más a una orden que a un pedido. Lo primero que se le ocurrió fue que alguien había vandalizado otra vez la oficina del periódico. Sin pensarlo más, buscó a Matías.

***

Matías había visto a Axel hablando con el oficial. Algo estaba mal. Pero ¿por qué Axel se había dirigido directamente a Catalina? Cuando ella miró alrededor, supo que lo estaba buscando. Ella y

Axel se reunieron con Ina Bea y caminaron colina abajo. Matías
pidió disculpas y abandonó la conversación. No demoró mucho
en alcanzarlos. La mirada de advertencia que le dirigió Axel le
indicó que no hiciera preguntas. Tomó la mano de Ina Bea y le
dijo algo, antes de dejarla en la puerta de Sonia.

Catalina miró hacia su casa.

—Todo parece estar en orden. —Cuando Axel le indicó que
debía quedarse con él, pareció desconcertada—. ¿Qué ha sucedido? ¿Adónde vamos?

—A la casa de Morgan Sanders.

Ella se detuvo.

—¿Por qué tengo que acompañarlo?

Axel la enfrentó con una expresión enigmática.

—Le haré algunas preguntas cuando lleguemos allá.

Catalina se puso pálida y miró a Matías como si él supiera
algo.

—¿De qué se trata todo esto, Axel?

—Vamos, señorita Walsh. —Axel miró a Matías para que se
apaciguara. Borgeson nunca hacía nada sin una buena razón.

La puerta delantera de Sanders estaba abierta de par en par;
uno de los oficiales estaba parado afuera. Catalina se quedó atrás
con el rostro pálido.

—No quiero entrar a esa casa, Axel.

—¿Por qué no?

—No quiero dar explicaciones. No puedo.

—Ya ha estado aquí anteriormente.

Matías miró rápidamente a Catalina y vio que era cierto.

—Una vez.

—¿Solamente una vez? —El rostro de Axel no demostraba
nada—. ¿Está segura de eso?

—¡Si ella dijo que una vez, fue una vez! —rugió Matías.

Catalina parecía mareada.

—¿Qué está insinuando?

Axel levantó su mano y ella obedeció la orden silenciosa. Titubeó otra vez en el vestíbulo de la entrada, claramente molesta; luego siguió a Axel al salón. No había dado más que algunos pasos cuando contuvo el aliento, estupefacta. Morgan Sanders yacía en el piso, cerca de un sofá, con el rostro irreconocible y la alfombra manchada de sangre.

Matías atrapó a Catalina en sus brazos cuando se desplomó. Furioso, fulminó con la mirada a Axel.

—¿En qué estabas pensando?

—Hay testigos que dijeron que vieron a una mujer parecida a Catalina huyendo de la casa, anoche.

—¿Piensas que ella lo asesinó? —Si hubiera tenido las manos libres, habría agarrado a Axel y lo habría estrangulado.

—Tranquilo, amigo. Necesitaba observar su rostro cuando ella viera el cuerpo de Sanders. Creo que no tiene nada que ver con esto.

—¿Crees? —bramó Matías y la llevó afuera de la casa. Ella recobró la conciencia antes de que él llegara al último escalón.

—Bájame, Matías. —Ella forcejeó: al principio, débilmente; luego, con desesperación—. ¡Bájame! ¡Por favor! —Cuando él lo hizo, Catalina dio un paso vacilante y se inclinó sobre el seto. Parado detrás de ella, Matías la sostuvo rodeando su cintura con un brazo mientras ella vomitaba.

—Lamento que vieras eso —susurró Matías, sosteniéndole la frente con la palma de su mano. Estaba fría y húmeda por la conmoción.

Catalina volvió a recostarse contra él, temblando violentamente.

—¿Por qué Axel me hizo ver eso? —profirió un sollozo agitado. Matías se lo dijo.

Ella se volteó con el rostro lívido.

—¿Él cree que lo hice? —Su voz era casi histérica—. Vaya crónica para el *Clarín*. Ya puedo ver el titular: "Editora sospechosa de asesinato". Se llevó el dorso de la mano contra la boca con los ojos llenos de lágrimas—. Morgan no era un hombre muy agradable, pero no le desearía una muerte violenta a nadie. —Matías veía la confusión de sus emociones, su mente que zumbaba—. ¿Fue así como Scribe encontró a mi tío? —dijo con voz horrorizada.

Matías no respondería esa pregunta. Y no era momento de que él empezara a preguntar las suyas.

—Te sacaré de aquí, Cata. —Las noticas corrían rápido en Calvada y no pasaría mucho tiempo hasta que una multitud apareciera. Cuando la tomó de la mano estaba fría, y ella no la retiró.

Ver a Sanders muerto en el piso lo hizo pensar en City Walsh. Su asesinato había sacudido al pueblo. Los hombres se habían afligido por la pérdida de City. Demasiados verían la muerte de Morgan Sanders como una causa para celebrar.

La noticia de que Morgan Sanders había sido brutalmente asesinado corrió rápidamente por Calvada. Efectivamente, algunos hombres festejaron; en particular, aquellos que apenas podían pagar el alquiler de sus chozas y tenían cuentas en el almacén de la empresa que nunca podrían liquidar. Pero toda esperanza de ganancia murió cuando pusieron los letreros del cierre de la mina. Por recomendación de Reese, Catalina y Amos contrataron algunos de los mineros de Sanders, pero la mayoría de los desempleados empacaron y se fueron del pueblo antes de que llegaran los nuevos directivos, si es que alguna vez sucedería eso. Matías no pudo evitar preguntarse si el asesino estaba entre los que se marcharon.

Uno de los oficiales de Axel recogió todos los archivos de Sanders. No había aparecido ningún testamento en la búsqueda inicial ni había información alguna que relacionara a Sanders con parientes que se beneficiaran de su cuantioso patrimonio. Llevaría meses revisar todos los papeles y los documentos. Mientras tanto, Axel interrogó al cochero y al sirviente cuya hija hacía el trabajo doméstico y le entregaba la ropa sucia a Jian Lin Gong.

Matías solamente había oído rumores sobre las investigaciones de Axel los primeros dos días. Se había mantenido alejado del lío hasta que vio al comisario sentado en una mesa de la cantina de Brady, bebiendo una cerveza después de sus rondas. Matías se sentó con él.

—¿Cómo va la investigación?

—Sanders tenía muchos enemigos. —Se burló—. Cuanto más hondo escarbo, más me pregunto por qué estoy trabajando tanto para resolver su asesinato.

—Se necesita un hombre duro para manejar una mina.

Axel le dirigió una mirada irónica.

—La dama parece estar haciéndolo muy bien, sin fuerza bruta ni esclavos endeudados. —Se rio a la ligera—. Sin embargo, eso es probablemente porque la mitad de los hombres del pueblo están enamorados de ella.

A Matías no le pareció divertido.

—Los hombres odiaban a Sanders, pero no sé cuántos irían tan lejos como para matarlo a sangre fría.

—No fue a sangre fría, y creo que fue una mujer. —Bebió su cerveza—. El asesino no se detuvo luego de un golpe a la cabeza.

Matías no lo había notado; su preocupación había estado puesta en Catalina.

—Me enteré de que hablaste con Monique Beaulieu. Me preguntaba por qué lo hiciste.

—Era bien sabido que era la amante de Sanders. Él quería lo mejor, y ella es la paloma mancillada más hermosa del pueblo. Cada vez que él mandaba su carruaje, ella iba. Monique dijo que las cosas se enfriaron luego de que Catalina llegó.

Matías se inclinó hacia adelante.

—¡Vamos, espera un momento! —No quería ninguna idea equivocada sobre la entereza moral de Catalina.

—Espera y escucha lo que estoy diciendo. Monique reconoció que se había desviado algunas veces. Una muchacha con esa profesión tiene que cuidarse a sí misma. Ella estaba con Wyn Reese la noche que Sanders fue asesinado. Reese lo confirmó. Dijo que ella todavía estaba en la cama cuando se fue a la Chibitaz a las seis de la mañana.

Matías se preguntó adónde estaba yendo esta conversación. Axel solía guardar la información de este tipo para sí mismo, pero había mencionado el nombre de Catalina y hecho una insinuación que Matías no podía dejar pasar.

Axel bebió y siguió hablando:

—Monique dijo que Sanders la mandaba a buscar entre cuatro y cinco veces a la semana, hasta que Catalina llegó. Entonces, solo una vez por semana. Dijo que era un hombre de buen apetito, y ella dio por sentado que él estaba satisfaciendo sus necesidades en otra parte.

—Tú la conoces. —Matías lo miró furioso—. No había nada entre Sanders y Catalina.

Axel terminó su cerveza y se fijó en Matías con una mirada de acero.

—Sanders no ocultó nunca su interés en Catalina. Dos hombres poderosos del pueblo querían a la misma mujer. Ahí podría haber algo.

Matías se echó hacia atrás y se rio en voz baja.

—Piensas que *yo* lo maté.

—Me lo pregunté, pero hay un montón de personas en mi lista de sospechosos. Te eliminé inmediatamente. Estabas en una reunión la noche que Sanders fue asesinado. Hablé con miembros de tu comité de mejoras cívicas, y todos confirmaron que estuviste allí desde el comienzo hasta el final.

—Gracias por su voto de confianza, comisario.

—Mi trabajo es hacer preguntas, Matías. —Axel levantó su jarra vacía y Brady mandó a un ayudante a recogerla. Matías nunca había visto que Axel bebiera más de una. Tenía algo que no podía digerir. ¿Cuánto tardaría en decirlo?

—¿Qué te preocupa?

Axel le dirigió una mirada severa.

—Todos en el pueblo saben dónde estás la mayor parte del tiempo, Matías. —Inclinándose hacia adelante, habló en voz baja—: Aunque no creas que la gente mira, sí lo hacen. Deberías tener eso presente, amigo mío. Especialmente, si tu aprecio por Catalina Walsh es verdadero.

Matías se sintió súbitamente acalorado.

—¿Qué estás tratando de decirme? Dilo ya.

—Te han visto entrar en la casa de Catalina. En la noche. Y quedarte.

Matías se enfadó.

—Una vez. No fue toda la noche. Y no pasó nada.

—Conociendo a la dama, te creo; sin embargo, lo que crea yo no importa mucho, ¿verdad? Ella reconoció haber ido a la casa de Sanders. Peor aún; la vieron cuando iba allá. —Bajó la voz hasta que fue casi un susurro—: Oliver Morris pasó a buscar a Catalina y se la llevó a Sanders. Como hacía con Monique. Para una cena privada, dijo, pero era claro lo que pensaba, especialmente cuando Sanders le dijo que se tomara la noche libre.

A Matías le estaba costando permanecer sentado en la silla.

—Ella no iría allí por los motivos que estás insinuando.

—Yo no estoy insinuando nada.

—¿No? Y yo sé qué día fue y a qué hora.

Axel se apoyó en el respaldo, relajado.

—¿Cómo?

—Fue el día que tuvimos el terremoto. La vi corriendo como si el demonio la persiguiera. Creí que el terremoto la había aterrorizado.

Axel se rio por lo bajo.

—Aterrorizó a muchos, incluyéndome a mí. —Inclinó un poco la cabeza, entrecerrando los ojos—. ¿Te contó Catalina alguna vez lo que sucedió? Longwei dijo que estuvo dos horas en la casa. Pueden pasar un montón de cosas entre un hombre y una mujer en esa cantidad de tiempo, incluso si la mujer no está dispuesta.

Una avalancha de furia ardiente golpeó a Matías.

—Matías. —Axel habló con tranquilidad, frunciendo el ceño.

Matías trató de superar el enojo y pensar con claridad.

—Se quedó en su casa durante tres días. Yo fui a golpear su puerta varias veces. Dijo que estaba bien. —Recordó que lo había sorprendido cómo le gritó que se largara y la dejara en paz—. La gente venía a pedirme ayuda a mí. Estábamos recomponiendo las cosas. Ni siquiera dejó entrar a Scribe. Vi que tú pasabas por su casa. Todas las noches, en tus rondas. Como un reloj.

—La vigilas muy de cerca.

—Me importa. Tiende a meterse en problemas.

—Te importa. —Axel sonrió, divertido—. Todo el mundo está esperando ver qué sucederá ahora que terminaste todos los puntos de su lista.

Matías maldijo.

—Ojalá nunca le hubiera pedido que la hiciera.

—¿Cómo lo hiciste? —Axel se rio entre dientes—. Descuida. No es asunto mío. —Se puso serio otra vez—. Necesito hacerle unas preguntas más y no serán fáciles.

—Si vas a hablar con ella, envíale un mensaje para que venga a mi oficina. —Matías bebió rápido su *whisky* y puso el vaso de golpe sobre la mesa—. Y yo me quedaré en la habitación. —Él mismo quería hacerle unas preguntas sobre aquella noche, preguntas que probablemente debería haberle hecho mucho antes. Esperó que ella confiara lo suficiente en él como para contarle lo que había pasado. Cuando no lo hizo, decidió respetar su silencio. Catalina no había mencionado a Morgan Sanders, ni por escrito ni en alguna conversación, desde el día en que el hombre los vio a ella y a Matías sentados juntos en la iglesia y se fue.

Catalina se veía afectada cuando la vio corriendo, pero no lastimada. No obstante, ¿cómo podía estar seguro? No la había presionado. Quizás porque sabía que si se enteraba de que Sanders le había puesto un dedo encima, él mismo lo habría matado. Con sus propias manos.

Cuando Catalina entró a la oficina de Matías y vio a Axel, supo que se enfrentaba a un interrogatorio. Matías la acompañó a un sillón, y él y Axel se sentaron en dos butacas de respaldo recto frente a ella. Estaba segura de que le preguntarían sobre su relación con Morgan Sanders. Entrelazó las manos sobre su regazo y miró a Axel, tratando de bloquear la presencia de Matías. Si tenía que contarles todo a estos hombres, Matías nunca la vería de la misma manera.

Axel fue directo al grano.

—Dígame todo lo que sucedió el día del terremoto, desde

el momento en que el cochero de Morgan Sanders pasó a recogerla, hasta que fue vista corriendo por la acera después del terremoto.

El calor subió a su rostro mientras se preguntaba qué pensaría Axel que había sucedido. No necesitaba mirar a Matías para sentir la tensión que irradiaba de él. Quizás debería habérselo dicho, pero ¿cómo podría haberlo hecho? El episodio completo había sido mortificante. Había sido su propia culpa, por ser tan tonta. Se mordió el labio hasta lastimarse y miró de reojo a Matías.

—¿No podría hacer este interrogatorio en privado?

—Haz de cuenta que no estoy aquí —dijo Matías roncamente.

Las lágrimas ardieron en sus ojos y trató de contenerlas.

—Eso es difícil de lograr.

Matías se inclinó hacia ella con las manos apretadas entre sus rodillas.

—Cata...

Ella no pudo soportarlo.

—Yo no maté a Morgan. —Miró a Axel a los ojos—. Sí... sí rasguñé su rostro.

Su corazón se sobresaltó cuando Matías se levantó, mascullando algo entre dientes.

—Continúe, Catalina —la animó Axel, pero ella estaba demasiado pendiente de Matías, que se movía inquieto por la habitación. Ella miró a Axel con ojos suplicantes—. Matías, siéntate o vete.

Matías se frotó la nuca, volvió y se sentó.

—Morgan me envió un mensaje diciendo que había una reunión de propietarios de minas y pensaba que yo debía estar presente. —Oyó que Matías emitió un sonido de escarnio—.

Cuando llegué, no había nadie más en su casa, excepto su sirviente y su chef. Me sentí como si hubiera caído en una especie de trampa.

Matías estaba inmóvil, tenso y callado. Axel le hizo un gesto con la cabeza para que continuara. Era obvio que no lograría escapar sin decir todo. ¿Por qué debía ser humillada una segunda vez?

—Dijo que teníamos cosas que discutir. Cuando traté de irme, me bloqueó el camino. Él... me hizo sentar. Quería saber sobre la mina. Sabía que Amos Stearns me había traído un informe. —Profirió una risa que sonó rara a sus propios oídos—. Por supuesto, todos en el pueblo lo sabían. Todo el mundo sabe todo en este pueblo. Excepto quién mató a City Walsh.

—Y a Morgan Sanders —añadió Axel.

Catalina levantó la mirada.

—¿Están relacionados los asesinatos?

—Déjeme a mí hacer las preguntas. —El tono de voz de Axel era amable pero incisivo—. ¿Qué más sucedió?

Ella mantuvo la cabeza agachada, incapaz de mirar a ninguno de los hombres.

—No dejaba que me fuera. Me obligó a quedarme a cenar. Dijo que me casaría con él. —Se rio desoladamente—. Todos saben cómo me siento respecto al matrimonio. —Su voz se quebró suavemente—. Intentó obligarme a subir las escaleras. —Se cubrió el rostro y sollozó entrecortadamente. Cuando Matías dijo su nombre con un tono dolido, no pudo hablar.

Axel se inclinó hacia adelante y puso una mano sobre su hombro.

—Lo que digamos en esta habitación quedará en esta habitación, Catalina. Tiene mi palabra al respecto.

Ella bajó sus manos temblorosas.

—Luché. Pateé. Rasguñé. —Soltó una risa sin gracia—. Intentaba llegar a sus ojos. Él levantó la mano, y entonces todo se sacudió. El candelabro, sentía que el piso serpenteaba bajo mis pies. El sirviente gritaba. Pasó corriendo al lado de nosotros y salió por la puerta. Morgan me soltó, me liberé y salí corriendo. —Se echó a llorar. Mortificada, se cubrió el rostro nuevamente—. Fui una tonta, muy tonta.

—Cata...

—Todos me advirtieron sobre él, pero yo no escuché. Vino a mi casa. La noche después de todo lo que había pasado. Bandido empezó a gruñir y, cuando Morgan habló, se lanzó hacia la puerta, ladrando como si se hubiera vuelto loco.

—¿Y nunca más lo vio después de eso?

—En la iglesia. Me vio sentada con Matías. —Lo miró a los ojos, rogando que comprendiera—. Me sentí segura contigo.

Su expresión se ablandó.

—Siempre estarás segura conmigo.

Axel volvió a presionar y ella quiso terminar el asunto.

—Después de eso, vi a Morgan por el pueblo, pero nunca volví a hablarle. Mantuve la distancia. —Sus emociones estaban a flor de piel—. Me dijo que había tres cosas que él quería: riqueza, una esposa refinada y un hijo que heredara su imperio. Dijo que yo era la segunda y que le daría la tercera. Pero creo que lo que realmente quería era obligarme a casarme con él para poder controlar Chibitaz.

Temblando, Catalina levantó la cabeza y miró a Matías y a Axel.

—¿Puedo irme ahora? —Quería estar en casa, detrás de la puerta cerrada con cerrojo.

Axel se puso de pie y le tendió la mano.

—Lamento haberla hecho pasar por esto. Necesitaba ver si su historia confirmaba lo que los demás dijeron. —La miró disculpándose—. Estaba seguro que sí. —Ella aceptó su mano porque sus rodillas estaban temblando demasiado para pararse.

Matías se levantó y se acercó.

—Te acompañaré a casa, Cata.

Ella dejó escapar una risa baja y quebrantada.

—Será mejor que pienses bien si quieres que te vean conmigo, Matías. ¿Qué dirá la gente de mí ahora, cuando se corra la voz?

—Di mi palabra de que eso no sucederá —le recordó Axel.

—En Calvada, hasta las paredes escuchan.

Sintió la mano de Matías apoyada en la parte baja de su espalda.

—Trata de no preocuparte por cosas que no importan.

23

ESA NOCHE, los miembros del ayuntamiento fueron a la oficina de Matías para otra reunión. Hall y Debree habían contratado a otro hombre, pero aún había mucha basura por limpiar atrás de los edificios. La grava seguiría llegando de la mina abandonada Jackrabbit. La mayoría de los fondos financieros del pueblo eran bien usados, pero el dinero se estaba terminando rápidamente y el progreso tendría que demorarse hasta que ingresara más.

Rudger estiró las piernas y se recostó hacia atrás en su silla.

—Está empezando a parecerse a un pueblo de verdad. —Kit Cole, el de la caballeriza, estuvo de acuerdo.

La reunión finalizó a las diez y Matías salió con ellos. Siguieron hablando un rato más en la acera. La lámpara de la oficina delantera de Catalina todavía estaba encendida. Matías se preguntó qué estaría haciendo. ¿Escribiendo otro editorial, o una columna de la academia para solteros? Tal vez, simplemente no podía dormir con el salón de fandango en pleno apogeo.

Los miembros del ayuntamiento seguían hablando. Matías vio que Axel se detuvo en la puerta de Catalina. Ella la abrió, hablaron brevemente, y el comisario siguió adelante. Matías se quedó mientras los miembros del ayuntamiento se fueron. La lámpara de Catalina se apagó. Se quedó un rato más, pensando en ella, tentado de ir a llamar a su puerta. No podía estar dormida aún, con todo el jaleo que venía de la puerta de al lado. Su puerta se abrió y ella se escurrió, llevaba puesta su capa. Se cubrió la cabeza con la capucha y comenzó a andar por la acera. Sus movimientos eran furtivos.

Matías masculló un insulto en voz baja. *Ahí iba ella otra vez. Siempre en problemas.* Descendiendo de la acera, Matías cruzó la calle y la siguió.

Catalina caminó aprisa por la acera, manteniendo la cabeza gacha. Cuando llegó al final de la calle Campo, dobló a la derecha hacia una calle que no tenían ningún letrero, pero a la que todos llamaban Gomorra. Las casuchas desvencijadas donde vivían las prostitutas se alineaban al lado derecho de la calle. Más allá, estaba la casa de dos plantas de Fiona Hawthorne, con una cerca de madera que rodeaba el jardín delantero.

El brutal asesinato de Morgan Sanders había reavivado el interés de Catalina por la muerte aún sin resolver de su tío. Durante un tiempo, había deseado hablar con Fiona sobre City y su relación. Finalmente, decidió que no podía postergarlo más. Tenía que averiguar cualquier cosa que pudiera ayudarla a entender a su tío y por qué alguien había querido matarlo.

Las ventanas de la planta alta y de abajo irradiaban una cálida bienvenida. Luego de un rápido vistazo alrededor, Catalina pasó apresuradamente por la verja y subió los escalones de adelante. Llamó con unos golpecitos suaves a la puerta. Aunque podía oír las voces de las mujeres, nadie respondió. Tragando su tensión nerviosa, volvió a llamar, esta vez, con firmeza.

La puerta se abrió y Monique Beaulieu apareció de pie ante ella, elegantemente vestida y peinada.

—¡Señorita Walsh!

—*Bonsoir, mademoiselle* Beaulieu. —Catalina continuó en francés y le pidió hablar con la señora Hawthorne. Al seguir a Monique al interior del salón, Catalina inhaló el aroma de perfume. Reconoció a tres mujeres y saludó a cada una por su nombre, mientras Monique fue a cumplir el pedido. Catalina no sabía qué esperar del interior de un burdel, pero le pareció que el salón era bastante cómodo. Los fanales pintados y el fuego de la chimenea le daban a la sala una luminosidad acogedora. Paisajes enmarcados colgaban en las paredes blancas y una alfombra persa roja evocaba una riqueza poco común para Calvada.

Unos pasos apresurados se acercaron y Fiona Hawthorne apareció en la entrada.

—¿Qué está haciendo aquí, señorita Walsh?

—Disculpe por importunarla, señora Hawthorne, pero debo hablar con usted.

—Mira afuera, Carla, y fíjate si viene alguien. —Fiona le hizo un gesto a Catalina—. Debemos sacarla de aquí. Si alguien la ve, ¡su reputación quedará arruinada!

Catalina se rio con delicadeza.

—Mi reputación no es tan radiante, como parece pensar. No iré a ningún lado. —Se quitó la capa y la colgó en el perchero.

—Alguien está subiendo los escalones. —Carla cerró la cortina del frente—. Para Monique, creo.

—Venga conmigo. —Fiona caminó hasta el final del vestíbulo e hizo un gesto para que Catalina entrara al cuarto. Estaba amueblado con una gran cama de cobre, un armario de caoba y un gran sillón de angora marrón ubicado en un rincón, con una pequeña lámpara y un libro en una mesita al costado. La ventana con su cortina de encaje se abría a la noche negra detrás de la casa. Fiona parecía furiosa—. ¡Debería tener más sentido común, señorita Walsh! —Hizo un ademán con la mano hacia el sillón de angora que estaba en el rincón—. Siéntese y haga sus preguntas. No puedo prometer que las responderé todas.

Catalina se sentó al borde del sillón con las manos entrelazadas sobre sus rodillas.

—¿Usted sabía que mi tío tenía una mina?

—Sí.

Catalina esperó que le dijera algo más, pero Fiona se quedó callada.

—¿Sabe si él sabía cuánto valor tenía?

—Lo sabía. Lo supo demasiado tarde para que le importara. —Desvió la mirada—. La llamaba el Recuerdo Amargo.

—¿Recuerdo de qué?

—Usted debería dejar en paz algunas cosas.

—No puedo. No lo haré. Él es el único pariente de sangre que tengo, además de mi madre y mi medio hermano. Quiero saber todo de él. He leído sus libretas y diarios. Él la menciona a menudo. Creo que la amaba.

—Quizás. —Los ojos de Fiona se llenaron de tristeza y dolor—. Sea como fuere, no sé si City querría que usted conociera su historia.

—No me iré hasta conocerla.

Fiona observó su rostro y su expresión se suavizó.

—Supe quién era usted desde el momento en que la vi. Tiene el mismo cabello rojo de él y sus ojos verdes. Me pregunto qué le habría dicho él si hubiera tenido la oportunidad de conocerla cara a cara.

—Scribe y Matías dijeron que usted tuvo una relación más estrecha con mi tío que ninguna otra persona. Sally Thacker dijo que lloró el día que mi tío fue sepultado, y varias veces he visto rosas rojas silvestres en su tumba. Usted lo amaba, ¿verdad?

—Sí, lo amaba. Una vez, hablamos de casarnos. —Negando con la cabeza, miró hacia otro lado—. Me dijo que se habría casado conmigo si no fuera porque... —Cerró los ojos.

—¿Por qué?

Fiona la miró.

—Un impedimento.

—¿Un impedimento? —Cuando Fiona no dijo nada, Catalina decidió cambiar de dirección—. ¿Cómo lo conoció?

Fiona se rio sin ganas.

—Soy la dueña de un burdel, señorita Walsh. Una noche, Monique hizo esperar a City. A veces, ella juega ese juego con los hombres, creyéndose más importante para ellos de lo que realmente es. Él y yo hablamos y descubrimos que teníamos mucho en común. —Sonrió levemente—. Comienzos difíciles, finales trágicos, sobreviviendo lo mejor que pudimos. Nunca volvió a pedir por Monique. —Fiona se encontró con la mirada incrédula de Catalina—. Al contrario de lo que creen la mayoría de las buenas mujeres, los hombres no siempre vienen a un burdel buscando sexo.

—Oh.

Fiona hizo una mueca.

—Lo siento, señorita Walsh. Veo que la he avergonzado con esta conversación franca.

—No tanto como para hacer que me vaya.

—Podría decirle que se meta en sus propios asuntos.

—Mi tío es asunto mío. Y, considerando su relación con él, usted es lo más cercano a una tía que tendré en la vida.

Fiona se puso pálida.

—¡Nunca vuelva a decir eso! ¡Usted es una dama! ¡Mi relación con City difícilmente podría convertirme en parte de su familia! —Se levantó, agitada.

Ante la dureza de Fiona, Catalina sintió unas lágrimas brotar.

—Si él hubiera hecho lo correcto con usted, lo sería.

Fiona le lanzó una rápida mirada de enojo.

—City siempre hizo lo que consideraba correcto. —Apartó la cortina a un costado y miró hacia la oscuridad—. Sin importar el costo. —Volvió y se sentó frente a Catalina—. De acuerdo. Le contaré lo que sé.

Su tono de voz alertó a Catalina sobre las próximas revelaciones que podría encontrar difíciles de escuchar.

—City y yo llegamos a California en el '49. Yo había perdido a mi marido. Él, a un hermano. La vida en los arroyos es difícil. City dejó la explotación y encontró trabajo en los campamentos mineros. Cuando llegó aquí, compró la imprenta. Ganó la concesión en una partida de póquer. City usaba la mina como escondite cada vez que escribía algo que causaba problemas.

—¿Cuán a menudo sucedía eso?

Fiona sonrió ligeramente.

—Más a menudo de lo que me agradaba. —Se quedó callada por un momento—. Wiley Baer llegó al pueblo en busca de trabajo. Ellos habían venido en la misma caravana de carretas. Wiley lo había sacado de un río y le había salvado la vida una vez. City lo llevó a la mina y le permitió trabajarla. Nunca extrajo mucho. —Negó con la cabeza—. Apenas lo suficiente para que la gente quisiera saber.

La mina secreta de Wiley.

—¿Cómo era mi tío?

—Compasivo y difícil; volátil a veces; mayormente tranquilo; un narrador de la verdad, leal...

Catalina se inclinó hacia adelante.

—¿Puede decirme por qué le dejó todo a mi madre? ¿Estaba pagando una penitencia por convencer a mi padre de que la dejara por las minas de oro?

—¿Una penitencia? —Fiona alzó el mentón—. ¿Eso es lo que le dijeron? ¿Que él la abandonó?

—¡Sí! Mi madre desafió a su padre cuando huyó para casarse con él. Ella había llevado una vida consentida. No sabía nada de cocinar, lavar ropa ni regatear precios, las cosas que tiene que hacer la esposa de un hombre pobre. Cuando se conoció la noticia de la fiebre del oro, su hermano lo convenció de marcharse a California. Mi madre tenía miedo de ir. Él la envió de regreso a su casa y le dijo que decidiera qué le importaba más. Ella le escribió unos días después, suplicándole...

—¿Su madre le escribió?

—Varias veces, pero nunca volvió a saber de él. Lo primero que supo fue de parte de mi tío, informándole que su esposo se había ahogado mientras cruzaba el río Missouri... —Catalina vaciló. *Wiley Baer...*

—¿Guardó luto por él? —preguntó Fiona, con un toque de burla en su voz.

—¡Sí! Se entristeció tanto que enfermó. Mi abuelo llamó a un médico. Fue entonces cuando descubrió que estaba embarazada. Después de que nací, mi abuelo le arregló un matrimonio con otro hombre, uno que él aprobaba. —Haciendo una pausa, Catalina se alisó la falda—. Mi primer recuerdo es de mi padrastro diciéndome que yo no era su hija y que nunca más volviera a llamarlo Papá. —Se rio entrecortadamente y sacudió la cabeza—. Mi cabello rojo y mi temperamento les recordaban a Connor Walsh, tanto a mi madre como a mi padrastro. Era el amor de su vida para mi madre y la pesadilla de mi padrastro.

Fiona parecía afligida.

—Oh, qué telarañas tejemos los mortales.

Confundida, Catalina levantó la mirada. ¿Por qué seguía apareciendo Wiley en su mente? ¿Qué había dicho Scribe en la mina de su tío? ¡Ah! Se rio en voz baja, nerviosa.

—Parece una extraña coincidencia que ambos hermanos hayan caído al río...

—Ambos hermanos llegaron a California.

—¿Ambos? —El corazón de Catalina empezó a latir fuerte.

—El hermano de City murió de neumonía después de que llegaron.

Catalina intentó asimilar lo que su corazón quería rechazar.

—Si mi padre se ahogó en el Missouri, ¿cómo es que dos hermanos terminaron en California?

Fiona tenía un aire de derrota.

—City me dijo que le escribió varias cartas a su esposa, y que nunca recibió respuesta.

Catalina sintió que la sangre se le escurría del rostro y presintió lo que venía, temerosa de creerlo.

—¿La esposa de City?

—Elizabeth Hyland Walsh.

—No... —Sintió que su corazón se rompía.

—City creía que su madre se había arrepentido de casarse. Imagino que su abuelo interceptó sus cartas. Él estuvo a punto de ahogarse en el Missouri. Wiley Baer le arrojó una cuerda y lo arrastró de nuevo hasta la barcaza. Fue entonces cuando se le ocurrió la idea con la que tendría que vivir el resto de su vida.

Le dijo a su hermano que escribiera una carta diciendo que se había ahogado. Como viuda, Elizabeth podría volver a casarse con alguien de su propia clase, alguien que pudiera hacerla feliz y darle la vida a la cual ella estaba acostumbrada. Pero, en su mente, él todavía tenía una esposa.

Catalina asimiló las palabras, entendiendo y sintiendo la profundidad de una pérdida que nunca había experimentado antes.

—City era Connor Walsh. Mi padre. —Agitada, Catalina se puso de pie—. Debería escribirle a mi madre.

—¿Por qué?

—¡Cree que él la abandonó! ¡Debería saber cuánto la amó!

—¿De qué serviría eso ahora? Si ella está contenta con su padrastro, ¿qué propósito tendría hacerlo? —Fiona habló suavemente—. Fue correcto que la herencia fuera para la familia, señorita Walsh.

Catalina se dio vuelta.

—Entonces, todo debería haber quedado para usted y para Scribe. Ustedes son su familia. ¡Usted significaba muchísimo para él, Fiona!

—Ay, querida. He estado haciéndome cargo de mí misma durante años. No necesitaba ninguna herencia. —Fiona se levantó e interrumpió el caminar de un lado a otro de Catalina—. En cuanto a Scribe, City se ocupó de su educación, le dio un oficio, lo trató como a un hijo. Por lo que oí, usted lo trata como a un hermano.

Unos pasos pesados cruzaron el piso en la planta alta, la puerta se abrió. Ni bien se cerró, Catalina escuchó un llanto. Miró interrogativamente a Fiona, preocupada.

—Elvira. —Se encogió de hombros—. Pocas mujeres eligen esta vida.

La garganta de Catalina se cerró, apretada y caliente.

—¿He respondido todas sus preguntas?

Ella asintió sin poder hablar. Fiona había contestado preguntas que ni siquiera sabía que tenía.

—Quisiera haberlo conocido. —Su voz se quebró.

—Puedo verlo en usted, Catalina. —Fiona levantó una mano—. Quédese aquí hasta que me asegure de que es seguro que se vaya. —Abrió la puerta y salió.

Catalina mantuvo la calma mientras la angustia contenida la asfixiaba. Cuando Fiona regresó, colocó la capa alrededor de Catalina y le subió la capucha.

—Mantenga cubierto su cabello y la cabeza gacha. —Con un dedo apoyado en sus labios, Fiona la condujo hasta la puerta delantera.

Catalina la abrazó.

—Quiero que seamos amigas. —Se aferró a ella—. Usted lo conoció...

Fiona la abrazó con fuerza un momento y después retrocedió. Tocó con ternura la mejilla de Catalina; tenía los ojos húmedos.

—Ahora, váyase, regrese adonde pertenece. —Le dio un empujoncito a Catalina para que avanzara—. Váyase de este lugar lo más rápido que pueda, y no vuelva jamás. —Fiona cerró la puerta con firmeza. Catalina escuchó que echó el cerrojo.

Estremeciéndose, Catalina bajó los escalones delanteros. Sentía débiles las piernas. Con la cabeza gacha, cruzó la calle y caminó aprisa hacia la calle Campo. Casi había llegado a la esquina, cuando tropezó con un hombre.

—¡Oh! —Retrocedió, alarmada.

—¿Qué estás haciendo en esta parte del pueblo?

¡Matías! Emitiendo un gemido, Catalina se metió en sus brazos como si fuera el lugar más natural donde estar cuando su mundo se había puesto de cabeza.

Matías abrazó fuerte a Catalina, su cuerpo temblaba por los sollozos, sus dedos sujetaban el frente de su camisa, aferrándose a él como si no pudiera mantenerse en pie sin su apoyo. Él tomó la parte posterior de su cabeza y susurró palabras de consuelo, plenamente consciente de que no podían quedarse en Gomorra, donde alguien podría verlos. Su propio corazón se rompía al escucharla.

—Déjame llevarte a casa, cariño. —La palabra afectuosa se le escapó y esperó que se apartara, pero se quedó acurrucada contra él. Retrocedió y deslizó un brazo por su cintura—. Tenemos que alejarnos de aquí, Catalina. —Ella trastabilló una vez, pero él la ayudó a mantener el paso hasta que doblaron la esquina a la calle Campo. Una cuadra más adelante, Matías vio a Axel revisando las puertas del almacén de Aday. Miró hacia ellos. Al hombre no se le escapaba nada.

Al abrir la puerta de su casita, dejó que se deslizara adentro y la siguió. Ella fue directamente al sofá y se desplomó. Cubriéndose el rostro, continuó llorando. Matías encendió la lámpara. Quería preguntar qué había sucedido para dejarla en este estado, pero sabía que en este momento no necesitaba un interrogatorio. Ver a Catalina llorando desconsoladamente lo conmocionaba. Quería hacer algo, *cualquier cosa*, para arreglar lo que estaba mal.

Probablemente, la dama querría un té. Matías entró a su departamento, agregó leña a la estufa y puso encima la tetera. Ella mantenía todo limpio y ordenado, los libros en hileras prolijas, la cama tendida, la bañera de latón en un rincón del fondo. Tomó un paño de cocina, lo llevó a la oficina delantera y lo dejó caer sobre su regazo. Murmurando un agradecimiento lloroso, se sonó la nariz. Se sentó junto a ella y puso una mano en su espalda. Sintió los sollozos desgarradores, la respiración entrecortada, el marcado latir de su corazón. Poco a poco, sus hombros dejaron de sacudirse y se desmadejó, exhausta.

Retirándose la capucha, Catalina lo miró con sus ojos enrojecidos y entristecidos.

—City Walsh era mi padre. —Se echó a llorar de nuevo y tuvo un ataque de hipo—. Discúlpame. —Hipó otra vez.

¿Era tan terrible la idea? ¿Se avergonzaba de City?

—Era un hombre bueno, Catalina.

—Todo lo que escuché sobre él desde que llegué a Calvada me hacía desear haberlo conocido. Y ahora, me duele aún más que nunca tuve la oportunidad. ¡Mi padre estaba vivo! Todos estos años... —Su boca tembló.

—¿Qué habrías hecho si lo hubieras sabido?

—¡Venir a California! —Intentó pararse y cayó hacia atrás—. ¡Él nunca supo que tenía una hija! Fiona dijo que supo quién era yo desde la primera vez que me vio. —Encogió los hombros y empezó a llorar nuevamente—. Entiendo por qué era una molestia para el juez.

—Cuéntame lo que dijo Fiona.

—Ay, Matías, es una historia larga...

—No iré a ninguna parte.

Catalina habló y Matías se empapó de su vida más que lo que había podido averiguar durante los meses que Catalina había estado en Calvada. Se enteró del escandaloso matrimonio de su madre con un irlandés rebelde y por qué él la había mandado de regreso a su casa.

Su madre le había hablado sobre Connor Thomas Walsh, el irlandés que había cautivado su corazón. Había estado tan enamorada de él, que hizo a un lado a su familia, sus amigos, su posición social y una vida de lujos para estar con él.

—Ella decía que yo era como mi padre. Rebelde, apasionada, que quería cambiar al mundo. Decía que su vida sería mucho más fácil sin mí. Y yo sabía que era cierto.

Matías sintió una oleada de ira y empatía. Ella *era* como

City. No les hacía la vida fácil a quienes la amaban. Pero lo valía.

Catalina siguió contándole que Wiley había salvado a City, que City vio una manera de liberar a su esposa para que pudiera volver a casarse, su amor por Fiona y por qué nunca se casó con ella. Limpiándose las lágrimas de las mejillas, suspiró, agotada.

—Bueno, ciertamente he hablado hasta cansarte.

—Ha sido un honor para mí. —Matías se puso de pie.

Ella se enderezó, sus ojos expresivos lo derretían por dentro.

—¿Te vas?

—Solo a preparar té.

Ella se rio como una niña.

—Matías Beck haciendo té. Eso debería ser un titular.

Él le devolvió una gran sonrisa.

—Nadie lo creería.

Matías le trajo una taza y se sentó al borde del sofá, dejando un espacio entre ellos. Ella miró hacia arriba a través de sus pestañas y bebió un sorbo.

—Creo que te he dicho todo sobre mi vida. Bueno, casi. Fui expulsada de tres internados: del primero porque golpeé a una niña en la cara por decirme irlandesa tonta y del segundo porque discutí con un maestro. En el último, me acusaron de tener un "comportamiento impropio de una dama".

Matías sofocó una sonrisa.

—Oh, y fui a un acto electoral con varias mujeres del movimiento sufragista. Ese fue el último acto rebelde que me aseguró un billete de ida al otro lado del país. El juez dijo que ojalá Casey hubiera llegado a las Islas Sándwich.

Matías se rio.

—Me alegro de que City no llegara más allá de Calvada. —Limpió una lágrima de su mejilla—. Todo lo que me contaste quedará en mí, Catalina.

—Te creo. —Sin embargo, parecía preocupada.

—¿Cuál es el problema?

Ella le dirigió una mirada inquisitiva y sus mejillas se ruborizaron.

—¿Por qué estabas allí? ¿En Gomorra?

Cuando la miró a los ojos, ella desvió la vista, avergonzada, y supo en qué estaba pensando.

—Te vi salir de tu oficina, vestida con la capa y prácticamente escurriéndote hacia los confines del pueblo. Pensé que lo mejor sería vigilarte. —Sonrió con ironía—. ¿Qué pensaste que estaba haciendo?

Ella encogió los hombros.

—Realmente, no es asunto mío.

Matías quería que las cosas fueran claras entre ellos.

—Hay una sola dama que quiero, y estoy mirándola en este momento.

Sus mejillas se sonrojaron y dejó escapar una risa suave y provocadora.

—Otra vez con eso, ¿verdad?

Él vio algo más en sus ojos de lo que ella desearía que él supiera.

Catalina sostenía la taza con las dos manos con la cabeza inclinada.

—A veces, el amor no basta. Y la pasión nubla la mente.

Él frunció el ceño.

—Suena a que estás citando a alguien.

—A mi madre.

¿Se habría dado cuenta de que acababa de decirle que lo amaba? Su pulso se aceleró.

—No eres tu madre, Catalina, y yo no soy City Walsh.

Ella bebió otro sorbo de té con la mirada hacia abajo. Él vio que estaba levantando sus defensas. Sabía que podía traspasar sus murallas ahora mismo. Tentado, Matías se levantó pues no quería que ninguno de los dos tuviera de qué arrepentirse después. Esta noche, ella estaba vulnerable, demasiado sensible para que la tocara.

—¿Sabía City cuán valiosa era la mina?

Catalina levantó la mirada, desconcertada.

—¿La mina? —Sus ojos se aclararon—. Sí. Él sabía que era valiosa.

—¿Por qué no la explotó?

—La llamaba el Recuerdo Amargo. —Dejó la taza a un lado—. Quizás le recordaba el motivo por el que abandonó a mi madre y vino al Oeste. Quería ser rico para poder darle la vida que ella había tenido. Como si eso fuera lo más importante para ella. Nunca supo cuánto lo amó, o que no pudo seguirlo porque estaba enferma y embarazada de su hija. —Se distanció por un momento, pensativa—. Mi padre dejó de buscar oro cuando su hermano murió. Ganó la concesión en un juego de naipes. Iba allá y trabajaba cuando uno de sus editoriales creaba problemas.

Matías se rio entre dientes.

—¡Claro! Desapareció unas cuantas veces, según recuerdo.

Ella sonrió.

—A menudo, yo también he tenido ganas de esconderme.

—Apostaría a que sí. —Él quería meter detrás de su oreja un rizo desviado de su cabellera roja.

Catalina lo miró a los ojos y apartó la vista.

—Cuando City se dio cuenta de lo que tenía, debe haber sido un cruel recordatorio del sueño que lo había traído a California. ¿De qué le servía el oro, cuando ya estaba muerto para la mujer que amaba? No podía resucitarse a sí mismo y recuperarla.

—Y su padre habría arreglado desde mucho antes un matrimonio que él consideraba adecuado. —Matías entendió.

—Ninguna cantidad de oro podía anular la decisión que

había tomado. Puede que haya pensado que mi madre estaría felizmente casada de nuevo, con hijos... —Sus ojos volvieron a llenarse de lágrimas—. Qué enredos hacen los hombres cuando actúan como si fueran Dios.

—Hizo lo que creyó mejor para tu madre, Cata.

—¡Si solo hubiera regresado por ella! Si hubiera estado dispuesto a esperar un año. Yo habría nacido. Habríamos venido todos juntos a California.

—¿Estás segura de eso? ¿Habría estado dispuesta tu madre a padecer las dificultades de un viaje de cinco mil kilómetros, cruzando el país en una carreta con un bebé?

De pronto, frunció el ceño.

—Tal vez lo habría hecho.

Matías sabía que lo dudaba.

Catalina se quedó en silencio un momento.

—Supongo que no tiene sentido preguntármelo. ¿Y si...? ¿Si solo? Nunca lo sabremos, y desearlo es doloroso.

—Las cosas se resuelven según el plan de Dios. —Eso llamó la atención de ella. Torció su boca—. El rechazo de mi padre me llevó a recorrer el mundo. ¿Por qué terminé aquí? —*Por ti*, quería decir. *Para estar aquí cuando tú llegaras.*

Ella cerró los ojos.

—Aunque mi padre y mi madre me abandonen, el Señor me mantendrá cerca.

El Salmo 27. Él conocía el versículo.

Abrió los ojos, lo miró y se rio.

—Míranos, citando la Escritura.

Matías amó la calidez que vio en sus ojos.

—Mi padre era predicador, pero fue mi madre quien me enseñó la Biblia. —Metió el rizo de cabello detrás de su oreja—. Nunca subestimes la importancia de la mujer que mece la cuna.

24

A LA MAÑANA SIGUIENTE, después de pedirle a Sonia que preparara una canasta para picnic, Matías golpeó la puerta de Catalina.

—¿Quieres salir del pueblo por algunas horas? Tengo un carruaje afuera.

—Oh. —Ella hizo una pausa—. Sí. Creo que me gustaría. Gracias. Iré a traer mi chal.

Sorprendido, Matías esperó en la oficina delantera.

—Pensé que dirías que no.

Catalina regresó con un sombrero que no combinaba con su vestido, señal certera de que había un problema en el horizonte. Ella se aseguró el sombrero en su cabeza y ató las cintas de seda bajo su mentón. Bandido apenas consiguió salir corriendo por la puerta antes de que ella la cerrara.

—Quiero conducir.

—Lo siento. No hay trato.

Rebelde, lo miró con furia.

—¿Por qué no? ¿Porque soy mujer?

—Porque te ves como si estuvieras a punto de explotar. Puedes llevar las riendas durante el camino de regreso, cuando te hayas calmado.

Lo sondeó y dejó escapar un suspiro sarcástico.

—Tienes razón.

—Es la primera vez que lo admites.

Ella se subió al carruaje antes de que pudiera ayudarla. Matías dio la vuelta y se sentó junto a ella.

—¿Malas noticias? —Agarró las riendas.

—Una carta de mi casa. —Parpadeando rápidamente y con las mejillas sonrojadas, se sentó rígida, con cada músculo de su cuerpo tenso por una furia que él sabía que no era hacia él. Su mente estaba en otra parte. Decidió mantenerse tranquilo mientras ella echaba humo. Se relajó y disfrutó de su compañía, a pesar de su estado de ánimo y su mente errante. El paseo hasta las afueras del pueblo le dio tiempo de sobra para fantasear acerca de posibilidades futuras. Los únicos sonidos que interrumpían el silencio eran el de los cascos del caballo, los susurros del viento y el canto de los pájaros.

Matías se desvió del camino. El interrogatorio de Axel, todo lo que había sabido a través de Fiona, y ahora la condenada carta le aseguraban que su objetivo personal tendría que esperar, pero, al menos estaba sentada junto a él. Detuvo el carruaje cerca de unos pinos y lo rodeó para ayudarla a bajar.

—¿Dónde estamos? —Apoyó las manos sobre sus hombros.

—A unos tres kilómetros fuera del pueblo. —La depositó de

pie en el suelo, pero no la soltó. Cuando se miraron a los ojos, ella tomó aire suavemente y dio un paso atrás.

Matías la observó mientras quitaba los arreos y amarraba al caballo. Sacó la canasta de debajo del asiento y se acercó.

—Por aquí al paraíso, milady. —La guio por un sendero de venados hasta una enramada que tenía vista a los rápidos.

—Qué bello es este lugar. ¿Cómo lo encontraste? Está muy escondido.

Él había buscado un escondrijo privado donde pudieran conversar sin que los observaran ojos entrometidos.

—En estas montañas hay sitios como este por todas partes. Cerrando los ojos, Catalina tomó aire.

—Huele divino.

—Muy distinto a Calvada, quieres decir.

—Definitivamente. —Lo miró con una sonrisa y sacó el mantel de la canasta. Lo abrió y lo extendió sobre la hierba, mientras Matías se quedó parado, mirando. La segunda sorpresa del día. En lugar de decirle que era inapropiado estar a solas con él, se encargó de la situación. Mientras la recorría con la mirada, vio el papel enrollado sobre la hierba.

—¿Qué es esto? —Se agachó para recogerlo.

—La carta que me entregó el señor Blather. De mi padrastro. El juez. —Sus ojos volvieron a destellar y Matías deseó no haberse entrometido—. ¡Adelante! ¡Léela!

Apenas había alcanzado a leer el saludo, cuando Catalina se la arrebató, la enrolló otra vez, la arrojó al suelo y la pisoteó.

—Aparentemente, mi madre le habló al juez sobre la mina y los planes que tengo. Dice que mis intenciones son *admirables* e insinúa que sería sensato analizar *alternativas* y propone enviar a *Freddie*, como si no hubiera otro, a manejar la mina.

Lágrimas calientes de enojo llenaron sus ojos y empezó a caminar de un lado a otro, furiosa.

—¡Que una mujer no esté casada no significa que sea incapaz de encargarse de sus propios asuntos! Por cierto, sintió que yo era capaz de hacerlo cuando me entregó el billete de ida del tren que me trajo aquí.

Temblando de ira, despotricó:

—Él quiere estar a cargo. Lamentablemente, tiene el derecho legal de hacerlo. Ah, me conoce lo suficiente para no decirlo con esas palabras, pero está todo allí, encubierto por su *preocupación* por mi bienestar y mi futuro. —Carraspeó—. Ahora se refiere a mí como su *hija*. ¡Soy tan hija suya como ese caballo es tu hermano!

Matías ocultó una sonrisa. Su pequeña generala parecía lista para la batalla.

—El juez dice que desea actuar para cuidar mis intereses. *¡Está más loco que una cabra!* —Dio una patada—. Tengo ganas de decirle que convirtió en bígama a mi madre cuando se casó con ella. —Hizo una pausa y frunció el ceño—. No, no puedo. —Catalina se desmadejó y se sentó sobre el mantel a cuadros—. No es justo.

Matías asimiló todo, pero quería saber una cosa.

—¿Quién es Freddie?

Catalina lo miró sorprendida.

—¿Eso es lo único que escuchaste?

—Oh, escuché todo. Solo quiero saber quién es él y qué es para ti.

—Alguien de quien nunca tendrás que preocuparte.

Le gustó la manera en que lo dijo, pero no había respondido la pregunta.

—¿Un viejo pretendiente que dejaste atrás?

—Frederick Taylor Underhill es el odioso hijo del dueño de una fábrica que piensa que no tiene nada de malo emplear a niños como obreros. ¿A quién le importa si nunca ven la luz del día? ¿A quién le importa si resultan aplastados por alguna máquina? ¡Ganar dinero es lo único que importa! —Evitó mirarlo—. Alguien con quien mi padrastro y mi madre querían que me casara. Freddie me propuso matrimonio una vez y le dije que no. ¡Rotundamente! ¿Y ahora mi padrastro insinúa que podría enviarlo aquí para que me ayude a ocuparme del negocio? Sé exactamente lo que está tramando.

Matías también lo sabía, y la idea lo irritaba.

—Supongo que podrías casarte con Freddie. De esa manera podrías seguir teniendo cierta autoridad sobre el funcionamiento de la mina.

Catalina lo miró boquiabierta.

—¡No puedes decirlo en serio! ¡No me casaría con Freddie aunque fuera el último hombre en el mundo y la única manera de aumentar la población!

Matías se rio, contento de escucharlo.

—Pobre Freddie.

—¡No es gracioso, Matías! Yo sé lo que haría. Lo mismo que hizo su padre en las fábricas que tiene. Los mineros no tendrán salarios decentes ni mucho menos una participación de las ganancias. Serán afortunados si les pagan para subsistir. ¡Terminarán viviendo en chozas y comprando provisiones en el almacén de la minera! ¡La Chibitaz terminaría siendo peor que la mina Madera!

Parecía angustiada por el futuro de sus empleados, sin un solo pensamiento por sus propias esperanzas y planes aplastados. Su corazón podía ser puro, pero estaba lista para la batalla.

—Publica tu versión de la historia. Una vez que los hombres la lean, no te culparán por lo que suceda.

—Están en todo su derecho de culparme si dejo que eso pase. —Sus ojos resplandecían un fuego verde—. ¡No lo haré! —Pateó una roca e hizo un gesto de dolor—. Ayyy... —Dando saltitos, rengueó hacia el mantel. Tenía puestos sus bonitos zapatos de cuero, en lugar de sus botas de minera. Se sentó y se agarró el pie—. ¿Pueden ponerse peor las cosas? Creo que me fracturé un dedo.

Matías se puso en cuclillas.

—Déjame revisarte.

—Oh, no, no lo hagas.

—Entonces, deja de lloriquear.

Se quitó el zapato y masajeó sus dedos.

—Es injusto, Matías. Las mujeres deberían tener algunos derechos. —Le lanzó una mirada fulminante—. Lamentablemente, los hombres redactan las leyes.

Matías estaba completamente seguro de que Catalina mandaría a volar a Freddie antes de que sacara sus dos pies de la diligencia.

—Con el tiempo, las mujeres como tú nos convencerán de hacer lo que está bien.

Catalina se rio.

—Y lo dice el hombre que no creía que una mujer podía dirigir un periódico.

—Mis disculpas a la dama. —Inclinó la cabeza—. Reconozco mi error.

—Nunca dejas de sorprenderme, Matías. —Desatando las cintas, se quitó el sombrero y lo arrojó a un costado. Con los ojos luminosos y encendidos, le sonrió, mientras una brisa suave revolvía los rizos de su cabello rojo.

Matías sintió un arranque de deseo.

—Verte en acción ha cambiado la opinión de varios hombres que conozco, ¿o no te diste cuenta de cuántos ponen manos a la obra cuando la dama envía sus órdenes desde allá arriba?

Ella sonrió de oreja a oreja.

—Es bastante agradable estar a cargo.

¿Cuándo no lo había estado?

—Si te portas bien, quizás te deje conducir cuando regresemos al pueblo.

—¿A qué te refieres con portarme bien?

¿Estaba coqueteándole? Se sentó y se estiró sobre su costado.

—¿Qué crees que le sucedería a cualquiera que viniera e
intentara quitarte la mina?

Ella se quedó callada por un momento, recorriendo su
cuerpo con la mirada. Cuando sus ojos se encontraron, él vio
algo en los suyos que aceleró sus pulsaciones. Catalina pestañeó,
ligeramente perturbada y después frunció el ceño.

—¿Qué dijiste?

Después de todo, la tarde aún tenía posibilidades.

—Hablábamos de Freddie y de la mina.

—Oh.

—Tus doce no permitirán que nadie te la quite.

—No, supongo que no lo harían. —Lo miró rápidamente
y se ocupó con la comida—. Estoy muerta de hambre, ¿tú
no? Deberíamos ver qué tipo de banquete nos preparó Sonia.
—Presentó el pan recién horneado, el jamón en tajadas y
envuelto en tela delgada, un envase con mantequilla, otro con
pepinillos encurtidos y polvorones azucarados. Levantó una
botella—. ¡Jugo de manzana! Sonia incluso empacó platos,
vasos y un cuchillo.

La buena de Sonia, siempre tan casamentera. Catalina no
parecía estar pensando qué más podía haber ideado su amiga
para el día de hoy. Matías observó a Catalina mientras preparaba
los emparedados. Puso uno frente a él como una ofrenda y llenó
los vasos. Él bebió un sorbo y supo que eso no era jugo.

—Esto es delicioso. —Catalina ya había bebido un trago.

La muchacha había estado demasiado resguardada.

—Deberías tomar eso con calma. Es sidra.

Comieron en un silencio cómodo. Matías se dio cuenta de que su mente estaba trabajando otra vez. En algo serio. Esperaba que no fuera en la mina ni en Freddie. Ella terminó su emparedado y se deshizo de las migas que había sobre su falda. Tomó aire, entrelazó las manos y lo miró.

—Te debo una disculpa, Matías. Te he juzgado mal. Y no es que no hayas sido una molestia para mí. A veces, creo que disfrutas provocándome.

—¿Y tú no? —Mencionó varios editoriales. Ella parecía impenitente. Y distraída—. ¿Qué tienes en mente, milady?

—Además de la mina y Freddie... y todo lo que acababa de enterarse por Fiona.

—Fue una sorpresa descubrir que tenemos tantos objetivos en común.

¿Por qué no ir directo al punto?

—Te refieres a nuestras listas. —Era hora de poner sus cartas sobre la mesa—. Calvada era una causa perdida para mí, y estaba listo para vender y mudarme. Y entonces, tú te bajaste de la diligencia.

—Oh.

Ahí estaba de nuevo esa mirada que derretía sus entrañas y le aceleraba el corazón.

—No jugué limpio la noche en que te obligué a hacer la lista, pero no me arrepiento.

—Fuiste bastante... avasallante. —Ella apartó la vista como si la intensidad de sus sentimientos la pusiera nerviosa—. Es cierto que me diste algo en qué pensar esa noche.

—¿En serio? —dijo él arrastrando las palabras, notando que se intensificaban los colores en sus mejillas, la oscuridad en los ojos de ella.

—Nunca tuve la intención de casarme. Porque nunca

conocí a un hombre en el que pudiera confiar. —Alzó la cabeza lentamente—. Confío en ti, Matías.

Anonadado, Matías sentía como si hubiera estado jugando póquer de alto riesgo y acabara de ganar el pozo más grande de su vida. Entonces, su conversación anterior reapareció como un puñetazo. Sus ojos se entrecerraron

—Un momento. —Se incorporó, molesto—. ¿Este súbito cambio de actitud tiene algo que ver con el juez, Freddie y tu mina?

—¿Qué? ¡No! —Parecía espantada; después frunció el ceño y sus ojos pestañearon—. No lo había pensado.

¡Y él acababa de meterle la idea en la cabeza! Matías se levantó y se apartó.

—Solamente quería decir que... me...

Él se dio vuelta y la vio sentada allí, con las manos firmemente entrelazadas en su regazo.

—¿Tú qué?

—Me gustas.

—¿Te *gusto*?

Irritada, se dio vuelta.

—¡Lo dije como un halago!

—Gracias.

Catalina suspiró.

—Empiezo a entender cómo se sintió Freddie cuando lo dejé arrodillado en el rosedal.

Matías no estaba seguro de haber entendido correctamente.

—Entonces, ¿tú estás proponiéndome matrimonio a mí? ¿Es así? —Se rio ante la idea.

Ella se sonrojó, sus ojos eran feroces.

—Di mi palabra de verdad cuando te di la lista, y tú cumpliste tu parte del trato.

¡Lo había dicho en serio!

—¿Y esa sería tu única razón?

—Simplemente, me pareció justo que fuera yo quien lo trajera a colación, teniendo en cuenta lo que te hice pasar. —Sacudió la cabeza, claramente arrepentida de todo—. ¿Por qué estoy tratando siquiera de hablarte de esto? Mi madre me lo advirtió.

—¿Qué te advirtió?

—Que no permitiera que la pasión prevaleciera sobre la mente.

Matías se preguntaba si sabía lo que acababa de reconocer y, cuando ella levantó el mentón, vio que lo había hecho.

—Dilo, Cata.

—¿Que diga qué?

—Que me amas.

—¡Lo mucho que me ayudaría eso! —Vertió la botella de sidra en la hierba—. Sonia y sus ideas brillantes.

Matías sonrió de oreja a oreja.

—Ah, milady, acabas de darme un motivo para celebrar.

—¡Adelante! —Sus ojos titilaron con lágrimas—. ¡Ríete!

Levantó a Catalina y tomó tiernamente su rostro entre sus manos.

—Nos reiremos, cariño, hasta que los dos seamos viejos canosos y tengamos una docena de nietos. —La besó resueltamente—. La respuesta es sí. Me casaré contigo. —Sonrió y la besó otra vez. Cuando ella le correspondió, él no se detuvo hasta que ambos se quedaron sin aliento y temblando. Apoyó su frente contra la de ella—. Será mejor que empaquemos y volvamos al pueblo. —Ella dejó escapar un gemido suave que estuvo a punto de hacerlo cambiar de parecer—. No suenes tan decepcionada. Regresaremos. Ahora mismo vamos a buscar al reverendo Thacker y pondremos la fecha.

—A fines del verano...

—Ah, no. No vamos a esperar. Nos casaremos el primer día que la iglesia esté disponible.

Catalina se ruborizó. —El reverendo Thacker se hará preguntas por nuestra prisa.

—Sería el único. En Calvada, todos se preguntan por qué hemos tardado tanto.

<hr />

Todo el pueblo acudió a la boda de Catalina y Matías, y todos hablaban mientras esperaban que la novia llegara al altar.

Matías siempre fue de atraer problemas.

¡Que el Señor Dios Todopoderoso, por favor, permita que esta unión se lleve a cabo!

Quizás cuando Beck esté a cargo de ella todos tengamos un poquito de paz por aquí.

Un hombre dijo que Calvada no sería lo que era, de no haber sido por la lista que Catalina Walsh le había dado a Matías. Otros añoraban los viejos tiempos, cuando había dieciocho cantinas, doce casuchas y tres burdeles uno detrás del otro, por no mencionar los tres salones de fandango donde los hombres podían zapatear hasta bien pasada la medianoche. Ahora, había solamente once cantinas, tres casas de dudosa reputación y quedaba un solo salón de baile.

—¡Si esa mujer se sale con la suya, la calle Campo tendrá una fila de tiendas y la mitad de la población serán mujeres!

Charlotte besó la mejilla de Catalina apenas entró por la puerta de la iglesia.

—Eres una novia hermosa. Estoy muy feliz por ti. —Ella caminó por el pasillo.

Sonia, su dama de honor, esperaba de pie y lucía regia de

azul con su cabello rubio entrecano trenzado en una corona. Acarició la mejilla de Catalina.

—¿Estás lista, querida?

—Estoy más que lista.

Sonriendo, los ojos de Sonia se iluminaron mientras le apretaba la mano.

—Matías tendrá mucho trabajo contigo.

Cuando Catalina se paró al fondo del pasillo, Sally inició la marcha nupcial de Mendelssohn. Los bancos crujieron y un murmullo de sonidos llenó la iglesia mientras todos se ponían de pie. Catalina vio rostros de amigos a ambos lados del pasillo. Tweedie, Ina Bea y Axel, Carl Rudger, Kit Cole, la familia Mercer. Sus ojos se llenaron de lágrimas al ver sus sonrisas alentadoras. Al frente, Scribe estaba parado junto a Henry Call. El muchacho parecía un hombre joven con su magnífico traje.

Armándose de valor, Catalina finalmente miró a Matías. Estaba devastadoramente apuesto con su traje oscuro y su camisa blanca. Tenía la mirada fija en ella y una expresión que no logró descifrar. Cuando llegó a él, le ofreció su brazo y ella deslizó unos dedos temblorosos en su lugar. Subieron juntos los dos escalones y se pararon frente al reverendo Thacker, quien vestía sus formales vestiduras negras.

La cruz se cernía en la pared detrás del altar, un recordatorio de dónde estaba ella. *«Pues donde se reúnen dos o tres en mi nombre, yo estoy allí entre ellos».* Jesús estaba dentro de esta iglesia.

El corazón de Catalina palpitaba fuertemente. *Ay, Dios mío, ay, Dios. ¡Estoy a punto de hacer lo que juré que jamás haría!* Matías bajó la mirada hacia ella. Catalina se preguntó cómo había llegado a estar de pie junto a él. *Hago esto por Chibitaz y por los mineros. ¿No era verdad?* Miró al hombre parado junto a ella. Lo amaba. *¿Cómo permití que sucediera?* Ya no había salida, a menos que huyera y se humillara a sí misma. Y a Matías, a quien había llegado a respetar.

El reverendo Thacker no perdió tiempo en comenzar la ceremonia. Cada palabra que decía al describir el plan de Dios para el matrimonio sonaba maravillosamente romántica, hasta que recordó la advertencia de su madre. *Guarda tu corazón, Catalina.* Temía que ya había sido conquistado. Todas las jovencitas soñaban con casarse con el Príncipe Azul. Catalina también lo había hecho, hasta que tuvo la edad suficiente para saber a cuánto renunciaban las mujeres cuando decían *Sí, acepto*, y con qué facilidad el que hoy era un príncipe, mañana podía convertirse en un tirano.

Las dudas la asaltaban, pero ¿qué podía hacer ahora que estaba de pie frente al altar, con todo el pueblo observándola? La atención de Matías estaba puesta en el reverendo Thacker, y ella se sorprendió orando frenéticamente. *Oh, Dios mío, por favor, que Matías sea el hombre que espero que sea.* Dentro de media hora, ya no sería Catalina Walsh. Sería Catalina Beck, y Matías tendría derechos legales sobre todo lo que le pertenecía, y sobre su persona, también.

Cuando el reverendo Thacker llegó a los votos, Matías giró hacia ella. Temblando, ella lo miró, agradecida de tener el velo de gasa. Matías tomó suavemente su mano izquierda en la suya. No esperó la indicación del reverendo Thacker, sino que recitó los votos.

—Yo, Matías Josías Beck, te recibo a ti, Catalina Leonora Walsh, como mi legítima esposa. —Deslizó un anillo de oro en su dedo—. Para amarte y respetarte de hoy en adelante, en las buenas y en las malas, en la fortuna y la adversidad, en la salud y la enfermedad, hasta que la muerte nos separe. —Entonces, la miró con ojos resplandecientes, y su corazón se disparó—. De acuerdo con la santa ordenanza de Dios, así mismo, prometo serte fiel. —Levantó su mano y la besó.

La magnitud de los votos la estremeció.

La expresión de Matías se suavizó.

—Ah, Cata. —Lo dijo en voz tan baja que nadie pudo escuchar—. No te acobardes ahora.

La espalda de Catalina se puso rígida al oír esas palabras.

El reverendo Thacker se había volteado hacia ella y comenzó a indicarle que dijera sus votos. Catalina tragó con dificultad y habló en voz baja y trémula:

—Yo, Catalina Leonora Walsh, te recibo a ti, Matías Josías Beck, como mi esposo... para amarte y... respetarte... de ahora en adelante... en las buenas y en las malas, en la fortuna y la adversidad, en la salud y la enfermedad... para... —Avanzó tartamudeando, sabiendo que debería cumplir estos votos por el resto de su vida. Apenas lograba respirar por los fuertes latidos de su corazón—. Amarte... respetarte... y... —Se quedó en silencio y miró a Matías, cautelosa. Él permanecía inalterable, con una leve sonrisa tocando sus labios.

—Y obedecerte —repitió el reverendo Thacker.

Ella titubeó; luego, negó con la cabeza.

—No puedo decir eso.

Un murmullo de susurros se esparció por la congregación.

—Te lo dije, ¿verdad? —dijo un hombre en voz alta—. Me debes diez dólares.

Su acompañante balbuceó con voz sonora:

—Aún no terminó. —La gente los hizo callar.

Conmocionado, el reverendo Thacker se quedó mirando a Catalina. Tosió con nerviosismo.

—Debe decirlo, Catalina.

—No lo diré. —Se inclinó hacia adelante y susurró

firmemente—: No puedo prometer ante Dios y todos estos testigos algo que sé que no podré cumplir.

Alguien cerca de la primera hilera dijo en voz alta:

—¡Dios, ayúdanos a todos! —Se oyeron gorjeos de risas, así como quejidos decepcionados.

El reverendo Thacker miró a Matías buscando su ayuda y su guía. Matías se encogió de hombros como si no estuviera sorprendido en absoluto ni ofendido por la negativa de ella.

—Simplemente, omita *obedecerte*, reverendo. —La miró con una gran sonrisa—. Deje que yo me ocupe de su naturaleza rebelde.

¿Qué quería decir con esa amenaza velada? Catalina sabía que él tendría el derecho a golpearla. Pero ¿lo haría? No podía creerlo de su parte, pero su expresión le dijo que había previsto que ella se resistiría y ya tenía un plan acerca de qué hacer al respecto. Terminó sus votos sin presentar más objeciones. El reverendo Thacker lanzó un suspiro de alivio que se escuchó.

—Matías —el reverendo Thacker asintió—, puedes besar a tu novia.

Matías levantó el velo. Por instinto, Catalina retrocedió un paso. Pasó un brazo alrededor de su cintura y la jaló apoyándola completamente contra él. Cuando ella abrió la boca para protestar, él ahuecó su mano detrás de su nuca y la besó. No fue el habitual beso casto, sino uno apasionado. Un jadeo audible se extendió por la congregación. Catalina forcejeó débilmente, y entonces se rindió mientras su cuerpo se calentaba y se aflojaba.

Ay, Mamá, ¿fue de esto que me advertiste?

Matías alzó la cabeza y la miró a los ojos, los suyos resplandecientes de júbilo y triunfo.

—¡Buena manera de hacerla callar, Beck! —gritaron algunos

hombres desde el fondo. Otros se rieron. La mayoría estaba pasmada y en silencio.

Matías la giró para que mirara de frente a toda la congregación, con las manos firmemente puestas en su cintura para mantenerla en el lugar. Las mujeres miraban fijamente con los ojos bien abiertos. Los hombres reían entre dientes y se daban codazos unos a otros.

—D... damas y caballeros —tartamudeó el reverendo Thacker—, les presento al señor y a la señora Beck.

Todos se pusieron de pie y aplaudieron. Los hombres reían, las mujeres suspiraban. Cuando corrió la voz de que el acto era un hecho, se escucharon gritos y alaridos afuera. Alguien disparó algunos tiros al aire. Axel se encaminó hacia la puerta.

Riéndose, Matías afirmó su mano en el recodo de su brazo.

—Es un hecho consumado, milady. Ahora, nada de echarse atrás ni huir. —La hizo bajar los escalones y caminar rápido por el pasillo—. Es hora de saludar a la multitud.

⸙

Sonia había hecho un pastel de bodas de tres pisos. Las damas de la iglesia se aseguraron de que los caballetes y los tablones de las mesas quedaran cubiertos por los manteles, repletas de cazuelas, bizcochos, manzanas y uvas traídas de los mercados de Sacramento, frijoles en salsa de tomate y jamón. Abrumada por la generosidad del pueblo, Catalina dejó escapar algunas lágrimas, pero no tenía apetito. Comió una pequeña porción de cada cosa, y dejó su comida en el borde de un plato, esperando que nadie lo notara.

Matías la tomó de la mano por debajo de la mesa.

—Trata de no preocuparte, Cata. Vas a sobrevivir a esto.

¿Sobrevivir a qué? Ella odiaba sentirse tan vulnerable.

—¿Nos quedaremos esta noche en el hotel?

Matías le dirigió una mirada comprensiva.

—Iremos a casa a pasar nuestra noche de bodas.

—¿A casa? —El anuncio le provocó un revuelo en el estómago—. ¿En la oficina del periódico?

—Disfruta la fiesta, Catalina. Ya hablaremos de lo que viene.

La banda de fandango se presentó con un violín, una armónica, un banjo y un tambor. Matías atrapó a Catalina por la cintura y la sacó a bailar. Nunca había conocido esa faceta de Matías y se sorprendió, encantada. ¿Cuánto hacía que no bailaba?

Horas después, Matías se paró con ella en la escalinata de la iglesia y agradecieron a todos por la espléndida boda y la recepción, especialmente con tan poca antelación. Charlotte abrazó a Catalina al pie de los escalones. Se rio tontamente.

—Trata de no verte como si estuvieras yendo a la guillotina.

Sonia era la siguiente en la fila para desearle lo mejor.

—El matrimonio es lo que tú hagas de él, Catalina. Matías es un hombre bueno. Tú harás que sea mejor. —Retrocedió y acarició la mejilla de Catalina con la palma de su mano en un gesto maternal—. Sé valiente.

Algunas personas los siguieron por el camino de regreso al pueblo. En lugar de ir hacia la *Voz* y a su departamento, Matías dobló a la derecha. Caminaron varias cuadras y subieron una cuesta donde habían construido casas nuevas, cada una rodeada por mucho espacio. Él la levantó para subir los escalones y la cargó por el porche de una pequeña casa recién pintada de amarillo y blanco.

—Tu nuevo hogar, milady. —Abrió la puerta y la hizo girar en sus brazos para cruzar juntos el umbral. Volvió a dejarla de pie en medio del vestíbulo.

A la derecha, un espacioso portal conducía a una sala

amueblada con un sofá, dos sillas acolchadas y una mesa baja frente a una chimenea de piedra. Al fondo estaba la biblioteca con la estantería y los libros de City Walsh. Incluso había cortinas de encaje que cubrían las ventanas del frente. A su izquierda había un comedor con una despensa atrás, que llevaba a la cocina, la cual tenía una nueva estufa y una nevera. Los armarios tenían olor a recién revestidos con aceite de linaza. Las repisas estaban vacías.

Apoyándose en el portal, Matías la observó.

—Puedes recoger lo que necesites en el almacén de Walker.

Ella se volteó a mirarlo, perpleja.

—No puedes haber hecho todo esto en una semana. Ni siquiera con dos buenas cuadrillas de obreros.

—Ha estado lista desde hace un tiempo.

—¿Qué quieres decir con *un tiempo*?

Matías se limitó a sonreír. Ella sintió que le brotaban lágrimas.

—Es mucho más de lo que esperaba...

—Lo sé. Pensaste que terminaríamos en el hotel.

Se sentía abrumada de que él hubiera puesto tanto interés en preparar un lugar para ellos.

Matías se incorporó y dio un paso atrás.

—Todavía no has visto las habitaciones de la planta alta.

Reuniendo el poco valor que le quedaba después de este día trascendental que le cambiaría la vida, lo siguió. Había dos pequeños dormitorios sin muebles y otro del tamaño suficiente para contener una cama matrimonial con una cabecera y pie de cama tallados, una cómoda con un gran espejo, el armario de su padre y su baúl Saratoga.

—¿Cuándo mudaron mis cosas aquí? —Se avergonzó por lo temblorosa que salió su voz.

—Después de la boda. Quería estar seguro de que no

correrías a la caballeriza, te robarías un carruaje y huirías a Sacramento. —Se acercó a ella—. Nunca di por hecho que te tenía, Catalina, y no comenzaré ahora. —Lo dijo como si fuera otra promesa. Cuando pasó una mano sobre su hombro, una descarga de sensaciones intensas recorrió su cuerpo.

—Ay, Cata. —Matías tomó su rostro entre sus manos—. Te ves tan asustada. Por favor, confía en mí. No será tan malo como quizás hayas escuchado.

Ese era el problema.

—No me he enterado de nada. —Nadie le había dicho una palabra de lo que sucedería de ahí en adelante.

Matías frunció el ceño.

—¿Nada?

—Algunos temas nunca se mencionan. Mi madre decía...

—Olvídate de lo que decía tu madre. —Recorrió su rostro con la mirada y su expresión se enterneció—. Recuerda que Dios creó a Adán y Eva, y todo lo que viene a continuación es parte de su plan, no solo para procrear sino también para nuestro placer. —Volvió a besarla y se tomó su tiempo. Cuando levantó la cabeza, a ella le costaba respirar. Sus ojos estaban muy oscuros y sensuales mientras le quitaba las horquillas de su cabello. Ella pudo sentir que su cabello se soltaba y caía suavemente sobre su espalda. Él retrocedió y desabotonó el cuello alto—. ¿Qué crees que pensó Adán la primera vez que vio a Eva en todo su esplendor? —Matías sonrió con ironía—. Por supuesto que él no tuvo que lidiar con todos estos botones.

Catalina no sabía qué esperar, pero su ansiedad se desvaneció cuando Matías la inició tiernamente en la intimidad de la vida de casados. Cuando terminó, Matías se acostó al lado de ella, relajado y pasó una mano por su cuerpo, explorando cada curva.

—Eres una creación maravillosa, Catalina Beck.

¡Catalina Beck! Su nombre nuevo le causó un ligero

sobresalto, pero el miedo a lo que podía perder ya no le parecía tan importante. Eso le dio una pausa para maravillarse del gran cambio que se había producido dentro de ella. Suspirando, miró a su esposo y sintió que este era solo el comienzo de nuevos descubrimientos.

—El día que fuimos de picnic, te observé cuando acariciabas al caballo del carruaje y me pregunté si me tratarías con la misma amabilidad.

—¿Como a un caballo? —Él se rio.

—Bueno, los hombres doman a los caballos, ¿no es así?

—Oh. —Él pensó en eso—. Supongo que algunos hombres tratan a las mujeres de esa manera.

Ella emitió un suave sonido de placer y se acurrucó contra él.

—Me alegro de que no seas uno de ellos.

—Me alegro de que hayas aprendido al menos eso de mí.

—He sido bastante crítica, ¿verdad?

—Ya que estamos confesando nuestros pecados, pensaba que eras una niña rica y consentida que se creía mejor que todos los demás. Pero, aun entonces, supe que terminaríamos juntos.

—¿En serio? —Ella también había sentido un tirón magnético hacia él aquel primer día, pero esa atracción había sido débil, en comparación con la de ahora.

—Te prometo que no aplastaré tu espíritu, Cata. ¿Por qué lo haría, cuando eso es lo que más amo de ti? —La besó en la frente como si fuera una niña.

Ah, por supuesto que lo amaba. Lo había amado incluso cuando era un canalla irritante que se burlaba de ella y la atormentaba. Lo había evitado porque sabía que se estaba enamorando de él. Bueno, que así fuera. Enamorarse no significaba dejar de tener sus propios pensamientos. ¿Verdad?

—No pongas esa cara tan abatida. —Matías apoyó su cabeza en su mano y limpió suavemente las lágrimas de sus mejillas—.

No tienes idea del poder que tiene una buena mujer sobre un hombre. Tú me llevaste a pensar en la fe que yo creía haber perdido. —Se rio en voz baja—. Me hiciste volver a la iglesia. Y, si todo eso no es suficiente… —Tomó su mano, la besó en la palma y la presionó sobre su pecho. Ella podía sentir el fuerte latir de su corazón—. ¿Eso te hace sentir más segura?

Ella extendió sus dedos sobre los músculos grandes y firmes.

—Un poco.

Amaba la sensación que le producía su piel. Lo recorrió suavemente con su mano y él contuvo la respiración. Ciertamente, la mujer tenía poder. Pero ella no pudo evitar preguntarse cuánto duraría esta clase de ansia y de deseo luego de los votos matrimoniales.

Matías la besó apasionadamente.

—Te amo, Catalina. Tienes tu imprenta. Tienes tu mina. Nadie, ni siquiera tu esposo, te quitará nada. Pero espero que no sean los únicos motivos por los que te casaste conmigo.

Se ablandó al ver la expresión en sus ojos. Un hombre fuerte también podía ser vulnerable. Él la había manipulado, pero, por otra parte, no habría tenido éxito sin su cooperación.

—Otros motivos. —Fingió reflexionar ella—. Pues, supongo que hay algunos. —Deslizó los dedos por su cabello y bajó su cabeza, mientras levantaba la suya para besarlo.

Matías levantó la cabeza, le costaba respirar.

—¿Qué dices si hacemos una lista nueva? —La hizo rodar sobre su cuerpo—. Una que disfrutaremos hacer juntos.

25

LOS QUE PENSARON QUE MATÍAS BECK mantendría confinada al hogar a lady Catalina, cocinando y limpiando, pronto
vieron los nuevos ejemplares de la *Voz*. Por el contrario, ella
renovó su fuego por las mejoras cívicas para *hacer de Calvada un
pueblo donde las personas puedan encontrar trabajo, casarse, tener
hijos y vivir una buena vida*. Los hombres se quejaron cuando
lo leyeron. ¿Por qué las mujeres no podían dejar las cosas como
estaban?

Con el auge de la mina Chibitaz, los hombres llegaron a
montones al pueblo y, con ellos, los problemas. Catalina propuso contratar oficiales de policía adicionales para que ayuda-
ran al comisario Borgeson a mantener la paz. *Un comisario y*

un oficial de policía no bastan para manejar las fechorías de una población creciente de hombres solteros. Nos vendrían bien algunos oficiales más para mantener a raya a los hombres.

Los varones, alarmados, se abrieron paso hasta el bar.

—¿Qué quiere decir con eso de mantener a raya a los hombres? —¡Por supuesto que dos representantes de la ley eran suficientes para un pueblo de dos mil! A la mayoría le gustaba la proporción. ¿Por qué no dejar que los hombres resolvieran sus diferencias a puñetazos, en la calle?

Las reuniones del ayuntamiento comenzaron a atraer multitudes. Los hombres sabían que la dama estaría presente y las apuestas eran sobre quién ganaría la batalla de los sexos: Beck o su mujer. Hubo una gran consternación cuando los miembros del ayuntamiento llegaron a un mutuo acuerdo: contratarían a un nuevo oficial y se cobrarían multas y penalidades más severas de servicio a la comunidad a cualquiera que alterara la paz.

Scribe confeccionó el titular: BECK Y ESPOSA CAMBIAN EL RUMBO. Su primer editorial le valió que le partieran la nariz y una visita al consultorio del doctor Blackstone, donde conoció a la vivaz y bonita Millicent. Como el doctor estaba ausente, corrió por cuenta de su capaz hija de dieciséis años enderezar las cosas y, con un chasquido firme, lo hizo. Scribe estaba tan encandilado, que apenas dejó escapar un alarido. Ella le dio un paño para contener el flujo de sangre y le regaló una sonrisa que le puso la piel de gallina y le dieron ganas de seguirla a todas partes, como Bandido seguía a Catalina.

—Está todo el tiempo *Millie esto* y *Millie aquello* —le dijo Catalina a Matías, riéndose y sacudiendo la cabeza—. Está tan embobado que ayer tuvo que volver a componer dos renglones de tipos.

—El pobre chico está enamorado.

—Pobre chico. ¿Tú sufriste? —lo fastidió ella.

—¿Qué crees? —Matías le dedicó una sonrisa que la hizo desear que estuvieran en casa y no en la cafetería de Sonia. En las últimas semanas había aprendido mucho de lo placentero que podía ser el matrimonio. Incluso había empezado a pensar en cocinar y lavar la ropa de él, pero recobró la sensatez.

Matías miró su plato de tocino y huevos.

—¿Otra vez no estás comiendo?

Ella se encogió de hombros, sintiéndose ligeramente mareada.

—No tiene que preocuparse, señor Beck. Siempre estoy muerta de hambre al mediodía. —Cuando salieron de la cafetería, Matías la besó en la mejilla antes de que se desviaran, Matías a su oficina en el hotel y Catalina a la *Voz* primero y luego a Chibitaz.

Catalina se despertó en la oscuridad, desorientada y mareada. ¿Alguien estaba golpeando la puerta de su casa? Escuchó gritos. Maldiciendo, Matías se puso los pantalones y salió descalzo hacia la habitación delantera.

—¡Cálmate! —Catalina oyó que Axel hablaba rápido, pero no podía distinguir lo que decía. Estaba demasiado cansada como para que le importara, y casi había vuelto a dormirse cuando Matías regresó corriendo. Le quitó las mantas bruscamente y la levantó.

—¡Vístete! ¡Rápido!

Adormilada y confundida, Catalina se recostó sobre el borde de la cama.

—¿Qué pasó?

—¡La parte sudeste del pueblo está en llamas! ¡Y el fuego viene para acá!

Afuera de la casa reinaba un pandemonio. Los ojos de Catalina ardían por el humo. Tosiendo, tuvo que darse vuelta para tomar aire. Los gritos no hacían más que exacerbar la situación.

—¡El fuego está llegando rápido!

—¡Llenen baldes!

—¡De prisa!

—¡Salgan mientras puedan!

—¿Adónde vamos? ¡Ay, Dios, ayúdanos!

Las personas se gritaban unas a otras, entraban y salían corriendo de sus casas, arrastrando y cargando cuantas pertenencias podían en cada viaje y dejando todo en medio de la calle.

—¡Miren! ¡Ya puedo ver las llamas!

—¡El incendio viene hacia acá!

A varias puertas de la casa de Matías y Catalina, una casa se incendió y las brasas flotaron hacia el techo de la siguiente. La brisa nocturna, que solía ser agradable y bienvenida, ahora avivaba la conflagración. Todo estaba seco por el verano, un polvorín.

Matías cerró y aseguró el baúl de Catalina.

—¡Déjalo! —Catalina se ajustó una blusa con botones y se metió en una falda azul, no había tiempo para amarrar un corsé ni un polisón. Metió un pie en una de sus botas—. ¡Las libretas y los diarios de mi padre son más importantes!

Matías apiló dos cajas y se dirigió a la puerta delantera.

—¡Vamos, Cata! ¡Salgamos! —Cuando dejó caer las cajas en medio de la calle, se dio cuenta de que Catalina no lo había seguido afuera. Alarmado y furioso, volvió a entrar—. ¡*Catalina!* —La casa de al lado se incendió y no faltaría mucho para que la de ellos estuviera en llamas. Volvió a entrar corriendo y la encontró llenando una cesta de ropa sucia con libros—. ¿Qué crees que estás haciendo? ¡Tenemos que salir de aquí!

—Quiero los libros.

—¡Déjalos!

Cuando no salió, Matías la agarró del brazo. Ella se soltó de un tirón.

—¡No puedo dejarlos!

Sin molestarse en discutir, la levantó en sus brazos. A pesar de las protestas y de cómo intentaba escaparse, Matías la sacó de la casa. Cuando la puso de pie, ella trató de regresar. Atrapándola del brazo, la hizo girar y la contuvo en sus brazos para que ella viera que el techo se había incendiado. Su resistencia se debilitó.

—Todos los libros de mi padre. —Se apartó del calor cuando el costado de su casa se incendió—. Ay, Matías, nuestra hermosa casa... —Lloró—. Todo el trabajo que hiciste...

Matías la acercó a él y apoyó su mentón sobre su coronilla.

—Los libros se pueden comprar. La casa se puede reconstruir, cariño. A ti no puedo reemplazarte. —Ella se dio vuelta y pegó su cuerpo al de él, estremecida por los sollozos.

Las brasas encendidas flotaban por todas partes en el aire nocturno. Pronto, toda la cuadra de casitas estaría ardiendo. Al otro lado del camino, la gente seguía arrastrando afuera todo lo que pudieran salvar.

—No te muevas. Quiero asegurarme de que todos estén fuera de sus casas. —Matías apartó de él a Catalina y caminó por la calle.

Al primer grito de «¡Fuego!», muchos lograron sacar muebles, ollas y sartenes, sillas y provisiones. Un vecino le dijo a Matías que, los viernes por la noche, el tipo de al lado solía beber hasta quedar en estupor.

—No lo hemos visto aquí afuera. —Matías entró y encontró al hombre tirado en su cama, roncando. Cuando Matías no pudo despertarlo, levantó al hombre, se lo cargó al hombro y lo llevó hasta afuera. Dejando al borracho tendido en medio de la calle, Matías fue a ayudar a otros que lanzaban cosas frenéticamente a través de las puertas de sus casas.

Catalina no estaba donde Matías la había dejado. Maldiciendo, Matías miró alrededor.

—*¿Alguien ha visto a mi esposa?* —Varios señalaron hacia el centro del pueblo. ¡Debió saber que no podía dejarla sola! El cielo hacia el este se veía iluminado por las llamas anaranjadas y amarillas, lo cual le indicó que la mitad del pueblo ya estaba perdido. Dondequiera que hubiera comenzado el incendio, Calvada pronto quedaría reducido a cenizas. Un incendio de esa magnitud no podía apagarse con baldes. ¡Necesitaría que Dios mandara una lluvia torrencial!

Matías sabía cuál sería el primer lugar al que Catalina iría y corrió bajando la colina hacia la calle Campo. Llegó sin aliento, pero allí estaba ella. Por la gracia de Dios, el edificio no se había incendiado.

Los comerciantes estaban sacando todo lo que podían de sus tiendas, antes de que las llamas les arrebataran todo. El techo del almacén de ramos generales de Aday estaba en llamas. Nabor estaba sacando un cajón de naranjas y le gritaba a Abbie por encima del hombro que se diera prisa. Ella apareció, cargando el peso de media docena de rollos de tela. Desplomándose, cayó de rodillas.

—¡Levántate, vaca perezosa! —Nabor la pateó en el costado—. Levántate y vuelve allí. Llena la carretilla. —Bajó su cajón, la levantó con fuerza y la empujó hacia la puerta, donde ya había una nube de humo—. ¡Apúrate!

Furioso, Matías dejó lo que estaba haciendo, pero Catalina ya estaba corriendo hacia la tienda.

—¡Abbie! ¡No entres ahí!

Bandido ladraba, pegado a ella, percibiendo problemas.

Matías pasó a zancadas al costado de Catalina.

—Ocúpate de los demás. —Cuando ella no se detuvo, Matías le bloqueó el paso—. ¡Yo me ocuparé de esto!

Bandido se acobardó por el tono de voz de Matías, escondió la cola y se retiró. Catalina no lo hizo.

—Donde tú vayas, yo voy, ¡y no perdamos tiempo discutiendo, porque ella volvió a entrar a la tienda! Ay, Señor... —Levantó sus faldas y corrió—. *¡Abbie!*

Nabor levantó el cajón de naranjas y le gritó a su esposa que trajera los pantalones vaqueros que estaban en el fondo de la tienda. No vio a Matías hasta que fue demasiado tarde. Matías pateó las naranjas a un costado, agarró a Nabor de la nuca, lo hizo subir a la acera y lo lanzó volando a la tienda.

—¡Carga tu propia carretilla! —Lo siguió adentro—. ¡Catalina! —Ella salió con un brazo alrededor de Abbie—. ¡Ustedes dos quédense aquí afuera! Yo ayudaré a este patético ejemplo de hombre a llegar a sus preciosos vaqueros.

Cuando Nabor trató de escapar, Matías lo obligó a dar la vuelta y lo empujó.

—Los vaqueros, dijiste. ¡Ve a traerlos! Estoy detrás de ti. —Con los ojos muy abiertos por el miedo, ya fuera al fuego invasor o al que ardía en Matías, Nabor lanzó una pila de vaqueros Levi Strauss a una carretilla. Lograron llenar y sacar dos carretillas llenas de mercancías, antes de que se volviera demasiado peligroso volver a entrar en el almacén.

Matías agarró a Nabor del frente de su camisa.

—¡Si alguna vez veo, o me entero, que maltrataste a tu esposa, te mandaré de una patada al fin del mundo!

—Matías. —La voz de Catalina era lastimera—. El hotel se está incendiando.

—Lo vi. No hay nada que podamos hacer por él. —Antes de dirigirse a Nabor, Matías supo que el hotel sería una pérdida total. La cantina de Brady ya se había desplomado en las llamas y los pedazos carbonizados explotaban. Más allá en la calle, Sonia e Ina Bea estaban paradas afuera de la cafetería, contemplando cómo se quemaba. Se encaminó hacia allá, Catalina lo alcanzó y lo agarró de la mano. Cuando llegaron a donde estaban las mujeres, Catalina lo soltó y abrazó a Sonia, quien parecía bastante tranquila, a pesar de la escena de esperanzas perdidas frente a ella. Ina Bea y Tweedie estaban con ella.

—Gracias a Dios todas están bien. —Catalina soltó a Sonia.

Matías agarró su mano otra vez y la sostuvo firmemente, queriendo asegurarse de que no saliera corriendo a ver a alguien más, dejándolo frenético por la preocupación de dónde estaba.

—Me alegro de que todas estén a salvo e ilesas. Lamento lo de tu cafetería, Sonia.

—Olí el humo y vi el resplandor que venía del Hoyo de la Escoria. Una brisa venía de ese lado y supe que no tardaría mucho en llegar al pueblo. Pude sacar algunas cosas. —Hizo un ademán con la mano hacia la pila de cacerolas y sartenes y las cajas con provisiones. Se encogió de hombros—. Es el tercer incendio que vivo. —Se ciñó el chal alrededor de los hombros y sacudió la cabeza—. No hay nada que hacer más que empezar todo de nuevo.

—Nuestra casa desapareció. —Matías suspiró—. A veces se gana, a veces se pierde. —Casi todos los que estaban en medio de la calle Campo habían perdido algo esta noche—. Nos recuperaremos.

El viento cambió y el incendio devoró el barrio chino hasta los cimientos, incluyendo la nueva casa de Jian Lin Gong, que había construido con las ganancias de Chibitaz como uno de los socios originales, un especialista en explosivos. Les había cedido la lavandería a su esposa y a su hijo. Una parte del pueblo se había salvado, incluida la pequeña casa de City y el salón de fandango de Barrera. Pasarían horas hasta que supieran cuánto quedaba del pueblo, y cuántos habían muerto.

Matías oró pidiendo que lloviera, sabiendo que, aunque la lluvia llegara, sería demasiado tarde para salvar a Calvada.

◦•◦◦◦◦•◦

El incendio arrasó la ladera de la montaña donde estaba la mina Chibitaz. Debido a que los árboles habían sido talados y usados para apuntalar los túneles subterráneos, se había eliminado suficiente maleza y árboles pequeños para que el fuego se extinguiera. Los hombres organizaron una fila y arrojaron paladas de tierra, formando un cortafuegos entre el edificio de la oficina y las cabañas de Amos Stearns, Wyn Reese y varios otros. Cuando el fuego volvió a cambiar, las cabañas se salvaron. El fuego se propagó entre la maleza y subió hasta una pendiente rocosa. Finalmente se apagó, dejando un paisaje ennegrecido a su paso.

Fue un milagro que nadie muriera en Calvada. La gente empezó a preguntar cómo había comenzado el incendio. No había habido ninguna tormenta eléctrica. Algunos pensaban que había nacido en el Hoyo de la Escoria.

El salón de fandango de Barrera, la casa de muñecas de Fiona Hawthorne y el almacén de ramos generales de Walker sobrevivieron, así como dos cantinas y la mayoría de las grandes casas de Riverview, incluida la de Morgan Sanders, que rápidamente se transformó en un refugio para los desposeídos. Aunque a Matías y a Catalina les ofrecieron el dormitorio principal, honor que sentían que se lo debían al alcalde, ella se negó a entrar.

—¡Prefiero vivir en una cantina que volver a entrar a esa casa alguna vez!

—¿Qué te parece el salón de fandango? —Matías le dijo

que José Barrera había ofrecido refugio a tantos como pudiera albergar—. Seremos solo tú y yo y cincuenta hombres sobre el piso de madera, o sesenta, dependiendo de cuántos podamos apretujarnos juntos. —Matías se rio al ver su expresión horrorizada—. Le di las gracias por su amable ofrecimiento y le dije que ya tenemos hospedaje.

—¿En serio? ¿Dónde?

—Scribe ofreció la casa de City. —Bandido también era bienvenido, a menos que el perro prefiriera el exterior, donde podría buscar algún sabroso mapache o zarigüeya a la parrilla, cortesía del incendio de Calvada.

El departamento de atrás estaba impecable: todo estaba en su lugar, las sábanas y las mantas limpias, la cama estaba tendida. Catalina sonrió.

—O tú cambiaste de hábitos, Scribe, o Millicent Blackstone se hizo cargo.

Él sonrió levemente.

—Fue Millie.

Matías se rio entre dientes.

—Deberías casarte con esa jovencita antes de que otro vea cuánto vale.

Scribe se sonrojó. Parecía que la idea ya se le había ocurrido.

—Sí, bueno, estamos hablando de hacerlo este invierno. Ella tendrá diecisiete en diciembre, y cree que es un buen mes para una boda.

Catalina parecía sorprendida.

—Es tan joven.

—Ella sabe y hace lo que quiere, eso te lo aseguro. —Scribe se encogió de hombros.

Matías le sonrió a Catalina.

—Se parece a otra persona que conozco. —Le dio la mano a Scribe—. Felicitaciones. Es algo bueno, muchacho. La mejor decisión que puede tomar un hombre es casarse con una mujer inteligente. —Le guiñó un ojo a Catalina.

Axel Borgeson entró en la oficina de la *Voz* al día siguiente.

—¿Catalina? Necesito hablar contigo. —Ella lo siguió afuera—. Fiona me avisó que una de sus chicas está enferma y pide hablar contigo.

Catalina estaba confundida.

—¿Por qué no me mandó un mensajero?

—Me pidió que yo también vaya.

—¿Dijo por qué?

—Dijo que Monique sigue preguntando por ti. Que delira en francés. Y dijo algo sobre un asesinato en San Francisco. —Se encogió de hombros.

Catalina volvió adentro para decirle a Matías que la habían llamado y que no sabía cuánto tiempo se demoraría. Entonces, ella y Axel partieron hacia la casa de muñecas de Fiona Hawthorne.

Elvira Haines abrió la puerta. Mantuvo la cabeza gacha y dio un paso atrás, permitiéndoles entrar a la casa. Catalina se arrepentía de no haber encontrado una manera de rescatar a Elvira de esta vida. Elvira parecía agobiada por la vergüenza.

—Fiona está con Monique. Están arriba. La segunda puerta a la izquierda. —Se apartó sin levantar la cabeza—. Yo estaré en la cocina.

Monique se veía horrible, con los ojos hundidos, los labios secos y resquebrajados. Había una botella semivacía de láudano en la mesita de luz.

Fiona alzó la vista hacia Catalina, afectada por la pena. Sacudió la cabeza.

—El doctor Blackstone dijo que es algo maligno. No hay nada que se pueda hacer, salvo darle láudano.

Monique se quejó y se movió inquieta. La que alguna vez fuera una joven hermosa, parecía marchita y vieja con el rostro torcido. Miró a Catalina con ojos feroces. Habló en francés, y Catalina, entendiendo, retrocedió.

Axel la miró.

—¿Entiendes francés? ¿Qué dijo?

—"Yo lo maté. Le destrocé la cabeza. Y lo haría otra vez".

Monique levantó la cabeza con ojos delirantes y escupió en francés a Catalina:

—Los mataría a todos si pudiera... —tradujo Catalina, mientras Fiona intentaba ofrecerle un sorbo de agua.

Monique se desplomó en la cama y sacudió la cabeza, ahora llorando como una niña destrozada.

—Creí que él me amaba... —Su pecho se sacudía por los sollozos—. ¡Lo hizo! —Nuevamente enojada, le lanzó una mirada fulminante a Fiona—. Él se habría casado conmigo si no hubieras interferido. —Maldijo a Fiona con una palabra que Catalina no pudo traducir, pero que sonó vil.

Fiona se enderezó y miró desde arriba a la joven agonizante.

Axel se acercó un paso, mirando atentamente a Fiona.

—¿Se refiere a usted y a Morgan Sanders?

—No lo creo. —Fiona se inclinó sobre Monique un momento y entonces retrocedió, comprendiendo—. Ay, no, Monique. Oh, tú no...

—Siempre me quiso a mí. No soportaba verlo entrar a tu habitación. —La respiración de Monique se hizo más irregular. Volvió a llorar como una niña—. Solo iba con Morgan para darle celos a él. Fui a verlo y se lo dije. Prometí que nunca lo haría otra vez.

Confundida, Catalina miró a Fiona. ¿De quién estaba hablando Monique? Sintió una premonición enfermiza.

Los hombros de Monique se sacudían mientras lloraba.

—Dijo que estaba bien. Dijo que él no tenía ningún derecho sobre mí. —Mirando furiosa a Fiona con ojos vidriosos, siguió hablando—: Yo lo hice. Yo lo golpeé.

Axel se adelantó, pero Fiona se metió entre él y la mujer moribunda.

—Mataste a City.

El rostro de Monique se retorció con odio.

—Sí, yo lo maté.

—¿Por qué? —gritó Fiona.

—Él me dio la espalda, como todos los demás. —Levantó la cabeza—. Lo golpeé con la manija de la imprenta que tanto amaba. —Se acostó sobre las almohadas con el cuerpo tembloroso—. ¡Yo lo amaba! Y luego lo odié. ¡Quería verlo muerto! ¡Los quiero a todos muertos! Todos me dieron la espalda...

Fiona huyó de la habitación, llorando. Las lágrimas inundaron los ojos de Catalina ante la confesión de Monique.

Axel se acercó a la cama.

—¿Usted mató a Morgan Sanders, señorita Beaulieu?

Monique lo miró, confundida. Sus labios agrietados dibujaron una sonrisa seductora que cambió por una de satisfacción, y su expresión fue distorsionada por la locura. La transformación aterradora hizo retroceder a Catalina.

—¿Monique? —dijo Axel otra vez—. ¿Qué pasó con Morgan Sanders?

Monique fulminó con la mirada a Catalina.

—Dijo que se casaría con usted. Seguía mandando su carruaje a buscarme cada vez que quería compañía. En un momento me dio la espalda y se sirvió una copa de vino. Agarré un atizador y lo golpeé.

—¿Qué está diciendo? —exigió Axel.

—*Il avait l'air tellement si surpris.* —Monique se rio en voz baja y su cuerpo se relajó.

—¡Catalina!

—Ella mató a Morgan Sanders.

Axel frunció el ceño.

—¿Y qué hay de Wyn Reese? ¿Mintió por usted? Él dijo que estuvo con usted toda la noche.

—Eso creyó él. —Ella se rio tontamente—. Puse láudano en su *whisky*. Nunca supo que me fui. —Su rostro estaba blanco y sin expresión—. Ni siquiera se movió cuando volví a meterme en la cama con él. —A medida que su respiración se hacía más lenta, parecía encogerse en la cama.

Axel tomó del brazo a Catalina.

—Será mejor que nos vayamos.

—No puedo dejarla sola.

—Ella asesinó a tu padre. Mató a Morgan Sanders, y tal vez a otros, si se ha de creer su confesión.

—Lo que sea que haya hecho, Axel, sigue siendo un ser humano. —Catalina se sintió llena de una compasión incomprensible. Sin duda, aún ahora había esperanza para el alma torturada de Monique.

—Matías pedirá mi cabeza por traerte aquí, para empezar. No puedo dejarte aquí...

—Tú no me trajiste, Axel. Fui llamada a este lugar.

—No puedes salvar a todo el mundo, Catalina. —Salió discretamente de la habitación. Ni Fiona ni Elvira regresaron.

Monique giró la cabeza y miró a Catalina.

—Todos me dejan...

—Yo no me iré.

Escurrió un paño, se sentó en la silla que había ocupado Fiona y limpió la frente de Monique. El láudano había hecho efecto. ¿Podía ser alcanzada Monique en semejante estado? Sin importar lo que sucediera, Catalina supo lo que debía hacer. Inclinándose hacia adelante, habló dulcemente de la verdad al oído de Monique y oró pidiendo que la esperanza y la gracia salvadora que ella ofrecía alcanzaran a tiempo a la muchacha agonizante.

Con voz suave, Catalina oró en francés hasta que Monique rugió amargamente que odiaba a Dios y que no podía soportar escuchar una palabra más. Fue una noche larga y difícil porque Monique balbuceó incoherencias, lloró de dolor y luchó por su vida. En sus últimos momentos, una mirada de terror apareció en sus ojos. Antes de morir, lanzó un grito suave y se contrajo cuando sus pulmones expulsaron el aire. Llena de compasión, Catalina cerró los ojos, la cubrió con una sábana y apagó la lámpara.

Matías dobló en la esquina de Gomorra y vio que Catalina salía de la casa de Fiona Hawthorne.

—¡Cata! —Corrió hacia ella y la rodeó con sus brazos cuando la alcanzó—. Axel me contó lo de Monique.

—Ella se ha ido.

—Dios tenga misericordia. —Soltó el aire, aliviado de tener a su esposa en sus brazos—. Si hubiera vivido, habría sido juzgada por dos asesinatos y la hubieran ahorcado. —Sintió que Catalina temblaba, sin duda los efectos de lo que Monique le había confesado sobre City Walsh. La apartó unos centímetros de su cuerpo y la estudió—. Te ves exhausta y débil.

Ella se rio suavemente.

—Muchas gracias. —Sentía que se quedaría dormida parada—. Estaba tan perdida, Matías. No podía dejarla.

Él le metió un rizo de cabello detrás de una oreja.

—Axel dijo que estabas hablándole cuando él se fue.

—No sé si ella escuchó algo de lo que le dije.

—Hiciste lo que pudiste, amor.

26

LA CAMA DE CITY NO ESTABA hecha para dos. Matías estaba de costado con la cabeza levantada y un brazo alrededor de la cintura de Catalina. Ella se movió para acostarse de espaldas, pensativa.

—Me pregunto qué hizo que Monique fuera de la manera que era.

Él movió su mano a su cadera para asegurarla. Si no eran cuidadosos, ambos podían terminar rodando por el piso.

—Algunas personas se empeñan en hacer el mal, Cata. —Suspiró pesadamente—. Lo vi en la guerra. Algunos hombres amaban las batallas. Lo veías en sus ojos. Hay algo que se perdió. O se corrompió casi más allá de toda redención. —Como Morgan Sanders.

—Sus últimos momentos… —Catalina se estremeció—. Ella odiaba a Dios.

—Probablemente, culpaba a Dios. Suele ser el chivo expiatorio de las personas que echan a perder su vida. —¿Acaso él mismo no le había dado la espalda al Señor?

Catalina lo miró.

—Pero ¿tenía el alma herida, o la conciencia cauterizada?

Era una de las muchas cosas que Matías amaba de Catalina: Le importaban mucho las personas, incluso las que eran retorcidas y disfrutaban de la maldad.

—Solo Dios sabe.

Con un suspiro, se quedó mirando el techo. Cuando cerró los ojos, él creyó que se había quedado dormida. Entonces, volvió a hablar:

—Creo que hoy unas cien personas empacaron y salieron del pueblo.

—No puedes culparlos.

—Solo significa que la reconstrucción será más difícil. —No parecía contenta al decirlo. La reconstrucción sería una tarea monumental.

—Algunos preferirían empezar de nuevo en otra parte.

Catalina giró la cabeza hacia él.

—Lamento mucho lo de tu hotel, Matías.

Sus ojos eran como una pradera en primavera; su piel como la seda.

—Nuestro hotel —la corrigió—. El almacén de Walker sigue en pie, y soy dueño de la mitad de una floreciente empresa de transportes. —No quería contar sus pérdidas, no cuando tenía a su mayor bendición acostada junto a él.

—No estarás pensando en mudarte a Sacramento, ¿verdad?

—Todavía me falta un tiempo para terminar mi servicio de alcalde.

—Lo dices como si fuera una condena, más que un privilegio.

Matías se rio entre dientes.

—Depende de cómo lo mires. —Le encantaba la sensación de su esposa acurrucada contra él. Ella estaría mejor en una gran ciudad. Más segura, además. Con hombres buenos a cargo de Chibitaz, el funcionamiento continuaría sin complicaciones, aunque ella no estuviera aquí. Amos Stearns y Wyn Reese habían demostrado ser sumamente capaces y dignos de confianza.

El pueblo tendría que ser reconstruido desde los cimientos. Llevaría tiempo replantear los comercios y las casas. Lo más probable es que Calvada volvería a ser exactamente lo que era antes de que llegara Catalina. Axel dijo que se quedaría, pero sus dos oficiales se habían ido del pueblo en la caravana con los demás, y un hombre solo no podría evitar que el lugar recayera en el pueblo turbulento que había sido. Pero, ahora mismo, Matías tenía otras cosas en mente más importantes que cuánto le costaría recuperarse del incendio.

Catalina agarró la mano inquieta de su esposo.

—Tú eres el alcalde, Matías, y puedes hacer mucho bien. Cuanto antes empecemos, mejor.

Matías se quejó por dentro. Conociendo a su esposa, podía esperar grandes ideas.

—No queda mucho del pueblo para administrar, y hasta un alcalde tiene una noche libre. —Mordisqueó el lóbulo de su oreja.

Estremeciéndose, Catalina se apartó lo suficiente para mirarlo.

—Hay más que hacer ahora que nunca. El pueblo no son las edificaciones. ¡Es la gente!

Matías levantó el mentón de ella y buscó su garganta.

—Ya lo sé, cariño, pero Roma no se construyó en un día.

—No estamos hablando de Roma. —Lo alejó otra vez—. Hablamos de un pueblo minero que tendrá muchas tiendas de campaña hasta que se puedan construir las casas. Tú eres el hombre que debe ocuparse de que Calvada salga de esta crisis mejor que antes.

Catalina iba por buen camino. Matías había puesto una encrucijada por delante y sabía qué vertiente deseaba tomar.

—Hace unos meses, decías lo contrario sobre mis capacidades. —Él deslizó su mano por su muslo. Cuando ella exhaló suavemente, su pulso se disparó. El éxito era inminente.

—Matías... —Catalina puso una mano sobre su pecho desnudo—. Eso fue antes de que viera lo que puedes lograr. —Su boca estaba sobre su yugular—. Cuando tuviste la motivación...

Matías gimió y se rio.

—Mujer... —Rodeó su cintura y acercó a él su muslo—. Valoro la confianza que tienes en mí, pero... —Cuando ella echó su cabeza hacia atrás y lo miró, supo que su mente no estaba puesta en lo mismo que él. Los engranajes del fecundo cerebro de Catalina estaban en marcha de nuevo. Probablemente, ya tenía un plan de lo que podía deparar el futuro, Dios mediante, y si el río no crecía. ¡Una inundación! Era lo único que faltaba añadir a los desastres recientes, y no estaba fuera del ámbito de las posibilidades. Deslizando una mano sobre su cadera, lo intentó una vez más—. ¿Le negarás a tu esposo sus derechos si no organizo la reconstrucción del pueblo?

Pestañeó seductoramente, mirándolo.

—Supongo que podría hacer ese sacrificio si supiera que es por el bien de nuestros vecinos.

—¡Tú no juegas limpio! —Poniendo a prueba su determinación, la besó—. Yo podría ganar esta batalla, ¿verdad?

Sin aliento, Catalina puso firmemente una mano sobre su pecho.

—Compórtate, Matías.

—Me estoy comportando.

Ella se rio y respiró hondo.

—¡Basta! Ahora, escucha...

—Soy todo oídos.

—La Chibitaz sigue operando. Necesitaremos más hombres. Ellos traerán a sus familias.

—Si tienen familia. —Ella necesitaba recordar que pocos hombres tenían una esposa; mucho menos, hijos.

Ella prosiguió rápidamente:

—No todos los hombres que vendrán serán mineros. Algunos serán carpinteros, carreteros, leñadores, banqueros, comerciantes. Publicaremos anuncios...

Matías hizo un sonido de conformidad, escuchando solo a medias. Ella quitó las mantas y se levantó.

—¡Tiene una sola idea en la cabeza, señor Beck! —Mirándolo con el ceño fruncido, se envolvió en una manta—. ¡Debería haber reglas!

Matías alzó la cabeza y sonrió, impenitente. Ella se veía sonrojada y hermosa.

—Ay, no, cariño. No hay reglas en el amor ni en la guerra.

—Puedes dejar de mirarme así.

—¿Qué tiene de malo cómo miro a mi esposa? —Dio unas palmaditas al espacio vacío que había junto a él—. Podemos hablar en la mañana.

Catalina caminó hasta la vieja silla de City, cerca de la estufa. En la pared detrás de ella solía haber una biblioteca, la que él había mudado a su casa nueva. Recordó con cuánta desesperación había intentado Catalina salvar esos libros, y casi se arrepintió de no haber vuelto a entrar para rescatarlos de las llamas. Al menos, los diarios y las libretas de City estaban a salvo.

Catalina se sentó con las rodillas apretadas, abrazando la

colcha que tenía alrededor de los hombros, su expresión era seria.

—Necesitamos un plan, Matías. El incendio fue un desastre terrible, pero también podría darnos la mejor oportunidad. Las montañas son tan bellas aquí arriba y además tenemos el río que trae agua fresca. Apenas tenemos un par de meses antes de que llegue el invierno. Podríamos diseñar un nuevo Calvada.

—¿Un nuevo Calvada?

—Podríamos presentar un plan a todos. ¡Piénsalo! La plaza del pueblo, una cuadrícula de calles con zanjas de desagües a ambos lados para que desvíen el agua de las lluvias y de los deshielos. Podríamos diseñar un sistema de distribución de agua para que no haya ninguna posibilidad de contaminación por las letrinas. La mina atraerá gente, montones de personas. Cuando lleguen, queremos que echen un vistazo y decidan que es un buen lugar para echar raíces, comenzar una familia...

Era una soñadora. Era una de las cosas que Matías amaba de su esposa: su espíritu optimista. Pero era necesario que enfrentara la realidad.

—Cuando el cobre y la plata se terminen, esas mismas personas se irán. Calvada está al final del camino, Cata. La mina Madera estaba agotándose, y ahora está cerrada por falta de dirección. La Jackrabbit está acabada. La mina Twin Peaks cerró. Calvada pasará de la bonanza a la ruina en los próximos años.

—No puedes saberlo.

—Es el ciclo natural de todo pueblo que crece rápido. La gente se irá. Las personas que tenían poco no quieren empezar de nuevo y tener menos aún. Quieren irse a Truckee, a Reno, a Placerville o a Sacramento, donde encontrarán trabajo. Muchos más volverían a su casa, si tuvieran el dinero para llegar. Cuando el pueblo muera, las edificaciones serán demolidas, los materiales reutilizables los cargarán en carretas y los llevarán a otra parte.

—Estás olvidándote de Chibitaz. Amos dijo que tiene cobre suficiente para durar años.

—Es la opinión de un hombre, que es joven e inexperto en la materia.

—Es geólogo, y se refería a la calidad del cobre que han extraído en los últimos meses.

—Y mañana podrían chocar con una pared de granito. Las minas son bonanza una semana y fracaso a la siguiente.

Catalina simplemente lo miró con esos ojos verdes llenos de confianza.

—El granito también es bueno. Se usa para construir estructuras duraderas.

—Como lápidas.

—¡Ay, Matías! —Claramente frustrada, se levantó y empezó a caminar de un lado a otro con la manta bien ajustada alrededor de su cuerpo—. Has estado aquí más tiempo que yo. ¡Debes tener algún sentimiento por este lugar!

—Sacramento es un núcleo comercial, y Henry y yo hemos planeado las rutas desde allí. California seguirá creciendo, y las mercancías necesitarán ser transportadas. Nunca fue mi plan quedarme aquí para siempre.

Ella se relajó en la silla de City.

—Pero debes sentir cierta lealtad por la gente de aquí.

—Sí, así es. Pero eso no significa que quiero que nos instalemos aquí en forma permanente. —Cuando los ojos de su esposa se llenaron de lágrimas, Matías se preocupó. La tenaz pequeña editora se había reblandecido mucho últimamente—. Dime con toda sinceridad: Cuando llegaste a Calvada, miraste alrededor y dijiste: "Este es el lugar donde quiero pasar el resto de mi vida"?

Ella se rio suavemente.

—No.

—Bien, ¿entonces?

—Durante el último año he visto lo que podría llegar a ser este pueblo.

—Cariño, no estoy diciendo que nos subiremos a la próxima diligencia ni que nos marcharemos al día siguiente que termine mi mandato como alcalde.

Catalina tomó aire agitadamente y se secó una lágrima. Otra vez tenía esa mirada perdida.

—Son las personas a quienes he llegado a querer, Matías. No soporto la idea de dejar a Sonia. Es la mejor amiga que he tenido en mi vida. Ina Bea se casará con Axel en los próximos meses. Scribe es lo más cercano a un hermano que tengo. Se casará con Millicent en Navidad, ¡y es probable que en enero tengan un bebé en camino! Quiero ver crecer a sus hijos. Y también están Wiley y Carl y Kit, *Herr* y el reverendo Thacker y su esposa, y otra docena de personas que son nuestros amigos. Y Fiona... —Lo miró a través de las lágrimas que desbordaban sus ojos—. Y Wyn y Elvira...

Matías vio cómo se quedaba sin energía. Bostezó y se hundió un poco. Estaba pálida, ojerosa, y parecía haber gastado todas sus palabras de esa noche. Suspirando, se levantó y volvió a la cama por iniciativa propia. Al meterse bajo las mantas, siguió mirándolo de frente.

—Usted me hace realmente feliz, señor Beck. —Deslizó su mano alrededor de él e irradió ondas de calor hacia su cuerpo, pero Scribe le había dicho a Matías que había encontrado a Catalina hecha un ovillo en el sofá, al mediodía. Parecía exhausta, y eso lo preocupaba. Ella solía palpitar vida.

Matías tuvo que contener su deseo. Ella necesitaba dormir.

—Date vuelta, cariño. —Cuando ella lo hizo, la acurrucó apretadamente contra él, como dos cucharas en un cajón—. Tal vez deberías ver al doctor. Para que se asegure de que estás bien. ¿Qué te parece?

Cuando no respondió, Matías se levantó un poco y la miró. ¡Ya se había dormido!

Pasó mucho tiempo antes de que él pudiera hacer lo mismo.

⁘

Pocos días después, la cafetería de Sonia se levantó de las cenizas como una enorme tienda de campaña, con mesas hechas con tablones y bancos para los clientes. Catalina y Matías se unieron a otros que habían perdido sus hogares. Ella estaba preocupada por Fiona.

—No la he visto desde el día en que murió Monique Beaulieu. Quiero asegurarme de que está bien. —Sabía que Matías valoraba la lealtad tanto como ella—. Y Elvira también, desde luego.

Él miró el plato intacto y frunció el ceño.

—¿Por qué no estás comiendo?

—No tengo hambre. —De hecho, se sintió mareada al ver la comida en el plato de él.

—¿Te sientes enferma? ¿Ya visitaste al doctor Blackstone?

—No, estoy bien. Seguramente es porque estoy agotada.

—Y no es para menos. —Sus ojos se iluminaron—. Anoche te sentías bien. —Sonrió—. Yo mismo estoy bastante cansado esta mañana.

Ella se ruborizó y le dirigió una mirada severa.

—Guarde silencio, señor Beck —susurró, pero él se rio por lo bajo. Catalina dobló su servilleta, la puso sobre la mesa y se levantó para irse.

Matías la agarró de la muñeca.

—Un beso antes de irte.

—¡No en público, por favor!

—El lugar está vacío y no te dejaré ir hasta que me obedez-
cas. —La miró con una sonrisa traviesa.

—Muy bien. —Se inclinó hacia él. Cerró los ojos y ella le
plantó un beso en la frente y se fue rápidamente, mirándolo
divertida por encima del hombro.

Cuando Catalina dobló en la esquina, vio a Wyn Reese en
la puerta de la casa de Fiona.

—¡Wyn! ¿Qué haces en el pueblo?

Él giró rápidamente y su rostro se puso rojo.

—Señora Beck, no esperaba verla aquí. Solo quería pasar a
ver y asegurarme...

—Fiona y Elvira son amigas mías.

—¿Lo son? —Arqueó levemente las cejas—. Bueno, me
parece bien.

—Lamento tu pérdida, Wyn. —Parecía desconcertado, y
ella continuó, ahora insegura—: Sé que tú y Monique eran...
amigos. —Se ruborizó, sintiendo que había cometido un error.
Él se veía incómodo.

—Algo parecido. —Sonó lúgubre—. Era problemática. La
verdad es que yo esperaba que dirigiera su cariño hacia otro,
porque... —Sacudió la cabeza y se encogió de hombros. Levantó
la vista a la ventana, abatido—. Yo... Será mejor que me vaya.
Debería estar en la mina. —Torció la boca—. La jefa podría
despedirme. —Inclinó la cabeza—. Buen día, señora Beck.
—Retrocedió, se puso el sombrero y se fue caminando.

La puerta se abrió y Elvira se asomó.

—Ah. Señora Beck. Creí escuchar que llamaban a la puerta.
—Vio a Wyn Reese alejándose y pareció desilusionada.

—¿Puedo entrar?

—Ay, no. Fiona dijo que no la deje entrar.

—Bueno, voy a entrar. —Catalina atravesó el umbral—.
¿Cómo está Fiona?

—Está afligida. —Elvira parecía una niña a punto de ser regañada—. Se culpa a sí misma por la muerte de City.

—Hablaré con ella. —Catalina comenzó a caminar por el pasillo hacia el cuarto de Fiona, pero tenía otro asunto en mente—. ¿Conoces a Wyn Reese, Elvira?

Elvira desvió la mirada.

—¿Por qué querría saberlo?

—Él estuvo aquí.Afuera.

—Ah, bueno, a veces viene. Monique les decía a las chicas que él era su pretendiente.

Catalina sintió un escalofrío al escuchar esas palabras.

—¿Conociste a Wyn aquí?

—Oh, no. Lo conocí antes de venir aquí. Él y mi esposo eran amigos. —Elvira levantó un hombro en un gesto desanimado—. Imagino lo que pensará de mí ahora que trabajo en un lugar como este. —Sus ojos se humedecieron y brillaron—. Nunca olvidaré la mirada en sus ojos la primera vez que me vio aquí. —Se llevó la punta de los dedos a los labios—. Nunca me había sentido tan avergonzada. —Pestañeó rápidamente—. Wyn trabaja en su mina, ¿verdad?

Catalina vio algo en los ojos de la joven que le dio a entender sentimientos que iban más allá de una amistad con el hombre.

—Es mi capataz. —Tenía la intención de subir a la Chibitaz inmediatamente después de hablar con Fiona. Posó una mano en el brazo de Elvira—. La vida puede cambiar en...

—Es demasiado tarde, señora Beck. Le agradezco que haya hablado conmigo. Nadie más lo hace. —Caminó hacia la entrada—. Ya sabe dónde está el cuarto de Fiona.

Fiona estaba pálida. No habían pasado ni dos minutos desde que Catalina había entrado en la habitación, cuando Fiona se echó a llorar.

—Es mi culpa que su padre esté muerto, Catalina.

Catalina se sentó y le tomó la mano.

—No podría haberlo sabido.

—Supe que era conflictiva desde el primer momento. Estaba asustada y, luego, se instaló y noté que había algo siniestro en ella, su arrogancia, su posesividad. Estuve pensando en aquellos días y recordé cómo estaba después de que City pasó esa primera noche conmigo. Estaba furiosa. Dijo algunas cosas hirientes. Pero nunca pensé... —Se llevó unos dedos temblorosos a las sienes—. Y luego Sanders. Las señales estaban ahí. Solo que no las vi. —Se apoyó en el respaldo; se veía agotada y deprimida—. Ya fue suficiente para mí. Venderé la casa y me iré de Calvada. Hay demasiados recuerdos aquí.

—¿Adónde irá, Fiona?

—A otro pueblo minero. —Sonrió desoladamente—. Y ¿quién sabe? Quizás hasta intente otro oficio.

—Espero que lo haga, y que así encuentre la felicidad. ¿Qué pasará con las otras mujeres?

—Las llevaré conmigo.

—¿Le molestaría si Elvira se quedara aquí?

Fiona dejó escapar una risa débil.

—Ojalá lo haga. No es muy buena para este trabajo. Se siente tan mal, que hace sentir culpables a los clientes. —Estudiando a Catalina, ladeó la cabeza—. ¿Por qué lo pregunta?

—Se me acaba de ocurrir una idea, pero no quiero hacer ninguna suposición ni darle falsas esperanzas a Elvira.

—Me siento responsable por ella. —Fiona caminó con Catalina hasta la puerta—. Calvada no ha sido lo mismo desde que usted llegó, Catalina. —Su sonrisa fue cariñosa—. Es como si hubiera continuado donde City lo dejó. Él habría estado tan orgulloso de usted.

Catalina sintió que sus ojos se llenaban de lágrimas.

—¿Está segura de que no puede quedarse y empezar de nuevo aquí?

Fiona suspiró largamente.

—Las mujeres como yo no pueden librarse de su pasado si se quedan en el mismo lugar.

Catalina la abrazó.

—Gracias.

—¿Por qué?

—Por amar a mi padre.

—Eso era fácil. Lo difícil fue perderlo.

Apenas Catalina salió de la casa de Fiona, se fue a la caballeriza y alquiló un carruaje. Cuando llegó a la mina, Amos la puso al día sobre el negocio. Ella lo interrumpió y pidió ver a Wyn Reese por un asunto personal. Amos, claramente curioso, no hizo preguntas, sino que mandó a uno de los hombres al túnel para localizarlo.

Wyn entró a la oficina cubierto de polvo y con el rostro mugriento. Amos se excusó y los dejó solos. Wyn enfrentó a Catalina como si ella tuviera un rifle apuntando hacia su pecho.

—¿Me mandó a llamar, señora Beck?

Catalina sabía que estaba metiendo la nariz en sus asuntos, pero, a veces, esperar a que un hombre se decidiera era dejar pasar la oportunidad dada por Dios.

—¿Le importa lo suficiente Elvira Haines como para casarse con ella?

Él no habló por un momento; luego, exhaló apesadumbrado.

—Una vez la vi en el salón de Fiona y me miró como si yo fuera... no sé. —Se restregó el cuello—. Dudo que ella quiera tener algo que ver conmigo.

Catalina no pudo dominar su impaciencia.

—¡Wyn! ¿Le importa?

—Claro que me importa. Muchísimo. —Su rostro estaba

rígido y atormentado—. Me importaba cuando Walter estaba vivo y la trataba mal. Hacía todo lo posible para mantenerlo alejado de la casa cuando él bebía, y...

—A partir de este momento, tiene el día libre. Consiga una muda de ropa limpia, vaya a los baños públicos y lávese. Que le corten el cabello y la barba. Luego, vaya y sáquela de la casa de Fiona.

—No sé si...

—*Yo* lo sé. Y es una orden, señor Reese. —Cuando se quedó indeciso, ella suspiró, exasperada—. ¡Póngase en marcha!

Wyn parecía atónito; luego, se rio.

—Sí, señora. ¿Esto es lo que Matías soporta todos los días?

Catalina sonrió.

—El señor Beck da tanto como recibe, señor Reese. Ahora, vaya y rescate a su dama.

—Bueno, lo que sea que te causó molestias estomacales esta mañana, ya pasó. —Matías soltó una risita, mirando el plato vacío de Catalina. Había comido el filete, el puré de papas, la calabaza de verano y acababa de terminar una gran porción de pastel de manzana—. Comiste más que yo.

—¡Tenía hambre! —Terminó de beber su vaso alto de leche antes de contarle lo que había hecho a lo largo del día. Matías se apoyó en el respaldo con aspecto engreído y feliz, mientras la escuchaba hablar de Wyn Reese y Elvira. Se preguntó si ella se daría cuenta de lo irónico que era que la mujer que una vez se opuso tanto al matrimonio ahora hiciera de casamentera. Relajándose, ella le habló de los planes de Fiona Hawthorne para irse de Calvada.

—Ella te agrada, ¿verdad?

—Sí, me gusta. Al principio, cuando llegué, no quería hablarme porque le preocupaba perjudicar mi reputación, como si yo no me ocupara de eso por mi parte. Es amable y generosa. Si tuviera las habilidades que tiene Sonia, su vida sería muy distinta.

—Parece como si estuvieras a punto de echarte a llorar.

—Bueno, es que no quiero que se vaya, pero entiendo por qué debe hacerlo. —Catalina tragó con un nudo en la garganta, preguntándose por qué últimamente tenía las emociones tan a flor de piel. Todas las pérdidas desde el incendio, desde luego—. Está de duelo por mi padre; Matías, se echa la culpa de algo que no fue su culpa.

Matías apoyó una mano sobre la suya.

—Eran buenos amigos.

—Ah, eran mucho más que amigos. —Logró contener las lágrimas—. No sabría nada de mi padre si no fuera por ella. —Una lágrima se escapó. La limpió rápidamente—. No sé qué me pasa últimamente.

—Ha sido una temporada difícil, Cata. Trabajas desde temprano en la mañana hasta la noche.

—Igual que tú. Y no veo que se te llenen los ojos de lágrimas.

—Tengo mis momentos, pero soy hombre y no me está permitido demostrarlo. —Le habían dicho que era el hombre idóneo para el puesto de alcalde, pero había sido la crisis lo que le hizo ver cuánto le importaba la gente de Calvada—. ¿Se te acabaron las palabras, cariño? —dijo él en tono seductor, pero se veía serio.

—Estoy tan cansada que quizás deberías cargarme —dijo bromeando a medias.

—Quiero que mañana a primera hora veas al doctor.

Catalina lo aceptó apenas con un sonido.

—Hablo en serio, Cata. Mañana temprano. —La tomó de la mano para volver caminando a su casa, dejando que ella marcara el ritmo.

El doctor Blackstone habló brevemente con Catalina y llamó a su hija, explicándole que, aunque no iba a la facultad de Medicina por la distancia y el costo, ya sabía mucho, y lo que había aprendido en Sacramento serviría para Catalina. Perpleja, Catalina saludó a Millie cuando la muchacha se sentó en la otra silla, frente al escritorio del doctor.

Catalina ya sabía que Millie era inteligente y apasionada. Como Catalina, la muchacha leía todo lo que caía en sus manos, y el doctor tenía una cuantiosa biblioteca de libros de medicina.

Millie miró a su padre.

—¿Cuáles son los síntomas?

Él leyó las notas que había tomado sobre los síntomas de Catalina: náuseas durante las últimas dos semanas, que frecuentemente estaba exhausta y dormía siestas como nunca lo había hecho, y una sensibilidad extraña.

—¿Dónde?

Él se ruborizó.

—No lo dijo, y yo no lo pregunté.

—Bueno, creo que ya lo sé. —Millicent tocó su corpiño y la miró con una sonrisa—. Oh, no es necesario que esté tan preocupada, señora Beck. No tiene absolutamente nada malo que no se resuelva con el tiempo. —Su padre carraspeó, pero ella le estaba prestando toda su atención a Catalina—. ¡Está preñada! ¿No es maravilloso?

El doctor Blackstone frunció el ceño.

—Millie, esa es una palabra que no usamos.

—¿Por qué no? ¿Acaso un granjero dice que su vaca espera familia?

Catalina abrió la boca, y después la cerró.

—No se avergüence, Catalina. No es que usted y Matías hayan transgredido los mandamientos. Están casados y son personas sanas. No es para sorprenderse que hagan bebés.

Catalina seguía aturdida y sentía el rostro cada vez más acalorado, intentando asimilar la información, mientras Millie resoplaba ante la callada reprimenda de su padre de tener cuidado de no decir demasiado muy pronto. Entornando los ojos hacia arriba, Millicent se inclinó hacia Catalina.

—Es uno de los temas que las facultades de medicina descuidan por un ridículo sentido de delicadeza moral. ¡Santo cielo! Le pregunto a usted: ¿Qué es más natural que una mujer tenga un bebé? Es el acontecimiento más bendito de su vida. Espero que Scribe y yo tengamos una docena.

El doctor Blackstone tosió y se puso de pie.

—Dejaré que mi hija hable con usted, Catalina. Puede que sea joven, pero sabe mucho más sobre su estado que muchos hombres del campo de la medicina. Me ayudó a traer al mundo varios bebés mientras yo hacía las prácticas de medicina en Sacramento.

—Que es una de las razones por las que vinimos aquí —comentó Millicent secamente—. Las madres novatas no se oponían, pero había personas que pensaban que yo no debía saber *nada* sobre cómo se hacen los bebés y, menos aún, que fuera partera a mi edad. Yo era una especie de escándalo.

—Tú y yo tenemos mucho en común, Millie. —Catalina aprendió más sobre las cosas de la vida durante la hora que pasó con Millicent, que las que Matías le había enseñado desde que se habían casado. Cuando Millicent terminó de explicarle lo que sabía sobre el desarrollo del bebé, Catalina se había quedado sin habla, impresionada.

—¿No es maravilloso el plan de Dios? —Millicent tomó la mano de Catalina y la apretó—. Las mujeres tenemos el privilegio de traer vida al mundo. —Se rio como una niñita—. Por supuesto, los hombres hacen su partecita... así es que debemos ser agradecidas. Ellos aceptan más responsabilidad conforme crece el hijo. O es lo que uno espera.

—¿Por qué no desde el principio? —se preguntó Catalina en voz alta.

—¿Se imagina a un hombre ofreciéndose voluntariamente a cambiar pañales? —Millicent se rio de la idea—. Y ellos carecen de la capacidad para alimentar al bebé, ¿no es cierto? —Dio una palmadita sobre la mano de Catalina, como lo haría una mujer mayor con una mucho más joven—. Trate de no preocuparse. —Millicent podía estar muy segura de sí misma, pero el hecho de que le dijera a Catalina que no se preocupara solo hizo que se preocupara más—. ¡Pero ore pidiendo que no tenga mellizos la primera vez!

Ese comentario la dejó paralizada de miedo. Todavía estaba adaptándose a la idea de que esperaba un niño. ¿Qué diría la gente de esto, cuando ella había dejado en claro públicamente que tenía la intención de permanecer soltera? Su boca hizo una mueca.

Mientras volvía caminando a la oficina de la *Voz*, Catalina fluctuaba entre la euforia y el terror. A pesar del entusiasmo de Millicent, Catalina sabía que las mujeres morían dando a luz. Y se sentía mal preparada para ser una buena madre. ¿Qué diría Matías? ¿Querría esconderla como Lawrence Pershing había ocultado a su madre hasta que nació el hermanito de Catalina? Tenía demasiado trabajo pendiente, ¡y tenía que moverse por el pueblo y sus alrededores para hacerlo!

Matías y otros tres hombres estaban en la oficina delantera de la *Voz*, inspeccionando unos bocetos rudimentarios. Su marido levantó la vista y guiñó un ojo.

—¿Quieres echar un vistazo a lo que pusiste en marcha?

Distraída, se encogió de hombros.

—Creo que necesito acostarme. —Bandido saltó del sofá y la siguió al departamento. Cerró la puerta y se desplomó en la cama. Bandido subió de un brinco junto a ella y apoyó la cabeza sobre su regazo, entornando los ojos para poder mirarla con simpatía canina. ¿Sentiría el perro que ella estaba encinta? Acarició la cabeza de Bandido—. ¿Puedes? —Él levantó la cabeza con las orejas erguidas, curioso.

Los hombres hablaban en voz baja. La puerta del frente se abrió y se cerró. Matías entró al departamento.

—¿Qué dijo el doctor?

—Será mejor que te sientes. —Se puso pálido y ella vio el temor en sus ojos. Quiso calmar sus temores—. No estoy enferma.

—Entonces, ¿qué problema tienes?

—Nada. —Se ruborizó—. Estoy embarazada.

Matías se quedó helado, mirándola. Luego exhaló, aliviado.

—Gracias a Dios.

Al parecer, Matías había pensado que ella tenía alguna enfermedad espantosa y que le quedaba poco tiempo en este mundo. Esperó a que él asimilara más profundamente la noticia.

—Un bebé. —Él sonreía como si acabara de encontrar oro. Le agarró las manos, la alzó y la tomó en sus brazos, y hundió su rostro en la curva de su cuello—. ¡Alabado sea Dios! — Retirándose, tomó su rostro entre sus manos, sus ojos estaban llenos de gozo y una copiosa medida de orgullo masculino—. Tendremos que pensar en un nombre.

—Es un poco pronto, creo. No sabemos si es un niño o una niña. —Catalina no pudo evitar participar de su emoción.

—Algo fuerte para un varón. Daniel es un buen nombre. Y algo tierno y dulce para una niña...

Catalina levantó el mentón.

—Débora. —La profetisa, jueza y comandante militar bíblica—. Por otro lado, si tenemos otros...

—Si Dios quiere. —Matías acomodó un rizo detrás de su oreja—. Nos esforzaremos para eso.

—¿Les pondremos nombres con D, también? ¿Damaris, David, Dorcas...?

—Podríamos comenzar por el principio del alfabeto. Abigail, Adán.

Lo miró con el ceño fruncido.

—¿Cuántos hijos quieres?

—Tantos como nos dé Dios. —Sonrió con satisfacción—. Los sabios dicen que la mejor manera de manejar a una mujer es tenerla descalza y embarazada. —Cuando ella retrocedió, la atrajo hacia él—. No te preocupes. Me aseguraré de que tengas pantuflas, zapatos, botas, y haré todo lo posible...

—¡Ay, silencio! —Catalina se recostó hacia atrás, clavando su dedo en el centro del pecho de Matías—. No pienses que esto me mantendrá confinada en la casa y al servicio del hogar.

Él atrapó su dedo y lo mordió en la punta.

—¿Publicarás la noticia en la *Voz,* o tengo permiso para pararme en medio de la calle Campo y anunciarlo a todo el mundo?

Ella se sentía como si su sangre estuviera efervesciendo. ¡Un bebé!

—Supongo que podríamos hacer las dos cosas.

⋯⋯⋯

Al principio, las apuestas fueron sobre si el bebé sería niño o niña. Ahora, con su tamaño cada vez mayor, los hombres apostaban si tendría mellizos. Hasta los mineros habían elegido fechas y comenzaron un pozo para el ganador. Estar embarazada no impidió que Catalina siguiera yendo a la mina Chibitaz una vez por semana para reunirse con Amos Stearns, Wyn Reese, Jian Lin Gong y varios otros jefes operativos.

Esta mañana, Catalina había visto a un hombre subiendo la ladera empinada que había al otro lado de las oficinas de la mina. Cuando Wyn salió para ayudarla a subir la escalera, ella le preguntó sobre el visitante.

—Ese es el "Loco Klaus" Johannson. Saltó de un barco en San Francisco y vino a trabajar aquí. Dice que nuestras montañas le recuerdan a Suecia. Comenzó a trabajar en los turnos de la noche para tener los días libres. Tarda dos horas en subir allá arriba, y menos de diez minutos en bajar. He visto a hombres que hacen algunas cosas descabelladas por diversión, pero verlo bajar de esa montaña me parece una loca carrera hacia la muerte.

—Me gustaría ver lo que hace.

Catalina acababa de terminar la reunión, cuando uno de los empleados entró. El sueco había llegado a la cima.

—Tengo una silla y una manta listas para usted, señora Beck, para que esté cómoda y abrigada mientras mira.

No permaneció sentada mucho tiempo. Tomando aire, se paró en la barandilla mientras el Loco Klaus zigzagueaba a un lado y al otro por la pendiente blanca, levantando abanicos de nieve con cada giro brusco. A mitad de camino, se inclinó, metió los palos debajo de sus brazos y descendió disparado en la parte más escarpada, dirigiéndose a un montículo a una velocidad vertiginosa. Se elevó rápidamente en el aire lanzando un grito resonante de pura alegría, hizo una voltereta hacia atrás y aterrizó parado para ser aclamado por una docena de hombres que contemplaban el espectáculo. Girando su cuerpo hacia ambos lados, se deslizó velozmente los últimos treinta metros y se detuvo. Se quitó las tablas atadas a sus pies, las cargó sobre sus hombros y, nuevamente, emprendió la subida.

—Tiene tiempo para una vuelta más —le dijo Wyn—. Dice que esas cosas se llaman esquíes.

El corazón de Catalina aún estaba acelerado.

—¡Me sorprende que no haya hombres haciendo una cola para aprender a hacer eso! —Ella lo haría si no estuviera esperando un bebé.

—Lo hacen. Seis tontos están tallando y alisando las tablas...

Durante el regreso a casa, Catalina tuvo tiempo para pensar en el futuro de Chibitaz, en Calvada y en el Loco Klaus bajando de la montaña en esquíes. Matías estaba dirigiendo una reunión en la sala de su casa recientemente reconstruida. Todos los hombres se pusieron de pie cuando Catalina entró. Matías levantó un poco las cejas al mirarla.

—¿Buenas noticias?

—¡Oh, sí! —Se rio ella quitándose los guantes, mientras se dirigía a la cocina donde guardaba algunos materiales para escribir. Arrojó su capa sobre una silla y se puso a trabajar, escribiendo listas de cosas que tendrían que hacerse para poner en marcha el plan.

Unos minutos después, Matías se recostó contra el marco de la puerta, observándola.

—Parecías a punto de explotar cuando entraste por la puerta.

—Me siento a punto de explotar, pero Millie dice que todavía faltan unas semanas más.

—Los hombres tienen mucho dinero en juego por la fecha.

—Eso me han dicho. —Ella entornó los ojos—. Necesitan tener cosas mejores que hacer con su dinero que apostar. —Sonrió.

—Oh-oh. ¿En qué clase de plan alocado estás metiéndonos esta vez?

—Es solo una idea. —Dejó escapar una risita—. Un futuro alternativo para Calvada, si la mina cierra alguna vez.

EPÍLOGO

✦

MATÍAS Y CATALINA BECK SIGUIERON viviendo y trabajando
felices por el mejoramiento de Calvada, aunque hacían frecuen-
tes visitas a Sacramento. Con el tiempo, los Beck tuvieron ocho
hijos, cinco niños y tres niñas. Matías y Henry Call siguieron
siendo socios en Transportes Beck y Call. La empresa entregaba
mercancías por todo el estado de California y, finalmente, fabri-
caron vagones refrigerados que llevaban en tren los productos
californianos hacia el Este. Matías fue reelecto para un segundo
mandato como alcalde, pero no quiso volver a postularse después de eso.

Wyn Reese se casó con Elvira Haines y tuvieron cuatro hijos.
Scribe y Millie tuvieron siete hijos, cuatro niños y tres niñas.

Aunque Catalina siguió escribiendo editoriales y artículos, le entregó el periódico a Scribe luego del nacimiento de su cuarto hijo. Los muchachos Mercer se graduaron de la escuela Mother Lode y fueron a trabajar como reporteros para la *Voz*. Ambos aprendieron a esquiar, se casaron con jóvenes del pueblo y se establecieron en Calvada para criar a sus familias.

La Chibitaz siguió produciendo plata y cobre de alta calidad durante las dos décadas siguientes. Los doce que acompañaron a Catalina desde el comienzo en su experimento comercial llegaron a ser hombres ricos. Algunos siguieron con la mina; otros usaron lo ganado en el reparto de utilidades para emprender otros negocios. Jian Lin Gong se convirtió en banquero de la comunidad china.

Decidida a que Calvada no muriera como tantos otros pueblos mineros cuando la mina se agotara algún día, Catalina trabajó con el Loco Klaus Johannson para desarrollar una fuente de ingresos alternativa para el pueblo. Para cuando la mina Chibitaz cerró, el centro de esquí Chibitaz ya atraía a cientos de turistas cada invierno.

Catalina donó el dinero para construir una plaza en el pueblo. Ella diseñó el plano: una cruz de senderos peatonales hacia el centro, donde había una gran glorieta. Plantaron pinos para que brindaran sombra a las familias que se reunían para los conciertos y los juegos al aire libre durante las cálidas tardes de verano. La glorieta se decoraba para la Pascua, el Cuatro de Julio, Acción de Gracias y Navidad. La plaza se convirtió en un lugar de reunión para los calvadenses. Las tiendas rodearon la plaza. La cafetería y la casa de huéspedes de Sonia Vanderstrom ocupaban un lugar considerable en el centro de una de las cuadras.

El almacén de ramos generales de Aday acaparó el centro de otra cuadra de la plaza. Nabor se resbaló con la cáscara de una naranja y se rompió el cuello cuando cayó de un barril lleno de habichuelas. Pocos lamentaron su fallecimiento además de la dulce Abbie, quien a partir de entonces contrató a dos hombres y siguió dirigiendo exitosamente la tienda. Se compró un piano, algo que echaba de menos desde los días de su infancia en el Este.

Cuando se aprobó la Decimonovena Enmienda y llegó la elección presidencial en noviembre de 1920, Catalina Walsh Beck dio un discurso desde la glorieta de Calvada. Al comenzar los comicios, ella y sus tres hijas fueron escoltadas al frente de la fila y emitieron los primeros votos femeninos en Calvada. Luego de que votaron Matías y sus hijos, Catalina y Matías se quedaron en un banco de la plaza del pueblo, escuchando la banda que tocaba canciones patrióticas.

—Es una buena vida, ¿no crees? —Catalina observaba a las personas que paseaban por la plaza, a los niños que se reían y corrían por los senderos. Un niño se había trepado a un pino y su madre le suplicaba que bajara. Había familias sentadas sobre mantas, disfrutando de sus cenas al aire libre.

—Sí, lo es. —Matías deslizó un brazo alrededor de ella, quien apoyó la cabeza contra su hombro—. Buen discurso, cariño.

Catalina suspiró.

—Ah, no pensé que la gente querría escuchar más de media hora, pero había mucho más que yo quería decir.

—Siempre es sabio limitarse a un discurso corto. —Riéndose entre dientes, la besó en la frente—. Es por eso que Dios te hizo escritora.

NOTA DE LA AUTORA

ESTIMADO LECTOR:

El COVID-19 se desató poco después de que mi esposo y yo volvimos de Sudáfrica y del rodaje de *Amor redentor*. Todos los viajes programados fueron cancelados, y nos unimos a las multitudes de ciudadanos a quienes se les dijo que se refugiaran donde estaban. Cuando las semanas en casa se hicieron meses, me pareció el momento perfecto para volver a imaginar y reescribir una historia que me había acompañado durante décadas, una que abordara los temas serios con humor y gracia. La vida se había vuelto demasiado lúgubre para añadirle pesadumbre. Todos necesitamos reír aunque los días sean oscuros; tal vez incluso más durante esos momentos. Y todos queremos que los cambios sean para mejorar y tener un final feliz.

Mis historias siempre comienzan con preguntas, y varias de las que tenía en mente servían para un pueblo minero dedicado a la extracción de plata en el año 1870, con aplicaciones actuales. ¿Puede una persona impactar a una toda una comunidad?

Todos hemos conocido y observado a personas que inspiraron a otras. Todos conocemos personas que actúan según lo que les indica su conciencia, cueste lo que cueste. ¿Qué podemos hacer para mejorar la vida de las personas sin hogar? Los vemos viviendo en tiendas de campaña y en chozas en nuestras ciudades, en todo el país. ¿Hay una manera mejor y más equitativa de «distribuir la riqueza» sin robarle a un grupo para darle a otro? El apóstol Santiago dijo: «La religión pura y verdadera a los ojos de Dios Padre consiste en ocuparse de los huérfanos y de las viudas en sus aflicciones, y no dejar que el mundo te corrompa» (Santiago 1:27). ¿Qué le parece eso?

Esta mina mía es mi libro de la pandemia. Una historia de amor que se remonta a mis raíces como escritora de novelas románticas. Habla sobre una sufragista bostoniana desterrada y un soldado desheredado de la Unión que se conocen en un remoto pueblo minero de California. Pero también analiza cómo una persona con determinación puede impactar a toda una comunidad. Durante la lectura, quizás note algunas referencias a *La fierecilla domada*, y a *Oklahoma!* Vitoreé la historia de amor de Catalina y Matías, y me divertí mucho escribiéndola. Espero que, al leerla, usted se haya divertido tanto como yo.

Francine Rivers

PREGUNTAS PARA
DISCUSIÓN

1. Una de las preguntas que la autora analizó mientras escribía este libro fue: «¿Puede una persona impactar a toda una comunidad?». ¿De qué manera tratan de influir los distintos personajes en la comunidad de Calvada, para bien o para mal? ¿Qué podemos aprender de su ejemplo? ¿Cómo contestaría usted las preguntas de la autora?

2. Tanto Catalina como Matías fueron desheredados por sus familias. ¿Cuáles fueron los motivos? ¿Cómo lidió cada uno con el rechazo? Cuando Matías le revela a Catalina por qué lo desheredó su padre, Catalina responde con «Dios promete terminar la obra en nosotros». ¿Qué significa eso? ¿Ha sido rechazado alguna vez por alguien a quien ama? ¿Cómo lo manejó? ¿Qué futuro, si es que hay alguno, ve para Matías y su padre?

3. ¿En qué aspectos se parecen Catalina y City Walsh? ¿Cree que los rasgos de personalidad pueden heredarse de los

miembros de la familia? ¿Qué pudo lograr Catalina que City Walsh no fue capaz de hacer?

4. Una vez que Catalina pone en marcha la *Voz*, Matías intenta advertirle que no escriba editoriales incendiarios. ¿Está de acuerdo con que «demasiadas verdades de una sola vez pueden hacer más daño que ayudar»? ¿Tiene razón Catalina en cuanto a que seguir las convicciones personales y enfrentar los problemas parecen ir de la mano? ¿Hay maneras de generar un cambio sin perturbar a otros, o el cambio siempre causa trastornos?

5. Dé algunos ejemplos de las restricciones a las cuales debían someterse las mujeres en 1875. ¿Alguna de ellas lo sorprendió? ¿Hay áreas en las que los derechos de las mujeres todavía no se cumplen hoy? ¿O hay ciertas expectativas o cargas puestas en las mujeres que los hombres no tienen que cumplir? ¿De qué maneras debería esforzarse la sociedad por lograr la igualdad entre los géneros? ¿O está bien permitir diferentes roles basándose en las fortalezas de una persona?

6. ¿Es prudente o ingenua Catalina en su trato con Morgan Sanders? ¿Qué señales de advertencia ignoró? ¿Se ha puesto usted en peligro alguna vez? ¿Cómo y por qué? ¿Qué vía de escape le ofreció Dios? ¿La usó? ¿Qué aprendió de su experiencia?

7. Matías le pide ayuda al reverendo Thacker para que convenza a Catalina de atenerse al lugar de la mujer en la sociedad. ¿Qué dice Thacker sobre Adán y Eva? ¿Es imparcial ese sermón? ¿Cómo reacciona Catalina? ¿Se sorprendió usted por la reacción que ella tuvo como le sucedió a Matías? ¿A qué conclusión llega ella sobre el rol de la mujer?

8. Como sureño que peleó para el Norte en la Guerra Civil, Matías tiene una perspectiva singular sobre los vencedores y los vencidos. Su reflexión es: «Los hombres no vivían según lo que les decían, sino según lo que creían». ¿Está de acuerdo con esa idea? ¿Qué le dice City a Matías sobre lo que cree la gente? (Ver el capítulo 17). ¿A quién recurre usted cuando busca la autoridad o la verdad supremas? Cuando entra en contacto con personas que tienen puntos de vista diferentes, ¿cómo prefiere interactuar?

9. Nabor Aday maltrata verbalmente a su esposa, Abbie. ¿Cómo lo soporta ella? ¿Cómo reaccionan los demás cuando observan las interacciones de esta pareja? ¿Piensa que las personas hoy en día son más o menos propensas a decir lo que piensan cuando ven el maltrato? ¿Qué recursos hay disponibles actualmente para quienes viven esas situaciones de abuso?

10. Sonia le dice a Catalina: «La mujer debe guardar su corazón y usar su cabeza cuando elige a su esposo». ¿Qué la lleva a decirlo? ¿Está de acuerdo con esto? ¿Qué otro consejo daría usted?

11. City tenía mucho que decir sobre los remordimientos, incluyendo: «*Algunas decisiones te persiguen. Puedes cambiar tu manera de pensar, pero no puedes dar marcha atrás*». ¿A qué personajes los persiguen los remordimientos? ¿Cómo reaccionan? Si uno no puede dar marcha atrás, ¿qué puede hacer para seguir avanzando?

12. Catalina reflexiona sobre esta idea: «Qué enredos hacen los hombres cuando actúan como si fueran Dios». ¿Qué desastres hacen varios de los personajes de este libro

cuando «actúan como si fueran Dios»? ¿Ha visto ejemplos de esto en su propia vida? ¿Cómo fueron resueltos?

13. En el pasado, así como en la actualidad, las mujeres viudas tenían muchas dificultades. ¿Por qué Fiona Hawthorne eligió el camino que siguió? ¿Qué rumbo esperaba tomar al final? ¿Por qué no le parecía posible quedarse en Calvada? ¿Cómo reescribiría usted el final de la historia de esta mujer?

14. Cuando Catalina conoce la verdad sobre el asesinato de City, Matías señala que algunas personas parecen empeñarse en hacer el mal. ¿Cuánto de cierto hay en esa frase? ¿Qué factores (un alma herida, una conciencia cauterizada) pueden contribuir con ese hecho? ¿Cree usted que todas las personas pueden ser redimidas?

AGRADECIMIENTOS

MIS SINCEROS Y MÁS PROFUNDOS agradecimientos son para las siguientes personas:

Danielle Egan-Miller, de Browne and Miller Literary Associates: mi agente trabajadora, polifacética y confiable, quien se ocupa de liberarme del estrés del mercado en constante cambio y de los medios de comunicación. Siempre has hecho mucho más de lo que se espera de una agente.

Kathy Olson, mi editora perspicaz y creativa, que sigue rescatándome de sobrescribir y de la estructura lineal. Me encanta trabajar contigo.

Karen Watson, editora y mentora de escritores novatos. Tú me has alentado desde el comienzo.

Las que proponen todo tipo de ideas en Cd'A: Brandilyn Collins, Tammy Alexander, Karen Ball, Gayle DeSalles, Sharon Dunn, Tricia Goyer, Robin Lee Hatcher, Sunni Jeffers, Sandy Sheppard y Janet Ulbright. ¡Todas son escritoras talentosas! Ustedes comparten las alegrías y las frustraciones de mi vida como escritora. Cada vez que me quedé atascada, estuvieron ahí, reuniéndonos por Zoom para aportar ideas y soluciones. ¡Señoras, ustedes SON LO MÁXIMO!

Mis cariñosas entusiastas de la literatura: Claudia Millerick, Erin Briggs, Kitty Briggs, Christy Hoss, Jackie Tisthammer, Lynette Winters. Ustedes me han inspirado y alentado desde el primer día.

Lectora temprana y motivadora constante: Colleen Shine Phillips, por tu percepción y tu sabiduría.

Mi mejor amigo y el amor de mi vida, Rick Rivers. Gracias por escucharme con tanta paciencia cuando hablo (y hablo) de la historia. Y lo reconozco: es cierto que puedo estar cuarenta y cinco minutos hablándote de un programa que dura treinta.

¡Dios los bendiga a todos!

ACERCA DE LA AUTORA

FRANCINE RIVERS, escritora de éxitos de venta del *New York Times*, tuvo una próspera carrera en el mercado literario general durante varios años antes de convertirse en una cristiana nacida de nuevo. Como declaración de su fe, escribió *Redeeming Love* (*Amor redentor*), una adaptación de la historia bíblica de Gomer y Oseas, situada en la época de la Fiebre del Oro en California. Actualmente, *Amor redentor* es considerada por muchos una obra clásica de la ficción cristiana y, año tras año, sigue siendo uno de los títulos más vendidos de la industria.

Desde *Amor redentor*, Francine ha publicado numerosas novelas con temas cristianos, todas éxitos de venta, y continúa ganando tanto el reconocimiento de la industria literaria como la lealtad de los lectores de todo el mundo. Sus novelas cristianas han ganado o han sido nominadas para diversos premios y, en 1997, luego de ganar su tercer Premio RITA por ficción inspiradora, Francine fue incluida en el Salón de la Fama de los Escritores Estadounidenses de Novelas Románticas. En el 2015, recibió el Premio a la Trayectoria de los Escritores de Ficción Cristiana Estadounidense (ACFW, por sus siglas en inglés).

Las novelas de Francine han sido traducidas a más de treinta idiomas y gozan de la categoría de libros más vendidos en muchos países.

Francine y su esposo viven en el norte de California y disfrutan de los momentos que comparten con sus tres hijos adultos y sus nietos. Francine utiliza su escritura para acercarse más al Señor y, a través de su obra, desea adorar y alabar a Jesús por todo lo que Él ha hecho y está haciendo en su vida.

Visite su sitio web FrancineRivers.AutorTyndale.com. También puede conectarse con ella en Facebook (facebook. com/FrancineRivers) y en Twitter (@FrancineRivers).